Lea Kaib

Could it be Love?

LEA KAIB

one

 Die Bastei Lübbe AG verfolgt eine nachhaltige Buchproduktion. Wir verwenden Papiere aus nachhaltiger Forstwirtschaft und verzichten darauf, Bücher einzeln in Folie zu verpacken. Wir stellen unsere Bücher in Deutschland und Europa (EU) her und arbeiten mit den Druckereien kontinuierlich an einer positiven Ökobilanz.

Originalausgabe
Dieses Werk wurde vermittelt durch die Literarische Agentur Silke Weniger, München.
Copyright © 2024 by
Bastei Lübbe AG, Schanzenstraße 6–20, 51063 Köln
Vervielfältigungen dieses Werkes für das Text- und Data-Mining bleiben vorbehalten.
Textredaktion: Silvana Schmidt
Umschlaggestaltung: Christin Wilhelm (www.grafic4u.de) unter Verwendung einer Illustration von Mi Ha, Guter Punkt, München
Illustration: © Mi Ha, Guter Punkt, München
Satz: 3w+p GmbH, Rimpar
Gesetzt aus der Adobe Caslon Pro
Druck und Einband: GGP Media GmbH & Co. KG, Pößneck

Printed in Germany
ISBN 978-3-8466-0212-6
5 4 3 2 1

Sie finden uns im Internet unter one-verlag.de
Bitte beachten Sie auch luebbe.de

Musik ist Leben. Wild tanzen. Singen. Atmen.
Musik kann ganze Welten bewegen.

Der Roman ist all jenen gewidmet, die mich mit ihrer Musik inspiriert haben:

VØR, die mit ihren Songs Universen in meinem Kopf entspringen lässt.

The whole »Bat out of Hell« UK tour team (cast and crew) 22/23. You reminded me to bring the rock back to my life. You showed me what it means to perform with passion. »The beat is yours forever.«

Sissy, du zeigst mir, wie viel Musik in mir steckt.

Liebe Leser*innen,

dieses Buch enthält potenziell triggernde Elemente. Dazu findet ihr genauere Angaben auf S. 495.
ACHTUNG: Sie enthalten Spoiler für das gesamte Buch. Wir wünschen uns für euch alle das bestmögliche Leseerlebnis.

Euer Team vom ONE-Verlag

Prolog

Hinter meinen geschlossenen Augenlidern tanzen Lichter in bunten Farben. Ich öffne die Augen, sehe, wie Sternenstaub in meinen Händen zerrinnt und blicke mich um. Die Unendlichkeit der Sterne überwältigt mich.

Mit jeder Faser meines Seins spüre ich meine eigene Existenz. Mein Atem geht flach, mein schneller bebender Puls vibriert durch meinen Körper, und ich begreife, dass es nicht mehr lange dauert bis zum Erwachen.

Konzentriert lausche ich den Klängen der Musik, während ich schwerelos im Nichts schwebe. Sanfter Rock. Eine Frauenstimme. Vollends gehe ich darin auf. Hier sind nur ich, das Universum und dieses Lied. Ich bewege meine Lippen zu dem Song, während die Drums, der Bass und die Gitarre allmählich leiser werden.

Gleich wird es passieren.

Ich mache mich bereit.

Plötzlich breitet sich ein grelles strahlend weißes Licht vor mir aus, als würden die Sterne verglühen, und ich kneife meine Lider noch fester zusammen. Es sieht jedes Mal so aus, als würde die Sonne explodieren. Mein Magen schlägt Purzelbäume. Meine Hände zittern. Dieser Teil der Reise ist immer am unangenehmsten, auch wenn er mich ans Ziel führt.

Mein Herz ist kurz davor, aus meiner Brust zu springen, als das Licht auf einmal immer sanfter wird. Ich traue mich zu blinzeln und nehme wahr, wie das Universum um mich herum verblasst.

Die Musik dringt ganz leise zurück in mein Ohr. Mein Bewusstsein und mein Körper sind nicht mehr in dieser seltsamen Zwischenwelt gefangen. Vorsichtig strecke ich mich und probiere aus, wie sich das Leben in dieser neuen Welt anfühlt. Dann liege ich einen kurzen Moment einfach nur da, inmitten von kuscheligen Kissen und unter einer warmen Decke. Sonnenstrahlen fallen auf mein Gesicht, und ich öffne vorsichtig blinzelnd meine Augen, die sich erst einmal an das Tageslicht gewöhnen müssen. Mit einem Gähnen drehe ich mich in dem gemütlichen Bett zur Seite, und mit einem Mal wird mir bewusst, dass nun alles anders ist.

Neben mir liegt jemand.

Wo bin ich?

Kapitel 1

1 Monat zuvor

Unruhig schlage ich die Augen auf und japse. Ich sauge den vertrauten Geruch meines Lavendel-Kissensprays ein, und sofort beruhigt sich meine Atmung.
Es war nur ein Albtraum.
Schon wieder.
In letzter Zeit haben diese Träume zugenommen, und ich wache danach meist völlig desorientiert auf. Raunend richte ich mich in meinem Bett auf und fasse mir an die Schläfen, um sie zu massieren.
Erst jetzt bemerke ich den dröhnenden Klingelton meines Weckers und taste mit der Hand danach, um ihn auszuschalten.
Ich brauche dringend eine Dusche. Und Kaffee. Am besten literweise.
»Bonnie, bist du wach?«
Die Stimme meiner Mum ist so laut, dass sie vom Erdgeschoss in die obere Etage durch meine Zimmertür dringt. Früher hat sie in einer Metalband gesungen. Ihre Stimme geht wirklich durch Beton.
Mit wackligen Beinen schwinge ich mich aus dem Bett, weiche einer Kiste alter Schallplatten aus und stoße dabei

mit dem Knöchel gegen eine Schrankkante. Fluchend öffne ich die Zimmertür.

»Ja, ich lebe noch«, gebe ich nicht ganz so laut wie Mum zurück, während ich den Flur Richtung Badezimmer durchquere. »Ist was?« Ich runzele die Stirn und halte inne, als ich Mum am Treppenaufgang stehen sehe. Nur ihr Kopf lugt hervor, was ein bisschen gespenstisch wirkt. Vor allem ihr Blick macht mir zu schaffen. Ich will nicht, dass sich Mum Sorgen um mich macht.

»Hast du gut geschlafen? Als ich vorhin aufgestanden bin, hast du so laut geatmet und gemurmelt, dass ich dich durch die geschlossene Tür gehört habe. Ich hab kurz nach dir gesehen, aber du hast tief und fest geschlafen.« Jetzt taucht auch der restliche Körper meiner Mutter auf. Sie knüpft ihre weiße Bluse zu und versteckt so das bunte Blumen-Tattoo auf ihrer Brust.

»Mir geht's gut«, versichere ich ihr mit einem kleinen Lächeln und gehe ins Bad. Mit einem unbeabsichtigten Krachen schließe ich die Tür hinter mir und zucke bei dem Geräusch zusammen, als mich plötzlich ein Déjà-vu überrollt: Mein Albtraum endete mit hunderten von offenen Türen, die sich gleichzeitig schlossen. Zunächst ist daran nichts angsteinflößend, wäre da nicht die Tatsache, dass die Türen alle in einem unendlichen Nichts schwebten und nirgendwohin zu führen schienen. Umgeben von reiner Schwärze versuchte ich in meinem Traum eine der Türen zu erreichen, und dann verschluckte mich das Nichts.

Mit einem Kopfschütteln verscheuche ich die Gedanken an die letzte Nacht aus meinem Kopf. Zum Glück weiß ich bereits, wie ich meinen Zombie-Modus abstellen kann. Ohne wirklich hinzusehen, schalte ich das Duschradio ein, und die bekannten Stimmen des All Scottish Radio Senders begrüßen mich fröhlich mit der heutigen Hitzewarnung, ehe ein Song von Paolo Nutini läuft. Schon als die ersten Klänge ertönen, entspannen sich meine Muskeln.

Tief atme ich aus, schließe noch einmal kurz die Augen, ehe ich mich für den Tag fertig mache.

»Können wir los?«, begrüßt mich meine Mutter, als ich zwanzig Minuten später die Küche betrete, aber ich bin noch nicht bereit für ihre gute Laune.

»Gibst du mir noch einen Moment?«, bitte ich sie und nehme mir aus dem Kühlschrank eine Flasche Wasser, die ich in meine Trinkflasche umfülle. Ich schraube den Verschluss zu und lege die leere Glasflasche in einen geflochtenen Henkelkorb auf dem Boden.

»Aber natürlich, Sweetheart.« Mum berührt mit der Hand meine Schulter und zieht mich sanft in eine Umarmung. Einen Atemzug lang kann ich lockerlassen und die Albträume der Nacht vergessen.

»Selber Sweetheart«, brummele ich an ihrem Hals und löse mich dann wieder von ihr. Demonstrativ strecke ich ihr die Zunge raus. Ich kann es nicht leiden, wenn mir meine Mutter Kosenamen gibt, auch wenn ich weiß, dass sie es nur gut meint.

Seit dem Tod meines Vaters ist Mum die Alleinversorgerin und muss sich um alles kümmern. Doch selbst wenn sie müde von der Arbeit zurückkommt, hat sie noch ein Lächeln für mich übrig. Mum würde mir nie zeigen, wie sehr sie dieses Leben anstrengt. Wir sind ein Team, arbeiten zusammen. Auch im Haushalt, wenn ich mich zum Beispiel um das Abendessen kümmere. Einfach ist das alles nicht, doch wir kommen da irgendwie durch. Wir mussten es schon so viele Jahre schaffen.

»Danke, Mum«, entgegne ich, als mir Mum den gewünschten Raum lässt. Ihr schwarzer Bob weht, als sie sich von mir abwendet. Sie greift nach ihrer Tasche auf dem Küchenstuhl und geht zur Tür.

Wach werden, Bonnie!, ermahne ich mich, blicke über die Schulter und sehe meiner Mutter aus dem Fenster nach, wie sie ins Auto steigt. Nachdem ich all meine Sachen in den Rucksack gepackt habe, folge ich ihr hinaus.

Jeden Morgen bringt mich Mum zur Schule, ehe sie zur Arbeit fährt. Für sie ist es nur ein kleiner Umweg. Meistens unterhalten wir uns darüber, was uns am Tag erwartet, oder quatschen belanglos über irgendwelche Fernsehserien. Doch heute fühle ich mich müde, also nicke ich nur oder antworte in kurzen Sätzen. Die Musik ihres Lieblingsradiosenders, ein alter Rockkanal, spricht für uns.

Ich nehme einen Schluck Kaffee aus meinem Metallica-Thermobecher und sehe aus dem Fenster, während die Gegend an mir vorbeizieht. Alte Häuser, deren Schornsteine dampfen, und Supermärkte, die gerade öffnen. Ich liebe es, durch die Innenstadt zu fahren. Zumindest wenn nicht gerade Rushhour ist. Heute haben sich wohl viele Menschen dazu entschieden, bei dem Wetter zu Fuß zu gehen, denn wir haben kaum Stau. Wenn die riesige braunrote Fassade der Scottish National Portrait Gallery an mir vorbeizieht und sich das Licht der Morgensonne in den hohen Fenstern spiegelt, gibt mir das immer einen Kreativitätsschub. Mum biegt auf die Leith Street ab, sodass ich einen Blick auf die Princes Street erhasche, an der wir nur vorbeifahren. Hinter dem Scott Monument strahlt die Sonne bereits so hell, dass ich den Sichtschutz im Auto hinunterklappen muss. Dabei kann ich mich an dem Blick aus dem Fenster nicht sattsehen, denn von hier aus erkenne ich die Silhouette, die zahlreiche Postkarten von Edinburgh ziert: das Schloss, das auf dem Castle Hill thront. Auch wenn ich schon ein Leben lang in Edinburgh wohne, hier wird mir nie langweilig. Ich verstehe, wieso schon um die Uhrzeit Touris Richtung Royal Mile pilgern.

»Bis später«, sagt Mum lächelnd, als wir bei der Schule ankommen und auf dem kleinen Parkplatz halten.

In einer anderen Situation hätte ich ihr einen Kuss auf die Wange gegeben oder sie an mich gedrückt, doch hier auf dem Schulgelände will ich nicht von meinen Mitschüler*innen dabei beobachtet werden. Ich bin schon das Mädchen mit dem toten Vater. Ich will nicht auch noch die sein, die an ihrer Mama klebt.

»Bis nachher«, entgegne ich mit einem gepressten Lächeln, während ich aus dem Auto steige und von warmer Sommerluft empfangen werde.

Das Wetter hebt meine Laune. Für einen Junimorgen ist es bereits ungewöhnlich heiß, und ich erinnere mich an die Warnung aus dem Radio. Wir haben in Edinburgh beinahe halb so viele Regentage wie Sonnentage im Jahr, wenn man den Statistiken Glauben schenkt. Ich liebe diese Jahreszeit, wenn ich endlich kurze Hosen und Kleider tragen kann. Stoff, der im Wind weht, während einem die Sonne auf den Hinterkopf scheint. Dieses Gefühl erinnert mich immer an die Urlaube mit meiner Familie.

»Pünktlich wie immer«, reißt mich eine bekannte Stimme aus den Gedanken, und meine beste Freundin Amy springt mich auf dem Weg ins Hauptgebäude förmlich an. Ihr Lächeln ist ansteckend.

»Hey.«

»Wow, bist du diese Nacht aus dem Fenster gestiegen und hast heimlich gegen Vampire gekämpft?«

Na wunderbar, der Concealer hat also nichts gebracht.

»Wie jeden Abend, weißt du doch«, kontere ich, und wir reihen uns in den Strom der anderen Schüler*innen ein, als die erste Glocke läutet.

»Ich habe heute Morgen beim Bogenschießen richtig abgerissen«, erzählt Amy grinsend, und ich zeige ihr einen Daumen nach oben.

»Ich könnte vor der Schule nie Sport machen.«

»Tja, Bogenschießen ist eben etwas anderes. Und stell dir mal vor, ich würde nicht hingehen und stattdessen jeden Morgen bei deiner Mum im Auto sitzen«, antwortet Amy.

»Mir macht es nichts aus, wenn du bei uns mitfährst ... Wie auch immer.« Ich winke ab.

»Schau mal, ich habe dir die CD mitgebracht, die du wolltest.«

Amy greift in ihren gelben Rucksack, der mit bunten Pins und Buttons übersät ist; den Logos ihrer Lieblingsbands, Sprüchen aus Fernsehsendungen und rotgetigerten Katzen. Ich habe Amys Katzenfaszination noch nie verstanden, ich war wohl immer schon viel zu sehr die klassische Hunde-Person. Früher hatten wir einen Hund, Humphrey, einen alten Corgi, den mein Dad aus dem Tierheim gerettet hatte. Doch auch Humphrey musste sich irgendwann von uns verabschieden.

»Danke!« Ich quietsche etwas zu laut, als Amy mir die CD entgegenhält. Sofort ziehe ich ein paar Blicke auf mich. Räuspernd presse ich die Lippen aufeinander und packe die CD, auf deren Cover Amy eine lachende Sonne gemalt hat, in meinen Rucksack.

Amy und ich sind in Zeiten von Online-Streaming vermutlich die einzigen Jugendlichen auf der Welt, die noch CDs kaufen. Das ist irgendwie unser Ding. Ein bisschen nostalgisch. Etwas, das unsere Freundschaft besonders macht. Ich liebe es, mit ihr in den Plattenladen in der Stadt zu gehen und gemeinsam zu stöbern, selbst wenn es in dem Kabuff immer nach Zigarettenrauch stinkt. Amy und ich tauschen oft Musik untereinander aus. Manchmal liegen wir Nachmittage nur auf meinem Bett und lauschen verträumt den Klängen unserer Mixtapes. Das sind für mich die besten Tage.

Der Unterricht plätschert an mir vorbei. In Gedanken bin ich bei dem Album, das ich mir zu Hause anhören möchte. Ich weiß, es wäre besser aufzupassen, aber meine ganze Liebe gehört nun einmal der Musik und nicht dem Biologie-Unterricht.

»Ich weiß echt nicht, was du mit dem Sommer hast, ich schwitze schon allein vom Sitzen«, ächzt Amy, als wir später in der Mittagspause bei unserem Stammplatz ankommen. Sie hebt die Füße zu sich auf die blaue Sitzbank und reibt sich mit den Händen die Knie. Anschließend krempelt sie die Strümpfe ihrer Schuluniform ein bisschen nach unten.

»Die Sonne ist mein Lebenselixier, und vielleicht kommen so auch mal meine Sommersprossen zurück«, erwidere ich schulterzuckend und recke das Kinn, um die warmen Strahlen einzufangen.

»Nee, also wirklich, da lobe ich mir meinen Regen.« Meine beste Freundin schüttelt sich wie ein nasser Hund und streckt sich auf der Bank aus.

Ich lächle sie durch meine Sonnenbrille mit den runden lilafarbenen Gläsern an. Genau wie die Brille sorgt auch Amy immer für gute Laune.

Seitdem sie mit ihrer Familie in der Nachbarschaft eingezogen ist und sich unsere Väter anfreundeten, wollen wir einander nicht mehr missen. Als meine Mutter und ich nach dem Tod meines Dads eine schwere Zeit durchmachten, war es Amys Familie, die uns aufgefangen hat. Ihr Dad brachte uns oft Abendessen und sah nach dem Rechten oder rief zwischendurch an. Amy und ich teilen unsere Leidenschaft für Musik, wir können uns über nervige Lehrer*innen aufregen, und manchmal drücken wir uns auch gemeinsam vor dem Sportunterricht.

Sie ist mein Lieblingsmensch.

»Wollen wir nach der Schule noch in den Musikladen?« Ich binde mir meine langen Haare zu einem Dutt, denn die Hitze staut sich, und die lockigen Strähnen kleben bereits an meinem Nacken.

»Nee, ich muss schon wieder auf Simon aufpassen«, seufzt Amy, und ich sehe aus dem Augenwinkel, wie sie sich die Hände vors Gesicht hält, um die Sonne abzuschirmen.

Ihr sechsjähriger Bruder, ein absoluter Wirbelwind, geht ihr ganz schön auf den Keks, doch man muss ihn einfach lieben. Amy jammert gerne, aber insgeheim würde sie für ihren Bruder alles tun.

Ich bin Einzelkind, und allein die Vorstellung, in meinem Leben einen Menschen zu haben, auf den ich achtgeben muss, verursacht mir eine Gänsehaut. Mum und ich sind zu zweit schon überfordert. Nicht auszudenken, wie sich unser Leben verändern würde, hätte ich noch Geschwister.

Ja, was wäre, wenn?

Tatsächlich ist das eine Frage, die ich mir nur zu oft stelle. Was wäre, wenn dieser Jugendliche an diesem Abend nicht betrunken in das Auto meines Vaters gekracht wäre ... Wenn Mum und Dad noch zusammen wären ...

»Hey, Erde an Bonnie!« Amy richtet sich auf und blickt mich mit großen Augen an. »Heute ist bei dir aber auch echt der Wurm drin. Liegt das an der nächtlichen Vampirjagd?«

»Sorry«, sage ich leise und schüttele den Kopf, als würde mich das wieder klarer machen. Ich wünschte, ich wäre nur halb so cool wie Buffy Summers, die Vampirjägerin aus der alten TV-Serie, die Mum immer guckt.

»Die Glocke hat geklingelt, wollen wir rein?«

Mit einem Nicken stehe ich auf, schnappe mir meinen Rucksack und folge Amy.

Auf den Gängen ist die Hölle los, denn nach dem Pausengong sind alle auf dem Weg in die Klassen. Stimmen schallen durcheinander, ich bekomme nur einzelne Wortfetzen mit. Die einen sprechen über die kommenden Sommerferien und geplante Urlaube. Hier und da höre ich etwas über die anstehenden Zeugnisse. Manche Kids rennen, andere scheinen sich besonders viel Zeit zu lassen. So wie ich, denn ich habe gleich Mathe und gar keine Lust auf komplizierte Gleichungen. Viel lieber würde ich im Kunstunterricht sitzen oder wenigstens in Englisch.

Plötzlich knalle ich gegen etwas Hartes. Ich verliere den Halt und kippe hintenüber.

Autsch!

»Oh, tut mir leid!«, erklingt eine Stimme, die ich nicht direkt zuordnen kann. Sofort ist da eine Hand, die ich ergreife und die mich hochzieht.

Ich blinzele, und als ich mich aufrappele, blicke ich in das Gesicht von Dee, einer Mitschülerin aus der Parallelklasse. Sie ist letztes Jahr auf unsere Schule gekommen. Wieso sie gewechselt hat, weiß ich nicht. Ich weiß nur, dass sie selbst im Sommer diese schwarze Lederjacke über ihrer Schuluniform trägt und ständig mit Kopfhörern herumläuft. Das macht sie irgendwie sympathisch. Und verdammt cool. Viel *zu* cool.

Sie streicht sich eine Strähne ihres braunen Haars aus der Stirn, das ihr gerade so über die Ohren geht. Ich bemerke ihren schwarzen Kajal, der einen Kontrast zu ihren ungeschminkten blassen Lippen bildet. Ihr Blick aus den strahlend meergrünen Augen ist weich und sorgt dafür, dass sich meine Wangen röten.

»Schon okay, ist ja nichts passiert.«

Oh mein Gott, klingt meine Stimme wirklich so mäuschenhaft piepsig, oder bilde ich mir das nur ein?

»Alles in Ordnung, Bonnie?« Amy kommt auf mich zugestürmt und legt mir eine Hand auf die Schulter. Sie kneift die Augen zusammen und starrt Dee unfreundlich an.

»Meine Schuld. Ich hab nicht aufgepasst«, entschuldigt

sich mein Gegenüber erneut mit verlegenem Gesichtsausdruck.

Irgendwie sieht sie dabei verdammt süß aus.

Hallo, Hirn!?

Ich gebe mir Mühe, meine Fassung wiederzuerlangen. Es ist nicht der Sturz, der mich aus der Balance gebracht hat, sondern es sind Dees Augen, die mich weiter unverwandt ansehen.

»Wirklich, alles in Ordnung.« Ich schultere meinen schwarzen Rucksack, dessen Träger beim Aufprall leicht verrutscht sind, und sehe von Dee zu Amy.

»Du hättest besser aufpassen können«, faucht Amy unsere Mitschülerin an.

»Ich hab doch schon gesagt, es ist nichts passiert.«

Könnte sich bitte ein Loch im Boden auftun und mich verschlingen? Es ist lieb, dass mich meine beste Freundin beschützen will, das weiß ich zu schätzen, aber sie muss ja nicht gleich so unfreundlich sein.

Dee holt Luft, und ich bin froh darüber, dass sie nur seufzt und keinen Streit mit Amy anfängt. »Okay, na dann ... Man sieht sich.« Dee presst die Lippen aufeinander, schenkt mir ein vorsichtiges Lächeln, das meine Fingerspitzen zum Glühen bringt, und als sie an uns vorbeigeht, setzt sie ihre Kopfhörer auf und zückt das Smartphone.

Wie versteinert blicke ich ihr hinterher, bis mich Amy am Arm zerrt und vorantreibt.

»Genug der Aufregung, ab zu Mathe.«

Kapitel 2

Nach dem Unterricht verabschiede ich mich mit einer innigen Umarmung von Amy, und wir gehen in unterschiedliche Richtungen. Sie zur Haltestelle, ich in die Stadt.

Aus meinem Rucksack fische ich die großen Kopfhörer, die jedes Geräusch von außen verdrängen, und verbinde sie per Bluetooth mit dem Handy. Auch wenn ich meine physischen CDs liebe, unterwegs ist meine Musikbibliothek auf dem Smartphone praktischer.

Auf dem Weg in die Innenstadt gehe ich vollends im Sound der Musik auf. Am liebsten will ich sofort meine Hüften zum Beat bewegen. Ich kenne jede Strophe des Songs auswendig, doch ich beherrsche mich und zwinge mich dazu, meine Lippen nicht mitzubewegen. Innerlich bin ich ein Ozean bei Sturm, während ich für die Menschen um mich herum ruhig wie die stille See wirke. Niemand bekommt mit, was die Musik in mir auslöst.

Als der Blick eines älteren Mannes für einen Atemzug an mir haften bleibt, frage ich mich, was er wohl denkt.

Verträumte Blondine ...

Bestimmt irgendwie so was.

Wie oft habe ich mir schon irgendwelche Blondinen-Witze anhören müssen? In der Schule hat man mir in der fünften Klasse sogar den Spitznamen *Augenbraue* gegeben, weil meine Haare so viel heller sind als meine dunklen Augenbrauen. Vielleicht hasse ich Spitznamen, die einem andere verpassen, auch deshalb so sehr. Sie reduzieren eine Person oft auf Dinge, die nicht wichtig sind. Es gibt nur wenige Menschen in meinem Leben, die mich bei einem anderen Namen rufen dürfen.

Auf einmal taucht Dee vor meinem geistigen Auge auf, und ich erinnere mich an Details, die ich vorhin nur beiläufig wahrgenommen habe. Das kleine Loch in ihrer dünnen schwarzen Strumpfhose, direkt über dem Knie. Wie sie sich am Nacken gerieben hat, dort wo ihr Undercut beginnt ... Sie ist für mich ein einziges Mysterium. Ihre Augen sind unergründlich. Nie hätte ich mich getraut, sie überhaupt anzusprechen. Dee spielt in einer anderen Liga. Sie hat interessante Freund*innen, wirkt unnahbar und so locker, als sei sie niemals gestresst. Aber wenn sie mich ansieht, habe ich das Gefühl, als würden Schmetterlinge in meinem Bauch einen wilden Tanz aufführen.

Ich bezweifele, dass es ihr mit mir ebenso ergeht. Weiß sie überhaupt, wie ich heiße? Wahrscheinlich bin ich für sie nur das tollpatschige Mädchen aus der Parallelklasse.

Auch das ist eine Eigenart von mir, die ich lieber nicht zeige. Ich verknalle mich schneller, als Black Sabbath die Besetzung wechseln.

Heute bin ich in die Eine verknallt, morgen schon in den Nächsten.

Ich weiß nicht, woher das kommt, doch ändern kann ich an den unbändigen Gefühlen des Verliebtseins nichts. Wenn es passiert, dann frisst es mich mit Haut und Haar.

Aber Dee ...

Beim Stopp an einer befahrenen Straße öffne ich die

Musik-App auf dem Handy und lege eine neue Playlist mit dem Namen *24. Juni* an. Das heutige Datum.

Ich kann nicht anders, ich muss dem inneren Drang nachgeben, und der verlangt nach Musik, die zu meiner momentanen Stimmung passt.

Und zu ... Dee.

Ich schiebe den gerade laufenden Song *For your Love* der Band Måneskin in die Playlist und füge noch zwei weitere Lieder hinzu, die mir in den Sinn kommen, ehe ich die Straße bei Grün überquere.

»Cause, baby, for your love, I'll do whatever you want«, singe ich dieses Mal leise mit. Meine Lippen bewegen sich kaum merklich, während meine Gedanken wieder bei der abrupten Begegnung im Schulflur sind.

Ja, für so eine wie Dee würden manche alles tun. Wie im Song. Aber *alles* tun für die Liebe? Das klingt mir ein bisschen ... viel. Beinhaltet das nicht auch, sich selbst zu vergessen?

Genau deswegen liebe ich Musik so sehr: weil sie die philosophischsten Fragen in mir aufwirft. Songs wie dieser bringen mich zum Nachdenken.

Als ich die Playlist schließe und in das Hauptmenü der App zurückkehre, werden mir automatisch alle meine Playlists angezeigt. Manche haben ein Cover, das ich manuell hinzugefügt habe, wie Bilder aus der Schule, Fotos von Edinburgh oder den Blick aus meinem Fenster. Damit könnte ich eine ganze Pinterest-Pinnwand füllen.

Der aktuelle Song läuft aus, und ich überlege, welchen ich als Nächstes hören möchte. Beim Scrollen fällt mein Blick dann plötzlich auf eine ganz besondere Playlist.

My heart is a glass balloon.

Ja, ich habe einen Hang zur Dramatik, wenn es um Songs geht.

Als ich den Musikladen sehe, beschließe ich, die Playlist einfach anzuwerfen. Ein bisschen Nostalgie an diesem seltsamen Tag.

Ian's Records leuchtet in roten Lettern über dem Geschäft. Das *R* flackert, seitdem ich den Laden kenne. Ich schiebe die Tür auf, und der vertraute Tabakgeruch steigt mir in die Nase. Ian, der Besitzer, schaut vom Tresen auf und hebt kurz die Hand zum Gruß, während er an seiner Zigarette zieht. Keine Ahnung, ob das überhaupt erlaubt ist, aber es ist sein Laden.

Ich grüße mit einem freundlichen Nicken zurück und schlendere zum Regal mit Ians Highlights der Woche. Ist es im Laden noch wärmer als draußen? Mir kommt es so vor, als würde sich die Hitze in den Gängen stauen, und ich versuche, meine Konzentration auf die Musik zu lenken.

Die Playlist, die ich gerade höre, ist einzigartig. Okay, das behaupte ich vermutlich bei jeder einzelnen, dennoch ist diese ganz besonders. Es ist meine älteste Playlist. Die erste, die ich jemals erstellt habe.

Für ihn.

Luca.

Während ich durch den Laden gehe und stöbere, kommen all die Gefühle für Luca zurück. Ich denke an den Jungen, den ich im Sommerurlaub mit Mum und Dad kennenlernte. Wie kann es ein Song schaffen, diese Emotionen in mir zu wecken? Ich habe ewig nicht mehr an Luca gedacht.

Natürlich weiß er bis heute nicht, dass ich ihm eine Playlist gewidmet habe. So wie all meinen folgenden Crushes. Sie alle haben eine eigene Playlist bekommen, mit

Songs, die mich an die jeweilige Person erinnern. Mit keinem Schwarm war ich je zusammen. Aber so bleiben mir die Gefühle erhalten.

Ich blättere in einer Kiste durch ein paar Schallplatten, als mich der Refrain des Liedes mitten ins Herz trifft. *Mystery of Love*. Ein Song, den ich aus dem Film *Call me by your name* kenne.

Schlagartig sehe ich meinen Dad und mich am Strand stehen, wie wir lachen und uns gegenseitig das Wasser ins Gesicht spritzen. Es fühlt sich an, als sei ich zurück in Italien in diesem wundervollen Sommer. Eine unbeschwerte Zeit, ohne Sorgen, ohne Ängste.

Meine Mutter ruft uns aus dem Wasser, und gemeinsam gehen wir ein Eis essen.

Da ist er: Luca. Mit schwarzem Haar und von der Sonne geküsster Haut, die einen starken Kontrast zu meinem blassen Teint bildet. Er ist der Sohn des Eiswagenbesitzers, der seine Bude am Strand stehen hat. Ich sehe ihn während unseres Urlaubs täglich und beobachte aus der Ferne, wie er seinem Vater aushilft. Sein Lächeln ist untrennbar mit diesem Sommer verbunden.

Die Erinnerungen wirken so lebendig ...

Auf einmal wird es unerträglich heiß in dem Musikladen, und ich fächere mir mit der Hand Luft zu, während ich gleichzeitig eine Platte nach der anderen inspiziere.

Ist nur mir so warm?

Kurz blicke ich mich um, doch es hat sich nichts verändert. Noch immer sind nur Ian und ich im Laden. Vermutlich ist es die Sommerhitze, die mir zu Kopf steigt.

Ich blinzele, doch statt der Schallplattenhüllen sehe ich auf einmal ein Licht, das immer heller wird. Erst kneife ich die Augen zusammen, aber als das Licht nicht weichen will, schließe ich sie, fokussiere mich auf meine Atmung und beachte gar nicht mehr die Musik, die noch immer über meine Kopfhörer läuft.

Das Lied, das sich nach Sommer anhört und Erinnerungen hervorruft.

Das Lied, das ich mit Luca verbinde.

Meine Atmung normalisiert sich nicht, stattdessen wird sie immer schneller. Ich denke oft an alte Zeiten, doch so intensiv kann ich die Erinnerung sonst nie spüren. Halluziniere ich?

Mein Puls rauscht in meinen Ohren, und hinter meinen Augen brennt das grelle Licht. Ich wische mir mit der Hand den Schweiß von der Stirn. Bekomme ich eine Panikattacke? Doch nicht hier bei *Ian's Records!* Der Laden ist mein sicherer Hafen! Ich halte mich an der Schallplattenkiste fest, doch ich habe das Gefühl, vollkommen wegzudriften.

Das Licht verändert sich, um mich herum wird es dunkel, und auch der Schmerz lässt endlich nach. Ich wage es, mich vorsichtig zu bewegen und glaube durch Wasser zu gleiten. Zu schweben. Ja, so muss es sein, anders kann ich dieses Gefühl der Schwerelosigkeit nicht beschreiben. Aber das ist vollkommen absurd! Ich muss einen Hitzeschlag haben oder so.

Und dann, als ich die Augen langsam öffne, um mich umzusehen, blicke ich in die Schönheit des Universums. Unendliches Schwarz und helle Sterne, die in bunten Strudeln leuchten. Ich habe keine Ahnung, wo ich bin, geschweige denn, was hier passiert, und gerade, als ich panisch schreien will, verändert sich die Umgebung, alles verschwimmt, und ich verliere das Bewusstsein.

Kapitel 3

Meine Knochen schmerzen. Es fühlt sich an, als hätte mich jemand auf eine Streckbank gebunden und würde nun langsam meinen Körper in die Länge ziehen. Doch ich gebe keinen Mucks von mir, und auch meine Knochen knacksen nicht. Eben noch habe ich die Schönheit des Weltalls gesehen. Leuchtende Sterne vor einem schwarzen Himmelszelt. Ferne Galaxien in bunten Farben. Jetzt ist da nur die Dunkelheit, die mich wie ein Mantel umhüllt.

Leere.

Eine allumfassende Stille.

Ich schließe die Augen, atme tief durch und rede mir selbst ein, dass es ein kleiner Ohnmachtsanfall war. Mehr nicht. Dass ich aus irgendeinem mir nicht erklärbaren Grund im Musikladen eine Panikattacke bekommen habe. Vielleicht auch einen Sonnenstich.

Doch als ich die Augen wieder öffne, befinde ich mich noch immer in absoluter Dunkelheit.

Nein, Moment ... das ist nicht nur Dunkelheit!

Ich schwebe im All.

Jetzt ist wirklich Zeit für Panik! Sofort beschleunigt sich mein Herzschlag und pulsiert rasend durch meinen Körper.

Nein, das ist nicht real. Nur ein Traum. Es muss ein Traum sein!

Vorsichtig blicke ich mich um und bemerke, wie leicht

sich die Bewegung meines Kopfes anfühlt. Nun strecke ich auch mein Bein aus. Das Gefühl erinnert mich an das Gleiten durch Wasser. Kann ich im All schwimmen? Mein Versuch zu laufen endet damit, unelegant mit den Armen zu paddeln und kaum einen Schritt voranzukommen. Ich spüre mein Herz noch immer wie wild schlagen, als würde es gleich aus meiner Brust springen.

Atmen, Bonnie, atmen.

Es ist merkwürdig, nicht einmal beim Luftholen ein winziges Geräusch zu vernehmen, als würde meine Umgebung jeden Mucks aufsaugen. In meinen Ohren rauscht es nur. Vielleicht sollte ich mich weniger auf meinen Körper als vielmehr auf meine Umgebung fokussieren?

Konzentriert sehe ich mich genauer um, betrachte die Sternenkonstellationen und diese seltsamen bunten Farbkleckse im All. Sind das Milchstraßen? Ich habe mich nie wirklich mit dem Weltall beschäftigt. All mein Wissen um Planeten verdanke ich *Sailor Moon*. Was auch daran liegt, dass meine Eltern Serien aus den 90ern und 2000ern lieben und bei uns nichts anderes lief.

Nein, das ist natürlich *nicht* das Weltall! Das hier muss in meinem Kopf passieren. Ganz bestimmt bin ich ohnmächtig. Anders lässt sich das nicht erklären.

Denk nach, Bonnie!, ermahne ich mich und rufe mir die letzten Minuten im Musikladen ins Gedächtnis, bevor ich das Bewusstsein verloren habe. Über meine Kopfhörer hatte ich ein Lied gehört, während ich die Schallplatten begutachtete.

Mystery of Love.

Bei dem Song hatte es begonnen, in mir zu brodeln. Als mich die Lyrics gedanklich ans Meer getragen haben.

Wieder schließe ich die Augenlider, doch dieses Mal denke ich nur an den Song. Ich summe in meinem Kopf den Refrain, und meine Fingerspitzen beginnen zu kribbeln. Das Lied wird immer präsenter.

Auf einmal wird es hell. So unerträglich brennend, und für einen Sekundenbruchteil glaube ich, zu verglühen. Der Schmerz hält nicht lange an. Ich öffne die Augen, und ein weißes Licht blendet mich so stark, dass ich blinzeln muss. Es fühlt sich an, als breite sich eine Wärme in meinem Magen aus. Eine Wärme, die anfänglich guttut und dann mit einem Schlag so unangenehm heiß wird, dass ich fast aufstoße und mich übergebe. Doch als ich mir reflexartig an den Hals fasse, spüre ich aus dem Nichts einen Boden unter mir. Die Wärme in meinem Körper staut sich nicht mehr. Das weiße Licht ist noch da, also kneife ich die Augen zusammen. Auf einmal begreife ich, dass das Licht nicht mehr von überall kommt, sondern von oben. Das muss die Lampe im Musikladen sein. In diesem Moment reiße ich mir die Kopfhörer vom Kopf und höre jemanden.

»Bonnie, kommst du?«

Ich glaube, die Stimme meines Vaters zu hören, aber das kann *unmöglich* sein.

Vorsichtig bewege ich mein Bein und bin froh, nicht mehr das Gefühl zu verspüren, im Wasser zu laufen – aber dann stelle ich fest, dass der Boden unter mir aus Sand ist. Warm und weich. Sanft rieseln die feinen Sandkörner über meine Haut, während ich auf dem Bauch liege und realisiere, dass das helle Licht die Sonne ist, die mir auf den Kopf scheint.

»Ich glaube, sie will kein Eis.« Das ist ganz klar die Stimme meiner Mutter.

Ich rappele mich vom Boden auf, gehe auf die Knie und sehe unter mir ein Handtuch. Ich bin an einem Strand. Stimmen dringen an mein Ohr, und meine Kopfhörer rauschen. Kinder lachen unbeschwert, und ein Vogel krächzt in der Luft. Ich kenne diesen Ort.

Aber wie …?

Das kann nicht sein!

Als ich mich umblicke, sehe ich meine Eltern nur ein paar Meter von mir entfernt stehen.

Dad.

Sein Anblick verschlägt mir den Atem. Ich wünsche mir seit seinem Tod nichts sehnlicher, als ihn noch einmal zu sehen und fest zu drücken, und nun steht er vor mir. Ich kann mich nicht mehr regen, so starr macht mich diese Begegnung. Mein Mund steht weit offen.

»Wir gehen schon mal vor!«, ruft er mir zu, und ich bemerke erst jetzt, dass er anders aussieht, als ich ihn in Erinnerung habe. Sein Bart ist dichter, die Haare etwas grauer. Er wirkt zwar wie mein Vater, aber etwas ist fremd.

Ich blinzele, hole tief Luft, und nachdem ich die Kopfhörer ausgeschaltet habe, richte ich mich mit einem Japsen auf. Den Sand an meinen Beinen fege ich mit einer schnellen Handbewegung weg. Als mein Blick an mir hinuntergleitet, stutze ich.

Der blaue Fleck an meinem Knöchel von heute Morgen.

Schnell richte ich mich auf, um auch den Rest an mir zu begutachten. Mit einer Hand fahre ich durch mein Haar. Es ist genauso lang und wild wie sonst auch, als wäre ich direkt aus dem Musikladen in diese Welt gestolpert. Aufmerksam betrachte ich meine Arme, meinen

Rumpf, als sähe ich mich gerade zum ersten Mal. Mein Blick haftet an meinem Bikinioberteil. Nein, mein Körper sieht definitiv nicht mehr aus wie damals im Sommerurlaub in Italien.

Wo bin ich? *Wie* bin ich hierhergekommen? Das hier ist ein Traum, oder?

Ich muss es herausfinden. Und dafür habe ich nur eine Möglichkeit …

»Hey, wartet auf mich!«

Eilig laufe ich durch den Sand. Immer wieder sinke ich dabei leicht ein. Urplötzlich, als ich meinen Eltern entgegenlaufe, trifft mich ein bekanntes Gefühl der Nostalgie. Wie ein Déjà-vu. Ich war schon so oft hier an diesem Strand, bin genau den gleichen Weg vom Meer zu meinen Eltern gelaufen, doch seit dem Tod meines Vaters waren wir nicht mehr hier in Italien. Meine Mum musste mehr arbeiten, und wir hatten beide genug damit zu tun, ohne Dad weiterzuleben.

Ein Lächeln stiehlt sich auf meine Lippen, als die Silhouetten meiner Eltern mit jedem Schritt näher kommen. Ich spüre den Wind durch mein Haar fahren, sauge den vertrauten Duft der Umgebung ein und entscheide mich, diesen Moment anzunehmen. Ihn auszukosten. Was auch immer das hier ist, mein Dad lebt. Wir leben. Gemeinsam.

»Da bist du ja!« Mein Vater lacht breit, als ich bei ihm und Mum ankomme.

Ich kann mir nicht einmal eine Ausrede einfallen lassen, so überwältigt bin ich vom Anblick meines Dads, der in Badehose und mit einem Handtuch um die Schultern vor mir steht. Er ist *echt*.

Mein Vater gibt einen überraschten Laut von sich, als

ich ihn umarme und fest an mich drücke. Ich kann einfach nicht anders. Ich muss *spüren*, dass er wirklich bei mir ist.

»Alles okay bei dir, Bonnie?«

Ich höre ihn lachen, vermutlich runzelt er gerade dabei die Stirn. Ich presse mich fest an den Körper meines Vaters. Er ist warm. Er riecht sogar wie früher nach diesem Parfum, das Mum ihm mal geschenkt hat.

In einem kurzen Moment der Stille begreife ich, dass mein Auftritt für Verwirrung sorgt, und so schwer es mir auch fällt, mich von meinem Dad zu lösen, ich tue es.

»Ich glaube, ich habe einen kleinen Sonnenstich abbekommen.« Ich rubbele mir den Hinterkopf, um meine Ausrede zu verstärken, und muss dabei ein Auge zusammenkneifen, weil mich die Sonne so stark blendet. Selbst wenn ich träume, will ich niemandem Sorgen bereiten.

»Na, dagegen hilft hoffentlich ein Eis. Und du gehst gleich mal in den Schatten.« Die Stimme meiner Mutter klingt nicht tadelnd, auch wenn sie die Hände in die Hüfte gestemmt hat. Erst jetzt bemerke ich auch an ihr gewisse Veränderungen. Ihre Haare sind länger und zu einem Pferdeschwanz gebunden. Ich erkenne keine Augenringe, die auf lange unruhige Nächte schließen lassen. Sie sieht gesünder aus, fröhlicher. Und ich sollte aufhören, sie so anzustarren, denn ein Stirnrunzeln von Mum zeigt mir, wie seltsam ich mich verhalte.

Gemeinsam schlendern wir in Richtung des Eiswagens, der am Rand des Strandes steht. Es ist ein weißer Kleinbus mit einem offenen Fenster in der Mitte. Auf einer Seite des Autos steht in großen roten Lettern *Gelato* geschrieben. Die falsche Deko-Eistüte darüber reflektiert im Sonnenlicht. Daneben befindet sich eine handgeschriebene

Tafel, auf der die Eissorten des Tages zu erkennen sind. Das Bestellfenster des Wagens ist geöffnet, doch die Sonne knallt mir so stark ins Gesicht, dass sich meine Augen nicht an den Kontrast zu dem dunklen Wageninneren gewöhnen können.

»Ciao, Matteo!«

Ich höre, wie Hände einschlagen. Langsam kommen meine Augen mit dem Licht klar, da werden bereits weitere Worte gewechselt. Auf Italienisch.

»Wie geht es dir? Habt ihr heute viel verkauft?«

Moment ... Seit wann kann mein Vater Italienisch? Und wie kann es sein, dass ich diese Sprache auf einmal verstehe?

Ich hatte damals lediglich ein bisschen Italienisch gelernt. Ein paar einzelne Sätze, die mir helfen sollten, mich im Urlaub zurechtzufinden.

»Wunderbar, mein Freund! Heute ist ein richtig guter Tag für uns.«

Nein, so komplizierte Sätze kann ich bestimmt nicht verstehen.

Eigentlich.

Aber was ist hier gerade schon normal?

Ich trete einen Schritt zurück, um besser beobachten zu können, und verschränke die Arme vor der Brust, während mein Vater weiter mit dem Eiswagenbesitzer Matteo plaudert. Wie ein Gemälde im Kunstunterricht versuche ich, die Szene vor mir zu analysieren. Den Eiswagen. Meine Eltern.

Mums Haaransatz ist deutlich sichtbar, und ich weiß sofort, dass sie nach dem Urlaub einen Friseurtermin ausmachen wird. Sie beugt sich vor zu der Eiskarte, wählt sorgsam eine Sorte aus, die sie heute ausprobieren möchte, und dabei fällt mir auf, dass ihr Rückentattoo gar nicht existiert. Anstatt der schwarzen Rosen, die sich um ein Jahresdatum winden, das Hochzeitsdatum meiner Eltern, ist dort gar nichts. Nur blasse Haut, die rötlich schimmert.

In dem Moment wird mir bewusst, dass diese Veränderung nur logisch ist. Mum hat sich das Tattoo nach dem Tod meines Vaters stechen lassen. Als Erinnerung. Doch in dieser Traumwelt lebt mein Dad. Wahrhaftig.

Als wäre das nicht alles absurd genug, beugt sich Matteo aus dem Wagen zu meiner Mutter hinunter und gibt ihr Wangenküsse. Seit wann sind meine Eltern so dicke mit dem Eiswagenbesitzer?

Ich erinnere mich daran, dass wir nach dem Tag am Meer dort immer ein Eis gegessen haben, aber wir wussten nie mehr über das Familienbusiness als die Namen von Matteo und Luca.

Als hätte ich mit dem Gedanken an Luca etwas heraufbeschworen, spüre ich plötzlich Hände an meinen Schultern, und mein Herz macht einen Satz.

»Hab ich dich erschreckt, Bellina?«

Normalerweise hätte mich ein so unkreativer Spitzname verärgert, doch in diesem Moment spüre ich nur eine angenehme Wärme in meinem Bauch, die den Schock überspielt. Zurück ist dieses Gefühl des Déjà-vus.

Aber Moment ... Wieso ist mir Luca so nahe?

Er taucht von hinten neben mir auf und grinst so breit, dass er mich damit ansteckt.

»Hey, was machst du denn hier?«, frage ich lachend und bemerke sofort, wie bescheuert diese Frage ist. Er arbeitet hier, was sonst?

»Meinen Sonnenschein begrüßen.«

Ich erkenne in seinen leuchtenden Augen, wie sehr er sich darüber freut, mich zu sehen, und als wäre mein Puls nicht schon hoch genug, zieht er mich zu sich heran und küsst mich.

Luca küsst mich!

Bei allen zehn Studioalben von Metallica, was geht hier ab?

Ich komme vor lauter Überraschung gar nicht dazu, den Kuss zu genießen. Es bleibt nur ein leichter Nachgeschmack, der mich an Erdbeereis erinnert.

»Ihr habt euch doch erst gestern Abend gesehen«, kommentiert mein Vater, und ich könnte schwören, dass er mit den Augen rollt.

Fassungslos blicke ich Lucas Lippen hinterher. Seine Mundwinkel sind immer noch gehoben, und mir fällt auf, wie wunderschön die Sommersprossen auf seiner Nase sind. Unvermittelt frage ich mich, ob ich mit einem Stift die Sommersprossen auf seinen Wangen nachmalen kann, und ob sie dann ein Sternenbild ergeben.

Hey, Gehirn, du solltest dich lieber fragen, wieso er dich geküsst hat!

»Alles okay?« Lucas fröhlicher Gesichtsausdruck verändert sich nach meiner Reaktion, und ich habe so viele Fragen, dass meine Gedanken hin und her springen und ich kein Wort herausbringe.

Als sich die Stimme seines Vaters erhebt, bin ich wieder da. Zumindest so halbwegs.

»Ach, lass sie doch, Rob! Junge Liebe ist etwas Wundervolles.« Matteo beugt sich aus dem Fenster und reicht meinem Vater sein Eis über die Theke hinweg.

Meine Nase rümpft sich bei diesen Worten, denn so etwas will niemand von einem Elternteil hören. Und dann wird mir die Tragweite der Worte bewusst.
Junge Liebe.
Er spielt auf uns an.
Auf Luca und mich!
»Wir waren doch auch mal jung!«, fügt Lucas Vater hinzu, und in diesem Augenblick beugt sich mein Dad zu meiner Mutter, und sie küssen sich.
Ich glaube, mein Hirn platzt gleich. So viel auf einmal kann ein Mensch doch gar nicht verarbeiten!
Aber vielleicht bin ich kein lebender und atmender Mensch mehr? Möglicherweise bin ich ohnmächtig. Ich bin im Nirgendwo gefangen, und was auch immer von mir übriggeblieben ist, spielt mir jetzt Streiche. Da ich bisher noch nie ohnmächtig war, kann ich nicht wissen, wie sich das anfühlt. Ein heißer Tag in Edinburgh, und schon ist mir schwarz vor Augen geworden und ich träume. Kurz stelle ich mir vor, wie ein rosafarbener Elefant an den Strand kommt, um zu testen, ob ich den Traum steuern kann, doch nichts passiert. Vermutlich sollte ich einfach mitspielen.
Mein Blick bleibt an meinen sich immer noch küssenden Eltern hängen. Eigentlich sollte ich mich angewidert wegdrehen. Beschämt oder zumindest leicht peinlich berührt, doch für mich ist es immer noch so surreal, dass meine Eltern beide hier neben mir stehen, dass ich nicht wegschauen kann. Klar, ich habe schon oft von Dad geträumt, aber nie fühlte es sich so an wie das hier.
Und jetzt ist irgendwie alles zu viel.
Wie eine Welle trifft mich diese geballte Emotionsflut mitten ins Herz.

Luca, der mich besorgt ansieht, meine Eltern, die sich aus dem Kuss lösen, und Matteo, der mir wortlos ein Eis entgegenhält.

Schluckend fasse ich mir an die Schläfe und versuche, diese Eindrücke irgendwie zu verarbeiten. Aber wie?

»Du bist heute aber ganz schön mit dem Kopf in den Wolken, Bonnie«, höre ich meine Mutter sagen, die aus ihren Schuhen steigt. »Hier, zieh wenigstens meine Schlappen an, der Sand ist viel zu heiß.« Ich folge ihrem Vorschlag.

»Ich glaube, ich brauche einfach eine Pause.« Meine Stimme klingt ungewohnt piepsig, und auch wenn ich den Blick senke, sehe ich, wie mein Vater das Eis annimmt, das eigentlich für mich gedacht ist.

Ich spüre die aufmerksamen Blicke der Anwesenden auf mir, und nur für einen Sekundenbruchteil ist es still zwischen uns. Das Lachen irgendwelcher Kinder, die am Strand spielen, dringt in mein Ohr, und das Rauschen des Meeres verspricht mir einen wundervollen Sommer. Einen Sommer, der mich gerade einfach nur verwirrt.

»Also, wenn du eine Pause brauchst, habe ich eine Idee.«

Luca durchbricht die kurze Stille, und ich recke mein Kinn.

»Wenn das okay für dich ist?«

Mein Vater reicht Luca das Eis, das für mich bestimmt ist, und aus Reflex nicke ich. Luca nimmt meine Hand und führt mich von meinen Eltern fort.

Kapitel 4

Ich sehe den Moment wie in Zeitlupe an mir vorbeigleiten. Luca läuft in Sandalen und kurzer Hose über den Sand. In der einen Hand hält er mein Eis, die andere liegt seltsam vertraut in meiner. Ich stolpere hinter ihm her, versuche mit ihm Schritt zu halten. Luca bemerkt, dass ich kaum hinterherkomme, und sofort wird er langsamer. Er blickt sich über die Schulter um, und ich habe das Gefühl, dass er mir direkt in die Seele schaut. Wie kann er meine Verwirrungen nur mit einem Blick in Vergessenheit geraten lassen? Warme braune Augen, die mein Herz trotz aller Verwirrung zum Rasen bringen. Als wäre das noch nicht romantisch genug, scheint die abendliche Sommersonne orange und golden und ummantelt Lucas Silhouette wie eine heilige Erscheinung. Ich wünsche mir, diesen Augenblick mit einer Polaroidkamera festzuhalten, um mich später daran zu erinnern, wie perfekt alles wirkt. Wenn ich aufwache, dann ist all das hier fort.

Ich schiebe diese Gedanken erst einmal beiseite. Versuche, mich auf das zu konzentrieren, was gerade passiert. Die Zweifel und die Grübeleien können warten, denn diesen Traum erlebe ich so bestimmt kein zweites Mal. Vielmehr sollte ich akzeptieren, dass ich ins eiskalte Wasser gesprungen bin und diese angenehme Abkühlung willkommen heißen. Wenn das ein Traum ist, dann gibt es auch keine Konsequenzen. Dann kann ich einfach machen, was ich will. Und ändern kann ich an der Situation eh nichts. Gerade übernimmt mein Herz das Steuer, während mein Verstand auf stumm schaltet.

Ich will einfach nur genießen. Fragen kann ich später stellen.

»Geht's dir besser?«, wendet sich Luca an mich.

Ich bin nicht gerade sportlich, offenbar gilt das auch für diese Traumversion von mir. Wenn ich mehr als zehn Treppenstufen laufe, muss ich schon Pause machen und durchatmen.

»Ja«, mehr kriege ich nicht über die Lippen. Immerhin hat Luca das Tempo gedrosselt, und ich komme jetzt endlich wieder hinterher.

Er reicht mir das Eis, das schon begonnen hat am Rand der Waffel zu schmelzen.

»Danke dir.«

Ich lächele ihn an und nehme es mit der freien Hand entgegen, um sofort davon zu kosten. Der Geschmack von Erdbeeren hinterlässt ein Prickeln auf meiner Zunge. Fast wie der Kuss von Luca. Das Eis von Matteo ist einfach das beste.

Eine Weile gehen wir nebeneinanderher. Ich esse mein Eis, während Luca mir immer wieder verstohlene Blicke zuwirft. Das Schweigen zwischen uns ist nicht unangenehm oder peinlich. Es fühlt sich natürlich an. Das hier ist gerade zu schön, um wirklich wahr zu sein, was meine Theorie bestätigt, dass ich nur träume. Seine Finger fühlen sich warm in meinen an, und ich habe nicht eine Sekunde lang das Bedürfnis, ihn loszulassen.

Der Strand leert sich langsam. Die Urlauber*innen packen ihre Taschen, wollen vermutlich ins nächste Restaurant, um auf einer Terrasse in der Abendsonne Pasta und Wein zu genießen. Ich beobachte die Menschen, habe meine Kugel Eis fast vernichtet und knabbere bereits an der Waffel.

»Wir sind gleich da«, durchbricht Luca die Stille zwischen uns, und ich erinnere mich daran, dass er mir eine Auszeit versprochen hat.

Was auch immer er damit meint.

»Und wo ist dieses mysteriöse *da?*«

Ich grinse und muss aufpassen, dass mir die kleinen Bruchstücke meiner Eiswaffel nicht in den Ausschnitt fallen. Erst jetzt wird mir klar, dass ich außer dem Bikini nichts anhabe. Normalerweise hätte ich mir ein T-Shirt übergezogen oder zumindest ein Handtuch, doch alles ging so schnell, dass ich nicht reagieren konnte. Unweigerlich frage ich mich, ob Luca mein Bikini gefällt. Und: Gefalle ich *mir?* Ich habe keine Zeit, dem Gedanken nachzuhängen.

»Das wirst du gleich sehen.« Lucas Blick ist unergründlich, und in meinem Kopf herrscht gähnende Leere, wenn ich darüber nachdenke, wohin er mich wohl bringen könnte.

»Du machst es vielleicht spannend.«

Er zuckt nur mit den Schultern und lacht. Noch nie habe ich ihn so gesehen, er war für mich immer nur der süße Junge aus dem Eiswagen, doch plötzlich ist alles an ihm so vertraut. Als würde ich schon Jahre mit ihm verbringen.

Wir schlendern an der Promenade entlang, bis Luca den Weg zu den Klippen einschlägt. Die Bucht ist menschenleer. In der Sonne erscheint das dunkelblaue Wasser, das sanft gegen die Steine schlägt, fast schon ein bisschen lila. Das Rauschen der Wellen wird mit jedem Schritt intensiver, und auch die Geräusche der Menschen am Strand liegen hinter uns.

Als ich mein Eis aufgegessen habe, kann ich die Haarsträhnen aus der Stirn wischen, die der warme Wind mir um die Ohren weht, und habe direkt eine bessere Sicht auf das, was Luca vorhat. Er steht nun am Rand der Klippe und streckt mir auch die andere Hand entgegen, die ich annehme. Behutsam lasse ich mich von ihm heranziehen und wage einen kurzen Blick hinunter zum Wasser, bevor wir weitergehen.

»Das hier ist mein liebster Ort am Strand«, löst er schließlich das Rätsel. »Ich wollte ihn dir schon den ganzen Sommer zeigen, habe aber auf einen besonderen Moment gewartet.«

Und das hier, genau jetzt, ist für ihn ein besonderer Moment?

»Ist das dein üblicher Anmachspruch?«, kontere ich und grinse dabei. Ich blicke zu Luca auf und sehe, dass auch er lachen muss.

»Normalerweise frage ich die hübschen Urlauberinnen, ob sie ein Eis umsonst wollen.«

Ich stolpere unerwartet vor Lachen, aber Luca hält meine Hände. Mir stockt der Atem, als ich den Kopf recke und in sein Gesicht schaue.

»Atmen, Sonnenschein«, erinnert er mich und hebt seine Mundwinkel.

Sofort sauge ich Luft in meine Lunge, und mein Körper entspannt sich.

»Alles okay?«
Ich nicke.
»Mehr als *okay*.«
Das war nicht einmal erfunden.
»Dann komm, lass uns weitergehen.«
Luca löst seine Finger und hinterlässt dabei ein Prickeln, das mich fertigmacht. All die Verliebtheit, die ich für diesen Jungen damals im Urlaub gefühlt habe, schlägt mir jetzt entgegen. All die Emotionen sind wieder da, und ich komme kaum dazu, meinem Herzen eine Auszeit zu gönnen.

Als wir unseren Weg fortführen, der steil nach unten geht, legt er einen Arm um meine Schulter, damit ich nicht noch einmal aus dem Gleichgewicht gerate. Ich habe immer noch keine Ahnung, wohin er mich führt.

»Nur noch ein Stück«, verspricht er. »Mach die Augen zu, ich passe auf dich auf.«

Ich zögere keine Sekunde und spüre, wie Luca meine Schulter loslässt und stattdessen meine Hände nimmt. Zwar schließe ich die Augenlider, doch ich kann es nicht lassen, kurz zu blinzeln. Es sieht etwas wackelig aus, wie Luca rückwärtsläuft, um mich an beiden Händen zu halten.

»Hey, nicht schummeln!«
Wir lachen.

Es dauert keine Minute, bis er stehenbleibt und auch meine Beine zum Stillstand kommen. Es riecht noch intensiver nach dem Meer, und die Luft ist schwer und salzig. Ich bemerke, dass sich der Untergrund ändert, weicher wird.

»Du kannst die Augen jetzt aufmachen.«

Luca muss laut sprechen, damit ich ihn über die Wellen hinweghören kann, die gegen die Klippen peitschen. Er lässt meine Hände los.

Meine Lider öffnen sich langsam, gewöhnen sich an die Szenerie.

Ich stehe wieder im Sand. Wir sind umgeben von Klippen, wie in einer kleinen Höhle, die an einer Seite offen ist. Neben uns glänzt das Gestein in der Sonne, die vor uns untergeht. Ich kann verstehen, wieso er gerade diesen Ort so liebt.

»Das ist wunderschön.«

Mir bleibt der Mund offen stehen.

»Sag ich ja.«

Mein Blick ist gefesselt von alldem, doch aus dem Augenwinkel sehe ich, wie Luca grinst.

Plötzlich liegt sein Arm um meine Hüfte. Fühlt es sich für ihn auch so normal an? Als hätten wir ein Leben lang nichts anderes getan, als uns zu berühren.

Dabei ist das hier definitiv nicht alltäglich für mich, und dennoch werden alle Zweifel ganz still. So ist das doch in einem Traum, oder? Man glaubt, es ist völlig realistisch, fliegen zu können oder Feuer zu spucken.

Er verringert jegliche Distanz zu mir, und ich drehe mich zu ihm. Seine Stirn an meiner, unsere Hände miteinander verschränkt. Das hier ist wirklich ein Ferientraum. Unsere Lippen berühren sich, doch dieses Mal bin ich davon nicht mehr so geschockt wie vorhin. Sein Mund ist ganz vertraut. Ich frage mich nicht, wie ich mich beim Küssen anstelle, überlege nicht, ob sich unsere Zungen berühren sollten. Es passiert einfach.

Nur widerwillig löst sich Luca von mir, und als ich die Augen öffne, sehe ich ihn lächeln.

»Ich wollte dir das schon längst gesagt haben, Bonnie.« Lucas Blick verändert sich.

Zurück sind die Fragezeichen in meinem Kopf.

Auf so eine Ansage folgt für gewöhnlich ein großes *Oh-Oh*. Und sollte in meinem Ferientraum nicht alles perfekt sein? Okay, vermutlich hat man auch während einer Ohnmacht nicht nur schöne Träume.

Meine Hand umfasst seine etwas fester, während ich mir auf die Unterlippe beiße. Sein Geschmack haftet noch daran.

»Ich möchte nach der Schule nach Edinburgh kommen. Zu dir.«

Was? Moment.

Luca sieht die Verwirrung in meinem Gesicht.

»Gefällt dir die Überraschung?«

Ja, eine gute Frage …

Das bringt das Fass zum Überlaufen. Italien, meine Eltern, Luca. Ich weiß nicht, wie ich hier landen konnte, geschweige denn, was ich mit meiner Zukunft vorhabe. Da ist ein warmes Gefühl, wenn ich ihn ansehe. Wenn wir uns küssen.

Liebe?

So muss es sich anfühlen, oder?

Luca stupst mich mit der Schulter an, und ich begreife, dass er auf eine Antwort wartet.

»Oh, wow!«, sage ich mit einem Räuspern. Jetzt schaffe ich es auch, sein Grinsen zu erwidern, auch wenn meins weniger ehrlich ist. Hoffentlich merkt er das nicht. Klar, ich freue mich für ihn, aber was zur Hölle ist da zwischen uns passiert, dass er diesen großen Schritt wagt? Mir fehlen in diesem Traum einfach zu viele Puzzlestückchen.

Ich will Luca nicht enttäuschen. Er sieht mich nämlich an, als müsse ich eigentlich Luftsprünge machen. Zurück ist der Gedanke, dass es für mein Leben keine Konsequenzen gibt, wenn ich in diesem Traum einfach wegrenne und ins Wasser springe, und auf einmal ist da etwas in seinem Blick, das mich stutzen lässt. Meine Träume sind durchaus sehr lebendig. Ich kann fühlen, schmecken, riechen, doch für gewöhnlich hinterfrage ich meine Handlungen nicht. In Träumen ist alles klar und selbstverständlich, und das passt so gar nicht zu dem, was ich hier erlebe.

»Das sind ja mega News«, gebe ich zurück und falle ihm in die Arme. Er soll mir nicht ansehen, wie mein Gehirn arbeitet und versucht, zu begreifen.

Das geht mir alles ein bisschen schnell.

Luca hat Pläne.

Was sind meine? Nein, in einem Traum habe ich nicht von jetzt auf gleich massive Zukunftsängste. Was wird passieren, wenn ich Italien mit meinen Eltern verlasse? Geht die Schule nach den Ferien wieder los? Werden Luca und ich nach meinem Abschluss zusammenziehen, jetzt, wo er beschlossen hat, in meine Heimat zu kommen?

Was ist mit meiner Mum, ich kann sie doch nicht ...

Der Gedanke reißt ab.

Sie hat Dad.

Und mit einem Mal erschlägt mich diese Erkenntnis. Ich schwanke, doch Luca hält mich fest.

»Alles okay bei dir?«

Nein, gar nichts ist in Ordnung, doch Luca soll mir

nicht anmerken, wie sich meine Gedanken verknoten und die Überforderung die Kontrolle übernimmt.

Vorsichtig löse ich mich aus seinen Armen, reibe mir mit den Fingerspitzen über die Stirn.

»Ich glaube, ich habe einen Sonnenstich«, versuche ich mich rauszureden. Ein Lächeln soll ihm zeigen, dass ich nur etwas Ruhe brauche. Dann kann ich auch besser nachdenken.

»Wie gut, dass wir schon mal im Schatten stehen.«

Lucas Hand landet sanft auf meinem Rücken, gibt mir Halt. Ein kleiner Schauer durchfährt meinen Körper, zeigt mir, dass ich sicher bin.

»Was hältst du davon, wenn wir zurückgehen?«

Es rührt mich, wie rücksichtsvoll Luca ist. Er hat mir gerade seine großen Pläne offenbart, und dennoch stellt er sich hintenan, weil er sieht, dass mit mir etwas nicht stimmt.

»Geht schon, ich glaube, ich muss mich einfach ein bisschen hinsetzen«, sage ich und lasse meinen Worten Taten folgen. Luca nimmt neben mir auf einem Stein Platz. Seine Hand, die auf meinem Rücken lag, verweilt nun auf meiner Schulter. Er ist mir ganz nah. Ich will seufzen, doch über meine Lippen kommt kein Ton. Mein Kopf ruht auf seiner Schulter, wir genießen den Sonnenuntergang und das Rauschen des Meeres. Ich streife die Schlappen, die mir nur ein kleines bisschen zu groß sind, von meinen Füßen und vergrabe die Zehen im Sand.

Als ich mein Kinn recke, lasse ich den Blick schweifen. Unbemerkt versuche ich, Luca etwas genauer zu mustern. An seinem olivfarbenen Muskelshirt hängt Sand. Vermutlich kann ich später auch meine kompletten Klamotten ausschütteln. Ich schaue hinauf. In seinen Augen spiegelt sich die rötlich schimmernde Abendsonne.

»Ist dir kalt?«

Luca sieht zu mir rüber, doch ehe ich antworten kann, zieht er bereits sein Shirt über den Kopf und reicht es mir wortlos.

Ich muss an mich halten, nicht seinen definierten Oberkörper anzustarren. Luca ist groß und schlank. Seine Arme und seine Brust sehen so aus, als würde er viel Sport machen. Der Blick sollte mir eigentlich nicht neu sein, wenn ich bedenke, dass Luca und ich zusammen sind. Und wieder flackert die Frage auf: Kann das noch ein Traum sein?

»Ähm, danke«, gebe ich mit roten Wangen zurück, schlucke und streife das Shirt, das nach Luca riecht, über den Bikini. Salzwasser und sein Parfüm, ein Hauch Bergamotte.

»Steht dir.«

Ein Lächeln umspielt seine Lippen, und ich kann gar nicht anders, als meine Hand an seine Wange zu legen. Die leichten dunklen Bartstoppeln sind weich, piksen mich nicht. Mir fällt auf, dass ich gar nicht weiß, wie alt Luca eigentlich ist. Wir müssen im gleichen Alter sein, oder?

»Ich freue mich wirklich, dass du nach der Schule nach Schottland kommen willst. Entschuldige, dass ich dir das nicht sofort gezeigt habe. Aber nur zur Sicherheit: Du meinst nächstes Jahr nach dem Abschluss, oder?« Etwas unsicher entgegne ich sein Lächeln.

»Natürlich«, antwortet er mit samtweicher Stimme, die

meine Knie zum Schlottern bringt. Wie im Film nimmt Luca meine Hand von seiner Wange und küsst sie.

Kann das hier noch romantischer werden?

»Wir haben alle Zeit der Welt.«

Ja, kann es.

Mit wenigen Worten ist Luca imstande dazu, mein Hirn auszuschalten. Ich beuge mich vor, unsere Lippen berühren sich.

Und ich denke nicht an morgen.

Kapitel 5

Die Sonne küsst mich wach. Ich blinzele, gähne und strecke meine Glieder. Kein Albtraum, das erste Mal seit Tagen. Da ist nur angenehme Wärme. Gemächlich setze ich mich auf, schlage die Bettdecke zur Seite und realisiere, dass ich nicht zuhause in meinem Schlafzimmer bin.
Moment...
Ich betrachte die gerahmten Gemälde von Sonnenblumen an der Wand, die Tapete mit dem blassen gelb-blaugestreiften Muster und die beigen Vorhänge am Fenster, die offen stehen. Die Erinnerung kommt langsam zurück. Mir fällt wieder ein, dass ich gestern Nacht die Vorhänge absichtlich nicht zugezogen habe, damit die Sonne am Morgen in das Zimmer scheint.
Ich bin in der Ferienwohnung.
Immer noch in Italien.
Mit Daumen und Zeigefinger zwicke ich mir in die Wange und bereue es direkt, als der Schmerz einsetzt.
Fuck! Komm schon, wach auf!
Ich kneife die Augen zusammen, doch als ich sie wieder öffne, hat sich an der Szenerie nichts verändert. Kann man sich in einem Traum schlafen legen und aufwachen, nur um am nächsten Tag wieder zu träumen? Traumception, oder was ist das? Vielleicht brauche ich auch so einen Kreisel, um zu verstehen, wann ich wach bin und wann ich

träume. Ich betrachte meine Beine genauer. Da sind mehr Sommersprossen auf meiner Haut, als ich es gewohnt bin. Ich nehme mir die Zeit, meine Finger zu mustern, durch meine Haare zu fahren, und als ich in einem Knoten hängenbleibe, seufze ich.

Träume fühlen sich anders an. Diese Möglichkeit ist mir bereits gestern eingefallen, doch vermutlich dachte ich am Ende des Tages, ich würde in meinem eigenen Bett in der Logie Green Road aufwachen. Und kaum zwicke ich mich erneut, dieses Mal in den Oberarm, wird es mir so richtig bewusst.

Bei allen Rockgöttinnen!

Ich reibe mir mit den Händen übers Gesicht, versuche Klarheit zu bekommen. Als ich aufstehe, bemerke ich das Shirt, das ich trage. Azurblauer Stoff, der bis zu meinen Knien reicht. Auf der Brust ist das Logo einer italienischen Fußballmannschaft zu sehen, das ich kopfüber zu lesen versuche. Empoli FC. Auf einmal steigt mir sein Duft in die Nase.

Luca.

Ich grabe meine Finger in das Shirt und ziehe den Saum zu meinem Gesicht hoch. Ein wenig lächerlich komme ich mir schon dabei vor, wie ich seinen Geruch einatme, doch gleichzeitig überkommt mich das pure Gefühl von Glück. Sicherheit.

Ist das hier wirklich alles real?

Gedanklich mache ich mir eine Liste mit Dingen, die dagegensprechen. Es kann nicht sein, immerhin war ich vor einigen Stunden noch in dem Musikladen. Ich bin nicht in Italien, sondern in Edinburgh, und wenn mein Vater noch leben würde, dann ... Meine Gedanken stocken, dann schweifen sie zu dem Moment im Shop zurück. Wie beim Puzzeln versuche ich, die Teile sinnvoll zusammenzusetzen, doch irgendetwas fehlt, und ich weiß nicht, was.

Ich könnte mich jetzt im Bett vergraben, abwarten, bis sich etwas ändert, aber eigentlich will ich keine Zeit verschwenden. Meine Gefühle sind echt. Das alles hier wirkt real. Vielmehr sollte ich mich freuen, was passiert und die Dinge annehmen, wie sie geschehen.

Das klingt gut, auch wenn es mir schwerfallen wird, den Kopf auszuschalten. Doch vielleicht kommt mir genau dann der erleuchtende Einfall.

Was auch immer es ist, Bonnie, genieß es.

Mit dieser Motivation beschließe ich, nach meiner morgendlichen Dusche den Tag einfach zu erleben.

Aus dem Wohnzimmer unserer Ferienwohnung erklingt das *Master of Puppets*-Album von Metallica, das mir direkt ein Lächeln auf die Lippen zaubert. Ich verbinde mit der Band so viele Momente, die ich mit meinen Eltern erlebt habe. Schallplattenabende und lange Konzertnächte.

Ich sehe die sechsjährige Bonnie vor mir, mit Zahnlücke breit grinsend auf Mums Schultern, während Dad immer wieder die geräuschdämpfenden Kopfhörer vom Boden aufsammelt, die ich abgeschüttelt habe.

Kaum zu glauben, dass all das in dem Augenblick nicht nur verblasste Erinnerungen sind.

»Na, bist du auch mal wach?«, begrüßt mich meine Mutter, die mit einer dampfenden Tasse Kaffee auf der Terrasse sitzt. Ihre Haare sind zu einem Dutt zusammengebunden. Sie setzt die Sonnenbrille ab, als sie mich sieht.

Die große Fensterfront im Wohnzimmer, die nach draußen führt, steht weit offen, und schon jetzt dringt die Hitze in die Wohnung.

»Es sind Ferien, Mum«, erinnere ich sie und rolle mit den Augen.

Ich komme barfuß zu ihr, verbrenne mir die Fußsohlen beinahe auf dem Steinboden, und strecke ihr als Entgegnung die Zunge heraus.

»Wie geht es deinem Sonnenstich?«, fragt sie, ohne auf mein Augenrollen einzugehen.

Gute Frage …

»Besser, glaube ich. Jedenfalls brummt mir nicht mehr so dolle der Schädel.« Instinktiv greife ich mir mit der Hand an den Hinterkopf und schaue mich nach einem Sitzplatz um.

»Was liest du da?«, frage ich sie, bevor sie mich mit weiteren Fragen löchern kann, und setze mich auf den gegenüberliegenden freien Stuhl an den kleinen runden Holztisch. Ich bin dankbar für das Sitzkissen, sonst hätte ich mir nicht nur die Füße, sondern auch den Hintern verbrannt. Wie gut, dass ich den Sommer liebe und mit der Hitze klarkomme. Ganz im Gegensatz zu Amy.

Wo ist sie wohl gerade?

Mum hebt ihr Buch an, sodass ich den Titel lesen kann, und ich bin wieder im Hier und Jetzt. Auf dem Cover ist eine lächelnde Frau abgebildet, die mit einem großen Koffer vor dem Kolosseum in Rom steht. Das Motiv ist total kitschig.

La dolce vita – Wie ich trotz meiner Bedenken auswanderte.

Fragend ziehe ich eine Augenbraue hoch und sehe Mum an.

»Was schaust du denn so? Wir haben doch bereits darüber gesprochen.« Sie legt das Buch zurück auf den Tisch und zieht die Schultern hoch.

Haben wir?

»Wenn du mit der Schule fertig bist, wollen dein Dad und ich uns hier abseits von Florenz ein Haus kaufen. Hast du das vergessen?«

Offensichtlich habe ich das.

Ich blinzele, hole tief Luft und schüttele dann lächelnd den Kopf.

Fassung bewahren.

»Nein, nein, bin nur noch ein bisschen müde. Oder es sind die Nachwirkungen des Hitzeschlags.« Ich winke ab und nehme mir ihre Tasse, aus der ich einen Schluck trinke. Der Kaffee ist süßlich, anders als sonst. »Seit wann trinkst du deinen Kaffee nicht mehr schwarz?«, frage ich sie und gebe mir Mühe, nicht angewidert dreinzuschauen, während ich die Tasse zurückstelle.

»Du bist wirklich noch etwas fertig, Sweetheart.« Mum lächelt, steht vom Tisch auf und tastet im Vorbeigehen meine Stirn mit ihrem Handrücken ab.

»Fühlt sich ganz normal an«, murmelt sie. »Bleib heute lieber im Schatten, okay?«

Auch wenn ich nicht weiß, was heute auf mich zukommt und ich ihr eigentlich kein Versprechen geben will, nicke ich.

Ich bin allein auf der Terrasse, lasse meinen Blick schweifen und muss die Augen ein bisschen zusammenkneifen, weil mich die Sonne blendet. Ich nehme Mums

Sonnenbrille vom Tisch und setze sie auf. In der Ferne erkenne ich prachtvolle Olivenbäume, Weinberge. Hügel, überall Hügel. Die Schönheit Italiens ist kaum in Worte zu fassen.

Je mehr ich versuche, im Hier und Jetzt zu leben, desto lauter werden die Zweifel in meinem Kopf.

Was mache ich hier? Und wie bin ich hier gelandet?

Meine Traum-Theorie habe ich abgehakt. Doch was ist es dann? Ich denke an die Fernsehserie *Doctor Who* über eine zeit- und raumreisende Person, die ich früher gerne mit meinen Eltern geschaut habe.

Wibbly wobbly, timey wimey.

Das Zitat des Doktors bleibt bei mir hängen.

Bleibe ich jetzt für immer hier?

Weil es in der Mittagshitze viel zu warm ist und ich auf Mums Worte hören möchte, verbringe ich die Zeit auf meinem Bett in meinem klimatisierten Zimmer und beschließe, mehr über diesen seltsamen Zustand herauszufinden. Meine Finger glühen vom vielen Tippen auf dem Smartphone, und mein rechter Daumen tut weh. Mittlerweile habe ich mich einmal durch das gesamte Internet gegraben, ohne so richtig zu wissen, wonach ich eigentlich suche.

Was gibt man denn auch schon in der Suchleiste ein?

Hilfe, ich bin in der Jetztzeit an einem anderen Ort in einem anderen Leben gefangen?

Bereits als ich nach Ortsverschiebungen gesucht habe, bekam ich nur seltsame Treffer angezeigt. Irgendwelche Erdplatten, die sich im Laufe der Jahre veränderten, und Theorien über Zeitverschiebungen. Ich finde keine Artikel, die mir erklären würden, warum ich auf einmal Italienisch spreche. Nichts davon bringt mich weiter.

Das Problem ist, dass ich nicht weiß, wonach ich suchen soll, und ich kann ja schlecht zu meinen Eltern gehen und ihnen mitteilen, dass ich gestern noch im Musikladen von *Ian's Records* stand und dann plötzlich am Strand aufgewacht bin.

Was würden sie denken?

Nach meiner nicht gerade erfolgreichen Onlinesuche versuche ich mich abzulenken und schaue eine alte Folge *Doctor Who* auf einem Tablet, das wohl mir gehören muss. Meine Lieblingsepisode, in der der Doktor Vincent van Gogh besucht. Ich liebe besonders das dramatische Ende, bei dem ich immer Rotz und Wasser heule.

Gerade als der Abspann der Episode läuft, klingelt mein Handy. Schniefend wische ich mir eine Träne von der Wange, schaue auf das Display und sehe Lucas Namen aufleuchten.

Ich zögere nicht, gehe sofort dran.

»Hey, was machst du gerade so?«

Seine Stimme zaubert das Lächeln zurück auf mein Gesicht.

»Ich hab gerade *Doctor Who* geschaut und stecke jetzt in einem Dilemma – die ganze Serie von vorne ansehen oder meinen Hintern hochbekommen.«

Irgendwie fühlt es sich vertraut an, mit ihm auf Italienisch zu reden. Als würde ich das schon jahrelang machen.

»Wie wäre es später mit einem Bummel durch die Stadt?«, will Luca wissen.

Da muss ich nicht lange überlegen.

Mit nervösen Fingern fahre ich über den Stoff des Sommerkleids, das ich ausgesucht habe. Es hat dünne Träger, einen V-Ausschnitt, und der Saum reicht bis zum Boden. Ich betrachte mich im Spiegel. Vermutlich habe ich das Kleid in Italien gekauft, es sieht ein bisschen so aus, als käme es von einem Markt. Dünner Stoff und ein Mandala-Muster in warmen Tönen, die meiner Haut schmeicheln.

Passt.

Nachdem ich meine Handtasche gepackt habe, verlasse ich mein Zimmer und gehe zur Haustür. Meine Eltern sitzen beide im Wohnzimmer auf der Couch und schauen etwas im TV. Dad hat kein Shirt an, nur seine Badehose. Mum trinkt aus einem hohen Glas, vermutlich eine eiskalte Limonade.

»Ich bin mit Luca ein bisschen in der Stadt, ist das okay?«

Ich habe den Knauf der Tür schon in der Hand.

»Klar, hab Spaß und richte Grüße aus«, sagt mein Vater, ohne dabei den Blick vom Fernseher abzuwenden.

»Fühlst du dich denn besser?«, hakt Mum nach, und ich weiß nicht so recht, was ich darauf antworten soll. Ich bin verwirrt, nichts ergibt einen Sinn, aber hey!

»Ja, viel besser«, flunkere ich. Es tut gut, meine Eltern wiedervereint zu sehen. Sobald ich wieder zurück bin, will ich unbedingt mehr Zeit mit ihnen verbringen. Aber jetzt ist es einfach schön, zu sehen, dass sie einander haben.

»Okay, aber pass auf dich auf.«

»Mache ich! Bis später.«

Ich trete in meinen Sandalen nach draußen, und mein Herz seufzt ein bisschen vor lauter Leichtigkeit auf.

Zu Fuß dauert es fünfzehn Minuten in die Stadt, und obwohl ich die Straßennavigation an meinem Handy angemacht habe, bemerke ich, wie intuitiv ich bereits dem Weg folge. Mein Orientierungssinn ist schlecht, und ich bin es gewohnt, mich zu verlaufen, doch es passiert kein einziges Mal.

Luca und ich treffen uns an den Steintreppen, um gemeinsam auf den Markt zu gehen. Er wartet dort bereits mit einem breiten Grinsen und winkt. Ich kann gar nicht anders, als auch zu lächeln.

Was habe ich für ein scheiß Glück.

Er empfängt mich mit einer Umarmung, zieht mich an sich, und unsere Lippen treffen aufeinander. Daran könnte ich mich wirklich gewöhnen. Er schmeckt nach Pfefferminze, und kurz schäme ich mich, dass ich mir vor unserem Treffen nicht nochmal die Zähne geputzt habe. Ich löse mich von ihm, sauge meine Unterlippe ein, doch Luca stört es nicht, dass der Geschmack von Kaffee an mir haftet. Auf seinen Shorts bemerke ich einen Farbfleck, und ich frage mich, was er heute gemalt hat.

»Du hast das Kleid an!«

Seine Stimme ist aufgeregt, und die Art, wie er mich von oben bis unten mustert, lässt die Schmetterlinge in meinem Bauch flattern.

»Ja«, antworte ich leise, weil mir keine bessere Antwort einfällt. Ich senke das Kinn und betrachte meine Beine. Hat *er* mir das Kleid geschenkt?

Bevor ich weiter darüber nachdenken kann, greift er nach meiner Hand und führt mich die Treppenstufen hinunter.

Die Stände am Markt sind klein, dennoch könnte ich

Stunden damit verbringen, mir die verschiedenen Gewürze, das hübsch bemalte Porzellan oder die luftigen Kleider anzusehen.

»Du wirkst, als sähest du das alles zum ersten Mal«, entgegnet Luca, und ich spüre seinen Blick auf mir, während ich an einem Marktstand zig verschiedene Sorten Oliven entdecke. Am liebsten würde ich sie alle probieren.

Irgendwie hat Luca ja sogar recht. Ich erlebe das hier erstmalig.

»Ich bin bei meiner Recherche, was ich essen möchte, eben gründlich.«

Wir lachen und bahnen uns einen Weg durch die Menschenmassen. Die Menschen, die hier im Dorf leben, machen ihre wöchentlichen Einkäufe und tratschen laut auf Italienisch, wobei sie wild gestikulieren. Es verirren sich nur wenige Tourist*innen in diese eher ländliche Gegend. Die meisten tummeln sich sowieso am Strand herum und lassen sich die Sonne auf die Bäuche scheinen.

»Weißt du schon, worauf du Lust hast?« Luca drückt meine Hand ein wenig fester und gibt mir das Gefühl, dass ich alle Zeit der Welt habe, wenn es um unsere Essensauswahl geht. Dabei knurrt mir der Magen.

»Wie wäre es mit Italienisch?«, foppe ich ihn und ernte dafür einen leichten Stupser seines Ellenbogens in meine Seite.

Die riesige Auswahl auf dem Markt überfordert mich. Ich möchte die saftigen Tomaten probieren, von den in verschiedenen Ölen eingelegten Gemüsesorten kosten und gleichzeitig das köstlich aussehende Tiramisu verschlingen.

»Wollen wir vielleicht einfach zu Pietro gehen?«

Luca schaut mich an, und ich begreife, dass mir der

Name vermutlich etwas sagen sollte, doch in meinem Kopf klingelt kein Glöckchen. Schon komisch, dass manche Dinge wie selbstverständlich erscheinen und andere wiederum völlig fremd sind. Als hätten meine Erinnerungen Löcher. Wie ein Käse. Meine Erinnerungen sind also Käse. Schon wenn ich nur an Käse denke, läuft mir das Wasser im Mund zusammen.

Ist Pietro jemand aus seiner Familie? Der Name eines Restaurants?

»Ja, klar«, antworte ich aus Ermangelung an Alternativen und lasse mir von Luca den Weg weisen. Bisher hat das ja auch geklappt.

Ich gehe absichtlich etwas langsamer als er, damit er nicht bemerkt, dass ich gar nicht weiß, in welche Richtung wir müssen. Es ist anders als vorhin, wo es mir so leichtfiel, den Weg zu finden. Wir kommen an einem Obststand vorbei und nehmen die Seitenstraße nach rechts. Eine kleine Gasse ohne Marktstände. Die steinernen Fassaden der Häuser ragen in den Himmel, und ich frage mich, wie viele Leute dort wohl wohnen. Von unten betrachtet sieht es nach drei bis vier Etagen aus.

»Ich hoffe, Pietro hat dieses Mal nicht vergessen, den Eistee kalt zu stellen.« Lucas Stimme reißt mich aus meinen Gedanken. Ich presse die Lippen aufeinander, versuche mich an einem Lächeln, ohne eine Ahnung davon zu haben, wovon Luca redet. Der Ort hört sich wirklich nach einem Restaurant oder einer Bar an.

Abwarten.

Die Sonne spiegelt sich auf dem glatten Steinboden. Zum Glück ist die Hitze nicht mehr so stark wie am Mittag. Andernfalls hätte mich meine Mutter wohl auch kaum aus dem Haus gelassen. Wir gehen durch weitere verwinkelte Gassen, bis Luca an einer grünen Tür anhält. Kein Schild, das auf ein Restaurant hinweist, trotzdem nimmt er die Klinke in die Hand und öffnet die leise quietschende Tür. Ich folge ihm hinein.

Meine Augen müssen sich erst einmal daran gewöhnen, dass es in diesem Raum viel dunkler ist als draußen, dann erkenne ich Barstühle und Tische. In der linken Ecke ist ein Tresen, doch der gesamte Laden ist leer. Kein einziger Gast ist zu sehen.

Kurz überkommt mich das Verlangen, Luca zu fragen, was hier los ist, doch dann wird mir wieder klar, dass das nicht geht. Also, es geht schon, aber Luca wäre dann vermutlich irritiert, und es reicht, wenn eine von uns verwirrt ist. Die Bonnie, die Luca kennt, weiß schließlich Bescheid.

»Such dir schon mal einen Platz«, weist mich Luca an, und ich steuere intuitiv auf einen kleinen Tisch in der Ecke zu. Der Laden ist gemütlich und urig. Dunkle Holzbalken und Pfeiler. An den Wänden erkenne ich gerahmte Fotografien von Menschen. Vielleicht von diesem Pietro?

Auf meinem Tisch steht Besteck in einer grauen Metalldose, das ich an Luca und mich ausgebe. Gabel und Messer sind in eine Serviette gewickelt, die ich unter dem Tisch leicht nervös zerrupfe. Es ist seltsam, nicht zu verstehen, was im eigenen Leben vor sich geht, wenn man doch eigentlich alles wissen müsste.

Hallo! Du wolltest den Tag auf dich zukommen lassen und einfach mal sehen, was passiert!

Ich beobachte, wie Luca hinter dem Tresen eine weitere Tür öffnet, und dann höre ich Stimmen. Sie klingen freundlich, offenbar begrüßt er jemanden. Lange bin ich nicht allein, denn schon nach wenigen Augenblicken kommt Luca aus der Tür, der herzlich den Arm um einen älteren Mann gelegt hat. Er kommt mir nicht bekannt vor. Auf seinem Kopf sind keine Haare, dafür hat er einen gepflegten grauen Bart, der ihm bis zu den Schultern reicht. Er putzt sich die Hände an der Schürze ab, die er um die Hüften gebunden hat, und ich meine, zu erkennen, wie kleine Mehlwölkchen auf den Boden rieseln. Es sieht schon ein bisschen lustig aus, wie sich Luca zu ihm herunterbeugen muss, weil er so groß ist.

»Ah, Bella!«

Der Fremde breitet die Arme aus, kommt mit Luca auf mich zu, und ehe ich mich's versehe, umarmt er mich. Offenbar ist der Mann doch nicht so fremd.

»Ciao«, sage ich leicht zögernd und winde mich aus der Umarmung, die sowieso ungelenk ist, weil ich noch sitze. Der ältere Herr wirkt zwar nett, doch ich will trotzdem so schnell es geht Klarheit über diesen Ort.

»Pietro arbeitet gerade an ein paar neuen Rezepten.«

So langsam wird das Bild klarer. Das ist also Pietro.

»Wollt ihr vielleicht meine neuste Kreation testen? Ich habe gestern frische Zitronen aus dem Nachbardorf erhalten und wollte eine cremige Sauce damit zubereiten. Darum mache ich heute auch erst später auf. So habe ich genug Zeit, das Rezept zu perfektionieren.«

Das klingt lecker.

Luca und Pietro verstehen sich wohl gut, wenn er einfach so bei Ladenschluss reinspazieren kann.

»Klar, wieso nicht.«

»Bene! Getränke wie immer?« Luca nickt. Pietro

klatscht in die Hände und verschwindet mit einem breiten Grinsen in kleinen Schritten zurück in den Raum hinter dem Tresen, vermutlich die Küche.

»Ich bin gespannt, was der alte Herr heute wieder liefert«, sagt Luca, als er sich mir gegenüber an den Tisch setzt. Ich falte die Serviette wieder einigermaßen zusammen und lege sie neben mein Besteck. Meine Hände fahren über das Holz, und ich gehe mit dem Daumennagel in eine tiefe Kerbe, versuche irgendwie, meine Unsicherheit zu verbergen. Wie es aussieht, klappt das nicht so gut mit dem Hirn-Ausschalten.

»Alles okay bei dir?«

Es gelingt mir auch nicht, selbstsicher zu wirken.

Langsam frage ich mich, was Luca wohl davon hält, mich andauernd zu fragen, ob es mir gut geht.

Ich hebe das Kinn und sehe in die besorgten Augen von Luca. Von meinem ... *Freund.* Zurück ist das weiche Lächeln auf meinen Gesichtszügen. Schon seltsam, dass ich mit jemandem zusammen bin, den ich eigentlich kaum kenne.

Ich hatte nicht geglaubt, mich so schnell in ihn zu verlieben. Jedes Jahr hoffte ich darauf, ihn wieder am Strand zu erblicken, auch wenn ich mich nie traute, ein richtiges Gespräch mit ihm anzufangen. Luca war ein unerreichter Ferientraum. Einer, der nun wahr geworden ist.

»Weißt du, ich fühle mich momentan einfach ein bisschen durcheinander. Wahrscheinlich ist es noch der Sonnenstich von gestern.«

Luca greift über den Tisch und nimmt meine Hände in seine.

»Sag mir, wenn ich dir helfen kann, okay?«

Oh, wie sehr ich mir wünsche, dass er das könnte.

»Klar.«

Was mir an Luca wirklich gefällt, ist die Tatsache, dass ich auch mit ihm schweigen kann. Aus dem Fenster betrachte ich die Menschen auf der Straße. Ich verstehe erst jetzt, dass wir durch einen Hintereingang ins Lokal gekommen sind. Luca versucht nicht, die Stille zu brechen, sondern schnappt sich stattdessen sein Smartphone und tippt fleißig auf dem Display. *Was er wohl so in seiner Freizeit macht? Mag er die gleichen Serien wie ich? Was verbindet uns?*

Meine Träumereien werden von Pietro beendet, der mit fröhlichem Singsang aus der Küche kommt und zwei große weiße Teller auf den Händen balanciert. Auf seiner Schürze zeichnen sich jetzt Flecken ab.

»Seid ihr bereit für meine Zitronenpasta?«

Mir läuft schon bei dem Geruch das Wasser im Mund zusammen. Zurück ist mein Hunger, der in den letzten Minuten kaum spürbar war. Der Koch stellt die dampfenden Teller vor uns ab, und Luca senkt sofort den Kopf, um an dem Gericht zu schnuppern.

»Die beste Pasta im Dorf«, jubelt er, nimmt seine Gabel in die Hand und will schon loslegen, doch Pietro bedeutet ihm zu warten, ehe er nochmal in der Küche verschwindet und mit Parmesan zurückkommt.

»Wow, das sieht fantastisch aus.«

Ich will am liebsten auch direkt loslegen, doch ich warte, bis Pietro den Parmesan über unsere Nudeln gerieben hat. Man muss kein Profi sein, um zu erkennen, dass die Nudeln selbstgemacht sind. Keine gleicht der anderen, auch wenn sie alle lang sind und halb so breit wie mein kleiner Finger.

»Buon appetito«, wünscht uns Pietro, tritt einen Schritt von unserem Tisch zurück und stemmt die Hände in die Hüften. Er wartet auf unser Urteil.

Normalerweise hätte ich nach einem Löffel gefragt, um die Pasta besser essen zu können, doch jetzt muss es auch so gehen. Ich schaue mir von Luca ab, wie er die Nudeln auf der Gabel aufdreht, und als die Nudeln mit der Sauce meine Zunge berühren, höre ich imaginäre Engelschöre singen. So eine gute Pasta habe ich noch nie gegessen!

»Holla die Waldfee, ich möchte nie wieder etwas anderes essen«, sage ich, nachdem ich den ersten Bissen hinuntergeschluckt habe. Die Sauce ist cremig, durch die Zitrone schön frisch, und ich glaube, dass auch ein bisschen davon in dem Nudelteig ist.

»Was ist da alles drin?« Meine Neugierde ist groß, doch Pietro schüttelt nur den Kopf.

»Bella, als hätte ich dir jemals meine Geheimrezepte verraten. Aber schön, dass du es immer wieder versuchst.«

Er zwinkert mir zu, und irgendwie ist es beruhigend, zu wissen, dass ich offensichtlich ständig nach den Rezepten frage.

Luca macht dem Koch ebenfalls ein Kompliment, und Pietro verlässt uns erst, als ihm einfällt, dass er die Getränke vergessen hat.

»Ich bin froh, dass ihm während der Öffnungszeiten Zahara aushilft, sonst wäre der Laden ein riesiges Chaos.« Luca grinst, auch wenn er den Kopf schüttelt.

Wieder so ein unbekannter Name. Lerne ich diese Zahara auch noch kennen oder kommt sie erst später ins Restaurant?

»Sag mal, bist du schon mal an einem vollkommen anderen Ort aufgewacht und … alles war anders?« Ich weiß nicht genau, was mich dazu treibt, Luca so unverfroren diese Frage zu stellen. Neugierde. Wissensdurst?

»Spielst du auf die Strandparty letztes Jahr an?« Das schelmische Grinsen macht ihn noch schöner, selbst mit dem kleinen Saucenfleck an der Lippe. Ich möchte wirklich wissen, was auf dieser Feier passiert ist, doch noch wichtiger ist die Frage, wieso ich heute in Italien neben Luca in einem kuscheligen Restaurant Pasta esse.

»Ich meine eher …«

Ich stocke, drehe noch eine Gabel voller Nudeln auf, um Zeit zu haben, meine Worte zu bedenken. »Hattest du schon mal das Gefühl … keine Ahnung … ein anderes Leben zu leben?«

Sein Lächeln verblasst ein wenig, und unsere Blicke treffen sich. Ich habe Angst, dass er etwas ahnt. Aber wie sollte er?

»Du packst heute aber philosophische Fragen aus«, seufzt Luca und schüttelt den Kopf, doch es wirkt nicht so, als mache er sich über mich lustig.

»Ich bin in Nachdenk-Laune.«

»Verstehe.«

Wir essen, kauen, denken. Ein Bild taucht in meinem Kopf auf. Luca und ich, wie wir in einem kleinen Boot über einen See fahren. Eine Erinnerung?

»Ich weiß nicht so recht«, sagt Luca schließlich, und meine Aufmerksamkeit gilt wieder ihm. »Als ich dreizehn war, bin ich mal vom Fahrrad gefallen und am nächsten

Tag bei meiner Oma im Haus aufgewacht.« Er legt den Kopf schief, schaut an die Decke, als stünde dort ein Rätsel.

»Und dann?«

»Du kennst die Geschichte doch.« Er lacht und rollt mit den Augen.

Jetzt bloß nicht auffällig sein!

»Erzähl sie mir nochmal«, fordere ich ihn lächelnd auf. »Ich möchte sie hören.«

Gut gerettet.

»Na ja, ich hatte diese superheftige Gehirnerschütterung, durfte eine Weile nicht zur Schule. Das war, als hätte man ein Loch in meinen Kopf gebohrt, damit darin Platz für ein ganzes Orchester ist, aber niemand kann ein Instrument spielen. Ätzend.«

Ich warte, ob noch mehr von Luca kommt, doch er isst unbeschwert seine Nudeln weiter. Als ich sein Gesicht genauer mustere, fällt mir eine Narbe an seiner Stirn auf, fein und dünn. Vielleicht ist die von dem Sturz?

Hatte ich einen Unfall? Liege ich eigentlich gerade im Koma?

»Du bist auf einmal so still«, höre ich Luca sagen. »Also, stiller als sonst.«

Ich muss dringend daran arbeiten, nicht aufzufallen.

»Nachdenk-Laune«, wiederhole ich und strecke ihm die Zunge heraus.

»Ist darin auch ein Plan für nach dem Essen involviert?«

Wir sind fast fertig, ich lege den Kopf leicht schief und überlege. Was habe ich früher gerne mit meinen Eltern in diesem Dorf gemacht, außer Strandbesuche und Shopping auf dem Markt?

»Wir könnten zum Olivenhain gehen«, schlage ich vor.

»Und von Pietro lassen wir uns noch mehr Eistee einpacken. Vielleicht auch einen Nachtisch?«

»Gute Idee.«

Ich weiß, dass ich auch dort keine Antworten bekommen werde. Möglicherweise werde ich sie nie kriegen und muss mich damit abfinden, dass mein Leben nun so aussieht. Ich werde heute Abend ins Bett gehen, und die Wahrscheinlichkeit, in Edinburgh aufzuwachen, ist gering. Vielleicht ist das jetzt so.

Nein, *abfinden* ist nicht das richtige Wort ... Ich habe hier doch eigentlich alles, was ich will. Meine Eltern, sonniges Wetter und Luca.

Und das reicht.

Kapitel 6

Mit einer Papiertüte bewaffnet, steigen Luca und ich den Berg hinauf. Ich schnaufe und ächze, habe lange nicht so eine gute Kondition wie er, der in diesem Dorf aufgewachsen ist und die hügeligen Wege täglich beschreitet. Kombiniert mit dem heißen Wetter, brauche ich oben angekommen vermutlich ein Beatmungszelt. Doch kaum kommen wir an unserem Ziel an, weiß ich, wieso sich der Anstieg lohnt, und ich vergesse, wie sehr ich aus der Puste bin.

Vor mir erstreckt sich eine grüne Oase. Olivenbaum reiht sich an Olivenbaum, das Gras ist frisch gemäht, und man kann den Sommer riechen. Es ist keine einzige Wolke am Himmel zu sehen, die Sonne strahlt in einem wunderschönen Licht auf die Bäume. Tief atme ich ein, dann aus.

»Hier könnte ich für immer bleiben.«

Vielleicht muss ich das sogar.

Luca nimmt meine Hand, und wir betreten das Feld. Normalerweise ist es nicht erlaubt, die Haine zu besteigen, aber dieser steht für alle offen. Es wird lediglich auf einem Schild darum gebeten, respektvoll mit der Natur umzugehen. Hier sind so wenige Touris unterwegs, dass es den Besitzer*innen wohl nichts ausmacht, wenn sich ab und an ein paar Menschen hierhin verirren.

Die Bäume blühen seit einigen Wochen schon nicht mehr, bis zur Ernte im Herbst dauert es allerdings noch ein wenig.

»Habe ich dir schon mal erzählt, dass ich als Kind Olivenbauer werden wollte?«, fragt mich Luca und zieht dabei neckisch eine Augenbraue hoch.

Ja, gute Frage ... Hast du?

Ich finde, meine Schweizer-Emmentaler-Erinnerungen könnten ruhig ein paar Löcher weniger haben.

»Ich weiß nicht«, antworte ich ehrlich und bin froh, dass es ihm nichts ausmacht.

»Irgendetwas anderes machen, Hauptsache kein Eis verkaufen wie mein Vater.«

Das wundert mich, denn der Luca aus meinen Erinnerungen hatte immer ein glückliches Gesicht gemacht, als meine Eltern und ich beim Eiswagen bestellt hatten.

Aber damals war er noch viel jünger. Und je älter er wurde, desto seltener sah ich ihn am Eiswagen aushelfen. Ich glaube, mit dreizehn habe ich mich so richtig in ihn verguckt.

»Mit vierzehn Jahren habe ich mal einen Sommer lang auf einer Olivenfarm ausgeholfen. Seitdem weiß ich, wie viel Arbeit dahintersteckt, na ja, ich will jetzt jedenfalls nicht mehr Landwirtschaft studieren.«

Er grinst, und mir fällt wieder auf, wie wenig ich über ihn weiß. Ich erinnere mich an das Gespräch am Strand, als er mir seine Pläne, nach Edinburgh zu ziehen, verraten hat.

Was will er dort?

Mit mir zusammen sein.

Allein der Gedanke, dass jemand so einen großen

Schritt nur für mich machen würde, jagt mir einen Schauer über den Rücken. Ist das nicht zu viel? Nach der Schule kann schließlich alles passieren. Und dennoch, nein gerade deshalb, fühle ich mich geliebt, wirklich. Trotz der ganzen Irritationen, die nicht aufhören, mich weiter zu peinigen.

»Hast du denn schon Pläne für Edinburgh?«

»Na ja, ich dachte …«

Er senkt den Kopf, und seine Wangen röten sich. Das ist das erste Mal, dass ich ihn verlegen sehe. Er sieht richtig süß dabei aus. »Ich dachte, wir studieren zusammen.«

In dem Augenblick möchte ich mir am liebsten in den Hintern beißen, denn ich hätte in der Ferienwohnung auf meinem Laptop ruhig mal ein bisschen Recherche über mein Leben führen können, anstatt *Doctor Who* zu schauen. Mails checken, Suchverläufe prüfen … Das sollte ich direkt tun, wenn ich wieder in der Wohnung bin. Aber jetzt muss ich mich auf das Gespräch konzentrieren.

»Klingt super! Hast du schon nachgesehen, was für dich möglich ist?«

Ich wollte die konkrete Frage nach seinem Studiengang lieber umgehen, denn höchstwahrscheinlich sollte ich wissen, wofür sich Luca interessiert.

»An der Uni, auf die du willst, gibt es auch Kunstkurse.«

Er bedenkt mich mit einem vielsagenden Blick, aber natürlich macht es in meinem Kopf nicht *Klick*. Lucas tiefes Lachen irritiert mich, dann setzt er sich in Bewegung, und ich folge ihm. Wir passieren die Olivenbäume, und mir wird bewusst, wie unterschiedlich jeder einzelne wächst. Mal krumm, mal dünn und gerade.

Moment … die Uni, auf die *ich* gehen will?

Luca wartet, bis ich zu ihm aufgeholt habe, dann legt er einen Arm um mich, und trotz der Hitze stört mich diese warme Berührung nicht. Ganz im Gegenteil.

»Du hast dir echt einen Sonnenstich geholt.«

Es ärgert mich, dass er mich so gut durchschaut, und auf der anderen Seite kann ich ihm seine Vermutung nicht verübeln. Ich weiß selbst, wie seltsam es ist, wenn du jemanden ewig kennst und sich diese Person plötzlich anders benimmt. Meine Erinnerungen senden mir Bilder von meiner Mum, kurz nach Dads Tod. Sie hatte sich von heute auf morgen vollkommen verändert. War stiller geworden, hatte sich mehr zurückgezogen. Es dauerte Wochen, bis sie wieder ein halbwegs funktionierender Mensch war.

Shit.

Vielleicht liege ich gar nicht im Koma.

Meine Gedanken drehen sich im Kreis, und ich frage mich, ob das hier das Jenseits ist und mein toter Körper bereits in Edinburgh unter der Erde liegt.

»Du bist ja ganz blass um die Nase«, bemerkt Luca, und ich schlucke.

»Ich habe gerade darüber nachgedacht, ob nicht alles eigentlich eine ewige Illusion ist, und wir in Wirklichkeit längst tot.«

Meine Worte bringen Luca zum Stoppen. Habe ich etwas Falsches gesagt?

»Oder wir sind einfach nur in der Matrix«, scherze ich, aber der Witz kommt bei Luca nicht an. Er tritt vor mich, legt seine Hände auf meine Schultern, und sein ernster Blick trifft mich ins Herz.

»Ich weiß, ich habe dich gestern mit meinen Plänen ein

bisschen überfallen. Wenn du nicht möchtest, dass ich nach Edinburgh komme, dann sag es mir, okay? Wir können über alles reden. Und gerade mache ich mir einfach nur Sorgen um dich, Bonnie.«

Scheiße.

Ich fühle mich ertappt, auch wenn Luca gar nicht verstehen kann, was mit mir los ist. Wohin nur mit all den verwirrenden Emotionen?

»Nein, das ist es nicht, Luca, wirklich!«, gehe ich in Verteidigung und hebe die Arme, sodass er sich von mir löst.

»Was ist es dann?«

Als ich ihn ansehe, scheint ihm die Sonne in den Rücken. Er wird angestrahlt wie ein wunderschöner Engel. Verdammt, ist das kitschig.

»Wenn ich das wüsste«, kommt es mir ganz unbedacht und leise über die Lippen, doch Luca hört jedes Wort. Eine kurze Stille tritt ein, er wartet auf meine Antwort, und ich seufze, verschränke die Arme vor der Brust. »Die Sonne hat mir wohl dermaßen das Hirn verbrannt, was?« Eine andere Ausrede habe ich nicht.

Ich versuche es mit einem Lächeln, das er nicht erwidert. Da muss mehr von mir kommen.

Du kannst das.

»Dann sorge ich dafür, dass du genug Schatten und etwas zu trinken bekommst«, antwortet Luca und reicht mir aus der Papiertüte einen der Eistees von Pietro. »Ein Sonnenstich ist nämlich ganz und gar nicht witzig.«

Er hat recht, und sofort fühle ich mich schlecht für meine miese Ausrede.

Ich versuche mich in dieses Leben hineinzuversetzen,

gehe alle Details im Schnelldurchlauf durch. Mein Dad lebt. Wir sind im Urlaub in Italien, wie früher. Luca und ich sind zusammen. Ich will studieren.

Das ist alles so anders als mein vorheriges Leben, doch ich bin neugierig geworden. Was für ein Studium habe ich mir ausgesucht?

»Irgendwie habe ich ein bisschen Angst davor, was passiert, wenn die Sommerferien vorbei sind.«

Hier komme ich mir so erwachsen vor. Ich bin in einer festen Beziehung, mein Freund will zu mir ziehen, und ich habe einen Plan, was ich nach der Schule machen will. Nichts davon passt in mein normales Leben. Aber was ist schon normal?

Ich hole durch die Nase Luft, presse die Lippen aufeinander, und mit gesenktem Kopf male ich mit der Fußspitze auf dem Rasen ungenaue Muster. »Ich will das alles hier nicht hinter mir lassen.« Als ich das Kinn recke, bemerke ich, dass Luca mich immer noch ansieht. Ich präge mir dieses Bild ein, wie er dort steht, und frage mich erneut, wie wir ein Paar geworden sind. In seinen Augen blitzt etwas auf. Sorge? Er kommt auf mich zu und schließt mich fest in seine Arme. Mein Kopf ruht auf seiner Brust, und ich höre sein Herz wild schlagen.

Schlägt es für mich so laut?

»Ich wollte dir den Urlaub wirklich nicht damit vermiesen, dich zu überrumpeln. Ich dachte, du freust dich, wenn ich nächstes Jahr nach Edinburgh ziehe und …«

Luca stoppt mitten im Satz, und ich merke, dass ich ihn verletzt habe.

»Schon witzig, dass meine Eltern nach Italien auswandern wollen und du nach Schottland, oder?«

Ich gebe mir Mühe, Luca ein Lächeln zu zeigen, und endlich heben sich auch seine Mundwinkel.
»Schon irgendwie absurd.«
Er zuckt mit den Schultern, schaut auf, und unsere Blicke treffen sich.
»Tut mir leid, ich wollte dir nicht vor den Kopf stoßen«, sage ich ruhig.
»Nein, ich war es, der auf einmal zu viel wollte.«
Luca seufzt, und dann bin ich es, die einen Schritt auf ihn zu macht.
»Ist das okay?«, frage ich, als ich eine Hand auf seine Wange lege und er den Kopf senkt. Luca sagt nichts, nickt lediglich, und für einen Moment stehen wir nur da, bis er sich regt und mir einen Kuss auf mein Haupt gibt. Ich lehne mich an seine Brust. Das allein reicht, um eine Gänsehaut bei mir auszulösen. Es ist egal, wie wir zusammengekommen sind. Bei Luca fühle ich mich sicher, das weiß ich.
Ich löse mich von seiner Brust, und als wir uns ansehen, küsst er mich.
Heilige Scheiße!
Wie kann so eine kleine Geste so viel in Gang setzen? Meine Fingerspitzen glühen, als sie über seinen Rücken tanzen und Halt suchen. Er gibt ein Raunen von sich, und ich bemerke, dass ich meine Hände in sein Shirt gekrallt habe. Luca verringert die Distanz zwischen uns, und ich spüre seine Hüftknochen. Unsere Zungen finden zueinander, necken sich. Seine Hände gleiten über meinen Rücken, stoppen bei meiner Hüfte und halten mich einfach nur fest.
Ich möchte nie wieder losgelassen werden.

Als sich unsere Lippen voneinander lösen, werde ich wehmütig, doch dann spüre ich seinen Mund an meinem Hals, wie er zarte Küsse darauf verteilt, und dann beginnt Luca plötzlich, liebevoll zu lachen. Ich bin noch ganz vernebelt, weiß gar nicht, wo mir der Kopf steht, und dann schaut er mich verträumt an, als wäre ich das Einzige, das in seinem Leben wichtig ist.

»Ich liebe dich.«

Sofort herrscht wieder Klarheit in meinem Hirn. Panik durchflutet mich. Hat er das schon einmal gesagt? Sagen wir uns das regelmäßig? Aber vor allem: Liebe *ich* Luca?

Er scheint von meinen Zweifeln nichts mitbekommen zu haben, denn Luca nimmt mich an der Hand, grinst frech und fordert mich zu einem Spaziergang auf.

Ich muss an den *PIXAR*-Film mit den Emotionen denken und kann vor meinem geistigen Auge sehen, wie ein kleines Panik-Männchen in meinem Kopf gerade den roten Schalter drückt.

Atmen.

Lucas Hand, die meine behutsam drückt, hilft mir dabei, wieder runterzukommen. Vielleicht trägt auch die unglaubliche Aussicht ihren Teil dazu bei. Wir spazieren zwischen Olivenbäumen auf einer Wiese, sind ganz allein, nur für uns.

Egal, wer wem wann die Liebe gestanden hat oder nicht, Luca findet es nicht merkwürdig, dass ich darauf nicht eingehe. Oder vielleicht ist meine warme Hand in seiner Antwort genug für ihn?

Ich versuche vom Thema abzulenken, auch um meinem Hirn eine Pause zu geben.

»Los, erzähl mir mehr von deinen Plänen in Edinburgh«, fordere ich ihn auf. Offensichtlich freut er sich über meinen Enthusiasmus.

»Du hast mich eben angesteckt mit deiner Zielstrebigkeit.« Ich und zielstrebig? Ich bin froh, wenn ich weiß, wie mein Stundenplan am nächsten Tag aussieht.

»Du bekommst auf jeden Fall das Musik-Stipendium, da bin ich mir sicher«, fährt er fort.

Immerhin einer von uns ist sich über etwas im Klaren. Ich will also Musik studieren. Das klingt echt schön. Dabei kann ich doch gar kein Instrument spielen.

Vielleicht kann ich es nicht, aber diese Bonnie schon.

»Dann hole ich dich nach deinen Kursen abends im Studio ab, wir gehen zusammen in einen Pub, ich koche dir echte italienische Pasta in deiner, meiner oder unserer Studibude und male die halbe Nacht an meinen Kunstprojekten.« Er sieht verträumt nach vorne gen Horizont, als läge unsere Zukunft klar auf der Hand.

»Das klingt grandios«, sage ich und meine es auch so.

»Also, wir könnten natürlich auch schauen, ob wir gemeinsam etwas im Wohnheim finden«, schlägt Luca vor.

Weil ich es nicht besser weiß, nicke ich.

Kunst und Musik. Zwei Dinge, die so gut zusammenpassen.

Ist es das, was uns verbindet? Die Leidenschaft für unsere Hobbys? Auf einmal spüre ich diese Gewissheit, dass ein Musikstudium genau das Richtige für mich ist. Hat Luca mich überzeugt oder schlummert der Gedanke vielleicht schon länger tief in mir?

»Aber wenn es nicht funktioniert, ist das okay. Ich möchte nur nach der Schule mit dir zusammen sein, ein anderes Land entdecken. So wie du meins erkundet hast. Nur ohne meine Eltern.«

Wir müssen beide lachen.

»Ich kann es kaum erwarten«, sage ich.

Am Abend sitzen wir im Garten von Lucas Eltern. Es riecht herrlich nach allerlei Gemüse, das auf dem Grill brutzelt, und Luca und ich haben je ein Glas von dem selbstgemachten Eistee von Pietro in der Hand, der vom Spaziergang übrig war. Wir sitzen an einem großen Holztisch, lachen über einen Witz, den mein Vater gemacht hat.

Die Sonne färbt den Himmel orangerot, mittlerweile sind ein paar Wolken dazugekommen, doch auch jetzt ist es noch angenehm warm.

»Vielleicht kommen wir euch einfach mal im Herbst besuchen, was meinst du, Rob?«

Mein Dad hebt sein Glas Wein, prostet Lucas Vater zu. Ihre Gläser klirren aneinander, und die Männer haben damit ihren Deal offensichtlich besiegelt.

Meine Mutter steht zusammen mit Lucas Mum am Grill. Sie kümmern sich um all die Köstlichkeiten, die wir gleich verspeisen werden. Tomaten, Maiskolben, gefüllte Champignons mit Feta und der Duft von gegrillter Paprika versprechen meinem knurrenden Magen ein Fest.

Luca und ich kapseln uns von dem Gespräch unserer Väter ab, denn sie unterhalten sich über Immobilien in Italien, und das Fachsimpeln interessiert weder ihn noch mich.

»In Edinburgh gibt es so viele atemberaubende Galerien«, schwärmt Luca auf einmal. »Also, sagt zumindest das Internet.«

»Lass mich raten, die *Scottish National Gallery?*«

Dass er eine abwinkende Geste macht, überrascht mich.

»Ne, viel zu touristisch. Ich meine eher die Galerien rund um *Dundas Street* und weiter außerhalb. Oder die ganzen kleinen Läden, die selbstgemachte Kunst verkaufen.«

Er hat sich gut informiert. Ein bisschen fühlt es sich so an, als wäre Luca bereits in Edinburgh gewesen.

»Ich will dir so viel zeigen! Und natürlich musst du als echter Einwohner von Edinburgh Arthur's Seat mit mir erklimmen und versuchen, dabei schneller als die Touris zu sein.«

Ich stelle mir vor, wie wir zusammen lachen, während uns der Wind um die Nase pfeift und wir beim Bergaufstieg hoffen, nicht in ein Gewitter zu geraten. Oder wie wir im Herbst Hand in Hand einen Spaziergang über den Farmer's Market machen, wo es nach Pumpkin Spice Latte und frischem Brot duftet. Unsere Schritte hallen auf dem Kopfsteinpflaster, unser verliebtes Lachen hört man noch drei Straßen weiter.

»Klingt nach einem Plan.«

Er küsst mich, was mir vor unseren Eltern nicht länger peinlich ist. Es fühlt sich so normal an. Vertraut.

»Okay, wer möchte einen Maiskolben?«, ruft meine Mutter herüber, und nacheinander stehen wir auf.

»Noch fünf Minuten länger, und ich wäre verhungert«, scherzt Luca und wirft mir einen Seitenblick zu. Seine warmen Augen lassen mich für einen Atemzug lang meinen Hunger vergessen. Alles um mich herum.

»Lasst es euch schmecken.« Lucas Mutter hebt ihr Glas, unsere Eltern prosten sich mit ihren Weingläsern zu, Luca und ich stoßen mit unserem Eistee an.

»Auf das beste Grillteam der Welt«, lobt mein Vater und zwinkert dabei.

Ich höre von allen Seiten das Klirren von Besteck, und wir verharren in genussvoller Stille.

Es fühlt sich surreal an, hier mit all diesen Menschen zu sitzen, während die Abendsonne sanft auf unsere Häupter strahlt. Ich streife mir die Sandalen von den Füßen, um das Gras unter mir zu spüren.

Wird es nun so weitergehen?

Ich wache morgen in meinem Bett in der Ferienwohnung auf, verbringe den Tag mit Luca oder meinen Eltern, und irgendwann brechen wir gen Heimat auf, wenn der Sommer sein Ende nimmt. Ich werde ein ganz neues Kapitel mit Luca in Edinburgh beginnen. Studium. Ausziehen.

Surreal, sag ich ja.

Als wir aufgegessen haben, sind alle pappsatt. Mein Vater steht auf, doch ich komme ihm beim Abräumen zuvor.

»Lass mich ruhig machen«, sage ich und schnappe mir die Teller. Beim Betreten der Küche bin ich kurz ratlos, wohin ich alles stellen soll, doch auf einmal fügen sich wieder Puzzleteile in meinem Kopf zusammen, und ich finde die richtigen Schränke. Luca kommt in die Küche und hilft mir. Erst jetzt bemerke ich die Bilder an der Wand. Die kleine Signatur mit dem Buchstaben L lässt mich darauf schließen, dass Luca die Leinwände bemalt hat. Gemüsesorten, Obst und allerlei Stillleben, nur dass seine Bilder nicht still wirken, sondern bunt und lebendig.

Sobald wir mit dem Abwasch fertig sind, gehen wir zurück in den Garten, und ich stoppe mitten im Schritt, als mir mein Vater im Rahmen der Glastür, die nach draußen führt, entgegenkommt. Seine große Hand liegt auf meiner Schulter, der breite dunkelsilberne Ehering glänzt sanft in den Sonnenstrahlen.

»Satt geworden?«, fragt er mich mit der tiefen Stimme, die mich an einen Opernsänger erinnert.

Dad ...

Ich kann gar nicht anders, meine Mundwinkel heben sich wie von selbst.

»Pappsatt.«

»Ich glaube, so in einer Stunde wäre ich für einen weiteren Snack zu haben.«

Dad verzieht komisch den Mund, ehe er mir zuzwinkert. In diesem Moment sieht er fast so aus wie der Mann auf dem Polaroidfoto, das ich in meinem Portemonnaie mit mir herumtrage. Nur ein bisschen älter. Das kantige Gesicht, der Bart mit den leicht grauen Strähnen, die dunkelblonden kurzen Haare ... Es sind lediglich mehr Tattoos auf seinen Armen dazugekommen, und ich nehme mir vor, sie morgen genauer zu inspizieren.

»Frag mich erst morgen wieder nach dem Essen«, winke ich ab und fasse mir an den Bauch. »Noch ein Champignon mehr, und–«

»Hey, Kid.« Dad unterbricht mich, doch er schaut mich so voller Liebe an, dass ich es ihm nicht übelnehmen kann. »Hab dich lieb.«

Ehe ich mich's versehe, drückt er mich an seine Brust. Fährt er immer noch Motorrad? Geht er jeden Sonntag laufen und ist deswegen so gut in Form? Der Gedanke zieht sofort weiter, denn ich möchte nur seine Wärme spüren.

Wie oft habe ich mir genau das gewünscht? Wie viele Nächte habe ich von ihm geträumt? Verschwommene Erinnerungen von stundenlangen Fahrten auf seinem Bike und der Geruch seiner Tattoocreme kehren zurück.

Ich will ihm sagen, wie sehr ich ihn vermisst habe. Dass Mum und ich ihn brauchen. Dass er niemals gehen darf.

Wir lösen uns voneinander, und ich schaffe es nicht, auch nur ein einziges Wort über die Lippen zu bringen, da hat er sich bereits von mir abgewendet und geht wieder ins Haus. Als ich ihm nachblicke, entdecke ich auf seinem Trizeps ein mir bisher unbekanntes Tattoo in Schreibmaschinenschrift.

Who wants to live forever.

Sofort habe ich das Lied von Queen im Kopf, und ich fühle mich wie in einem Film, bei dem ich das Ende bereits kenne.

»Kommst du endlich?«, holt mich Lucas Stimme aus der Fantasie, bevor ich weiter darüber nachdenken kann, wie viel Glück ich habe, dass mein Dad hier ist.

Aus dem Garten dringt Musik, die möglicherweise schon länger läuft, die ich zuvor jedoch nicht registriert habe. Eine Rockballade von Bon Jovi.

I can't sing a love song like the way it's meant to be.

Lucas Eltern tanzen eng umschlungen auf dem Rasen und sehen glücklich aus. Der Himmel wird dunkler, die Lichterketten gehen an. Meine Mutter quatscht derweil mit Luca am Essenstisch, auf dem eine kleine Lautsprecherbox die Szenerie untermalt, und ich geselle mich zu den beiden. Ich bekomme nur Wortfetzen mit, höre irgendetwas von Lucas Wunschstudium, denn die Innigkeit von seinen Eltern hat mich ganz in ihren Bann gezogen. Fast hätte ich mich sogar neben meinen Stuhl gesetzt.

»Dachte schon, du wolltest gar nicht mehr zurückkommen«, wendet sich Luca an mich und macht dabei einen niedlichen Schmollmund.

»Keine Sorge.«

Gerade will ich nirgendwo anders sein als hier.

Unsere Blicke folgen dem tanzenden Paar. Lucas Mutter, die einen halben Kopf größer ist als sein Dad, wirbelt ihn gerade in einer spektakulären Drehung um die eigene Achse. Beim Abendessen habe ich erfahren, dass sie früher mal Tänzerin war und ihre Karriere wegen einer Verletzung am Knöchel aufgeben musste. Und dann macht es Klick in meinem Kopf. Als wäre diese Information nur eine vergessene Erinnerung. Der Song läuft noch, dann stößt auch mein Vater zu uns. Er setzt sich wider Erwarten jedoch nicht an den Tisch, sondern greift nach der Hand meiner Mum und führt sie zur Tanzfläche.

»Unser Hochzeitssong, Grace«, höre ich ihn sagen. Luca und ich schauen uns an, wir beide wissen, dass wir sitzen bleiben werden, und müssen deshalb lachen.

Dafür rücken wir unsere Stühle so zurecht, dass wir den Paaren zusehen können, wie sie sich im Licht der Abendsonne zur Musik bewegen. Luca legt einen Arm um mich, und ich bette meinen Kopf an seine Schulter. Atme tief aus, versuche diesen Moment wie eine Fotografie festzuhalten, während Bon Jovi die letzten Töne singt.

Stirn an Stirn bewegen sich meine Eltern mit geschlossenen Augen zu *Always*, lächeln, und es fällt mir schwer, zu begreifen, dass dieser Anblick echt ist. Das Lied neigt sich dem Ende zu, und in der Sekunde schaut mein Vater zu mir. Unsere Blicke treffen sich, und dieses Mal denke ich nicht daran, wie sehr ich ihn vermisst habe, sondern wie glücklich ich bin. Mit all diesen Menschen. Ich weiß nicht, wann ich das letzte Mal vor lauter Freude am liebsten heulen wollte. Meine Finger greifen nach Lucas Hand, seine Liebe spüre ich deutlich. Ich sehe zu, wie Mum und Dad auf mich zukommen, und ziehe alle in eine Gruppenumarmung.

Und gerade, als wir uns voneinander lösen, lächelt mich mein Vater an. Mir bleibt die Luft weg. Irgendetwas stimmt nicht mit mir.

»Bonnie, was ist los?«

Die Stimme meines Dads ist auf einmal dumpf. Mein Körper fühlt sich an wie unter Wasser.

Ich höre heraus, dass sich weitere Stimmen dazugesellen, panisch klingen, doch als hätte jemand eine Tür aus Eisen hinter mir geschlossen, erdrückt mich die Stille.

Alles, was ich sehe, ist Dunkelheit.

Kapitel 7

Ein grelles Licht. Ein kurzer Schmerz in den Knochen. Das Gefühl von Schwerelosigkeit.

Ich bekomme wieder Luft und schlage hektisch die Augen auf.

Wo bin ich?

Keine Lichterketten, kein weiches Gras unter meinen Füßen. Die verschwommene Sicht wird klarer. Ich sehe meine Finger, die viereckige Gegenstände in einer Kiste berühren, die ich nicht zuordnen kann. Mein Herz schlägt so fest in meiner Brust, dass die Panik ansteigt und ich Angst habe, in Ohnmacht zu fallen.

»Brauchst du Hilfe?«

Jemand spricht mich an. Es ist nicht die Stimme meines Vaters oder die von Luca, auch wenn sie tief klingt.

Ich atme schneller ein und aus als mir lieb ist, blinzele mehrfach und begreife, dass ich im Plattenladen stehe. Mein Mund ist nicht fähig, eine Antwort zu formen, ich kann nur hecheln und dafür sorgen, meine Lunge mit ausreichend Luft zu befüllen. Ich klammere mich an die Kiste mit Schallplatten, die vor mir steht, denn meine Beine beginnen zu schlottern.

Luca.
Mum.
Dad.

All das ist nicht mehr da, und die Leere reißt ein Loch in mein Herz.

Keinen einzigen Gedanken kann ich festhalten, so schnell rast mein Kopf und versucht zu verstehen, was geschehen ist. Ich war in Italien. Jetzt bin ich wieder in Edinburgh.

Hatte ich einen Ohnmachtsanfall? Einen Hitzeschlag?

Hilflos sehe ich an mir hinunter, ich bin nicht verletzt. Nichts tut weh, außer mein Herz, das nach den Erinnerungen schreit.

Sind es überhaupt Erinnerungen?

»Hey!« Die Stimme, die vom Tresen kommt, ist diesmal lauter, und ich weiß, ich muss etwas sagen, um dem Ladenbesitzer keinen Schrecken einzujagen.

»Nein, hab nur ein bisschen geträumt, danke«, erwidere ich und kann mir selbst nicht glauben.

Will mir selbst nicht glauben.

Ich muss hier raus, einen klaren Kopf bekommen.

Ohne mich umzudrehen, stürme ich aus dem Geschäft, und Edinburgh empfängt mich mit einem Sommerregen.

Meine Mutter ist noch arbeiten, und ich sitze in meinem Zimmer auf dem Boden, angelehnt an mein Bettgestell. Mein Geist spielt mir vor, dass ich den Duft von Lucas Parfüm riechen kann, dass dort noch irgendwo ein Sonnenstrahl ist, der mir die Sicht versperrt, aber nichts davon kann ich wirklich spüren.

Wieder und wieder gehe ich es von vorne durch.

Ich bin in das Geschäft gekommen, habe im Sortiment gestöbert, und vom einen auf den anderen Moment war ich an einem völlig anderen Ort. Italien. Wie früher, aber eben auch ganz anders. All die Menschen um mich herum sind jetzt weg. Und Dad ist ...

Nein, lass den Schmerz dich nicht kriegen.

Bevor ich im Sand aufgewacht bin, war da noch etwas. Diese Schwärze. Wie im Weltall.

Das ergibt alles keinen Sinn. Man kann nicht einfach in ein völlig anderes Leben katapultiert werden, doch ein Traum war es auch nicht. Es hat sich zu echt angefühlt. Außerdem kann ich wohl kaum so lange im Stehen geschlafen haben.

Ich erinnere mich plötzlich an das Gespräch mit Luca über seinen Unfall, und sofort fange ich an, meinen Körper abzutasten. Habe ich im Plattenladen eine Verletzung übersehen? Unachtsam werfe ich mein Shirt neben mir zu Boden, ich schaue mir genau meine Arme und mein Brustbein an, aber ich sehe unverändert aus. Da fällt es mir wieder ein.

Der blaue Fleck an meinem Bein!

Ich prüfe die Stelle. Er ist noch genau dort, als ob er mir sagen will, dass kein Tag vergangen ist. Auch wenn ich weiß, dass es unklug ist, pieke ich auf die Stelle. Ich muss spüren, dass der Fleck echt ist und ich tatsächlich in diesem Zimmer bin.

Autsch.

Japp, tut immer noch weh.

Aber habe ich nicht genau das auch in Italien gedacht? Und ganz ehrlich, wenn ich umgekippt wäre oder so, dann hätte Ian bestimmt ganz anders reagiert. Ein Blick auf die Uhr auf meinem Handy verrät mir, dass tatsächlich kaum Zeit vergangen ist. Wie seltsam.

Schluckend greife ich nach meinen Kopfhörern, die in

meinem Rucksack liegen, setze sie auf und suche in meiner Musik-App nach *Always* von Bon Jovi. Es müssen nur die ersten Töne angeschlagen werden, schon sind meine Augen feucht und ich völlig verloren.

Mum und Dad tanzen zu dem Song im Gras, während die Abendsonne Italiens die Szenerie beleuchtet.

Als mein Vater starb, dachte ich, der Schmerz würde mich umbringen. Es hat Monate und viele Stunden der Therapie gedauert, mich damit abzufinden. Und auf einmal, als hätte meine Mutter mir gerade erst die Nachricht überbracht, tut alles weh. Kopf, Bauch, Brust. Ich habe das Gefühl, keine Luft mehr zu bekommen, sosehr ich auch versuche, meinen schnellen Atem zu regulieren. Der Kloß in meinem Hals sitzt fest wie ein Seemannsknoten. Ich kauere mich zusammen, ziehe die Beine an und versenke meine Stirn auf meinen Knien. Der Stoff der Hose ist binnen Sekunden tränennass. Hitze durchströmt meinen Körper.

Die Panik kehrt zurück.

Die Panik, von der ich dachte, sie im Griff zu haben.

Aber all die Bilder, all die Dinge, die ich in den letzten Stunden erlebt habe, machen jegliche Fortschritte zunichte.

Meine Therapeutin hat mir mal gesagt, dass es Rückschritte geben kann. Dass es Tage geben wird, an denen ich nicht mehr aus dem Bett aufstehen möchte, und die Erinnerungen mich erdrücken werden.

Ich hatte bereits schlechte Tage, doch keiner davon kam an das elendige Gefühl der Verzweiflung heran, das ich jetzt verspüre.

Ich will einfach nur zurück.

Meine Augen sind geschwollen und tun weh. Ich stehe vom Boden auf, gehe ins Badezimmer und wasche mir das Gesicht. Den Blick in den Spiegel vermeide ich, doch ich rechne damit, dass meine Wimperntusche komplett verschmiert ist. Mit einem Wattepad und etwas Make-up-Entferner gehe ich über meine Augen und Wangen, versuche, das Gröbste zu bereinigen.

Es war echt.

Es muss echt gewesen sein.

Der Geschmack von Erdbeereis haftet an meiner Zunge, erinnert mich an die Küsse, die ich mit Luca geteilt habe.

Mittlerweile habe ich die feuchte Hose gegen gemütliche Shorts ausgetauscht. Ich schaue hinab auf meine Beine. Wenn es real war, wieso sind meine Sommersprossen dann nicht so sichtbar wie am Strand? Auch meine Haut ist blasser, und als ich durch mein Haar kämme, merke ich, dass es meine gewohnte Struktur hat. Als wäre schon lange kein Salzwasser daran gekommen.

Ich zucke zusammen, als ich höre, wie die Haustür geöffnet wird. Schritte hallen unten im Flur.

»Ich bin zuhause«, ruft Mum durch das Haus.

Mit aller Macht reiße ich mich zusammen, klammere mich mit den Händen am Waschbecken fest und hole tief Luft durch die Nase.

»Komme.«

Langsam verlasse ich das Bad, trotte die Treppen hinunter und hoffe, dass meine Mutter mir nicht anmerkt, wie zerstreut ich bin.

»Alles okay?«

Tja, so viel dazu.

Sie steht im Flur, ihre schwarze Handtasche parkt auf dem Boden im Eingangsbereich. Ich blicke auf, schaue ihr aber nicht direkt ins Gesicht.

»Hatte einen seltsamen Tag«, antworte ich mit Halbwahrheiten.

»Lass mich raten, du willst nicht darüber reden?« Ich ignoriere ihren tadelnden Tonfall und schüttele den Kopf.

»Hast du denn schon etwas gegessen?«

Ich bin froh, dass Mum nicht weiter nachhakt.

In diesem Moment meldet sich mein Magen mit einem Rumoren, und ich erinnere mich an meine letzte Mahlzeit. Der Grillabend in Italien.

War der nun gestern Abend? Oder wie viel Zeit ist seitdem verstrichen? Habe ich wirklich etwas gegessen oder spielt mir mein Hirn etwas vor?

»Wollen wir Pizza bestellen?«

Meine Gegenfrage sorgt dafür, dass wir eine dreiviertel Stunde später gemeinsam auf der Couch im Wohnzimmer sitzen. Ich esse bereits mein letztes Stück Spinatpizza, während die nächste Folge der Serie *Never have I ever* startet. Auch wenn ich die Show mag, kann ich dem Plot heute nur schwer folgen. Meine Mutter dagegen lässt alle paar Augenblicke einen Spruch zur Sendung los, als wäre sie Kommentatorin bei einem Sportereignis. Vermutlich hat sie deshalb auch erst ein Viertel ihrer Pizza geschafft.

Die ganze Zeit überlege ich, ob ich meiner Mum erzählen soll, was ich erlebt habe.

Wie ich es ihr erklären könnte.

Hey Mum, ich war heut Nachmittag oder äh, gestern Abend übrigens in Italien und habe mit diesem Jungen aus dem Eiswagen rumgemacht. Ach so, Dad war auch da.

Ne, das kann ich einfach nicht bringen, sosehr ich die Erlebnisse auch mit ihr teilen möchte. Ich will ihr sagen, dass alles gut war. Ihr von der Zukunft erzählen, die sie sich mit Dad in Italien aufbauen wollte.

Doch wozu würde das führen?

Würde Mum denken, dass ich mir einfach böse den Kopf gestoßen habe? Sie wäre auf jeden Fall extrem verwirrt, und ich bezweifle, dass sie mir glauben kann. Und erst recht möchte ich nicht, dass sie sich Sorgen um mich macht, wenn ich von Dad spreche. Ich kann mir ja nicht einmal selbst richtig glauben.

Mein Blick fällt auf mein Handy, das vor mir auf dem schwarzen Couchtisch aus Glas liegt.

Soll ich Amy anrufen?

Und dann was?

Das Gefühl, nicht richtig zu wissen, was ich machen soll, lässt mich verzweifeln. Ich will so sehr alles mit Mum oder Amy teilen, doch auf der anderen Seite habe ich Angst vor den Konsequenzen.

Vielleicht muss ich erst einmal herausfinden, was da überhaupt mit mir passiert ist, bevor ich anderen davon erzähle.

Ich werde von einem sanften Rütteln an meiner Schulter geweckt.

»Ich gehe jetzt ins Bett, okay?«

Die Stimme meiner Mutter dringt an mein Ohr, und als ich die Lider öffne, sehe ich, wie sie vom Sofa aufsteht.

»Bin ich eingeschlafen?« Gähnend rappele ich mich auf.

»Ich wollte dich nicht wecken, du sahst so müde aus«, erklärt Mum.

Vermutlich sind die ganzen Eindrücke doch ein bisschen viel gewesen. Ich nehme meine Schlappheit als weiteren Hinweis dafür, dass sich mein Kopf diese ganze Sache nicht einfach ausgedacht haben kann.

Nachdem meine Mutter und ich uns eine gute Nacht gewünscht haben, mache ich mich im Badezimmer bettfertig und krieche schließlich unter die Decke.

Wenn ich erst einmal ausgeruht bin, geht es mir bestimmt gleich besser. Vielleicht ist die ganze Irritation morgen schon verflogen.

Ich stelle mir auf dem Handy einen Wecker für die Schule, und bevor ich schlafen gehe, stöbere ich in meinen Musik-Playlists. Beim Scrollen stoppe ich bei der Playlist, die ich damals für Luca angelegt habe. Ich sehe mir die Songs an, ohne sie abzuspielen, und mit einem Kribbeln im Bauch falle ich in einen unruhigen Schlaf.

Türen, immer wieder diese Türen.

Schwärze.

Kleine Lichter in der Ferne, die wie Sterne funkeln. Sind es wirklich Sterne?

Der Traum kehrt zurück, doch dieses Mal hat sich etwas verändert. Zuletzt waren alle Türen geschlossen, und ich schaffte es nicht, auch nur eine zu erreichen. Jetzt sehe ich, ein paar Meter weiter rechts, wie eine Tür offensteht. Ich nähere mich und bemerke, wie ein strahlendes Licht aus der Tür meine Haut wärmt. Aus Reflex kneife ich die Augen zusammen, doch als ich die Lider öffne, fühlt es sich ganz und gar nicht an, als hätte ich in die Sonne gesehen. Die Schwärze um mich herum nehme ich kaum noch wahr, und auf einmal ist der Traum weniger furchterre-

© Mi Ha, Guter Punkt

Illustration aus: »Could it be Love?« – Lea Kait

gend. Ich schwebe vor der Tür, lasse meinen Blick über den grünen Holzrahmen gleiten und habe das Gefühl, auf etwas Vertrautes zu stoßen. Dann rieche ich es: den salzigen Meeresgeruch und die herrlichen Düfte eines Barbecues. Auf meinen Lippen bildet sich ein Lächeln, und ich kann nicht anders, als die Hand nach dem Licht auszustrecken. Ich will sehen, was sich dahinter verbirgt. Doch als würde ich eine unsichtbare Wand ertasten, dringt meine Hand nicht durch die Türöffnung. Irritiert hebe ich auch die andere Hand, doch selbst als ich mich mit dem Körper gegen das Licht stemme, bleibe ich an Ort und Stelle. Vorsichtig gehe ich einen Schritt zurück, und was ich sehe, verschlägt mir den Atem.

Luca, der mich am Strand an der Hand nimmt. Mum und Dad, die lachend ihr Eis essen.

Auf einmal breitet sich eine Angst in mir aus. Ich will durch diese Tür gehen, aber auch der nächste Versuch scheitert. Tatenlos sehe ich zu, wie dieses Leben an mir vorbeizieht.

Es bringt mich zur Verzweiflung. Ich schwitze. Schmeiße mich gegen die Lichterwand, schlage mit den Fäusten dagegen und will sie mit Gewalt durchdringen.

Ich rufe, schreie, aber die Menschen hinter der Tür können mich nicht hören.

Es fühlt sich an, als würden all die Möglichkeiten, die hinter dieser Tür liegen, wie Sand durch meine Finger rinnen.

Fort.

So wache ich mit rasendem Herzen auf, als der Wecker am Morgen klingelt und mir mitteilt, dass es Zeit für die Schule ist. Der Tag beginnt so anders, wenn ich ihn mit dem Morgen in Italien vergleiche. Das unbeschwerte Beisammensitzen am Frühstückstisch mit meinen Eltern, die Leichtigkeit, die ich gefühlt habe. All das ist weg, und es entreißt mir den Boden unter den Füßen.

Ich mache mich im Badezimmer fertig, aber heute kann die Musik aus dem Duschradio meine Stimmung nicht heben. Die Ränder unter meinen Augen sind noch schlimmer als bei meinem letzten Gang zur Schule, und ich höre im Hinterkopf bereits Amy einen liebgemeinten Scherz darüber machen.

Amy.

Sosehr ich ihr auch von meinen Erlebnissen erzählen möchte, so groß ist die Furcht davor.

Mum fährt mich zur Schule. Ich schweige und streiche eine Falte aus dem gedeckten Rock der Schuluniform, während im Radio *Welcome to the Jungle* von Guns N'Roses läuft. Ja, ich fühle mich wie in einem riesigen Dschungel. Völlig verloren und orientierungslos.

Ich glaube, Mum merkt, dass irgendetwas in mir vorgeht. Sie besieht mich mit ein paar Seitenblicken, fragt aber nicht weiter nach. Ich bin dankbar, dass sie mir Raum lässt.

Als wir ankommen und ich aus dem Auto aussteige, schaffe ich es gerade so, ihr ein gepresstes Lächeln zu schenken.

»Hab einen guten Tag«, wünscht sie mir und winkt.

»Bis später.«

Meine Stimme ist leise, und ich frage mich, ob mich Mum überhaupt gehört hat. Sie fährt mit heruntergelassenen Fensterscheiben weiter. Einen Augenblick sehe ich ihr nach, bis ich mich schließlich Richtung Schulgebäude bewege.

Ich bin ein bisschen spät dran. Die Massen an Schüler*innen drängen sich an mir vorbei. Sie schieben sich alle bereits in ihre Klassenräume. Kurz halte ich an meinem Spind, sortiere den Kram, den ich für heute benötige, und laufe dann mit schnellen Schritten zur Turnhalle.

In der Kabine sind die meisten bereits umgezogen, nur ich nicht. Wo ich auch hinsehe, die anderen lächeln und plaudern in einem fröhlichen Ton. Alle reden, und ich habe das Gefühl, ein Fremdkörper in einem Bienenstock zu sein. Ich lasse meine Tasche neben Amy auf die Holzbank fallen und beginne, meine Schuluniform gegen die Sportkleidung aus meiner Tasche auszutauschen.

»Morgen«, begrüße ich meine beste Freundin wortkarg.

»Na, wieder Vampire gejagt?« Ich muss Amy nicht ansehen, ich kann hören, wie sie die Arme vor der Brust verschränkt und mich prüfend mustert.

»Bin heut in meiner Syril-Karn-Stimmung«, gebe ich zurück und binde meine Turnschuhe.

»Hast du dann wenigstens deine blauen Cornflakes gegessen?«

Ich schätze es sehr, dass mich Amy aufheitern möchte und mit mir Scherze aus der *Star-Wars*-Serie *ANDOR* macht, die wir letztens zusammen gesehen haben. Syril ist ein Konzern-Mitarbeiter, der in der Show seinen Job verliert und ständig ein Gesicht zieht, das an einen traurigen Smiley erinnert. Wir beide lieben die Figur, weil sie so unfreiwillig komisch ist.

»Nope, heute gab es nur schlechte Laune zum Frühstück.«

Ich signalisiere ihr, dass ich nicht darüber reden möchte, und stehe auf, nachdem ich die Schuhe zugebunden habe.

Wir rennen zum Aufwärmen drei unsinnige Runden im Kreis. Ich vermeide jedes Gespräch zwischen mir und den anderen aus meiner Klasse, indem ich ihnen einfach davonlaufe. Zwar brennt mir anschließend die Lunge, doch ich glaube, dass ich die Wut und Verzweiflung ein bisschen abschütteln konnte.

Heute machen wir Trampolinübungen, was bedeutet, dass wir uns in einer Reihe aufstellen. Auf meiner Schulter spüre ich Amys Kopf. Sie steht hinter mir, lehnt sich an mich an.

»Wenn du reden willst, du weißt, du bist nicht allein«, flüstert sie mir ins Ohr.

Das ist schon fast wieder zu nett, und sofort schäme ich mich, dass sie meine schlechte Laune abbekommen hat. Ich atme tief aus, während ich nach ihrer Hand greife und sie fest drücke.

»Sorry. Ich hatte einen richtig beschissenen Albtraum.«

»Ich hab geträumt, ich wäre ein Pferd aus *My Little Pony*, und ich habe dir einen Regenbogen auf die Schuhe gekotzt.«

Ihre Schilderung bringt mich zum Lachen, und ich spüre mein Zwerchfell beben. Es tut gut. Sie bringt mich dazu, mich ein wenig zu öffnen.

»Bei mir kam Dad drin vor.«

Halbwahrheiten. Schon wieder.

Jetzt ist es Amy, die meine Hand drückt. Sie versteht mich, ohne dass ich es weiter ausführen muss.

»Ist okay«, sagt sie sanft, lächelt, und wir versuchen gemeinsam, den Sportunterricht zu überstehen.

Weil ich heute so wenig mit anderen spreche, habe ich ärgerlicherweise viel Zeit zum Nachdenken. Vor allem im Kunstunterricht, als wir an unseren Selbstportraits weitermalen sollen. Ich versuche nicht zu sehr an Luca und seine selbstgemalten Bilder in der Küche zu denken. Acryl auf Leinwand. Ich mag den Kunstunterricht total, aber irgendwie fehlt mir die Zeit zum Malen. Ich bewundere Künstler*innen im Internet aus der Ferne, wünsche mir manchmal, auch so gut zu sein, doch wenn ich daran denke, was für ein weiter Weg vor mir liegt, bis ich dahin komme, geht die Motivation total flöten. Dabei wäre ich in einem anderen Leben vielleicht eine richtige Künstlerin geworden. Tja, meine Faulheit hat entschieden, und ich gebe mich mit dem Mittelmaß zufrieden. Das ist okay und so wie bei vielen Dingen: Ich interessiere mich für einiges, aber so richtig weiß ich nicht, was ich daraus machen soll. So geht es mir auch mit meinem Bild. Mir fiel es total schwer, mich für eine Pose zu entscheiden. Auf der Leinwand sehe ich mein halbfertiges Bild. Ich stehe an einem Strand, die Füße fest auf dem Boden. Meine Arme hebe ich zum Himmel, der nicht da ist. Stattdessen sieht man im Hintergrund eine Konzerthalle. Ich lächele, sodass man meine Zähne sieht. An meinem Handgelenk trage ich Dads alte Uhr.

Das bin ich. Irgendwo zwischen Das-Leben-so-halbwegs-im-Griff-haben und Nostalgie. Wehmut.

Und diese Melancholie hat mich heute wieder fest im Griff. Auch wenn ich dachte, es geht vorwärts. Immer wieder frage ich mich, wie mein Leben wohl wäre, wenn

Dad noch leben würde. Wären wir echt jedes Jahr weiterhin nach Italien gefahren? Vermutlich. Hätte ich dadurch Luca besser kennengelernt und wäre mit ihm zusammengekommen? Vielleicht.

Aber all das kann ich nicht wissen. Es steht in Sternen, die bereits erloschen sind.

Doch ich will diese Sterne zurück.

Ich will barfuß mit Dad und Mum am Strand ein Eis essen, will zusehen, wie sie sich im Takt der Musik bewegen. Wie sie glücklich sind.

Und in dem Moment beschließe ich, dass ich dorthin zurückmuss, wo es begonnen hat.

Kapitel 8

Nach dem regulären Kunstunterricht wartet die Notenvergabe auf mich. Englisch. Die letzte Prüfung habe ich mit einer 3 bestanden. In der Stunde geht unsere Lehrerin einzeln mit den Schüler*innen auf den Flur und spricht über die vergangene Leistung und die Zeugnisnote. Sie gibt uns damit eine Chance, ganz in Ruhe mit ihr zu reflektieren. Bei meinem Gespräch muss ich mich wirklich konzentrieren, bei der Sache zu bleiben, und als Ms Adams erwähnt, dass ich im nächsten Jahr mündlich ein bisschen besser aufpassen soll, verspreche ich ihr, mich anzustrengen.

Als der letzte Gong ertönt, packe ich sofort meine Tasche und verabschiede mich von Amy, die unerwartet still ist. Vielleicht ist sie, genau wie ich, gedanklich gerade ganz woanders. Ich könnte sie fragen, ob sie mich begleitet, doch ich will allein sein. Alles muss genau so sein wie gestern.

Ich gehe also meinen Weg in Richtung Stadt, die Kopfhörer auf den Ohren, die Nachmittagssonne im Nacken. Zunächst lasse ich mich von der Hardcore-Band Ice Nine Kills beschallen. Die harten Klänge tun verdammt gut. Sie füttern meine Seele.

An der Ampel bleibe ich stehen, weil so viel Verkehr ist, und schaue so lange auf mein Handy. Mir wird in der Musik-App eine Rückschau empfohlen.

Zuletzt gehörte Playlists.
24. Juni.
Die Playlist ohne richtigen Namen. Weil ich nach der Begegnung mit Dee keinen Namen dafür hatte. Mir fällt auf, dass ich sie heute in der Schule gar nicht gesehen habe, aber zugegebenermaßen hatte ich keine Augen für irgendwen.
Augen.
Ihr sanfter Blick.
Meergrün.
Verdammt, ich will jetzt nicht an sie denken! Ich habe andere Sorgen!
Genervt scrolle ich weiter, nachdem ich es nicht lassen kann, die Playlist umzubenennen.
Kickstart my Heart.
Nach einem Song von Mötley Crüe.
Ich gehe über die Straße, weiche einer Touri-Gruppe aus und schaue ihr kurz nach. Ein Mann in altmodischer Kleidung mit geschminkten Augenringen führt die Menge an. Wieder so eine Vault-Tour, um Neugierigen das Fürchten zu lehren. Mein Blick richtet sich nach vorn, ich biege in die Einkaufsstraße und betrete schließlich den Musikladen. Alles ist wie immer. Es riecht komisch, der Besitzer Ian steht desinteressiert am Tresen, und ich begrüße ihn knapp. Ich achte penibel darauf, genau wie gestern vorzugehen. Kurzerhand weiche ich einem älteren Pärchen aus, das den Laden verlässt, jetzt sind Ian und ich allein. Gut so. Ich habe mich oft gefragt, wie sich der Laden überhaupt halten kann, aber irgendwann habe ich mal mitbekommen, dass Ian vor allem durch den Online-Handel mit seltenen Platten und Plattenspielern verdient.

Ohne zu zögern gehe ich genau dorthin, wo ich gestern war. Ich bleibe vor der Kiste mit den Schallplatten stehen, atme tief durch und öffne dann die Playlist, die ich hier gehört hatte.

My heart is a glass balloon.

Ich versuche es genauso zu machen, wie ich es in Erinnerung habe. *Mystery of Love* beginnt. Konzentriert denke ich an die Zeit, die ich in Italien mit meinen Eltern verbracht habe und von der ich nicht weiß, wie echt sie jemals war. Meine Hände umfassen den Kasten vor mir, es tut fast schon ein bisschen weh, weil ich mich so fest daran klammere. Die Klänge der Gitarre vermischen sich mit den Tönen weiterer Instrumente. Der Gesang beginnt, und ich warte auf das grelle Licht. Mein Blick starr auf die Platten gerichtet.

Aber nichts passiert.

Mir wird nicht schwummrig, es bildet sich kein merkwürdiges Gefühl in meiner Magengegend, und ich rieche nicht einmal das Meer. Enttäuschung macht sich in mir breit, und in diesem Moment poppt eine Erinnerung auf. Mein letzter Traum. Die Tür, die ich nicht durchtreten konnte.

Das Klingeln der Türglocke holt mich aus dem Konzept, und als ich die Augen öffne und mich genervt umdrehe, ist da Dee. Mein Frust ebbt ab, und stattdessen werde ich neugierig. Sie bemerkt mich nicht, was mich nicht verwundert, da ich etwas weiter weg vom Eingang in einer Ecke stehe. Mit einem Nicken begrüßt sie Ian, der irgendetwas sagt, aber ich kann aufgrund der Musik auf meinen Ohren sowieso nichts hören.

Warum muss ausgerechnet *sie* mich jetzt unterbrechen?

Und was macht Dee in *meinem* Lieblingsladen? Schon seltsam, dass sie hier ist, aber nicht in der Schule war.

Auch wenn ich mich wieder auf mein Ziel konzentrieren möchte, fällt es mir schwer, den Blick von ihr abzuwenden. Sie spricht mit Ian am Tresen. Ihre Gesichtszüge sind weich und freundlich. Kurz frage ich mich, ob sie sich krankgemeldet hat, aber sollte sie dann nicht lieber zuhause sein? Sie legt ihre Lederjacke auf den Tisch, und ich glaube, es ist das erste Mal, dass ich sie ohne diese Jacke sehe. Moment ... ich sehe sie das erste Mal überhaupt ohne ihre Schuluniform! Darunter trägt sie ein graues Top mit einem U-Boot-Ausschnitt. Es ist ausgeblichen, vielleicht sogar vintage aus irgendeinem coolen Laden. Meine Annahme, dass sie geschwänzt hat, verdichtet sich. Dee ist ganz schön wild drauf. Oder die Parallelklasse hat einen Ausflug gemacht. Keine Ahnung.

Dee vergräbt die Hände in den Taschen ihrer schwarzen Jeans, und ich würde nur zu gerne wissen, was sie für viele bunte Armbänder trägt. Dass sie bei den Temperaturen nicht schwitzt! Kurz sehe ich an mir herunter, prüfe meine Schuluniform, und als ich wieder aufblicke, steht Dee auf einmal neben mir. Instinktiv fasse ich an mein Herz und hole tief Luft. Sie bewegt ihre Lippen, aber ich verstehe nicht, was sie sagt. Dann zeigt sie auf ihre Ohren, und ich begreife, dass ich noch die Kopfhörer trage. Sofort reiße ich sie runter.

»Sorry, ich wollte dich nicht erschrecken«, entschuldigt sich Dee.

»Schon okay«, antworte ich kleinlaut. Mein Puls rast jetzt noch mehr. Aber anders.

»Irgendwie haben wir es drauf, uns gegenseitig einen Schrecken einzujagen.«

Üblicherweise erstarre ich in solchen Augenblicken zu Stein. Fast wie im Schulflur damals. Liegt es an dem Adrenalin in meinen Adern, dass ich rein gar nicht das Gefühl verspüre, einfach unsichtbar zu werden? Meine Lippen teilen sich, kurz ist da ein Zögern, aber die Worte verlassen meinen Mund schneller, als ich darüber nachdenken kann.

»Vielleicht sollten wir bei den Geistertouren von Dr. Knox nachfragen, ob sie noch zwei Plätze als Erschreckerinnen frei haben.«

Habe ich gerade einen Witz gemacht? Ja! Erst glaube ich, Dee versteht meine Anspielung nicht, denn mir wird wieder bewusst, dass sie noch nicht lange in der Stadt lebt und sie vielleicht nicht weiß, dass Dr. Knox nur eine von vielen Rollen ist, die Guides bei den Vault-Touren spielen. Aber dann tritt ein Leuchten in ihre Augen.

»Ich wusste nicht, dass du auch auf alte Platten stehst«, sagt sie mit einem schiefen Grinsen.

»Eigentlich bin ich ziemlich oft hier.«

»Dann haben wir uns wohl immer verpasst.«

Sie hört nicht auf zu lächeln, und ich komme mir total beknackt vor, wie ich völlig verplant vor ihr stehe. Sie ganz cool, ich mit Augenringen des Todes.

Was will sie von mir? Wieso kommt jemand wie Dee ausgerechnet auf *mich* zu? Ist es reine Höflichkeit?

»Hast du schon was gefunden?«, fragt sie mich, und ich blinzele. Sie ist echt, oder? Das ist nicht wieder einer dieser Momente, in denen ich ganz woanders bin? Da war kein Licht, kein Universum, in dem ich mich bewegt habe. Wehe, das ist ein Traum!

»Nein, ich stöbere nur«, lüge ich und hoffe, dass sie nicht merkt, wie rot ich um die Nasenspitze werde.

»Mach ich auch immer. Einfach ein bisschen rumschauen und gucken, ob man etwas Neues entdeckt. Das macht am meisten Spaß.«

Ich nicke und weiß nicht, was ich sagen soll, also schaue ich verlegen auf meine Füße. Kann bitte die Lockerheit zurückkommen, die ich eben noch verspürt habe? Dee macht einen Schritt zur Seite, weshalb ich hochschaue. Sie stöbert unkoordiniert in einer Schallplattenkiste, doch es dauert einen Moment, bis sie etwas sagt.

»Sag mal … Hast du eine Lieblingsband?«

Okay, in welchem Paralleluniversum bin ich angekommen, in dem Dee mit mir eine Konversation über Musik führt? Perplex sehe ich sie wieder an und beschließe, endlich die Bluetooth-Kopfhörer ganz auszuschalten, weil mir nun auffällt, dass die Musik noch immer leise zu hören ist.

»Metallica sind schon ziemlich weit vorne«, gebe ich grübelnd zurück und bemerke, wie meine Schüchternheit weicht, als ich über mein Lieblingsthema rede.

Musik.

»Oh, sehr cool. Du magst also die Klassiker.« Sie wippt lächelnd auf der Stelle, ganz leicht vor und zurück, und hört auf, in der Kiste zu stöbern. Ich nicke etwas zu enthusiastisch und muss auch grinsen.

»Ich bin quasi mit Rockmusik aufgewachsen. Da gab es dann kein Zurück mehr.«

»Meine Eltern haben mir als Baby zum Schlafen immer Schlagerklassiker anmachen müssen, weil ich bei jeglicher

Rockmusik einfach nicht pennen wollte. Das hat sie an den Rand des Wahnsinns getrieben.«

Bei der Vorstellung von Baby-Dee wird mein Grinsen noch breiter. Sie war bestimmt ein süßes Baby.

»Bei uns lief nie Volksmusik oder sowas«, plaudere ich drauflos. »Also, nicht dass meine Eltern mir andere Musik verboten haben oder so. Ich war nur schon immer mehr interessiert an Paramore als an Charts-Hits. Was jetzt nicht heißt, dass in den Charts nicht auch gute Songs laufen.«

Warum kann ich nicht aufhören zu reden?

Da ist dieser kurze Moment, in dem mein Lächeln einsackt, aber Dee bemerkt es nicht oder geht einfach nicht darauf ein.

»Apropos Charts ... Im Internet gibt es ein paar coole Metal-Cover von Taylor Swift«, antwortet Dee.

»Sollte ich mir mal anhören, danke für den Tipp.«

Jetzt lachen wir zusammen, wenden den Blick voneinander ab, nur um uns nach den verebbten Lachgeräuschen wieder anzusehen. Das ist ja wie in einem überromantischen Liebesfilm! Oder interpretiere ich einfach zu viel in die Sache hinein? Es trifft mich wie ein Blitz, der in meinem Hirn einschlägt. Ist es ihre lässige Aura? Das neckische Schmunzeln auf ihren Lippen? Oder sind es ihre tiefgründigen Augen, die längst vergessene Sagen lebendig machen?

Puh, Kitschalarm!

Warum denke ich ständig über ihre Augen nach?

Wir blicken einander einfach nur an, während unsere Mundwinkel wieder in den Normalzustand verfallen. Im

Hintergrund dudelt die Musik von Ian. Kurz vergesse ich, wieso ich hierhergekommen bin.

»Musik macht eben alles besser.« Ich zucke mit den Schultern.

»Wenn das Leben scheiße ist, mach die Musik halt lauter.« Der Satz aus ihrem Mund dringt direkt in mich ein. Wie recht sie hat.

»Der Spruch könnte von meinem Dad sein.«

Ich begreife, was ich da gesagt habe, und die Melancholie ist unvermittelt zurück. Erinnerungen an eine Zeit, die plötzlich so weit weg erscheint.

»Alles okay bei dir?«

Sie sieht es mir an.

Durch die Nase hole ich tief Luft, und ich weiß nicht, was mich dazu bringt, mich ihr zu öffnen.

»Ehrlich gesagt hatte ich einen Scheißtag.«

Sie hakt nicht nach, urteilt nicht. Schaut mich einfach nur an, die Hände in die Hosentaschen geschoben.

»Voll okay, muss auch mal sein.«

Ja.

Ich *darf* trauern. Auch jetzt noch, so viele Monate später. Dass ausgerechnet sie mich daran erinnert, löst etwas in mir aus.

»Bald sind Sommerferien, dann wird alles besser«, verspricht Dee, und mein Lächeln ist wieder da.

»Hast du schon Pläne?«, frage ich sie interessiert. Ich möchte wissen, was sie in ihrer Freizeit macht. Außer Musikhören, offenbar. Kurz befürchte ich, eine Grenze überschritten zu haben, sie zu forsch nach zu privaten Dingen gefragt zu haben, denn es dauert einen Atemzug lang, bis mir Dee antwortet. War meine Frage übergriffig?

»Ein bisschen arbeiten, ab und zu mit meiner Online-Gruppe *Dungeons and Dragons* spielen, mehr vermutlich nicht. Vielleicht mal mit dem Zug rüber nach Glasgow, einfach was anderes sehen.«

Sofort stelle ich mir vor, wie wir gemeinsam im Zug sitzen, quatschen und uns In-Ears teilen, um zusammen Musik zu hören. Etwas, das bestimmt niemals passieren wird. Und dann taucht ein anderes Bild auf. Dee, als mächtige Ork-Kriegerin. Ich weiß, dass *Dungeons and Dragons* ein Pen-and-Paper-Rollenspiel ist und dass es auf klassischer Fantasy basiert, aber das war es auch schon mit den Infos, die ich darüber habe.

»Klingt gut.« Meine Antwort ist ein bisschen steif, und da ist wieder der Moment, in dem keine von uns so richtig weiß, was sie sagen soll. Dabei würde ich sie gerne fragen, was für einen Charakter sie in ihrer Rollenspiel-Runde spielt. Was sie sonst noch für Hobbys hat. Was bei mir haften bleibt, ist nur die Tatsache, dass Dee in den Ferien arbeiten gehen wird. Vielleicht sollte ich mich auch mal nach einem Job für diese Zeit erkundigen. Sie hat mich gerade auf eine Idee gebracht.

»Ich werde jetzt auch mal weiterziehen.« Langweile ich sie? Oder hat sie noch einen Termin? Dees Mimik ist immer so geheimnisvoll.

»Klar, mach das.«

»Dir noch viel Spaß beim Stöbern. Und lass dich nicht von Dr. Knox erschrecken.«

»Danke, ich passe auf«, verabschiede ich mich, presse die Lippen aufeinander, weil ich viel zu breit grinsen will. Um ihr nicht hinterherzustarren, setze ich direkt meine Kopfhörer auf und drehe mich wieder zu der Kiste mit den

Schallplatten. Aus dem Augenwinkel bekomme ich mit, wie sie an dem Tresen von Ian eine Tüte gereicht bekommt. Unverkennbar eine Schallplatte, das verrät mir die viereckige Form des Inhalts. Was sie wohl gekauft hat? Es muss eine Speziallieferung gewesen sein, wenn sie es direkt an der Theke abgeholt hat.

Mein Gehirn verarbeitet noch diese Begegnung mit Dee, während es gleichzeitig über den nächsten Schritt nachdenkt. Einen Job finden. Geld verdienen, um Mum ein bisschen zu entlasten. Das macht sich bestimmt auch gut im Lebenslauf für die Unis, oder? Also, falls ich studieren werde.

Meine Schritte führen mich zum Tresen, und ich kann den Geruch von Dees Parfum leicht wahrnehmen, der noch in der Luft liegt. Herb und frisch.

Ich ziehe die Kopfhörer wieder runter und frage mich, wieso ich sie eigentlich aufgesetzt habe.

»Entschuldigung? Eine Frage …« Ich bin ein bisschen nervös, als ich mit Ian spreche, der etwas an seiner altmodischen Kasse eingibt. Gerade kommt er mir vor wie ein Fremder.

»Ja, wie kann ich dir helfen?« Er wirkt manchmal etwas grummelig, aber eigentlich ist Ian immer freundlich.

»Ich bin auf der Suche nach einem Ferienjob.«

Der ältere Mann guckt mich verdutzt an, und ich gebe bereits jegliche Hoffnung auf, dass er den Wink versteht. Wieso frage ich eigentlich? Hier im Laden läuft doch eh nur das Touri-Geschäft.

»Das trifft sich gut«, sagt er schließlich, und mein Herz hüpft aufgeregt. »Ich habe heute erst jemand anderem für einen Ferienjob zugesagt und wollte sowieso noch nach einer Aushilfe für die Sommerzeit suchen. Da kommen immer besonders viele Touris, und ich brauche dringend ein paar Leute, die sich um das Lager kümmern. Ein wenig aufräumen und so.«

Der Laden ist ja schon chaotisch – wie es im hinteren Bereich aussieht, zu dem ich keinen Zugang habe, will ich mir lieber gar nicht erst vorstellen.

»Das wäre klasse!«

Die Endorphine powern durch meinen Körper. Ich habe mir das niemals so leicht vorgestellt. Vielleicht habe ich nach dem ganzen Scheiß ein bisschen gutes Karma verdient.

»Du müsstest hauptsächlich hinten im Lager umräumen, aber das macht dir doch nichts aus?«

»Nein, das geht schon klar«, antworte ich, ohne zu wissen, worauf ich mich einlasse. Ich bin so froh darüber, in meinem Lieblingsladen arbeiten zu dürfen, dass ich vermutlich auch das Klo putzen würde.

»Ich spare mir die Frage nach deinem Lebenslauf und alles, du hängst ja sowieso ständig hier ab. Und ...« Er stoppt mitten im Satz und wendet den Blick ab, dabei weiß ich, welche Worte ihm vermutlich auf der Zunge liegen.

Du brauchst mir nichts zu beweisen, du bist die Tochter deines Vaters.

Wenn ich bei Ian bin, denke ich selten an Dad. Dabei waren die beiden gute Freunde. Vielleicht liegt es daran, dass zwischen den Platten und CDs, all den ungehörten Songs, kaum Platz für Trauer ist. Seit seinem Tod reden Ian und ich nur das Nötigste. Als ob er wirklich nur ein Plattenverkäufer ist und nie Teil meines Lebens war.

Er räuspert sich, und ich kann sehen, wie er die Finger fest um den Tresen schließt. »Wieso also nicht ein bisschen Geld dabei verdienen? Du wirkst zuverlässig, und das Wichtigste bringst du ja eh mit.«

Ich runzele die Stirn.

»Mein Interesse an Musik?«

»Das auch, aber ich meinte eher die Kopfhörer, damit dir hinten nicht so langweilig wird.«

Wir grinsen beide, und es ist das erste Mal seit einer ganzen Weile, dass ich Ian lachen sehe.

Ich bleibe noch eine Weile, um mit ihm über die Konditionen zu sprechen, und er verspricht mir, einen Vertrag aufzusetzen, damit alles offiziell ist. Er kündigt an, mir die Papiere per Post zu senden, dann verlasse ich den Laden, und sobald ich vor der Tür stehe, realisiere ich, dass alles ganz anders gekommen ist, als ich noch vor einer halben Stunde gedacht habe.

Die Abendsonne strahlt auf mein Gesicht, und ich muss die Augen zusammenkneifen. Heilige Scheiße, der Tag ist ja doch noch gut geworden. Ich habe nicht vergessen, wieso ich eigentlich in den Laden gekommen war, doch die Aussicht auf diesen Job gibt mir Hoffnung, es bald wieder versuchen zu können. Dann bin ich hoffentlich ungestörter, und ich kann an den Strand zurückkehren.

Irgendwie.

Kapitel 9

Die guten Nachrichten erfreuen auch meine Mum. Sie gratuliert mir, als ich ihr beim Abendessen von dem Ferienjob erzähle, auch wenn sie mich zunächst etwas skeptisch betrachtet. Ich weiß gar nicht, wann sie das letzte Mal mit Ian Kontakt hatte. Hält sie das mit dem Job für eine gute Idee?

»Und er hat direkt zugesagt?«, fragt sie mich. Da liegt ein Ausdruck in ihrem Blick, den ich nicht deuten kann.

Wir sitzen dieses Mal in der Küche auf den hohen Barstühlen, anstatt auf der Couch. Ab und an entscheiden wir kurz vor der Mahlzeit, dass wir mal wieder am Tisch essen könnten. Die Teller sind bereits leer.

»Hat er, er braucht wohl Hilfe beim Umräumen«, entgegne ich achselzuckend.

Mum schaut mich an, zögert einen Moment, bevor sie wieder spricht. Nur zu gerne würde ich wissen, was in ihr vorgeht.

»Freut mich, dass es dir besser geht. Ich hatte schon überlegt, wie ich dich aufheitern kann.«

Klar, dass ihr meine schlechte Laune nicht entgangen ist. Ich bin froh, dass sie nicht zu der Sorte Mums gehört, die ihren Kindern Löcher in den Bauch fragen. Sie merkt, wann es wichtig ist, nachzuhaken. Kein Wunder, dass

Amy immer wieder andeutet, wie cool meine Mum ist. Cool, aber eben auch streng.

In der Hand hält sie ein Weinglas, aus dem sie Cola trinkt. Seit Dads Unfall trinkt sie keinen Alkohol mehr. Alle normalen Gläser sind wahrscheinlich in der Spülmaschine, ich habe meine Thermoflasche aus der Schule mit Limo gefüllt, weil ich zu faul war, mir ein Glas zu holen.

»Und wie würdest du mich aufmuntern?«, hake ich neugierig nach und leere meine Flasche in einem Zug.

»Hey, ich dachte, die Trauerkloß-Stimmung ist jetzt vorbei, da brauchst du keinen Trost mehr.«

»Mum! Das ist unfair. Na sag schon!«

Protestierend lege ich meine Hände flach auf den schwarzen Tresen-Tisch neben meinem Teller ab. Wortlos steht meine Mutter auf, räumt unsere Teller in die Spüle und verschwindet dann im Flur. Sie macht das doch mit Absicht!

»Ernsthaft, du ignorierst mich jetzt?«

Ich kann nicht glauben, dass sie mich eiskalt abblitzen lässt.

»Ich bin dein einziges Kind«, rufe ich theatralisch im Spaß und höre ihr Lachen aus dem Flur. Ein bisschen angefressen bin ich insgeheim aber schon. Das ist üblich in unserer Tochter-Mutter-Beziehung. Wir ziehen uns gegenseitig auf, meinen es aber nie so. Ich ziehe mein Handy aus der hinteren Tasche meiner Hose und öffne den Chatverlauf mit Amy. Gerade will ich etwas tippen, da kommt Mum zurück. Sie hat ihre Handtasche dabei, stellt sie auf dem Tisch ab und zieht ein kleines Päckchen heraus. Ich halte inne, dann lege ich das Handy weg.

»Das ist für dich.«

Ich wusste doch, dass mich Mum nicht einfach so ohne weitere Infos hängen lässt. Jetzt ist mir meine Reaktion peinlich.

»Sorry«, entgegne ich kleinlaut, und als mir meine Mutter zuzwinkert, weiß ich, dass alles okay ist.

»Jetzt nimm schon.«

Ich nehme das Päckchen entgegen, öffne die rote Schleife, die um das Geschenkpapier gebunden ist, und packe es vorsichtig aus. In meinen Händen liegt ein wunderschönes Notizbuch. Auf dem Ledercover sind Musiknoten eingeprägt.

»Falls du mal Dampf ablassen, aber nicht mit mir reden willst«, sagt Mum und verschränkt die Arme vor der Brust. Sie ist richtig stolz auf ihre Geschenkidee. Und ich bin total überwältigt.

»Danke, das ist megaschön!« Ich grinse über beide Wangen, stehe auf und drücke meine Mum an mich, die überraschte Laute von sich gibt.

»Klar, ist ja auch für *meine einzige* Tochter«, scherzt sie.

Sie schafft es immer wieder, mich zurückzuholen.

Als ich später im Bett liege, überlege ich, ob ich Amy schreiben soll, doch ich will ihr lieber alles persönlich erzählen.

Von dem Job.

Von Dee.

Stattdessen sende ich ihr ein Bild von dem neuen Notizbuch, und ich sehe an dem blauen Haken, dass sie die Nachricht zwar direkt gelesen hat, eine Antwort von ihr jedoch ausbleibt.

In der Nacht sucht mich kein Albtraum heim. Es ist

leer und still in meinem Kopf, oder zumindest kann ich mich an keinen Traum erinnern, als ich erwache. Eine angenehme Überraschung. Vielleicht ist deshalb meine Laune auch gleich viel besser. Meine Morgenroutine ist schnell erledigt, und ehe ich mich's versehe, steige ich aus dem Auto meiner Mutter und betrete das Schulgelände. Wie immer ist um diese Uhrzeit viel los, und ich muss aufpassen, nicht in meine Mitschüler*innen hineinzurennen. Die Sonne strahlt auf die gräulich-braune Steinfassade der Sir Walter Scott School. Wie warm es wohl heute wird?

Amy steht in der Nähe der Fahrradständer und schaut auf ihr Handy. Mit eiligen Schritten komme ich ihr entgegen und weiche einem Mitschüler mit Cornrows aus, der sich hastig entschuldigt.

»Guten Morgen!«, begrüße ich sie, und sogar ich checke, dass ich nach dem gestrigen Schultag etwas *zu* fröhlich wirke. Vor allem werde ich plötzlich skeptisch, weil Amy einen grimmigen Gesichtsausdruck aufgelegt hat. Haben wir die Rollen getauscht?

»Wow, was ist denn bei dir auf einmal los?«, antwortet sie mit einem Schnauben. Sie stopft sich das Handy in die Rocktasche und besieht mich mit einem erstaunten Blick.

»Sagen wir es so: Meine Laune hat sich deutlich verbessert.«

»Ja, das sehe ich.«

Sie mustert mich, als hätte ich mich auch äußerlich verändert. Habe ich aber nicht.

»Geht's dir gut, Amy?«

»Heute habe *ich* mal einen Syril-Tag. Nichts Wildes. Passt schon.« Sie winkt ab, und bevor ich darauf eingehen kann, verändert sich ihre Miene. »Sorry, dass ich gestern nicht auf dein Bild mit dem Notizbuch reagiert habe. War einfach viel los, und die Schule hat mich geschafft.«

Wir setzen uns in Bewegung, folgen dem Strom in das Schulgebäude.

»Schon okay, war ja auch spät, als ich geschrieben habe«, antworte ich.

»Total cool von deiner Mum. Anstatt Geschenke zu bekommen, habe ich gestern Abend versucht, zu lernen, während Simon in meinem Zimmer mit seiner Switch gespielt hat.«

»Hast du ihm nicht gesagt, dass das stört?«

»Habe ich, daraufhin ist er zu meinen Eltern gegangen, die meinten, er soll einfach die Musik auf dem Gerät leise stellen und mich nicht nerven.«

Ich kann mir vorstellen, wie die Geschichte weitergeht.

»Und du hast ihn trotzdem in dein Zimmer gelassen«, rate ich.

»Diesen traurigen Kinderaugen kann man einfach nicht widerstehen«, seufzt Amy, während wir zum Unterricht gehen.

Eigentlich wollte ich auf einen passenden Moment warten, um ihr von dem Job zu berichten, aber ich weiß nicht, wie viel Zeit uns vor der Stunde noch bleibt, und ich möchte meine Freude unbedingt vorher mit ihr teilen.

»Ich habe News«, platzt es aus mir heraus. Verschwörerisch grinse ich sie an, und Amys Neugierde ist geweckt. Vielleicht sorge ich damit ja auch ein bisschen für bessere Laune?

»Erzähl mir alles, und wehe, du lässt ein Detail aus.«

Auch Amy ist jetzt ganz aufgeregt und freut sich mit mir. Ihre Wangen sind rot wie ihre Haare, und ihr Grinsen ganz breit. Als ich sie ansehe, habe ich das Gefühl, in ihren braunen Augen ein unendliches Universum zu sehen. Sie erinnert mich an ein Honigkuchenpferd. Irgendwie ziemlich niedlich.

»Gestern war ich nochmal im Plattenladen«, beginne ich und vergewissere mich mit einem Blick, dass niemand zuhört. Die Luft ist rein. »Und da habe ich Dee getroffen.«

Mein Gesicht tut vom vielen Grinsen schon weh. Amy räuspert sich.

Habe ich etwas Falsches gesagt? Oder liegt ihr der Zusammenprall im Flur echt immer noch schwer im Magen?

Ich will mich nicht irritieren lassen und rede weiter. »Jedenfalls hat sie mich auf eine mega Idee gebracht, und ich habe jetzt einen Ferienjob im Laden von *Ian's Records*.«

Als wir bei den Spinden vorbeikommen, halte ich mitten im Gang an, denn es ist an der Zeit, dass mir Amy um den Hals fällt und wir zusammen wie zwei glückliche Kiddies im Kreis hüpfen. Zumindest meiner Meinung nach.

Aber nichts davon passiert.

»Cool«, sagt Amy gleichgültig, und meine Mundwinkel ziehen sich nach unten.

»Cool?«

Das war's?

»Ja, also die Sache mit dem Job klingt doch voll spannend.« Sie bemüht sich um ein Lächeln, aber es erreicht nicht ihre Augen, und ich verstehe nicht, was los ist. Eben war sie doch auch noch ganz hibbelig.

Soll ich weiterreden?

Ich mach's einfach.

»Und ich hab Dee das erste Mal ohne Lederjacke gesehen, das war voll schräg. Ein bisschen so, als würde man die Sportlehrerin bei einem Metal-Konzert treffen.«

Meine Stimme ist leise, fast ein Flüstern. Ich will meinen Enthusiasmus nicht verlieren, doch mit jedem Moment, der in der folgenden Stille verstreicht, wirkt Amy bedrückter und nimmt mir damit die Freude.

Sie tritt einen Schritt auf mich zu, zieht mich sanft, aber bestimmt an die Seite. Ich lehne mich gegen die kalte Oberfläche der Spinde und bemerke die angenehme Abkühlung sofort.

»Dee? Die hat dich doch letztens erst so unhöflich angerempelt«, erinnert sie mich.

»Ja und? Sie hat sich doch entschuldigt. Außerdem war das ein Versehen. Ist doch keine große Sache.«

Ich mache eine abwinkende Geste. In Amys Gesichtszügen kann ich erkennen, dass sie meine Antwort nicht so einfach akzeptieren wird.

Was ist mit ihr los?

»Trotzdem war das nicht nett von ihr. Sie hätte besser aufpassen sollen.«

»Mann, Amy, das kann uns allen mal passieren.«

Langsam verärgert sie mich damit. Sie war schon nach dem Zwischenfall so pissig.

Was hat sie gegen Dee? Oder liegt es an mir?

»Pass einfach auf bei der, okay?«

Amy schaut mich ernst an. Der Blick ist so eindringlich, dass ich ihm nicht entkommen kann. Ich verstehe kein Wort von dem, was sie sagt, doch ich will keinen Streit mit meiner besten Freundin anfangen, also nicke ich stumm, und wir gehen in den Unterricht.

Auch am nächsten Tag bemerke ich eine seltsame Anspannung zwischen Amy und mir. Sie schreibt mir immer nur kurz zurück, geht gar nicht so richtig auf mich ein. In der Schule übernehme ich das Gespräch, das sich auf Smalltalk minimiert – ungewöhnlich für uns. Wenn ich versuche, Amy zu fragen, wie sich ihr kleiner Bruder in seinen ADHS-Therapiestunden macht, dann hält sie mich an der kurzen Leine. Ich frage sie, wie es ihr geht und ob sie etwas bedrückt, doch die Antwort darauf ist immer die gleiche: Passt schon.

Dabei will ich mit Amy über so vieles reden. Darüber, wie aufgeregt ich bin, weil morgen die Ferien beginnen und ich meinen ersten Arbeitstag im Plattenladen bestreite. Ich will ihr zeigen, welche Skizzen ich in meinem neuen Notizbuch angefertigt habe. Ihr davon erzählen, dass ich die Seiten mit Worten gefüllt habe. Mit Briefen an mich selbst. Etwas, das ich damals in meiner Traumabewältigung gelernt habe. Es tut gut, sich darin zu verlieren. Etwas zu haben, was mich zurückholt. Nach diesem ganzen Chaos dachte ich, ich wäre an einem neuen Tiefpunkt. Dass mich Dads Tod wieder und wieder einholt. Aber die Aussicht auf den Job, die Musik, meine Mum …

All das hilft mir.

Egal, wie aussichtslos eine Situation auf den ersten Blick erscheint, habe ich gelernt, dass das Leben immer wertvoll ist.

Dass ich froh bin, hier zu sein.

Auch wenn ich mir gerade wünsche, mit meinen Eltern und Luca in Italien Zeit zu verbringen.

Immer häufiger frage ich mich, ob alles nur eine Illusion war. Ob ich wirklich einen Hitzeschlag hatte, kurz weggetreten war, aber etwas in mir kann nicht davon loskommen, wie echt es sich angefühlt hat. Die Zeit verstreicht, und die Gedanken daran werden langsam blasser. Mir kommt die Überlegung, das Ganze mal beim Hausarzt abchecken zu lassen, doch in Ermangelung an Erklärungen lasse ich es. Ich behalte dieses bittersüße Geheimnis für mich. Schreibe alles, was ich erlebt habe, in das Notizbuch, um kein Detail zu vergessen. Welches Eis ich gegessen habe, wie Luca und ich am Olivenhain verheißungsvolle Küsse ausgetauscht haben, und wie er mich angesehen hat, als ich in dem Sommerkleid die Treppenstufen im Dorf hinunterstieg.

Ich vermisse Luca und frage mich gleichzeitig, wie ich jemanden vermissen kann, der so gar nicht existiert.

Wieder und wieder stelle ich mir die Frage, was er heute wohl macht. Lebt er noch in Italien? Ich habe sogar die Namen von Luca und Matteo in die Suchmaschinen eingegeben, doch ich stieß auf keine passenden Treffer. Möglicherweise hat Lucas Vater das Eisgeschäft längst an den Nagel gehängt. Vielleicht leben sie nicht mehr in dem kleinen Dorf. Hat Luca wirklich ein Studium in Edinburgh angefangen oder war das alles nur meine Vorstellung? Ein Wunsch, der nie in Erfüllung gehen wird?

Was weiß ich schon?

Ich müsste hinfahren, um mir ein Bild davon zu machen, aber die Vorstellung, Mum zu fragen, ob wir nochmal nach Italien reisen wollen, löst ein unangenehmes Ziehen in mir aus. Das ist jetzt nicht der richtige Zeitpunkt.

Es fällt mir nicht leicht, diese Ungewissheiten für mich zu behalten. Normalerweise kann ich wenigstens mit Amy über meine kuriosen Gedankengänge sprechen, aber weil unsere Gespräche so kurz und emotionslos sind, lasse ich es. Umso mehr schreibe und schreibe ich alle Ängste nieder, bis der Kugelschreiber aufgebraucht ist und das Notizbuch schon halb voll.

Nur noch diesen einen Schultag überstehen, dann sind endlich Ferien.

Ferien, die ich bei *Ian's Records* verbringen kann. Ich will Ruhe von Hausarbeiten und Klausuren. Ausschlafen und vielleicht endlich mal meine Plattensammlung sortieren. Das schöne Wetter genießen, das gerade herrscht, bevor nach den Ferien der Herbst langsam anbricht und noch mehr Touris durch die Stadt laufen. Edinburgh, die romantisierte Herbststadt. Ich kann total verstehen, was die Touris daran finden. Verregnete Gassen und alte Gebäude. Kirchen mit roten Türen, die auf Hügeln stehen. Die Altstadt, die mich mit ihrem Charme selbst beim tausendsten Anblick in ihren Bann zieht. Geistertouren bei Nacht durch die Vaults, Kunstmuseen und *Calton Hill*.

Vielleicht kann ich mit Mum auch mal einen Ausflug machen, wenn sie nicht zu beschäftigt ist. In die Highlands fahren und wandern, bis unsere Beine wehtun, ein Picknick machen und in der Sonne entspannen. Shoppen gehen oder was auch immer. Eigentlich ist es mir egal, was wir machen, Hauptsache ich kann Zeit mit ihr verbringen. Sie mal auf andere Gedanken bringen, die nichts mit der Arbeit oder dem Haushalt zu tun haben. Oder mit ständigen Sorgen um mich, die ich ihr an der Nasenspitze ablesen kann.

Ich nehme mir vor, Amy aufzuheitern, weil sie auch heute so distanziert ist. Das wird bei ihrer momentanen Stimmung gar nicht so leicht. Dabei haben wir allen

Grund zur Freude – die Zeugnisvergabe ist überstanden, und die Ferien starten. Ich traue mich gar nicht, ihr von meinen Noten zu erzählen. Sie blockt mich ab, insbesondere dann, wenn ich von Dee rede. Mir fällt auf, wie meine Gedanken häufig um sie kreisen. Amy antwortet darauf mit anderen Themen, lenkt ab, und irgendwie macht es mich ein bisschen traurig, dass ich meiner besten Freundin nicht so von Dee vorschwärmen kann, wie ich es will. Ich halte mich zurück. Hat sie der Zusammenprall im Flur so sehr verstört? Amy ist stur, möglicherweise hat sie sich auf Dee eingeschossen. Selbst auf die Videos mit sprechenden Katzen oder Musik-Memes, von denen ich weiß, dass Amy sie eigentlich liebt, reagiert sie nach der Schule nur mit einem Emoji. Keine Worte, kein Durchdringen. Und ich beginne zu glauben, dass mehr dahintersteckt als ihre für mich unerklärbare Distanz Dee gegenüber.

Ist jemand krank?

Aber wenn bei ihr zuhause etwas los wäre, würde sie es mir doch sagen! Wir haben schließlich immer offen über alles gesprochen.

Oder nicht?

Ich muss es weiter versuchen.

Ihr Freiraum geben, aber gleichzeitig nicht das Seil loslassen.

Sie ist gerade so weit weg, dabei wohnen wir Tür an Tür.

Als wir kleiner waren, schickten wir uns abends aus unseren Zimmern heimlich mit Taschenlampen Signale. Bis wir irgendwann zu alt waren und dieses Spiel zu kindisch wurde.

Die Erinnerung daran tut weh.

Amy ist mein fehlendes Puzzleteil. Der Mensch, der mich ausfüllt. Der mir Halt gibt. Mit dem ich lachen kann, bis wir Bauchschmerzen haben und nach Luft schnappen.

Ich brauche meine beste Freundin.

Kapitel 10

Mein Wecker klingelt zu dem Sound von Nirvana. Holt mich sanft aus dem Schlaf, sodass ich nicht hochschrecke. Ich will meinen ersten Arbeitstag nicht unbedingt mit einem stressigen Morgen beginnen. Also stehe ich in Ruhe auf, mache mich fertig und stehe um 8 Uhr in der Küche. Mum ist bereits weg, aber sie hat mir neben meinem Zeugnis, das ich gestern auf den Tisch gelegt habe, eine Notiz dagelassen.

Kannst du heute Abend bitte ein Curry kochen? Das wäre klasse! Die Zutaten sind im Schrank.

P.S.: Dein Zeugnis ist super, gut gemacht!

Hab dich lieb
Mum

Ich freue mich über ihre Worte, weil ich gestern Abend keine Gelegenheit hatte, mit Mum über das Zeugnis zu reden. Meine Schicht beginnt erst in einer Stunde, also krame ich bereits alle Zutaten zusammen, die ich nachher ins Curry werfen möchte, und stelle auch schon mal ein paar Gewürze raus.

Als wir noch unseren Hund hatten, war es gar nicht

möglich, in Ruhe zu kochen. Humphrey hatte jede Person, die in der Küche stand, vehement belagert und nur darauf gewartet, dass beim Gemüseschnibbeln etwas auf den Boden fällt. Ich werde bei der Erinnerung ein bisschen wehmütig, blicke automatisch auf das Familienbild mit meinen Eltern, Humphrey und mir, das ich von hier aus im Flur sehen kann.

Wenn ich im Musikladen etwas Ruhe habe, muss ich unbedingt versuchen, zu der Zeit in Italien zurückzukehren. Falls das überhaupt möglich ist. Aber noch gebe ich nicht auf! Beim letzten Mal hat mich Dee unterbrochen. Wobei die Begegnung mit ihr auch etwas Gutes hatte: die Idee, mir einen Ferienjob zu suchen, und die vielen kribbeligen Schmetterlinge im Bauch.

Ich mache mir Frühstück, trinke dabei einen Kaffee und schaffe es, pünktlich das Haus zu verlassen, um den Bus in die Stadt zu nehmen. Die alten rötlichen Sitzpolster riechen nach fremden Menschen und den Sportumkleiden in unserer Schule, also setze ich mich an ein Fenster, das aufgeklappt ist. Der Bus wird erst an der nächsten Haltestelle so richtig voll, und ich bin froh, als ich aussteigen kann.

Bisher bin ich kaum nervös gewesen, doch jetzt steigt die Aufregung so langsam. Ein richtiger Ferienjob. Ob es mir dort gefällt? Wieso nicht, ich liebe diesen Plattenladen. Noch schöner wäre es, wenn ich die Zeit dort mit Amy verbringen könnte.

Der Laden von Ian ist noch zu, und ich frage mich, wie ich auf mich aufmerksam machen soll, wenn ich niemanden im Geschäft sehen kann. Die Gitter an den Fenstern sind noch runtergefahren, selbst das LED-Logo an der

Front leuchtet nicht. Unbeholfen tapse ich an den Schaufenstern vorbei, gehe den Berg hoch, an dem die Einkaufsstraße liegt, versuche, Ian vielleicht hinten im Lager zu entdecken, doch da ist niemand.

Habe ich mir das Datum zum Jobbeginn falsch notiert? Ist Ian einfach spät dran? Was, wenn ich jetzt weiter vor der Tür warte und nichts passiert?

Die Anxiety ist wach.

Fest klopfe ich gegen die Glasscheibe der Tür, und ich habe das Gefühl, als würde mich das GESCHLOSSEN-Schild vor meiner Nase verspotten.

Ich warte, nichts tut sich. Nervös trete ich von einem Fuß auf den anderen, hole mein Handy heraus und schaue auf die Uhr.

Eigentlich soll ich genau jetzt mit der Arbeit beginnen. Was übersehe ich?

Ich höre nicht, dass sich mir jemand nähert, darum zucke ich zusammen, als neben mir eine Gestalt wie aus dem Nichts auftaucht.

»Du bist ja früh dran«, murmelt Ian, der aus einem Pappbecher vom Kiosk nebenan Kaffee trinkt und sich die Cap tief ins Gesicht gezogen hat.

Er holt mit der freien Hand einen Schlüsselbund aus seiner Hosentasche hervor, der beim Aufschließen klappert.

»Danke für die Vorwarnung«, kommentiere ich mit einem gequälten Lächeln und werde ruhiger.

»Oh, hab ich dich erschreckt?«

Sein Lachen klingt wie ein freundliches Brummen. In dem Augenblick erinnert er mich ein bisschen an einen

Braunbären, und der Gedanke sorgt dafür, dass ich jetzt wirklich grinsen muss.

»Schon okay. Mir geht's gut«, versichere ich räuspernd. »Ich dachte, der Laden würde um 9 Uhr öffnen.«

»Stimmt ja auch.« Ian sagt das so selbstverständlich, dabei ist es aber bereits zehn Minuten nach neun Uhr.

Es fällt mir schwer, die Klappe zu halten, aber das hier ist sein Geschäft, und er kann vermutlich kommen und gehen, wann er will.

Würden vermutlich viele Leute so machen. Ich bin durch die Schule an Pünktlichkeit gewöhnt, schätze ich. Ich mache mir eine innere Notiz, nicht zum Bus zu rennen, sollte ich es in den nächsten Wochen morgens mal eilig haben.

Wenn Ian bei den Uhrzeiten schon so locker ist, was für Überraschungen erwarten mich noch?

Ein wenig verunsichert folge ich ihm in den dunklen Laden und bleibe erst einmal im Eingangsbereich stehen, weil ich nicht so recht weiß, was ich mit mir anfangen soll. Außerdem sehe ich nicht besonders viel. Ian verschwindet derweil durch einen Gang voller Schallplatten, und ich meine, eine Tür zu hören. Soll ich ihm folgen?

Ich warte, traue mich noch nicht.

Dann, mit einem Klickgeräusch, fahren die Gitter an den Fenstern hoch, und es kommt Licht in den Laden.

»Soll ich die Fenster aufmachen?«, frage ich, ohne zu wissen, ob mich mein Chef hören kann.

»Klar, Lüften schadet nicht. Und noch ist es ja nicht so heiß.«

Jetzt, wo ich mehr sehe, kann ich zumindest grob erkennen, hinter welcher Tür Ian verschwunden sein muss.

Beflügelt davon, eine kleine Aufgabe zu haben, öffne ich nach und nach die Fenster und stelle fest, dass hier dringend mal jemand die Rahmen und das Glas putzen sollte.

Als ich beim letzten Fenster angekommen bin, kommt Ian zurück. Er hat bereits eine Zigarette zwischen den Lippen, die fröhlich vor sich hin qualmt.

Widerlich.

Aber ich halte den Rand. Das mit dem Rauchen hat erst im letzten Jahr so richtig zugenommen, und ich bin nicht seine Ärztin.

»Oh«, macht er plötzlich und bleibt im Gang stehen. Wir schauen einander an, und ich habe das Gefühl, dass er mir die Gedanken von der Stirn abliest. »Die sollte ich wohl besser ausmachen.« Er grinst, nimmt einen letzten Zug von seiner Zigarette und drückt sie in einem Aschenbecher an der Theke, auf die er zugeht, aus. »Ist sowieso gesünder.«

»Danke«, antworte ich mit einem ehrlichen Lächeln und folge Ian zum Verkaufstresen, wo er die Musikanlage anmacht.

»Worauf hast du heute Lust?«, fragt er mich und stemmt seine kräftigen Arme in die Hüften. Dass er mich danach fragt, lässt mein Herz hüpfen.

Ich brauche etwas Gemütliches, um den Tag zu starten. Roots-Rock oder ein bisschen Blues.

»Wie wäre es mit Creedence Clearwater Revival?«

Kurz fürchte ich, etwas Falsches gesagt zu haben. Ian dreht den Kopf zu mir und starrt mich aus seinen wasserhellen Augen an. Er rückt die Käppi auf seinem Kopf zurecht, die genauso grau ist wie sein schulterlanges Haar, und mein Magen gibt ein nervöses Grummeln von sich.

»Ich wusste, du hast einen guten Geschmack«, antwortet er nach einer viel zu langen Pause, und ich atme erleichtert aus. Jetzt müssen wir beide lachen.

Nachdem wir eine Schallplatte der Band ausgesucht haben, gibt mir Ian auch schon die erste Aufgabe. Ich soll im Lager einige Pakete auspacken, die gestern gekommen sind. Ein paar Plattenspieler, die er zum Verkauf anbieten möchte.

»Einen davon hab ich schon im Internet verhökert, der Kunde kommt bestimmt die Tage vorbei, um das Schätzchen abzuholen.« Ich mag die Art, wie er redet.

Das war nicht immer so.

Der Laden ist älter als ich, und ich war bereits als Baby in dem Tragetuch meines Dads mit ihm im Geschäft. Zumindest hat Mum mir das immer erzählt. Als ich älter wurde, hatte ich regelrecht Angst vor ihm. Er hat so stechende Augen, dass man seinem Blick kaum entkommt, und sieht immer ein bisschen genervt aus. Als würde er erst einmal davon ausgehen, dass jede Person, die den Laden betritt, einen fürchterlichen Musikgeschmack hat. Nach Dads Tod war ich eine Zeit lang nicht mehr hier. Erst später, während meiner Therapie, kam ich zurück und konnte es wieder genießen, bei Ian zu stöbern. Und da habe ich gemerkt, wie freundlich er sein kann. Wortkarg, aber nett.

Manchmal frage ich mich, was er alles durchlebt hat.

Ich mache mich auf den Weg und höre, wie Ian hinter mir die Fronttür aufschließt und das Geschlossen-Schild umdreht, damit die Kund*innen zum Einkaufen hereinkommen können. Die Tür zum Lager steht noch offen, sodass ich einfach hindurchgehen kann.

Jupp, es ist ganz schön chaotisch. Wie bereits erahnt.

Zu meiner Rechten bekleidet ein hölzernes Regal die komplette Wand. Darin sind Kisten, nicht ausgepackte und aus dem Internet bestellte Gegenstände, gestapelte Zeitungen und eine rote Gitarre, die ich mir näher anschaue. Sie sieht aus, als würde häufiger auf ihr gespielt werden. Das Licht aus dem Fenster strahlt sie an wie ein Ausstellungsstück. Wie gern würde ich mich jetzt einfach hinsetzen und jemandem beim Spielen lauschen. Ob die Gitarre Ian gehört?

Genug der Träumerei, ich muss loslegen!

Die Bestellungen liegen vor mir auf dem Boden, und ich packe sie mit absoluter Vorsicht aus. Auf keinen Fall will ich etwas kaputtmachen. Ich spreche mich mit Ian ab, frage ihn, wohin die Sachen geräumt werden sollen, und mache die Abholbestellung für den Kunden am Nachmittag fertig.

Es ist nicht sonderlich spannend, aber mir gefällt die Ruhe und die Atmosphäre.

In der ersten Stunde kommen ein paar Kund*innen herein. Die Klingel signalisiert mir, dass mit voranschreitender Uhrzeit immer mehr Leute kommen. Mittlerweile widme ich mich der Aufgabe, Schallplattenkisten im Lager zu sortieren. Auch die linke Seite des Raumes ist mit weiteren Regalen und allerlei Krimskrams, der durcheinander steht, bekleidet. Mal hohe Regale, mal tiefe, doch überall steht irgendein Krempel. In der Mitte des Lagers ist ein weiteres Holzregal, das als Raumtrenner fungiert und das sich von beiden Seiten befüllen lässt. Wieder hieve ich eine Kiste mit Platten aus dem Regal, stelle sie auf den Boden und beginne, die Hüllen alphabetisch zu sortieren. Ist eine

Kiste geschafft, nehme ich sie mit rüber und darf sie in das Sortiment einräumen.

Zur Mittagszeit steht Ian auf einmal neben mir im Lager.

»Du hast dir eine Pause verdient.«

Jetzt bemerke ich auch, wie warm es hier hinten geworden ist.

»Sind gerade keine Kund*innen da?«, frage ich, und er schüttelt den Kopf. Ian streckt eine Hand aus, und ich sehe die Wasserflasche.

»Ich habe kurz das Schild an der Tür umgedreht, damit wir durchatmen können. Nimm schon«, sagt er forsch, aber seine Worte klingen trotzdem nett.

»Danke.«

Ich stehe vom Boden auf, nehme die Flasche, und eiskaltes Wasser benetzt meine Kehle. »Das tut verdammt gut«, gestehe ich, als ich die Flasche wieder zuschraube.

»Nimm dir einfach was aus dem Kühlschrank hinter der Theke, wenn du was brauchst. Und jetzt mach endlich Mittag!« Ian dreht sich um und zieht ab.

Die Mittagspause verbringe ich, ein selbstgeschmiertes Sandwich essend, auf einer Bank in der Nähe des Geschäfts, wo ich die Menschen beim Einkaufen beobachte. Touris, die auf ihrem Handy eine digitale Karte von Edinburgh anstarren, und Passant*innen. Über meine Kopfhörer begleitet mich Musik, und wie im Flug ist die Pause auch schon um, und ich stehe wieder im Lager.

Aber diesmal bin ich nicht allein.

Jemand steht links am Regal, mit dem Rücken zu mir. Kurzes Haar. Die Haarfarbe kann ich nicht erkennen, da die Sonne blendet und die Person engelsgleich in Licht einhüllt.

Fehlt nur noch ein Kirchenchor.

Bitte nicht.

»Hey.«

Dee dreht sich mit einer Kiste in der Hand zu mir um, und ich schwöre, mein Herz bleibt kurz stehen.

Was macht *sie* hier?

Ich bringe kein Wort heraus, starre sie nur an und realisiere im gleichen Moment, wie perplex ich dabei aussehen muss.

»Hi!«, entfährt es mir viel zu laut und viel zu piepsig. So viel zum Thema Coolness.

»Ich dachte mir schon, dass Ian dich meint. Als er mir gesagt hat, dass *eine Bonnie* mit mir anfängt, habe ich direkt auf dich getippt.«

Okay, mein Hirn kommt gar nicht hinterher. Dee kennt meinen Namen. Dee arbeitet auch hier. Mit mir. In diesem winzigen Lager. Die ganzen Sommerferien lang.

AHHHHHHHHHHHHHHHHHHHH!

Ich muss mich zusammenreißen, um nicht zu stammeln.

»Ich wusste nicht, dass du auch hier arbeitest.«

Verlegen kratze ich mich am Nacken und wage es, einen Schritt mehr ins Lager zu machen, um nicht weiter so hilflos am Türrahmen zu stehen. Und jetzt wird mir auch klar, wen Ian meinte, als er von einer weiteren Aushilfe sprach. Irgendwie hatte ich das total verdrängt.

»Überraschung!«

Sie grinst breit, stellt die Kiste auf dem Boden ab und reibt sich die Hände. Ich kann gar nicht anders, ich muss auch grinsen. Jetzt sehe ich, wie ein The-Cranberries-Anhänger an ihrem Armband im Licht funkelt. Warum ich auf einmal den Geschmack von Erdbeereis auf meiner Zunge wahrnehme, begreife ich nicht ganz. Diese Assoziation hat doch nichts mit Dee zu tun. Luca ist nicht hier.

»Ja, das ist echt eine Überraschung.« Ich knibble an meinen Fingern, wie ich es häufig tue, wenn ich verlegen bin.

»Eine gute?«

Oh, bei Joan Jett und allen Rockgöttinnen, das hat sie nicht gesagt?!

Automatisch halte ich die Luft an, presse die Lippen fest aufeinander und versuche, ihrem stechenden Blick auszuweichen.

»Wie auch immer, lass uns an die Arbeit gehen.«

Froh darüber, dass Dee nicht weiter nachbohrt, räuspere ich mich, um zumindest irgendwelche Geräusche von mir zu geben, die als Lebenszeichen durchgehen.

»Bist du auch die ganzen Sommerferien hier?« Eigentlich erübrigt sich die Frage, aber etwas Besseres fällt mir nicht ein. Mit langsamen Schritten nähere ich mich ihr und werfe einen Blick in die Kiste voller Schallplatten. Vermutlich hat sie die Vinyls sortiert.

»Japp. Brauch Kohle, weißt du?«

Ich nicke und frage mich, was sie mit dem Geld anstellen will, doch ich hake nicht nach.

»Geht mir auch so.«

Dee geht in die Knie und beginnt, in der Kiste rumzuwühlen. Sie nimmt eine Platte nach der anderen heraus, sortiert sie, glaube ich, alphabetisch. Ich setze mich ihr im

Schneidersitz gegenüber auf den Boden und zuppele an meiner Kleidung.

»Magst du die Kiste da vorne nehmen? Dann sortieren wir erst einmal eine Runde.« Sie zeigt auf eine große Kiste, die links von ihr in der Ecke steht.

»Klar.«

Ich stehe auf, wische mir den Staub von den Beinen und schiebe die Kiste über den Boden rüber in Dees Richtung. Irgendwie finde ich es höflicher, wenn ich mich nicht so weit von ihr wegsetze.

Ja, genau, weil du höflich *sein willst ...*

Erneut nehme ich Platz, doch diesmal knie ich mich hin, damit ich mich zwischendurch aufrichten kann, um in die Kiste zu schauen.

Kurz herrscht Stille zwischen uns, und ich bemerke, dass auch die Musik aus dem Laden gestoppt hat. Solche Momente finde ich immer unangenehm, doch ich sortiere einfach weiter, weil ich nicht dafür sorgen möchte, dass es noch seltsamer wird. Ihre Präsenz reicht schon, um mich nervös zu machen.

Das hier ist so abgefahren! Ausgerechnet Dee arbeitet mit mir hier in diesem Laden. Ich muss an die Playlist auf meinem Handy denken, die mich an die Begegnung mit ihr im Flur erinnert.

Kickstart my heart.

Und auch jetzt fühlt es sich an, als wäre mein Herz ein kleines kaputtes Moped, das Dee mit einem Kickstart versucht, ans Laufen zu bringen.

»Oh, ich liebe den Song!«

Mein Kopf schreckt hoch, denn ich habe weder mitbekommen, dass Dee etwas sagt, noch dass auf einmal Stevie Nicks Stimme erklingt.

Es dauert nicht lange, bis ich den Song erkenne. *Landslide* von Fleetwood Mac.

»Der ist echt gut.«

Ich versuche, Dee anzusehen, ohne dass sie es bemerkt. Sie lächelt sanft, und auf ihrer Wange bildet sich ein Grübchen. Verdammt süß.

»Hörst du lieber Klassiker oder modernen Rock?«, traue ich mich, sie zu fragen, und stoppe in meiner Bewegung, um sie direkt anzusehen. Ein Funken Stolz überkommt mich. Dee bemerkt meinen Blick und sieht mich ebenfalls an, und plötzlich ist da wieder dieses kribbelnde Gefühl von einem Kickstart meines Herzens.

»Am liebsten Rock aus den 80ern und 90ern«, sagt sie, ohne zu überlegen. »Aber vor allem *female Rock*. Ich finde, die Frauen werden in der Szene viel zu wenig gewürdigt. Dabei gibt es so viele Legenden! Wie Stevie Nicks halt.«

Ich sehe ein Glühen in ihren Augen, und ich kann ihre Leidenschaft sofort greifen.

»Stimmt. Irgendwie werden immer nur Männerbands abgefeiert.«

Sie seufzt und macht mit dem Zeigefinger eine Geste Richtung Decke.

»Da oben an der Musikspitze sitzen halt zu viele alte *weiße* cis hetero Männer.«

Ich muss schmunzeln und bin gleichzeitig total begeistert, dass Dee so offen mit mir spricht. Sie muss vermutlich nicht erst hundert Jahre überlegen, was sie sagt. Im Gegensatz zu mir.

»Wenn man nach Rockbands fragt, dann sagen die

meisten Menschen halt Green Day oder die Beatles«, versuche ich mich mehr ins Gespräch einzubringen.

»Das sind alles männliche Bandmitglieder.«

Dee rollt mit den Augen und muss dann auch lachen. Ich habe mir schon gedacht, dass sie nicht gerade konservativ ist, aber dass sie auch so über die Musikszene denkt, freut mich richtig. Es ist schön, neben Amy mal mit jemand anderem über Musik zu quatschen. Jemand, der findet, dass die Rockszene diverser sein sollte. Aufgeschlossener.

Amy.

Heut Abend gehe ich zu ihr, lege ich fest.

»Okay, und wenn du eine Band live erleben könntest, welche wäre es?«

Vielleicht kann sie darauf direkt eine Antwort finden, für mich gleicht diese Frage der Frage nach dem Lieblingskind.

»Metallica«, gestehe ich, auch wenn ich die Band schon live gesehen habe. Ich würde immer wieder zu einem Gig gehen. Dann denke ich daran, worüber wir eben noch gesprochen haben.

Wird Dee das jetzt scheiße finden?

»Wo wir wieder bei alten Männern wären.« Sie lacht, und ich steige mit ein.

»Ja, aber keine Sorge, ich höre auch gern The Pretty Reckless oder Garbage«, werfe ich hinterher.

»Das ist schon eher meins.« Wieder ist da ihr breites Grinsen.

»Bonnie, ist der Plattenspieler abholbereit?«

Die Stimme von Ian, der auf einmal im Türrahmen steht, sorgt dafür, dass wir beide die Köpfe zu ihm drehen.

»Äh, ja, klar«, stolpere ich über die Wörter, weil ich gedanklich eigentlich noch ganz woanders bin.

Bei Dee.

Bei der Musik.

Dennoch stehe ich auf, hole den Plattenspieler, den ich sicher in einen Pappkarton mit etwas Füllmaterialien verpackt habe, und überreiche meinem Chef das Paket.

»Danke dir.« Ian verzieht keine Miene, doch ich kann ihm anhören, dass er sich über meine Sorgfalt freut.

»Macht heut nicht so lang, okay? Das Wetter ist zu schön, um bis in die Abendstunden im Lager abzuhängen.«

Ich nicke, höre Dee zustimmen, und die restlichen Arbeitsstunden vergehen wie im Flug.

Wir sprechen über unsere liebsten Konzerte und neue Alben, auf die wir uns freuen. Dee erzählt mir von ihrem *Dungeons-and-Dragons*-Charakter Maeve, einer sarkastischen roten Teufelin, die tief in ihrem Inneren ein gutes Herz hat. Sie will mir morgen ihre Rollenspiel-Würfel zeigen, und irgendwie kann ich es gar nicht fassen. Dabei dachte ich immer, sie würde nur mit cooleren Leuten abhängen, aber sie ist total auf dem Boden geblieben. Und ich will unbedingt mehr über Maeves Abenteuer wissen.

Und gerade als ich darüber nachdenke, wohin diese Bekanntschaft führen könnte, wird mir wohlig warm. Ob wir Freundinnen werden können? Auf einmal spielt mein Kopf wie ein Film Szenen von Dee ab. Wie sie in Zeitlupe die Lederjacke anzieht, wie sie mich anstrahlt, und da merke ich, dass Freundschaft vielleicht doch nicht das richtige Wort ist. Da ist etwas anderes. Warum bin ich immer so nervös, wenn ich mit ihr spreche oder nur an sie denke? Dann fällt mir wieder ein, was meine beste Freundin über Dee gesagt hat. Warum meint Amy, dass ich aufpassen soll?

Vermutlich macht sie sich einfach nur unbegründet Sorgen.

Oder gibt es etwas, das Dee mir verschweigt?

Kapitel 11

Hirn an Bonnie.
Bist du noch da?

Der Nachmittag ist schnell vergangen, was vor allem an der Unterhaltung mit Dee lag. Ich freue mich jetzt schon auf morgen. Mehr über sie zu erfahren, aber auch, Zeit mit ihr zu verbringen. Es fühlt sich irgendwie nicht wie Arbeit an, wenn wir zusammen sind. Vielleicht liegt das aber auch an dem Laden, der einfach mein Safe Space ist.

Auf dem Nachhauseweg ergänze ich meine Playlist mit ein paar Liedern, die heute im Laden liefen und mich an den ersten Arbeitstag und an Dees Lächeln erinnern. Sie lacht immer laut, manchmal grunzt sie dabei. Das finde ich total niedlich. Vor allem, weil sich Dee dafür nicht schämt.

Bevor ich meinen Schlüssel aus dem Rucksack krame und nach Hause gehe, klingele ich nebenan bei Amy.

Familie Stewart steht auf dem metallenen Schildchen.

Kurz glaube ich, dass niemand da ist, doch dann öffnet Amys Vater die Tür. Er hat genauso rotes Haar wie sie, ansonsten hat meine Freundin eher Ähnlichkeit mit ihrer Mum.

»Bonnie! Bist du mit Amy verabredet? Sie hat gar nichts gesagt.« Er dreht sich um, will bereits nach ihr rufen, doch ich will nicht zwischen Tür und Angel mit ihr reden, weshalb ich schnell den Kopf schüttele.

»Nein, es ist sozusagen ein Überraschungsbesuch.«

Ich versuche mich an einem überzeugenden Lächeln. Keine Ahnung, ob es ankommt, aber Amys Dad lässt mich rein, und ich kann die Treppen zu ihrem Zimmer allein hochgehen.

Die Holztür steht nicht offen, und ich starre auf Poster und Fotos, die von außen kleben. Mein Blick bleibt an einem Polaroid von Amy und mir haften. Es zeigt uns als Kinder in einem Planschbecken im Garten von Amys Eltern. Wir strahlen so breit, dass mich das Lächeln anstecken sollte, doch gerade spüre ich nur aufkommende Nervosität.

Ich klopfe.

»Ich bin's.«

Ob sie überhaupt aufmacht? Würde mich nicht wundern, so wie sie in den letzten Tagen drauf ist. Doch andererseits ist Amy immer noch meine beste Freundin, und ein bisschen miese Laune geht nach zwei oder drei Tagen auch wieder weg. Ich schwanke ständig zwischen *Ich mache mir keine Sorgen* und *Ich will für Amy da sein*. Dann geht die Tür auf, und sie schaut mich aus großen Augen an.

»Was machst du denn hier?«

Als wäre das so ungewöhnlich ...

Ich wünsche mir, ihre Worte hätten nicht diesen negativen Nachklang.

»Ich wollte bei dir vorbeischauen«, antworte ich ehrlich, und meine Mundwinkel zucken.

»Du hättest Bescheid sagen können.«

»Dann wäre es keine Überraschung gewesen.«

»Ich hasse Überraschungen.«

Wieso muss sie es mir so schwer machen?

»Darf ich reinkommen? Bitte.«

Amy zögert, ehe sie mich eintreten lässt. Genau wie ihre Tür, sind auch ihre Zimmerwände voller Poster und Bilder. Die weiße Wandfarbe ist kaum zu sehen. Auf ihrem rosafarbenen Lesesessel stapelt sich ein Klamottenberg. Die Blätter der Calathea auf dem Schreibtisch hängen traurig hinab. Ich bemerke, dass die Bettdecke zur Seite geschoben ist und eine Serie auf dem Laptop pausiert.

»Störe ich dich?«

»Ich rewatche nur *ANDOR*.«

Amy setzt sich auf die Bettkante und verschränkt ihre Beine. Sie trägt knappe Shorts, die gemütlich aussehen. Gemütlich, aber auch irgendwie … sexy.

Habe ich das gerade wirklich gedacht?

Ich meine, ihre Beine sehen gut aus. Lang. Die Waden sind gespannt und lassen die sonst eher zierliche Amy in dieser Sitzposition muskulös aussehen. Sportlich.

»Ich will auch gar nicht lange bleiben«, werfe ich ein und überlege, ob ich mich zu ihr setzen soll. Normalerweise hätte ich nicht gezögert, doch es kommt mir auf einmal so seltsam intim vor, neben ihr Platz zu nehmen. Vor allem, weil ich gerade noch über ihre Waden nachgedacht habe.

»Okay, worum geht es?« Als hätte sie meinen Blick bemerkt, hebt sie die Füße auf die Matratze und setzt sich in den Schneidersitz. Sie umfasst ihre Füße mit den Händen, beugt sich ein Stück hinunter, und ich höre, wie ein Knochen knackst. Vermutlich hat sie den halben Tag auf dem

Bett verbracht. Ein Ventilator in der Ecke spendet etwas kühle Luft.

»Na ja, ich wollte einfach mit dir reden.« Auch mein Schulterzucken sorgt nicht dafür, dass Amy aufschaut. Stattdessen klappt sie ihren Laptop zu, sobald sie mit ihrer Dehnübung fertig ist.

»Wir haben uns doch gestern in der Schule gesehen und miteinander geschrieben.«

Begreift sie nicht, was mir aufgefallen ist? So langsam glaube ich, ich habe mir Amys Entfremdung nur eingebildet.

»Amy ...« Jetzt hebt sie den Kopf, und unsere Blicke treffen sich.

»Ich weiß nicht, worauf du hinauswillst.« Amys Augenbrauen ziehen sich zusammen, und mir gefällt es nicht, wie sie mich ansieht.

»Ich habe das Gefühl, dass irgendwas los ist«, platzt es dann aus mir heraus. »Du gehst mir aus dem Weg. Seit der letzten Englischstunde.«

»Tue ich das?« Jetzt sieht sie überrascht aus.

»Tust du.«

Es fällt mir schwer, die richtigen Worte zu finden, aber ich habe Angst, dass unsere Freundschaft wie ein Seil zerreißt, wenn ich nichts unternehme. Mut, ich brauche eine Portion Mut – und zwar sofort!

»Ist mir nicht aufgefallen.«

Amy ist in einem richtig aggressiven Modus, und das macht mich traurig. Vollkommen verloren stehe ich in ihrem Zimmer, weiß nicht wohin mit meinen Armen und verschränke sie schließlich vor der Brust.

»Mir aber. Und ich würde gern wissen, was mit meiner

besten Freundin los ist.« Erst in diesem Moment erkenne ich, dass sie mir endlich *wirklich* zuhört. »Möchtest du mit mir reden, Amy?«

Ihre Mimik sagt ganz klar *nein,* und die Stille legt sich wie ein Schatten über uns. Ich überlege bereits, was ich ihr sagen kann. Ich möchte ihr erzählen, dass Dee mit mir im Plattenladen arbeitet, doch ich weiß, dass sie nichts davon hören will. Es macht mir Angst. Sollte sich meine beste Freundin nicht eigentlich gemeinsam mit mir darüber freuen? Mein Kopf ist ein Gemälde, von dem die bunten Farben tropfen. Übrig bleibt nur die leere Leinwand.

»Ich hab das Zeugnis verkackt, okay?«, kommt es so plötzlich aus ihr heraus, dass ich zunächst glaube, mich verhört zu haben.

»Was?« Mein Mund ist plötzlich ganz trocken, und meine Gesichtszüge verhärten sich.

»Zwing mich nicht, es nochmal zu sagen.«

In ihren Augen bilden sich Tränen, die Amy mit aller Macht versucht, zurückzuhalten. Ihr Gesicht wird rot wie eine Tomate, und ich kann ihre Scham beinahe greifen.

»Amy ...«

Ich kann nicht länger einfach nur hier stehen. Ich mache einen Schritt auf sie zu, während Amy mit den Armen ihre Knie umschlingt und sich wie ein Knäuel zusammenpresst. Vorsichtig setze ich mich neben sie, schaue sie dabei an und bitte auf diese Weise um ihre Erlaubnis. Amy nickt.

»Scheiße, das tut mir leid.« Meine Stimme ist sofort leiser geworden, und ich lege einen Arm um sie. Amy zögert keine Sekunde, löst sich in einer raschen Bewegung aus ihrer Position und fällt mir in die Arme.

»Das wusste ich nicht«, wispere ich an ihrem Ohr. Warum habe ich das nicht bemerkt? Wie konnte mir dieses Detail entgehen?

Und dann weint sie. So unerbittlich, dass es mir einen Stich versetzt.

Darum war sie so seltsam. Es lag gar nicht an Dee oder dem Zwischenfall im Flur. Dabei erinnere ich mich an meine Worte von vorhin. Ich habe doch sogar gesagt, dass sie sich seit den letzten Tagen anders verhält. Amy war nach Englisch so still, weil sie wusste, dass sie die Zeugnisnote verhauen hatte.

»Mathe und Englisch. Ich habe beides volle Kanne in den Sand gesetzt.«

Ich frage mich, wieso sie mir nicht früher davon erzählt hat, und irgendwie verletzt es mich, erst jetzt davon zu erfahren, doch ich sage kein Wort dazu.

Ist es egoistisch, so zu denken?

Ich dränge den Vorwurf an mich selbst beiseite. Amy braucht meine Unterstützung.

»Das ist okay«, sage ich sanft.

»Nein, ist es nicht!«

Ihre Stimme ist so laut, und ich spüre ihre Wut. Plötzlich reißt sie sich aus meiner Umarmung, schaut auf die Matratze und weint.

»Ich hätte mich mehr anstrengen müssen. Aber ich hab in letzter Zeit nur auf meinen Bruder geachtet. Mich um ihn gekümmert. Dabei habe ich mich vergessen.«

Ich erinnere mich an all die Male, die Amy gesagt hat, dass sie mit Simon zum Arzt muss, weil ihre Eltern arbeiten sind. In letzter Zeit ist sie eine Art Mutterersatz für ihn gewesen. Und wenn sie sich nicht von ihm lösen kann, ist das auch schwierig.

»Ich kann verstehen, dass du für ihn da sein wolltest.«

»Tja, ich war naiv genug, zu glauben, ich würde beides packen. Und jetzt stehen da zwei fette Fünfen auf meinem Zeugnis. Das ruiniert echt alles.«

»Ach, Amy«, werfe ich ein und nehme ihre Hände, um sie sanft zu drücken. Es fühlt sich schön an, ihr wieder so nah zu sein, auch wenn die Umstände echt beschissen sind. »Es ist ja nicht dein Abschlusszeugnis. Du passt einfach im nächsten Jahr besser auf dich auf.« Ich suche ihren Blick, und wir schauen uns an. »Ich passe besser auf dich auf.«

Endlich lächelt sie, und ich habe den Eindruck, dass ich sie ein bisschen aufmuntern konnte.

Eine Weile bleibe ich noch bei ihr, wir unterhalten uns jetzt wieder ganz normal, ohne Reibereien oder Distanz, auch wenn ich mit keiner Silbe Dee erwähne. Das kommt mir irgendwie kontraproduktiv vor, sosehr ich es ihr auch sagen will. Ich erzähle ihr ein bisschen von dem Chaos im Lager bei Ian, ehe wir uns in ein intensives Gespräch über *ANDOR* verlieren und die Folge, die Amy angefangen hat, gemeinsam zu Ende schauen.

Als ich realisiere, wie spät es schon ist, verabschiede ich mich. Amy umarmt mich. Verspricht mir, sich zu melden.

Fuck, fuck, fuck!

Der Reis kocht beinahe über. Ich versuche hastig, das Curry fertig zu machen, weil ich merke, wie mein Magen bereits brüllt – außerdem kommt Mum gleich wieder. Kaum denke ich an sie, höre ich, wie die Türe aufgeht.

»Bin wieder da«, ruft sie aus dem Flur, und ich schalte im gleichen Moment den Herd aus.

»Super, Essen ist fertig!«

Wenige Augenblicke später sitzen wir auf der Couch und essen hungrig das Gemüsecurry.

»War dein erster Tag gut?«

Da muss ich nicht lange überlegen.

»War echt cool, es macht mir wirklich Spaß!«

Ich berichte ihr von dem Job, erwähne am Rande, dass eine meiner Mitschülerinnen auch dort arbeitet, und muss an mich halten, sie nicht mit Details über Dee zu nerven, schließlich möchte ich mich nicht zu auffällig verhalten. Zum Glück gelingt mir das ganz gut, glaube ich, denn Mum fängt bereits an, mich über den ersten Arbeitstag und die Zeugnisse auszuquetschen. Wir unterhalten uns eine Weile, und bevor ich schlafen gehe, schauen wir noch etwas Fernsehen.

Als ich im Bett liege, dröhnt mein Hirn. Ich muss die ganzen Eindrücke von heute erst einmal verarbeiten.

Amy, Dee, der Job ...

Aber meine Gedanken gehen immer wieder zu Dee zurück. Und plötzlich ist da wieder der Geschmack von Erdbeereis auf meiner Zunge.

Shit.

Da fällt mir ein, dass ich mein Vorhaben total vergessen habe.

Ich wollte doch eigentlich den Tag nutzen, um herauszufinden, wie ich wieder zurück nach Italien komme! Vielleicht kann ich es morgen probieren, wenn ich ganz früh da bin und Ian kurz aufs Klo geht oder so. Möglicherweise habe ich Glück, und Dee ist dann auch noch nicht im Laden.

Ich muss es zumindest versuchen.

Okay, mach es einfach genauso wie beim ersten Mal.
Ich gehe am Morgen durch die noch relativ leeren Straßen von Edinburgh und schmeiße auf dem Handy die Playlist an, die ich für Luca angelegt habe.

Welche Songs habe ich Anfang der Woche, an dem Tag, als diese mysteriöse Italienreise passiert ist, nochmal alles gehört?

Die Erinnerungen verblassen bereits langsam, dabei will ich nur dieses Gefühl zurück. Heile Welt. Und ich will wissen, wie es mit Luca weitergeht. Ich will Dad umarmen.

Natürlich bin ich vor Ian am Laden, aber dieses Mal muss ich nicht auf ihn warten, da er Dee und mir jeweils einen Schlüssel gegeben hat. Für genau solche Situationen. Echt nett von ihm, und es zeigt, wie sehr er uns vertraut. Wer weiß, vielleicht kann ich nach meinem Schulabschluss hier weiterjobben? Auch das wäre eine Idee, meine Zukunft zu gestalten. Womöglich bin ich aber gleich auch schon zurück am Strand, und ich muss mir darüber keine Gedanken machen. Zumindest ist das mein Plan.

Ich schließe den Laden auf, wie Ian es mir gezeigt hat, und bin froh, dass alles reibungslos funktioniert. Die Gitter fahren hoch, und ich werfe einen Blick auf die Uhr. Es ist noch nicht ganz 9 Uhr.

Soll ich es bereits jetzt riskieren?

Wieso nicht? Es ist der perfekte Zeitpunkt, denn niemand außer mir ist hier.

Eilig packe ich meinen Rucksack ins Lager und suche daraufhin die Stelle im Laden auf, an der ich gestanden habe.

Ich krieg das hin. Es muss einfach klappen.

Tief atme ich aus und suche auf meinem Handy den Song in Lucas Playlist, der mich so sehr an die Urlaube mit Mum und Dad erinnert hat. Dann schließe ich meine Augen, umklammere die Kiste mit den Schallplatten vor mir und stelle mir bildlich vor, wie ich am Strand liege. Ich versuche, mich an den Erdbeergeschmack zu erinnern. An Lucas strahlendes Gesicht, an den Eiswagen und an die Leichtigkeit.

Ich mache alles ganz genau nach wie an diesem einen Tag.

Ein warmes Kribbeln entsteht in meinem Bauch. Ist das der Anfang?

Konzentrier dich stärker!

Ich glaube, den Barbecue-Geruch zu riechen. Meine ganze Aufmerksamkeit liegt auf der Szenerie am Grill im Garten von Lucas Eltern.

Doch es passiert nichts.

Weitermachen, Bonnie!

Meine Finger klammern sich krampfhaft an der Kiste fest, sodass es fast schon weh tut. Mit aller Kraft will ich etwas erzwingen, das so weit weg ist.

Es funktioniert nicht.

Als ich bemerke, dass ich keine Luft mehr kriege, ist meine Konzentration gebrochen, und ich atme tief ein.

Warum funktioniert es nicht?

Tränen steigen in meinen Augen auf. Wie verzweifelt kann man sich an etwas festhalten, das vielleicht gar nicht echt ist? Ich will schreien, mit den Füßen aufstampfen und jemand anderem die Schuld geben, doch ich stehe nur da, mit eingesackten Schultern und salzigem Wasser auf den Wangen.

Wieso ist das Universum gegen mich? Warum darf ich nicht zurück?

In dem Moment spüre ich Hände auf meinen Schultern, doch ich erschrecke nicht. Die Berührung ist angenehm und warm, gibt mir genau den Halt, den ich brauche.

»Alles okay, Kleines?«

Kleines. Nur ein weiteres Wort, das mich an Dad erinnert.

Schniefend schiebe ich mir die Kopfhörer von den Ohren und realisiere, dass Ian mich aus mitleidigen Augen ansieht.

Das hat mir gerade noch gefehlt. Ich kann Ausflüchte suchen, alles beiseiteschieben, aber für Ausreden finde ich keine Kraft. Und außerdem sind da genug Halbwahrheiten, die mein Leben bestimmen.

»Nein«, antworte ich ehrlich und wische mir mit den Händen durchs Gesicht. Hoffentlich verschmiere ich nicht auch noch die Wimperntusche. Aber ist jetzt eigentlich auch egal.

»Wenn du reden willst …«, beginnt er unsicher und senkt den Blick. Seine Hände wandern in seine Jeanstaschen. Das ist ein nettes Angebot. Seine Hilfsbereitschaft macht mir Mut. Gibt mir ein bisschen Beständigkeit zurück.

»Danke. Ich hatte einfach einen beschissenen Morgen.«

»Oh … Wie wäre es, wenn wir ein bisschen Heavy Metal reinmachen und wir uns den Frust wegheadbangen?«

Seine Mundwinkel wandern ganz leicht nach oben, und ich muss es ihm nachmachen.

»Das wäre großartig.«

Ian reicht mir ein Taschentuch, bevor ich die erste Platte aussuche, die uns durch den Tag begleitet. Als Five Finger Death Punch durch die Lautsprecher dringen, kommt auch Dee in den Laden. Ich bin echt froh, dass sie erst jetzt erscheint und nicht mitbekommen hat, was passiert ist. Wie sie wohl reagiert hätte?

Wir begrüßen uns, gehen ins Lager und fangen mit der Arbeit an, wo wir gestern aufgehört haben. Sie muntert mich auf, präsentiert mir stolz ihre Rollenspiel-Würfel und erzählt vom letzten Spielabend. Auf einmal ist alles wieder wie gestern.

Nur der Schmerz weicht nicht.

Kapitel 12

In den nächsten Tagen bin ich ruhiger, denke viel nach. Über Amy, unsere Freundschaft und über Dee, deren Seitenblicke mir zeigen, dass ihr nicht entgeht, dass mich etwas beschäftigt. Dass sie nicht nachhakt, sondern mich einfach arbeiten lässt, schätze ich sehr. Wir unterhalten uns ganz normal, nur eben ein bisschen weniger als sonst bei der Arbeit. Ich will jetzt echt nicht noch alles erklären. Zumal es zu absurd wäre, diese Kiste vor Dee aufzumachen. Vor irgendjemandem.

Vielleicht muss ich mich damit abfinden, dass ich nicht mehr dorthin kann. Dass das alles möglicherweise doch ein skurriler Fiebertraum war. Traum ... Mir fällt wieder der eine Traum ein. Ich kam nicht durch die Tür. Ich hatte schon beim ersten Versuch so eine Ahnung, doch ich schob alles darauf, dass ich unterbrochen worden war. Vielleicht war das ein sanfter Hinweis von meinem Hirn, mir zu sagen, dass ich aufhören soll, darüber nachzudenken.

Aber wieso fühlen sich die Erinnerungen an Luca so echt an?

Dee ist diejenige, die während der Arbeit und in den gemeinsamen Pausen das Sprechen übernimmt, weil ich viel zu sehr damit beschäftigt bin, weitere Überlegungen anzustellen. Sie erzählt mir von ihren Lieblingsschuhen, die sie vor ein paar Tagen wegschmeißen musste, weil die Sohle abgegangen war, oder versucht mich mit einer Anekdote über Musik zum Lachen zu bringen. Und das schafft sie. All diese Kleinigkeiten machen den Alltag angenehmer. Es ärgert mich, dass ich so sehr daran hänge, nach Italien zurückzukehren, obwohl ich es nicht kann, denn eigentlich ist doch alles okay, oder? Hier, gerade jetzt. Meine Neugierde über die Zukunft mit Luca bietet mir allerlei Tagträume, doch nicht nur ihn vermisse ich irgendwie.

Eine Person fehlt mir nach wie vor, und es ist unmöglich, dass Dad zurückkommt.

Traumata verschwinden nie ganz, das weiß ich. Sie tauchen plötzlich an der Oberfläche auf, wie die Flosse eines Hais im Meer, und die Panik kehrt zurück. Ob ich will oder nicht. Ich kann nur versuchen, zu atmen und mich auf das zu konzentrieren, was ich in der Therapie gelernt habe.

Dees Anwesenheit hilft mir, Abstand von den düsteren Gedanken zu gewinnen. Genauso wie die Telefonate und Abende mit Amy.

Aber sobald die erste Juli-Woche vorbeigezogen ist, hält Dee es nicht mehr aus. Während einer Mittagspause, die wir zusammen draußen auf der Sitzbank verbringen, schaut sie mich mit einem Blick an, der mir verrät, dass sie auf den geeigneten Moment gewartet hat, mit mir zu sprechen.

»Sag, wenn du reden willst. Und wenn nicht, ist das auch okay.«

»Danke«, kommt gepresst aus mir heraus, doch ich merke, wie mein Mundwinkel leicht nach oben zuckt.

»Gerade will ich echt nur Ablenkung haben.« Ablenkung, wie Amy oder Dee.

Frustriert beiße ich in mein selbstgeschmiertes Sandwich mit Gouda und Gurken. Ich strecke die Beine aus. Das Einzige von mir, das nicht von dem Schatten des Baumes bedeckt wird, der sich hinter der Parkbank erstreckt.

»Ablenkung kann ich gern bieten.«

Dee wirft sich einen letzten Keks in den Mund, ehe sie die leere Packung zerknüllt und in ihre Hosentasche stopft, da kein Mülleimer in der Nähe ist. Ich blicke auf, sehe sie fragend an.

Was meint sie damit?

»Hast du Lust auf ein Spiel?«

»Ehrlich gesagt, keine Ahnung. Kommt drauf an.«

Ich verputze schnell den Rest meines Sandwichs, um die Hände freizuhaben. Für was auch immer jetzt passiert.

»Es ist ganz einfach, versprochen.«

Ich stimme ihr mit einem Nicken zu, um ihr zu zeigen, dass ich bereit bin.

»Wir machen eine Assoziationskette. Das hilft, um auf andere Gedanken zu kommen. Ich fange mit einem Wort an, und du sagst mir, woran du dabei denkst.«

»Okay, das klingt echt nicht schwer.« Und vor allem wirkt es auf den ersten Blick weder peinlich noch unangenehm.

»Fangen wir mit einem ganz simplen Wort an: Musik.«

Dee dreht sich noch ein Stück mehr zu mir und nimmt die Beine auf die Bank hoch. Sie sitzt im Schneidersitz, und ich kann sehen, dass noch ein paar Krümel auf ihrem graumelierten Tank Top sind.

»Das nennst du *einfach?*«, sage ich mit einem Glucksen und verdrehe die Augen.

»Irgendwo muss man anfangen.« Dee grinst verschmitzt, und ich spüre, wie meine Wangen glühen.

»Leidenschaft«, kontere ich, ohne zu wissen, wohin mich das führt.

»Küsse.«

Sie sagt es so sanft, dass man ihr auf die Lippen schauen *muss*. Hoffentlich sieht sie nicht, wie rot ich werde.

»*Kiss the Go-Goat*«, lautet meine Assoziation, um das Thema in eine andere Richtung zu schubsen. Ich bete, dass sie nicht sieht, wie ich mir insgeheim vorstelle, sie zu küssen.

»Oh, klug. Aber ja, der Songtitel passt.«

Wir müssen beide grinsen, ich summe die Melodie, und Dee stimmt den Refrain von *Kiss the Go-Goat* von der Band Ghost an. Sie hat eine wunderschöne Stimme. So rau, ein bisschen erinnert sie mich wirklich an Joan Jett. Auch mit ihrem Auftreten und ihrem Style.

»Hey, Baby …«

Sie schaut mich dabei an, und ich glaube, dass sie nur für mich singt. Die Welt um mich herum wird leise, aber eine Erinnerung kommt hoch. Amy und ich bei einem Konzert im letzten Jahr. Die Vorband hat noch nicht angefangen, aber der Song von Ghost läuft durch die Lautsprecher, um Stimmung zu machen.

»Hey, hey, hey, kiss the goat«, stimme ich mit ein, und an Dees Reaktion kann ich sehen, dass ihr das gefällt. Ihr Grübchen auf der Wange ist so niedlich, dass ich wie ein Eis in der Sonne schmelzen möchte.

Wie hat sie es geschafft, all meine Sorgen und Gedanken fortzufegen?

Diese Frau ist nicht von dieser Welt.

Wir singen. Sie laut, ich nicht ganz so inbrünstig, aber mit ebenso viel Herzblut.

Auf einmal ist da wieder dieses Ziehen in der Magengegend. Als wäre ein Seil um meinen Bauch gebunden, und jemand würde daran reißen. Es fühlt sich aber nicht unangenehm an, sondern irgendwie warm und schön.

Ich kann ich sein. Mich fallen lassen.

Meine Beine fühlen sich an wie Pudding. Unsere Blicke verhaken sich ineinander, und ich sehe nur noch Dee. Ihr schwarzer Lidschatten ist am rechten Auge etwas verwischt.

»Kiss, kiss, kiss the go-goat!«

Ich höre weder die Schritte der vorbeigehenden Menschen in der Fußgängerzone noch ihr Gerede. Dees Stimme verdrängt alles um mich herum, und mir wird heiß. Liegt das etwa an ihr? Doch dann verwandelt sich das Lied, hört sich weniger nach ihr an, sondern mehr nach dem Original, das ich kenne. Ich glaube, in Dees Augen mich selbst zu sehen, wie ich letztes Jahr auf einem großen Konzert mit meiner besten Freundin war. Die Erinnerung wird so lebendig, dass ich in Dees Augen versinke und glaube, den Geruch von Bier und Schweiß in der Konzerthalle wahrzunehmen. Ich drifte weg, und auf einmal ist da wieder das weiße Licht vor meinen Augen, nach dem ich mich sehnte.

Aber wieso ausgerechnet jetzt?

Der Schmerz, der meinen Körper durchzuckt, ist nicht mehr so schlimm wie beim ersten Mal, vielleicht habe ich mich bereits daran gewöhnt. Das grelle Licht verblasst, ich blinzele und versuche meine schnelle Atmung zu regulieren. Ich bin im Weltall.

Der Anblick der Milchstraße verschlägt mir den Atem. Moment, ich kann atmen? Ich schaue an mir herab, schwebe. In meinen Ohren rauscht der Song von Ghost.

Kann es wirklich sein? Passiert das hier gerade echt?

Doch bevor ich weitere Fragen stellen kann, wird es dunkel.

Gleich werde ich meinen Vater wiedersehen! Und Luca. Adrenalin rauscht durch meinen Körper, und ich kann kaum erwarten, dass die Umgebung verschwimmt und ich wieder am Strand lande, aber etwas ist anders. Ein eigenartiges Gefühl von Wehmut. Eigentlich hatte ich gerade so viel Spaß mit Dee.

Dann tauchen andere Bilder in meinem Kopf auf. Ich denke an Dad, an den Strand, Olivenhaine und kalten Eistee.

Ich bin gleich zurück.

Ich schließe mit einem Lächeln meine Augen, warte nur darauf, endlich dort zu sein und den Sand unter mir zu spüren, aber hinter meinen Augen bleibt es dunkel.

Auf einmal wird der Song in meinen Ohren noch lauter, und etwas vibriert unter meinen Füßen. Es klingt fast so, als wäre die Musik live. Endlich merke ich Lichter um mich herum, und für den Moment setzt ein Schmerz in meinen Knochen ein.

Ich blinzle, doch es ist so grell, dass sich meine Augen nur langsam daran gewöhnen. Immerhin lassen die Schmerzen nach. Das Licht fühlt sich aber nicht warm wie die Sonne an, und ich merke, dass der Boden unter mir fest ist. Der Bass wird lauter, und der Gesang setzt wieder ein.

Moment. Hier ist etwas anders.

Panisch öffne ich die Augen und weiche gerade noch einer Hand aus, die sich meinem Kopf genähert hat.

Wo bin ich?

Und da begreife ich.

Ich bin ganz bestimmt nicht am Strand, und auch nicht in Italien.

Ich bin auf einem Konzert.

Nicht von irgendwem, sondern von der Band Ghost. Und sie spielen ausgerechnet *Kiss the Go-Goat*.

Sag mal, Schicksal ... verarschst du mich?

Ich stehe rechts von der Bühne, aber noch nah genug dran, um die Gesichter der Bandmitglieder erkennen zu können. Vor mir in der Reihe springt ein Typ mit langen Haaren auf und ab, und um mich herum singt die Masse das Lied mit. Die Konzerthalle ist groß und kommt mir bekannt vor. Allerdings bin ich so überfordert, dass mir tausend Gedanken gleichzeitig durch den Kopf schwirren.

Ist das real?

Als ich mir in die Wange zwicke, tut es weh. Der Schmerz ist echt. Vermutlich bin ich der einzige Mensch in dieser Halle, der gerade keinen Schimmer hat, was abgeht. Die Leute tanzen, singen und feiern, und ich stehe orientierungslos auf einem Fleck.

Was im Namen von Metallica ist passiert?

Ich muss aus dieser Menschenmenge raus! An die frische Luft. Hauptsache weg!

Schnell drehe ich mich um. Als ich meinen Fuß anhebe, um einem Plastikbecher auf dem Boden auszuweichen, sieht der wildfremde Kerl neben mir das als Zeichen, mobilisiert zwei andere Leute um mich herum, und ehe ich mich's versehe, werde ich hochgehoben.

Ich will doch gar nicht stagediven!
»Moment!«, rufe ich, aber meine Stimme wird von der Musik übertönt. Ich rudere mit den Armen, doch alles geht so schnell, und als ich zu den Leuten schaue, die mich hochhieven, sehe ich nur Freude in ihren Gesichtern. Sie kriegen gar nicht mit, dass das hier ein riesiges Missverständnis ist! Sie scheinen ganz im Moment zu sein, lassen sich von den Emotionen im Saal tragen. Nach der ersten Überforderung fühlt sich das Stagediven gar nicht mal so übel an – aber die Leute hier sollten definitiv einen Ted-Talk zum Thema Konsens bekommen!

Ich recke den Kopf, sehe kopfüber die Band auf der Bühne spielen und muss immer wieder blinzeln, weil das stroboskopische Licht im Auge sticht. Die Menschenhände tragen mich weiter nach vorne. Mein erster Stagedive, und das unfreiwillig. Ganz schön uncool, ohne Einwilligung hochgehoben zu werden. Eigentlich will ich mich ärgern, wütend sein und vor allem irgendwie hier rauskommen, um herauszufinden, was abgeht, doch dann stellt sich ein anderes Gefühl ein. Freiheit. Ich muss zugeben, dass es mir gefällt. Irgendwie fühlt man sich wie eine Gottheit. Auf Händen getragen eben. Die Leute sind rücksichtsvoll, berühren mich nicht am Hintern und versuchen auch nicht, mir die Schuhe auszuziehen. Alles Gründe, wieso ich bisher nie stagediven wollte. Dabei sind gerade Metalheads meist die nettesten Menschen, zumindest meiner Erfahrung nach. Singen *Walking on Sunshine*, bevor der Mainact die Bühne betritt, und reichen dir die Hand, wenn du auf dem Konzert stolperst. Sie bringen mich zum Lachen, und schon singe ich wieder mit. Lebe in diesem Augenblick. Ich breite die Arme aus, wie ein Vogel, der fliegen lernt. Vergessen ist das *Wie* und *Was*, es zählt nur das *Jetzt*.

Ich bin schon fast bei der Bühne angekommen. So nah war ich der Band bisher noch nie! Und es fühlt sich unbeschreiblich an, als der Sänger sieht, wie sehr ich den Stagedive genieße und grinsend auf mich zeigt.

Fangirl-Kreisch-Moment!

ROCK AND ROLL!

Mein Flug endet abrupt, als mich der bullige Security-Typ vor der Absperrung zur Bühne auf seine Arme nimmt und aus der Menge hinausträgt. Sanft setzt er mich auf dem Boden neben ihm im Graben ab.

»Alles okay?«

Er schaut ernst, will sichergehen, dass alles in Ordnung ist. Das ist immerhin sein Job.

»Aber so was von!«, rufe ich über die laute Musik hinweg, und ich weiß nicht, was in mich fährt, aber ich zeige dem Mann meine gehörnten Hände. Der Teufelsgruß, die Pommesgabeln ... wie auch immer man die universelle Geste für Heavy Metal nennen will.

Ich fühle den Rock ›n‹ Roll durch meine Adern fließen.

Eben noch war ich orientierungslos, jetzt brauche ich nur einen kurzen Moment, um wieder den Weg hinter die Absperrung zu finden. Kaum dränge ich mich durch die tanzenden Konzertbesucher*innen, als ich höre, wie der Song ausklingt. Ich finde die Typen wieder, die mich vorhin hochgehoben haben und nutze den Moment.

»Beim nächsten Mal fragt ihr mich bitte, ob ich stagediven will!«, sage ich laut und selbstbewusst und kann kaum glauben, dass ich das hier gerade tue.

»Sorry, ich dachte ...«, versucht sich einer von ihnen rauszureden, aber ich unterbreche ihn.

»Schon mal etwas von Konsens gehört?« Ich lächele, sehe in perplexe Gesichter und merke, wie unangenehm das für sie ist, dann drehe ich mich zur Bühne um.

»Danke, Edinburgh! Rock on!«, brüllt jemand von der Band ins Mikro. Der Sänger wirft schmatzend Kussgesten in die Luft, und nun sind nur noch Gitarre und Schlagzeug zu hören. Lautes Gejubel erklingt. Alle klatschen, und auch ich kann nicht anders.

Erst als die Lichter in der Halle angehen und die euphorische Stimmung langsam abebbt, meldet sich wieder mein Verstand.

Was geht hier ab?

Wieso bin ich nicht am Strand, sondern hier? Und wie habe ich es bitte geschafft, überhaupt wieder in diesem schwebenden Weltall-Dings zu landen?

Saß ich nicht vor wenigen Sekunden noch mit Dee auf der Parkbank? Ist da nicht noch dieser leichte Geschmack meines Käse-Sandwichs auf der Zunge, oder irre ich mich?

Dann fällt mir jemand um den Hals.

»War das nicht MEGA?!« Ich realisiere, dass es Amy ist, und wir lassen voneinander ab.

Sie strahlt über das ganze Gesicht. Ein bisschen überrumpelt sie mich damit schon, zumal ich nicht mit ihr gerechnet habe, doch irgendwie will ich diesen Moment gerade einfach nur genießen.

»Die sind live *so* gut!«, entgegne ich euphorisch. »Und ich war Stagediven, Amy!«

»Echt jetzt?« Meine beste Freundin hüpft auf und ab. Als wir uns drücken, entfährt uns beiden ein Quieken, und ich fühle mich wie das Fangirl, das ich bin. Wir lösen uns voneinander, schauen uns an. Amys intensiver Blick bringt mich zum Grinsen. Mit keinem Menschen auf der Welt würde ich lieber hier sein.

Okay, raus aus der Halle und herausfinden, was passiert ist, plane ich gedanklich.

»Ich muss nochmal pinkeln, und dann können wir gehen«, schlage ich vor, und meine Freundin nickt.

»Auf geht's!«

Die Menge löst sich auf, und ich werfe nochmal einen letzten Blick zur Bühne. Schwarzgekleidete Menschen räumen die Instrumente zusammen, reichen einigen Leuten Wasser, die noch vorne am Wellenbrecher stehen oder fegen mit Besen und sogar mit einem Laubgebläse das Konfetti vom Boden. Alles ist so echt. Aber genau das Gleiche dachte ich auch, als ich in Italien am Strand gelandet bin.

Was ist das hier bloß?

Und wieso passiert es ausgerechnet *mir*?

Amy nimmt mich an der Hand, zieht mich sanft, aber bestimmt mit sich Richtung Ausgang. Es riecht nach Schweiß und Bier, doch der Geruch stört mich nicht. So ist das nun einmal auf Konzerten. Meine Füße kleben immer wieder am Boden fest, und ich vermute, dass unter meinen Sohlen bereits jede Menge Konfetti klebt.

Vor dem Frauenklo ist eine lange Schlange, und Amy und ich rollen beinahe gleichzeitig mit den Augen.

Wieso kann es nicht einfach überall Unisex-Toiletten geben? Warum ist das so kompliziert?

»Männerklo?«, frage ich meine Freundin, und sie nickt. Wir nehmen die andere Tür. Bei den Männern ist nichts los, nur ein paar Typen stehen an den Pinkelbecken. Es riecht nicht so schlimm wie erwartet, und niemand gibt einen unnötigen Kommentar ab.

Wir verschwinden in den Kabinen, schließen mit einem Klicken ab. Die Tür ist von innen mit zahlreichen Stickern von den unterschiedlichsten Bands plakatiert. Meine Klamotten kleben mir am Körper, sodass ich einen Moment brauche, bis ich mich aus der engen Jeans geschält habe.

»Ich warte draußen auf dich«, höre ich von Amy, die in der Kabine neben mir abspült und bereits Hände waschen geht.

»Geht klar«, antworte ich knapp, und als ich wenige Augenblicke später die Spülung betätige, aus der Kabine gehe und die anderen Menschen am Waschbecken sehe, habe ich einen Déjà-vu-Moment.

Ich habe das hier schon einmal erlebt.

Nein, nicht genau dieses Konzert, aber eine ähnliche Situation. Vor einem Jahr war ich mit Amy schon einmal hier auf einem Konzert. Wir hatten die Tickets Monate im Voraus bestellt. Ich erinnere mich daran, wie Amy und ich auf dem Männerklo verschwanden. Und dann war da *sie*.

Gleich bleibt mein Herz stehen.

Kapitel 13

Atmen, einfach atmen.

Mal wieder leichter gesagt als getan, vor allem als sie den Kopf hebt und mich ansieht. Ich schlucke und streiche mein T-Shirt glatt, aber mein Blick bleibt nur an *ihr* haften.

Das Mädchen mit den bunten Haaren. Sie hat sich die lilafarbenen Wellen zu einem hohen Pferdeschwanz gebunden, manche Strähnen sind zu kleinen Zöpfen geflochten, wie bei einer Frisur aus der Serie *Vikings*.

Sie war auf dem gleichen Konzert wie Amy und ich vor einem Jahr. Wir haben uns auf dem Klo getroffen. Na ja, besser gesagt, ich habe sie am Waschbecken gesehen, mein Magen ist vor spontaner Verliebtheit Achterbahn gefahren, und sie war schneller aus der Tür raus, als dass ich überhaupt meine Hände waschen konnte. Kurze Momente wie diese, in denen ich Leuten verfalle, die ich gar nicht kenne.

Geht es anderen eigentlich auch so? Oder passiert das nur mir? Immerhin kenne ich die Fremde gar nicht, doch sie hat etwas so Magisches an sich, dass ich mich von ihr angezogen fühle wie eine Motte vom Licht.

Sie unterbricht den Augenkontakt, und ich frage mich, ob sie mich erkennt. Hat sie mich damals überhaupt wahrgenommen?

Ich trete neben sie, und genau in dem Moment schaut sie in den Spiegel, und unsere Blicke treffen sich. Ich habe nicht einmal Zeit, mein eigenes Spiegelbild zu mustern. Mein Herz verkrampft, und ich bin schockverliebt. Genau wie damals, als ich sie das erste Mal gesehen habe.

Und dann lächelt sie auch noch.

Mein erster Gedanke damals war: *Sprich sie an.* Aber natürlich habe ich mich nicht getraut. Auch jetzt will sich jede Faser meines Körpers ihr nähern. Ich hoffe, sie merkt nicht, wie stocksteif ich plötzlich in ihrer Gegenwart geworden bin.

Auf einmal mache ich etwas, das ich damals nicht getan habe. Ich lächele zurück. Das warme Wasser rinnt über meine Hände, und ich versuche auf meine eingeseiften Finger zu schauen, anstatt sie anzustarren.

Sie ist so hübsch. Das Metal-Girl meiner Träume.

Und wenn ich jetzt nichts sage, verliere ich sie. Dann wird sie aus der Tür treten, und ich sehe sie vielleicht nie wieder.

Ermutigt von dem Adrenalin des Stagedives, schüttele ich die nassen Hände kurz über dem Becken ab. Ich trete zu ihr, um ebenfalls meine Hände zu trocknen, doch sie belegt noch den Lufttrockner.

Das ist meine Chance.

»Ich mag deine Frisur.«

Wow, nicht gerade einfallsreich, aber immerhin ein Anfang.

Sie dreht den Kopf und schaut zu mir, und am liebsten möchte ich sterben. Also, nein, ich will nicht sterben, aber mein Körper wird so steif, dass es sich beinahe so anfühlt. Nur mein Herz pumpt wie wild.

Ich habe sie echt angesprochen!

Sie rückt ein Stück zur Seite, gibt mir damit zu verstehen, dass ich meine Hände ebenfalls unter den warmen Luftstrahl schieben kann. Kurz zögere ich, doch als läge eine Hand auf meinem Rücken, die mich nach vorne schiebt, komme ich der Aufforderung nach.

»Danke, ich mag deine Schuhe.« Ihre dunkel geschminkten Lippen sehen perfekt aus, wenn sie grinst. Mein Blick gleitet an mir hinunter. Schwarze Sneaker, die mit Acrylfarbe angemalt wurden. Flammen, Totenköpfe, Symbole.

Wo für einen Herzschlag lang Leere war, ist plötzlich eine Erinnerung, die mir fremd ist. Ich, wie ich auf dem Boden meines Zimmers sitze, Schuhe bemale. Im Hintergrund dröhnt Musik aus meinen Lautsprechern. Die Situation erinnert mich an diesen Moment in Italien, als ich verloren in der Wohnung stand und zunächst nicht wusste, wohin ich das Geschirr räumen sollte. Als hätte sich ein Schalter umgelegt, erzeugt mein Kopf Bilder aus einer Vergangenheit, die ich nicht kennen kann. Ehe ich weiter grübele, platzt es aus mir heraus.

»Die hab ich selbst gemacht.«

Ernsthaft, Bonnie, du hörst dich total daneben an!

Der Luftstrahl geht aus, sie zieht die Hände weg, und ich stehe immer noch da, weil ich nicht weiß, was ich mit mir anfangen soll.

»Richtig cool. Ich hätte auch gern so welche.«

Moment.

Sie mag meine Schuhe wirklich. Sie sagt es nicht einfach nur so! Ich komme mir vor wie in einem Film. Als ich blinzele, bemerke ich, dass meine Hände noch unter dem

Trockner schweben, obwohl sie längst nicht mehr nass sind. Schnell schiebe ich sie mir in die Hosentaschen. Gleichzeitig gehen wir ein Stück zur Seite, als ein Mann mit langen blonden Haaren an den Handtrockner möchte.

»Ich kann dir welche machen, wenn du magst«, schlage ich selbstbewusster vor, als ich bin.

»Echt? Das wäre der Knaller!«

Sie zückt ihr Handy, das sie in einer kleinen Handtasche mit sich trägt, die wie eine Fledermaus geformt ist. Ich hätte nicht das Selbstbewusstsein für so eine extravagante Tasche. Damit fällt sie auf. Ich will nicht auffallen.

»Magst du mir deine Nummer geben?«

Das. Hat. Sie. Nicht. Gefragt!

Noch nie in meinem ganzen Leben hat mich jemand nach meiner Nummer gefragt. Meine Knie werden weich, und ich hoffe, sie kann mir nicht ansehen, wie ich innerlich schreie.

Atme ich eigentlich noch?

»Klar.«

Das kam jetzt nicht echt aus meinem Mund, oder? Innerlich bin ich das reinste Chaos, aber weder zittern meine Hände, noch spüre ich, wie sich meine Wangen röten. Was ist hier los?

Wieso ich es schaffe, nach außen hin so lässig zu sein, begreife ich nicht.

Ich diktiere ihr meine Nummer, und sie ruft mich an. Meine Hosentasche vibriert, und auch ich zücke nun mein Handy.

»Amber.«

Was? Wie?

»So heiße ich. Wenn du meine Nummer auch unter einem Namen abspeichern willst.«

Oh, da war was, stimmt.

»Ich bin Bonnie. Wohnst du hier in Edinburgh?«

»Japp, in der Altstadt«, antwortet Amber und packt ihr Handy wieder weg. Sie richtet den schwarzen Ring an ihrer Nase. Das Piercing lässt mich vermuten, dass sie älter ist als ich. Aber so richtig kann ich ihr Alter nicht schätzen. Ich möchte sie auch nicht unnötig bedrängen und danach fragen.

»Cool.«

So langsam kehrt die Schüchternheit zurück, und ich weiß nicht, was ich sagen soll. Eine Klospülung wird betätigt, und das Geräusch macht mir bewusst, wie unromantisch diese Situation nach außen hin erscheint, obwohl ich gerade vor Wärme und Kitsch zerfließe.

Amy reißt die Tür zum Männerklo auf, und als sie mich sieht, formt sie die Lippen zu einem O.

»Ich muss dann mal los. War schön, dich kennenzulernen«, sage ich.

»Gleichfalls. Ich schreibe dir wegen der Schuhe.«

Wir wollen zeitgleich aus der Tür gehen, was natürlich nicht klappt, und die Situation endet in Gelächter. Als mein Oberarm ihren berührt, bekomme ich sofort eine Gänsehaut.

Das *kann* nicht real sein.

Amber winkt mir und verschwindet in der Masse im Flur.

»Was war das denn?«, fragt Amy, doch ich starre immer noch Amber hinterher.

Heilige Scheiße, was für ein toller Hintern!

»Jetzt sag mir nicht, ihr habt auf dem Klo rumgemacht, und das ist der Grund, wieso du so lange gebraucht hast!«

Wie bitte, *rumgemacht?*

Ich schüttele den Kopf, blinzele und bin zurück im Jetzt.

»Nein, so ein Quatsch!«, wimmele ich Amy ab. Wir bewegen uns Richtung Ausgang. Sie kennt mich doch, ich würde niemals einfach so mit jemandem knutschen. Es fällt mir ja schon schwer genug, eine Person anzusprechen, die ich mag. Aber bei allen Rockgöttinnen, ich habe es gerade getan!

»Und was war das dann?«

Ja, was war das?

»Sie fand meine Schuhe cool, und ich habe ihr angeboten, ihr auch welche zu bemalen.«

Das ist schließlich die Wahrheit.

»Okay. Abgefahren.«

Mehr sagt Amy dazu nicht.

Die frische Luft tut unsagbar gut. Der Moment nach einem Konzert, wenn man den stickigen Raum hinter sich lässt, ist immer der beste. Ich bin voller Glücksgefühle. Nicht nur wegen des Konzerts, sondern auch wegen Amber.

Es kommt mir entgegen, dass Amy auf der Rückfahrt stiller ist als sonst. So habe ich endlich Zeit, über all das zu grübeln. Ich schaue auf mein Smartphone und suche im Internet nach Antworten. Das Datum sagt mir, dass Sommerferien sind. Ich befinde mich im gleichen Jahr wie vorhin mit Dee auf der Parkbank. Nur ist hier einiges anders. Noch weiß ich nicht, was mich alles erwartet.

Kann ich von hier aus vielleicht irgendwie an den

Strand zurück? Könnte es vielleicht funktionieren, wenn ich zu Ian in den Laden gehe? Aber irgendwie glaube ich nicht daran, immerhin hat es bei meinen letzten beiden Versuchen auch nicht geklappt, und ich war danach schlichtweg nur frustriert. Und als ich Italien verließ, war ich ja auch nicht am gleichen Ort wie bei meiner Ankunft. Heißt schon einmal, ich muss mir keine Sorgen darüber machen, in eine Konzerthalle einzubrechen.

So richtig ergibt die Suche aber nichts, denn sie führt mich nur zu Filmtipps und Büchern. Ich stoße auf Begriffe wie alternative Welten oder Parallelleben. Auf Geschichten von Menschen, die im Koma lagen und was sie dort empfunden haben, aber diese Möglichkeit habe ich ja bereits ausgeschlossen. Es macht einfach nicht Klick.

»Hattest du schon mal das Gefühl, ein anderes Leben zu leben?«, frage ich ins Blaue hinein. Amy sieht auf.

»Du meinst ein Déjà-vu, nur … anders?«

Sie versteht mich nicht. Ich seufze.

»Ja, stimmt, so heißt das«, gebe ich mich geschlagen und setze meine Suche fort. Mein Problem ist, dass ich nicht weiß, was ich am besten eingeben sollte. Meine letzten Recherchen sind bereits im Sande verlaufen. Wie kann ich von einem Moment auf den anderen plötzlich woanders sein?

Ich fühle mich seltsam verloren. Könnte mir jemand bitte ein Handbuch geben, in dem ich nachschlagen kann, wie das alles funktioniert? Ich spüre meinen Körper. Ich fühle. Oh, ich fühle ein bisschen *zu viel*.

Schlagartig stocke ich mitten in der Bewegung.

Was, wenn ich nach Hause komme und Dad noch lebt?

Kann das überhaupt sein?

Vielleicht sind meine Ausflüge wahrgewordene Wunschreisen. Wie ich mir die Zukunft erträume. Aber es muss doch irgendwie realistisch erklärbar sein. Magie und Zeitreisen gibt es nur in Geschichten ... Also, zumindest dachte ich das bisher immer. Wie merkwürdig wäre es, wenn ich einen Esoterikladen aufsuche und nach einem Medium frage? So langsam drehen meine Gedanken durch.

»Wir müssen aussteigen«, informiert mich Amy, und ich folge, als sie sich aufrichtet und die Tram verlässt.

Wir verabschieden uns mit einer Umarmung, versprechen uns, uns morgen wieder zu schreiben, als wir in unserer Straße angekommen sind. Ich gehe durch meine Tür, sie durch ihre.

Als ich die Haustür hinter mir schließe, spüre ich die Nervosität in mir aufsteigen.

Bitte, sei zuhause.

Ich merke, dass ich gar nicht erst versuchen muss, mucksmäuschenstill zu sein. Im Wohnzimmer brennt Licht, und ich höre den Fernseher.

»Ich bin wieder da.«

Keine Antwort.

Wenn das eine Wunschvorstellung ist, säßen Mum und Dad gemeinsam auf der Couch. Take-away-Essen auf dem Tisch und die beiden, eingekuschelt in eine lilafarbene Strickdecke vor dem Fernseher.

Aber da ist nur Mum, die den Kopf zur Seite gelegt hat und schläft. Ich höre sie atmen.

Die Enttäuschung sitzt tief.

Aber vielleicht ist Dad auch einfach schon im Bett?

Ich schalte den Fernseher aus, entscheide mich dazu,

meine Mutter nicht zu wecken, und decke sie vernünftig zu, bevor ich nach oben gehe. Die Treppe knarzt bei jedem Schritt. Auch das ist beim Alten geblieben.

Die Tür zum Schlafzimmer meiner Eltern steht offen, und mit angehaltenem Atem spähe ich hinein.

Ein leeres Bett. Nur Mums Bettwäsche. Nur ein Nachtschrank, auf dem ein Buch liegt. Es riecht alles nach ihr. Kein Zeichen von Dad.

Er ist nicht hier.

Und trotzdem will ich es nicht wahrhaben.

Wieso konnte ich ihn in Italien wiedersehen? Warum ist das hier so anders?

Ich verstehe nichts von dem, was mir passiert, und es macht mich wahnsinnig.

Wütend wende ich mich ab, gehe ins Bett und beschließe, die Sache morgen genauer zu untersuchen.

Das brummende Geräusch der Kaffeemaschine weckt mich auf, und es ist der Wunsch nach ganz viel Koffein in meinem Körper, der mich zum Aufstehen bewegt. Ich schiebe mich aus dem Bett, ziehe die Jalousien hoch, und als das Licht durch das Fenster dringt, beschleicht mich ein fremdartiges Gefühl. Wie in Zeitlupe drehe ich mich um und lasse den Blick schweifen. Das Poster von der Band Garbage, das genau am Kopfende meines Bettes hängen sollte, ist weg. Ich werde stutzig, als mir auffällt, dass noch mehr Dinge in meinem Zimmer anders sind. Eine Wand ist dunkellila gestrichen. Da sind viel mehr Poster von Metalbands, Schallplatten und deutlich weniger Fotos an meinen Wänden. Es sieht eigentlich ganz cool aus, richtig ästhetisch irgendwie, doch ich komme mir vor wie eine Fremde in meinem eigenen Zimmer.

Da fällt es mir wieder ein. All das, was gestern Abend passiert ist. Ich schnappe mein Handy, schaue auf die Uhr. Es ist Samstag, fast schon Mittag. Ganz kurz beschleicht mich die Panik, weil ich nicht auf der Arbeit bin, doch auf einmal fließt Ruhe durch meinen Körper, und etwas sagt mir, dass es keine Arbeit gibt, zu der ich gehen muss.

Das ist alles viel zu verwirrend. Kaffee, ja, ich brauche erst einmal meinen Kaffee.

Mum stellt gerade ihre dampfende Tasse auf den Tisch. Quietschend schiebt sie den Barhocker zurück, um Platz zu nehmen und auf ihrem Handy zu scrollen. Ich schaue mich um, suche weitere Veränderungen im Haus, doch es sind nur winzige Details, die mir auffallen. Fotos, Dekoration oder Vasen, die mir im ersten Moment fremd erscheinen, sich dann aber nach zuhause anfühlen.

»Morgen«, murre ich, aber sie hört mich gar nicht. Erst jetzt bemerke ich, dass sie Kopfhörer trägt, und als ich mich ihr nähere, kann ich sogar raushören, dass *Circle with me* von Spiritbox läuft.

Female Screams am Morgen vertreiben Mums Sorgen.

Ich würde auch gerne so singen können. Eine tiefe Stimme haben, die so viele Emotionen weckt. In meinem Hals bildet sich ein trockenes Gefühl, und vor meinem geistigen Auge sehe ich mich screamend vor einer Person. Notenblätter auf einem Ständer, die nicht länger wie eine Fremdsprache für mich sind. Sind das wieder neue Erinnerungen, die ich hier habe? Ich brauche gerade nicht noch mehr Verwirrung, danke.

Als sie mich sieht, zieht sie die Kopfhörer ab und prostet mir mit ihrer Tasse zu, als säßen wir in einem Pub.

»Morgen, Sweetheart.«

Im Gegensatz zu mir scheint sie bestens gelaunt zu sein. Ich hasse es.

Ich verkneife mir ein Augenrollen und mache mir einen Kaffee am Vollautomaten.

»Wie war das Konzert?«, fragt Mum über die Geräusche hinweg.

Ich reibe mir über das Gesicht, gähne laut und ohne die Hand vor den Mund zu halten. Auch so etwas, das ich normalerweise nicht mache. Vielleicht bin ich auch noch nicht wach genug.

Konzert. Ja ... Was soll ich ihr nur sagen?

»Super.«

Ich bin viel zu durcheinander, um ihr eine vernünftige Antwort zu geben, und offensichtlich merkt Mum das. Sie widmet sich ihrem Handy, und ich kann hören, wie sie die Kopfhörer ausschaltet. Sie will ein Gespräch, ich will Kaffee.

»Ich wäre auch so gern mitgekommen«, seufzt sie gedankenverloren.

»Warum bist du nicht mitgegangen?«, frage ich unüberlegt, nur um mir direkt danach auf die Zunge zu beißen. Müsste ich das nicht eigentlich wissen? Wo sind die Erinnerungen, wenn ich sie brauche? Genau jetzt ist da nur Leere im Kopf.

»Na, ich war doch beim Geschäftsessen, schon vergessen?«

Keine Ahnung, Mum. Ehrlich.

Ich ziehe die Schultern hoch und überlege, wie ich den Augenblick am besten überspielen kann.

»Ach, ja. Sorry. Hab ich wohl verpeilt. Und wie war es?«, frage ich in der Hoffnung, dass Mum mir nicht gleich die Hand an die Stirn legt, sondern mir glaubt.

»Ganz gut, denke ich. Der Mandant war auf jeden Fall happy, und meine Chefin ebenfalls. Ich denke, wir können den Fall bald abschließen.« Was für einen juristischen Fall sie bearbeitet, weiß ich nicht, und ehrlicherweise will ich jetzt auch nicht über ihre Arbeit sprechen. Vielmehr will ich herausfinden, was alles anders ist in dieser ... ich muss endlich ein Wort dafür finden. Zwischenwelt? Parallelwelt? Meinem anderen Leben?

Keine Ahnung.

»Was sind deine Pläne für heute? Hast du Lust auf ein bisschen Platten-Shopping?«

»Kann ich vielleicht erst mal wachwerden und dann duschen gehen, Mum?« Ich nehme meine volle Tasse Kaffee mit rüber zum hohen Tisch, an dem sie sitzt, und geselle mich zu ihr. Beim Abstellen der Tasse schwappt ein bisschen Kaffee über, und ich wische den Fleck mit dem Saum des schwarzen Festivalshirts weg, das ich zum Schlafen getragen habe. Ich nehme einen Schluck von meinem Kaffee, der gleich meine Lebensgeister wecken wird.

»Du bist echt noch ganz schön durch vom Konzert, oder?«

Mum legt den Kopf schief und grinst. Was diese Reisen gemeinsam haben, ist auf jeden Fall meine Verpeiltheit. Sie schiebt sich eine schwarze Haarsträhne aus dem Gesicht und weckt in mir das Bedürfnis, ihr tausend Fragen zu stellen. Wieso erlebe ich das hier? Was ist mit Italien? Wer kann mir helfen, endlich zu raffen, was abgeht?

Wir verabreden uns für heute Nachmittag zum Shoppen, und ich verschwinde mit meinem zweiten Kaffee in mein Zimmer. Ich schnappe mir das Handy von meinem Nachttisch und setze mich damit aufs Bett.

Zuerst will ich die Fotogalerie öffnen, doch ich verwechsle die App mit der Kamera, und als ich mein eigenes Spiegelbild sehe, werde ich stutzig.

Das kann doch gar nicht sein!

Ich halte die Kamera etwas weiter von mir weg, und mir wird bewusst, dass ich mich bisher gar nicht richtig angesehen habe. Da ist schwarze Wimperntusche unter meinen Augen, dabei schminke ich mich vorm Schlafengehen immer ab. Aber was mich viel mehr schockt, sind meine Haare. Sie sind dunkelblond gefärbt und reichen mir gerade bis zu den Schultern. Vermutlich habe ich bei dem schummrigen Licht gestern Nacht nichts davon bemerkt. Und als ich auf dem Klo in den Spiegel blickte, hatte ich nur Augen für Amber.

Moment, Amber!

Ich öffne die Chat-Verläufe und sehe ihren Namen.

Heilige Scheiße, sie hat mir geschrieben!

Spätestens jetzt bin ich hellwach und sitze aufrecht. Beinahe hätte ich meinen Kaffee über der ganzen Matratze verschüttet.

> **Amber:** Guten Morgen! Seit einer Stunde habe ich schon einen Ohrwurm von Kiss the Go-Goat ... Ich hoffe, du bist gut nach Hause gekommen?!

Ich kann mich nicht entscheiden, ob ich ihr sofort antworten will oder vor lauter Nervosität gar nicht schreiben soll. Der Schluck Kaffee trägt logischerweise nicht zur Nervenberuhigung bei, also stelle ich die Tasse auf den Nachttisch und lege mich bäuchlings auf die Matratze, um Ambers Profilbild genauer zu betrachten. Sie trägt ein schwarzes Ledertop mit kurzen fransigen Shorts und ist ähnlich geschminkt wie gestern. Neben ihr steht ein Mann.

Wahrscheinlich ihr Freund, vermute ich und bemerke, wie enttäuscht ich plötzlich bin. Als ich mir den Typen genauer ansehe, wird mir allerdings bewusst, dass ich ihn kenne. Das ist Spencer Charnas, Frontman von der Band Ice Nine Kills!

DU KENNST SPENCER?, will ich ihr schreiben, kann den Impuls jedoch gerade noch unterdrücken. Ich schaue mir das Bild genauer an. Die beiden stehen in einem Hinterhof. Vielleicht der äußere Backstage-Bereich einer Location.

Wie cool kann Amber bitte noch werden?

Eins ist klar: Ich muss sie unbedingt näher kennenlernen. Ich habe mich damals nicht getraut, sie auch nur anzusprechen, und jetzt habe ich einfach ihre Nummer!

Und: *Sie* hat *mir* geschrieben.

> **Ich**: Danke für die Ohrwurm-Erinnerung. Den hatte ich gestern schon nach dem Gig. Aber zu deiner Frage: Ich bin gut nach Hause gekommen.

Ich muss sie noch irgendetwas fragen. Muss die Konversation am Laufen halten.

> **Ich:** Weißt du schon, was für ein Motiv du auf deinen Schuhen willst?

Ja, das ist unverfänglich und zeigt, dass ich unser Gespräch von gestern nicht vergessen habe. Ob sie mir echt nur wegen der Schuhe geschrieben hat? Oder will sie wirklich mit mir quatschen?

Als ich die drei Punkte sehe, die ankündigen, dass sie zurückschreibt, schmeiße ich vor lauter Aufregung panisch das Handy weg, und es landet neben mir auf dem Bett.

Okay, Ruhe bewahren. Atmen!

Wie in Zeitlupe greife ich wieder nach meinem Handy.

> **Amber:** Wie wäre es, wenn du morgen bei mir vorbeikommst und ich dir zeige, welche Schuhe zum Bemalen zur Auswahl stehen? Zeit? Lust? Ich koche richtig gute Pasta, wenn ich dich damit bestechen kann.

Flirtet sie mit mir?

Meine Augen ploppen fast aus ihren Höhlen, und ich muss wieder und wieder ihre Nachricht lesen. Sie hat mich zu sich eingeladen! Ist das ein Date? Ich würde am liebsten laut schreien, um meine Gefühle rauszulassen, doch stattdessen presse ich die Lippen aufeinander und schreibe eine Antwort.

Ich entscheide mich, endlich zu duschen, allein schon, weil ich meinen Körper auf weitere Auffälligkeiten inspizieren will, doch mehr hat sich am Äußeren nicht verändert. Dafür finde ich in meinem Schrank Kleidungsstücke, die ich noch nie zuvor gesehen habe. Flanellhemden, viele schwarze Bandshirts und sogar einen Beutel von einem Festival in der Stadt, an das ich mich nicht erinnern kann. In meinem Zimmer finde ich auch endlich die Malutensilien, die mir bestätigen, dass ich meine Schuhe echt selbst angemalt habe. Diese Version von mir ist anders. Gefällt sie mir? Das will ich noch herausfinden.

Die Klingel im Plattenladen kündigt uns an, und Mum strahlt bereits über das ganze Gesicht, als sie im ersten Regal ganz vorne die Neuerscheinungen sieht. Sofort ist sie am Stöbern, ich dagegen schaue mich erst einmal um. Wir sind nicht bei *Ian's Records*, sondern bei einer Ladenkette, weil Mum das so entschieden hat. Ich frage mich, ob sie Ian und seinem Shop auch hier aus dem Weg geht. Bisher war von Ian gar nicht erst die Rede. Von Dad sowieso nicht, dabei drängt alles in mir danach, Detektivin zu spielen.

Komisch, dass manche Erinnerungen zurückkommen, andere Dinge aber so gar keinen Sinn ergeben. Vielleicht muss ich erst einmal eine Weile hier sein. Hier, wo auch immer das ist, um zu begreifen, was für ein Leben ich führe. Ist es wie bei einer Schnitzeljagd, und ich muss Indizien sammeln?

»Schau mal!« Mum drückt mir zwei Platten in die Hand, doch mein Blick streift die Cover nur beiläufig. Ich schaue aus dem Fenster, sehe eine Parkbank in der Straße, die etwas in mir wachrüttelt. Auf so einer ähnlichen Bank haben Dee und ich gesessen. Kann ich zurück in meine Realität – oder was auch immer das ist –, wenn ich dorthin gehe? Meine Realität. Das erste Mal hört sich ein Wort passend an für meine Situation.

Und dann taucht ein ganz anderer Gedanke auf, der mir Angst bereitet. Angst und gleichzeitig eine unerklärbare Vorfreude.

Will ich überhaupt zurück?

Ich denke an meine morgige Verabredung mit Amber, male mir aus, wie ich sie besuche. Was alles sein könnte, wenn ich mich ausprobiere. Bei Luca habe ich mich auch einfach treiben lassen. Dagegen ankämpfen, zwanghaft in meine Realität zurückkehren, das klappt doch eh nicht. Eine Anspannung in meinen Schultern löst sich.

Ja, einfach machen.

Worte, die ich in einem anderen Leben nie gewählt hätte. Jetzt klingen sie wie Musik in meinen Ohren. Ich fühle mich mutiger und fasse einen Entschluss. Die Tür, die mich nach Italien gebracht hat, ist verschlossen. Diese hier steht mir offen.

»Was meinst du?« Mum reißt mich mit ihrer Frage aus meinen Gedanken, und ich drücke ihr eine der Platten zurück in die Hand.

»Die hier«, entgegne ich lächelnd, und dieser kurze Moment, in dem Mum und ich uns ansehen, gibt mir noch mehr Zuversicht.

Ich will herausfinden, wohin das mit Amber führt. Sie kennenlernen. Wissen, wer sie wirklich ist. Und insgeheim will ich erfahren, wie gut sie küssen kann.

Kapitel 14

Hey Mum, ich habe auf dem Konzert ein älteres Mädchen kennengelernt und fahre sie heute besuchen.

Ne, das kann ich echt nicht bringen. Aber wie sage ich meiner Mutter, dass ich Amber unbedingt sehen will? Immerhin wird sie mich fragen, was ich heute vorhabe, wenn ich aus der Tür trete. Angespannt knibbele ich an meiner Nagelhaut, als ich mit meinem gepackten Rucksack vor dem Spiegel stehe. Normalerweise zerdenke ich nicht mein *komplettes* Leben, wenn ich mir überlege, was ich anziehen will. Ich möchte cool aussehen. Will Amber gefallen. Und gleichzeitig möchte ich mich in meiner Kleidung, die ganz neu für mich ist, nicht unwohl fühlen. Auf Instagram habe ich mir ein paar Outfit-Inspirationen geholt. Mein übergroßes Bandshirt wirft am Bauch eine Falte, die ich glattstreiche. Sind die blauen Shorts darunter zu kurz? Mit dem Shirt wirkt es fast, als hätte ich nichts drunter. Bei dem Model sah das irgendwie anders aus. Ich glaube, das muss so. Ich drehe mich im Spiegel, bin froh über die Netzstrumpfhose, die ich noch darunter trage. Vielleicht packe ich noch einen Cardigan ein, nur zur Sicherheit, doch dann verwerfe ich den Gedanken. Ich lächele mich selbst im Spiegel an. Ich mag mein Outfit. Ich sage das nicht oft, aber ich finde mich okay. Nein, ich finde mich *gut*.

Mit einem Blick auf die Uhr binde ich meine Haare schnell zu einem wuscheligen Dutt zusammen, wobei der erste Versuch scheitert, weil ich mich noch nicht an diese neuartige Frisur gewöhnt habe. Dann greife ich nach meinem Rucksack und eile die Treppen hinunter.

»Nanu, wo geht's hin?«

Ertappt.

Meine Mutter steht im Wohnzimmer und schaut zu mir in den Flur, wo ich meine schwarzen Boots anziehe. Ich fühle mich wie ein Reh im Scheinwerferlicht.

Okay, ich *muss* ihr irgendwie beibringen, dass ich mich mit einer Fremden treffen will, die ich erst einmal, okay zweimal, gesehen habe. Ich lüge meine Mum nicht an. Normalerweise nicht.

Scheiße, wie mache ich das?

»Machst du mit Amy ein Fotoshooting?« Sie kommt näher, legt den Kopf schräg. »Sieht gut aus, Sweetheart.«

Fotoshooting?

Als ich genauer darüber nachdenke, erinnere ich mich an das gerahmte Foto auf meinem Schreibtisch. Amy und ich tragen Lederjacken und Sonnenbrillen, schauen lässig in die Kamera, und der Himmel färbt sich im Hintergrund des Skaterparks rosa. Bisher habe ich mir keine Gedanken darüber gemacht, was dieses Foto zu bedeuten hat. Zunächst glaubte ich, es wären zwei Fremde. Jetzt ergibt das alles mehr Sinn, und auch, wenn ich vermutlich nie freiwillig irgendwelche Fotoshootings machen würde, das hier fühlt sich richtig an. Ich genieße es. Auf eine ganz seltsame Weise.

Aber jetzt muss ich erst einmal die Sache mit Mum regeln.

Ich habe die Wahl. Ich kann ihr alles erklären.
Oder ...
»Ja, genau.«
Ich nutze die Vorlage, die sie mir gerade gibt. Sofort bekomme ich Bauchschmerzen. Ich will Mum echt nicht anlügen, aber würde sie mich gehen lassen, wenn ich ihr von Amber erzähle? Sie ist immerhin eine Fremde – und bei so was ist Mum immer etwas vorsichtig. Verständlicherweise. So cool sie auch sein kann, es gibt trotzdem Regeln.

Ich fühle mich so sehr in die Ecke gedrängt, dass ich glaube, keine andere Wahl zu haben.
»Dann viel Spaß.«
Sie dreht sich auf dem Absatz um, wuschelt sich durch den Bob und macht ihr Ding. Was auch immer das heute ist.

Es bleibt keine Zeit, mich weiter mies wegen der Lüge zu fühlen, die ich ihr aufgetischt habe, denn mein Bus fährt in wenigen Minuten, und wenn ich mich nicht komplett abhetzen will, dann muss ich jetzt echt los.

Beim Busstop High Riggs steige ich aus und mache die Musik auf meinem Handy etwas leiser, damit ich im Straßenverkehr alles mitbekomme. Ich blicke mich um, sehe ein Brauhaus und einen Laden für Künstlerbedarf. Das hilft meiner Orientierung. Meiner Online-Karte entnehme ich, dass ich nur die Straße hochlaufen und dann irgendwann abbiegen muss. Das schaffe ich schon. Die Sonne knallt mir ins Gesicht, zum Glück habe ich mich eingecremt.

Und dann kommen weitere Zweifel auf. Die Sache mit

Mum beschäftigt mich mehr, als ich mir selbst eingestehen will.

Ist das echt eine gute Idee?

Mann, Hirn, wieso kannst du mich nicht einfach in Ruhe lassen?

Ich will das hier durchziehen. Jetzt stehe ich ja eh schon mit einem Fuß drin.

Fünf Minuten zu früh klingele ich bei *Paterson*, und mein Puls ist so hoch, als würde ich auf einer Loopingachterbahn sitzen. Der Summer ertönt, und ich drücke die altmodische graue Tür auf, um in den Wohnungsflur einzutreten. Es riecht nach Essen, aber was genau es ist, kann ich nicht genau sagen. Irgendetwas Deftiges. In welches Stockwerk muss ich gehen? Unbeholfen steige ich die ersten Treppen und schaue mir jede Wohnungstür genau an.

»Dritter Stock«, höre ich Ambers helle Stimme durch den Flur schallen.

»Komme!«

Das wird schon alles gut gehen. Ich rede mir selbst Mut zu, und ein Schalter legt sich um.

Ich will nicht wie ein Schulkind, das zu spät dran ist, die Treppen hochrennen, aber genauso fühle ich mich mit meinem geschulterten Rucksack. Es ist kaum auszuhalten, wie sehr ich mich auf Amber freue.

Und da ist sie.

»Cool, dass du Zeit hattest.«

Sie lehnt lässig in der Tür, grinst frech und zieht mich sofort in eine Umarmung, sobald ich oben angekommen bin.

Wow, okay!

Jetzt kriege ich wirklich kaum noch Luft. Sie raubt mir den Atem.

»Ja, kein Thema«, versuche ich ebenso beiläufig zu erwidern, doch meine Muskeln sind viel zu angespannt. Als wir uns lösen, hängt noch der Duft ihres zitronigen Parfums in meiner Nase.

»Komm rein.«

Amber führt mich durch einen schmalen Flur, in dem ich meine Schuhe ausziehe und neben zig andere schwarze Boots stelle. Sie sehen alle gleich aus, aber auf den zweiten Blick bemerke ich die kleinen Details, die jedes Paar einzigartig machen. An den Wänden hängen gerahmte Poster, hier und da sogar ein paar Vinyls. Ob die noch funktionieren?

Wir gehen direkt ins kleine Wohnzimmer. Die Wände sind schwarz gestrichen, alles sieht so erwachsen und ordentlich eingeräumt aus. Fotos, auf denen sie drauf ist, fehlen, dafür hängen um ein großes goldgerahmtes Filmplakat von *Nightmare on Elm Street* kleine rundliche Bilderrahmen mit Schwarz-Weiß-Fotografien von Fledermäusen. Sogar die Möbel passen zusammen. Ganz und gar nicht wie in meinem Zimmer, in dem alles durcheinandergewürfelt ist. Also, zumindest in meinem echten Zimmer. Zu Hause. Nicht in dieser Realität.

Wie alt Amber wohl ist? Ich fühle mich auf einmal so jung. Meine Konzentration springt von A nach B und gleich direkt zu C.

»Wohnst du allein hier?«, versuche ich das Gespräch zu beginnen.

»Japp, bin letztes Jahr hergezogen, als ich mein Studium geschmissen habe.«

Okay, sie ist *definitiv* älter als ich.

»Studieren war nichts für dich?«, frage ich sie vorsichtig.

»Sagen wir es mal so, mich interessieren andere Dinge.« Sie grinst schelmisch, und ich würde nur zu gerne wissen, was ihr Ausdruck zu bedeuten hat. »Und du?«

Glaubt sie etwa, ich würde auch auf die Uni gehen? Für wie alt hält mich Amber eigentlich? Oder fragt sie nur, um höflich zu sein?

»Ich will auch studieren«, kommt es mir schneller über die Lippen, als ich denken kann. Äh ... Will ich das überhaupt? Ich habe mir nie richtig Gedanken gemacht, was nach der Schule alles passieren kann. Ich hänge kurz der Zeit in Italien hinterher. Vielleicht will das Schicksal, dass ich mich ausprobiere. Dass ich Wege teste, bevor ich sie gehe. Der Einfall kommt ganz plötzlich, und ich will daran festhalten, doch Amber sieht mich an, und ich weiß nicht, ob sie erwartet, dass ich noch mehr dazu sage. Ich beschließe jetzt einfach mal, dass *diese* Bonnie hier auch auf die Uni gehen will.

Okay, du musst an deiner Coolness arbeiten!

Ich drücke die Lippen aufeinander und atme langsam durch die Nase aus.

»Lass mich raten, was Künstlerisches?« Sie dreht sich zu mir und wirft ihr Haar zurück. Auch wenn sie nicht so aufgestylt ist wie beim Konzert, sieht sie atemberaubend aus. Ein bisschen erinnert sie mich an Dee, wie sie ihre Arme verschränkt und schief grinst.

Okay, Bonnie, was willst du studieren?

Ich erinnere mich an Lucas und mein Gespräch in Italien. Der Gedanke, Musik zu studieren, gefällt mir, und wenn ich länger grübele, kommt das bestimmt seltsam rüber, aber ich will nicht die gleichen Worte wählen. Nur für den Fall, dass es bei dieser ganzen Realitätsverschiebung wirklich darum geht, Dinge auszuprobieren.

»Ja, ich dachte an Musik, aber eigentlich interessiere ich mich auch für ein Kunststudium«, gebe ich verlegen zurück und setze mich zu ihr auf die dunkelgrüne Couch, als Amber Platz nimmt und auf den freien Sitz neben sich klopft.

Es fühlt sich gut an. Als hätte ich tatsächlich einen Plan.

»Passt zu dir.«

Ihre Augen ziehen mich in ihren Bann, und kurz vergesse ich alles um mich herum.

»Willst du was trinken?«

Blinzelnd versuche ich ihre Worte in Gedanken zu wiederholen. Was wollte sie? Was trinken?

»Äh, ja, ein Wasser reicht«, sage ich schnell, um nicht aufdringlich zu sein.

»Klar.«

Wie kann sie so wortkarg antworten und dabei tausend Geschichten in meinem Kopf auslösen?

Sie steht auf, und als ich bemerke, dass mein Blick ihrem Hintern folgt, rappele ich mich auf und stelle endlich den Rucksack zu meinen Füßen auf den Linoleumboden.

Sag irgendwas.

Aber ich denke nur an ihren Po.

Wow, Bonnie. Super Leistung.

Amber wuselt in der offenen Küche herum, die direkt ans Wohnzimmer grenzt. Die Stille ist mir unangenehm, doch ich gebe mir Mühe, mir mein Unbehagen nicht anmerken zu lassen. Ich möchte Amber unbedingt von mir beeindrucken, aber ich weiß einfach nicht wie. Ich bin nicht gerade erfahren im Dating. Normalerweise denke ich lediglich darüber nach, wie ich eine Person kennenlernen kann, anstatt sie im echten Leben zu treffen. Ich crushe nur, ich date nicht!

Als Amber mit dem Wasser zurückkommt, trinke ich direkt einen großen Schluck, doch die Aufregung bleibt.

»Und machst du das häufig mit dem Malen?«

Kurz muss ich überlegen, was sie meint. Das Polster quietscht, als sie sich neben mich setzt und ich wieder den Duft ihres Parfums wahrnehme.

»Ach, geht«, antworte ich, blicke dabei mehr auf meine Füße als in ihr Gesicht. In meinem Zimmer habe ich Malutensilien gefunden. Keine Ahnung, wie oft ich male, aber eins weiß ich.

»Malen beruhigt. Es hilft mir manchmal, ein wenig runterzukommen.«

Amber nickt, auch wenn ich nicht glaube, dass sie das so richtig verstehen kann, wenn sie selbst nicht zeichnet oder malt. Zumindest hat sie nichts in diese Richtung erwähnt.

»Und was inspiriert dich?«, will Amber wissen. Sie setzt sich schräg und schaut mich nun geradewegs an, und ich kann gar nicht in Worte fassen, wie sehr sie mich mit ihrer auffälligen Präsenz einschüchtert. Sogar ungeschminkt schafft sie es, frisch und gesund auszusehen.

»Alles Mögliche«, antworte ich, ohne so richtig darüber nachzudenken. Ja, was inspiriert mich? »Musik vor allem.« Ich streiche mir eine aus dem Dutt gefallene Haarsträhne, die an meiner Wange kitzelt, hinter das Ohr. »Und die Menschen um mich herum.«

Warum ich als Erstes an Dee denke, weiß ich nicht, doch auf einmal wechselt das Bild, und ich sehe das Gesicht meiner besten Freundin vor meinem inneren Auge, und da flammt eine Erinnerung auf, die fremd erscheint.

»Zuletzt habe ich eine rote Katze für meine beste Freundin Amy gemalt«, erzähle ich zögerlich und folge so dem Gedanken, der spontan in meinem Hirn aufgeploppt ist. Ich beiße mir auf die Unterlippe. Findet sie das jetzt kindisch?

Sei weniger peinlich!

Ich hätte ihr doch einfach *irgendetwas* anderes auftischen können!

»Niedlich.« Amber nickt, lächelt und richtet ihr Nasenpiercing. »Hast du Haustiere?«

Mit der plötzlichen Frage überrascht sie mich und schafft es kurzzeitig, mich von dieser seltsamen Situation abzulenken.

»Ne, wir hatten mal einen Hund, aber das ist schon lange her.« Meine Finger entspannen sich ein wenig, und ich merke erst jetzt, wie fest ich sie um das Wasserglas geklammert habe.

»Ich hatte mal ein Meerschwein namens Pinky. Das ist meiner Familie immer richtig heftig auf den Sack gegangen.«

Sie bringt mich zum Lächeln, schon wieder.

»War bestimmt ein süßes Meerschwein.«

Wieso sag ich das?

»Auf jeden Fall. Es hatte einen weißen Fleck am Po.« Amber nimmt die nackten Füße aufs Sofa und setzt sich in einen Schneidersitz. Ihre Beine sind dünn, aber muskulös. Bestimmt macht sie Sport.

»Wie teuer wäre das denn mit den Schuhen?«

Die Frage trifft mich unvermittelt.

Wie ... was? Sie will dafür bezahlen?

»Ach Quatsch, das mach ich gern für dich«, kommt es blitzartig aus mir herausgeschossen, und gleichzeitig bin ich verwirrt. Ich habe gar nicht erst darüber nachgedacht, Geld von ihr zu verlangen. Diese Sache mit dem Bemalen ihrer Schuhe kam doch sowieso nur aus dem Affekt heraus. Ist es nicht komisch, wenn sie mich dafür bezahlt? Das wirkt alles so ... nüchtern.

Ich kann sehen, dass Ambers Hirn arbeitet. Vermutlich wägt sie ab, ob sie das Angebot annehmen soll.

»Dann lass mich dich wenigstens einladen.«

Bäms. Ich merke, wie ich zur Salzsäure erstarre.

Sie will mich einladen. Auf ein Date?

Ich öffne zwar die Lippen, schaffe es aber nicht, ein Wort zu formen.

»Essen gehen, ein Eis oder das nächste Konzert geht auf mich.«

Ich fühle mich wie das Internet-Meme, bei dem alles im Hintergrund brennt und der Hund sagt, alles sei in Ordnung.

»Okay.« Mir fällt es schwer zu glauben, dass ich das gerade geantwortet habe, aber an Ambers Reaktion kann ich sehen, dass sie sich freut.

»Dann lass uns doch mal die Schuhe ansehen, und ich erzähle dir, was ich mir vorgestellt habe?«

Ich schlucke fest, nicke und stelle mein Glas auf dem

kleinen Tisch vor mir ab. Amber steht auf und geht in den Flur. Ich kann sie gerade noch sehen.

»Kommst du?«

»Äh, ja, klar!«

Nach und nach zeigt mir Amber Schuhe, die für eine Dekoration infrage kommen. Manche passen, manche eher weniger, und andere will sie dann doch nicht angemalt bekommen.

»Die wären perfekt.«

Ich zeige auf ein paar alte weiße Chucks, die in der Ecke stehen und bereits leicht angestaubt sind. Daneben eine Topfpflanze, die schon bessere Tage gesehen hat.

»Echt? Die ollen Dinger? Die wollte ich eigentlich wegschmeißen.«

Ich bücke mich und hebe die Schuhe hoch, betrachte sie von allen Seiten.

»Dann sind sie wirklich perfekt. Vielleicht ziehst du sie häufiger an, wenn sie etwas schöner aussehen.«

»Guter Punkt.« Amber verschränkt die Arme vor der Brust, mit einer Hand stützt sie ihren Kopf und fährt sich mit dem Daumen über das spitze Kinn. »Dann ist der Deal besiegelt.«

Sie nickt, hält mir schließlich eine Hand hin, die ich schüttele, nachdem ich die Schuhe wieder abgestellt habe. Ihre Finger sind warm und seidig. Was sie wohl für eine Handcreme benutzt?

Eine Weile später sitzen wir wieder auf ihrer Couch und unterhalten uns über das Motiv, das ich malen soll. Amber hat echt coole Ideen, und plötzlich spüre ich die Angst in mir aufsteigen. Was, wenn ich alldem gar nicht gerecht werden kann und die Schuhe vollkommen ruiniere? Auch wenn sie mir das Gefühl gibt, dass sie mir vertraut, nagen die Selbstzweifel an mir wie eine Ratte an einem Stück Käse.

»Gehst du häufiger auf Konzerte?«, frage ich sie irgendwann, als das Thema Schuhe bereits abgeschlossen ist.

»Wenn's geht, dann ja. Aber die meisten Bands habe ich schon gesehen, daher ist es nicht mehr so spannend.«

Ich wünschte, das könnte ich auch behaupten. Für mich wäre jedes Konzert spannend, selbst wenn ich die Künstler*innen schon live gesehen habe.

»Was war dein liebstes Konzert bisher?«

Sie denkt nicht lange nach.

»Van Halen mit meinem Dad, ist aber schon ewig her.«

Dad.

Die drei Buchstaben erinnern mich unmittelbar an das, was ich nicht mehr habe.

»Und bei dir?« Ich muss die Trauer und die Frustration beiseiteschieben, will all das nicht so nah an mich heranlassen.

Denk an deine Therapie-Fortschritte!

»Ghost waren schon ziemlich genial«, antworte ich nachdenklich. »Aber als ich klein war, war ich mit meinen Eltern bei Metallica, und das ist eine Erinnerung, die ich vermutlich nie vergessen werde.«

»Wie cool, dass deine Eltern auch Metallica hören.« Sie weiß nicht, was sie damit in mir auslöst. Mich überkommt der Drang, einfach aufzustehen und zu gehen. Ich will jetzt echt nicht über Dad reden. Ich bringe nicht mehr als ein Nicken zustande und hoffe, dass Amber das Signal schnallt.

»Meine Mum hasst Rockmusik, sie ist 'ne ziemlich konservative Lehrerin. Kein Wunder, dass sich meine Eltern kurz nach meiner Geburt getrennt haben.« Kleine Stiche in meinem Herzen, wie eine Nadel, die immer wieder in die Haut fährt.

In dem Augenblick vibriert etwas an meinem Hintern, und auch wenn ich es eigentlich unhöflich finde, mein Handy hervorzuholen, mache ich genau das. Amy ruft an.

»Ich muss da kurz drangehen, okay?«

»Klar, mach ruhig.« Amber lehnt sich zurück, und ich stehe auf, nehme Amys Anruf entgegen und laufe in den Flur, um Abstand zwischen Amber und mir herzustellen.

»Wo zur Hölle bist du?«, faucht mich Amy durch den Hörer an.

»Das ist nicht so leicht zu beantworten.« Ich kann ihr schlecht von Amber erzählen, wenn sie nur einen Raum von mir entfernt ist.

»Dann streng dich an!«

Warum ist sie so bissig?

»Ich besuche eine Freundin«, versuche ich freundlich zu umschreiben, wo ich mich herumtreibe.

»Okay, diese Freundin bin aber nicht ich, und ich musste gerade meine Eltern anschwindeln, weil deine Mum gefragt hat, wie unser Fotoshooting läuft.«

»Sie hat ... was?«

Ungläubig presse ich mein Handy fester ans Ohr.

»Mein Dad hat Muffins für Simons Geburtstag gebacken und deiner Mum ein paar rübergebracht, weil er viel zu viel Teig gemacht hat. Und da hat deine Mum gefragt, wie es mit den Fotos läuft.«

Scheiße, scheiße, scheiße!

»Dad wusste natürlich von nichts, aber das ist ja nichts Ungewöhnliches. Er kam eben zu mir hoch und wollte schauen, was wir für Fotos machen, da hab ich ihm gesagt, dass du im Bad bist und wir gleich rausgehen.«

Ich höre, wie ein Auto an Amy vorbeibraust, und fühle mich richtig mies, weil ich sie in die Lüge hineingezogen habe.

»Ich mache mich auf den Weg, ich erzähle dir gleich alles«, verspreche ich meiner besten Freundin.

»In einer halben Stunde im Park.«

FUCK.

Dass ich so fluchtartig losmuss, überrascht Amber offensichtlich, doch sie verabschiedet mich mit einer engen Umarmung. Kaum eine halbe Stunde später sitze ich mit Amy im Park am Ende unserer Straße auf der Schaukel und versuche ihr beizubringen, wo ich heute war.

»Ich hab echt was gut bei dir«, sagt sie schnippisch, und ihre baumelnden Füße malen spielerisch Kreise in das Gras.

»Ich weiß, tut mir leid. Ich brauchte dringend eine Notlüge, und das erschien mir am naheliegendsten.« Beschämt ziehe ich die Schultern hoch und schaffe es kaum, Amy dabei anzusehen. Aber ich muss es ihr sagen.

»Du erinnerst dich an Amber? Sie hat mich gefragt, ob ich ihr auch ein Paar Schuhe bemalen kann, weil sie meine so toll fand.«

Amy starrt mich an, ihre Augen sind weit aufgerissen.

»Und du hast Ja gesagt und warst heute bei ihr«, fasst sie für mich zusammen.

»Jupp.«

»Okay.«

Wir atmen beide gleichzeitig hörbar aus, dann treffen sich unsere Blicke, und wir können nicht anders, als zu lachen.

»Du bist echt wild, Bonnie.« Amy schüttelt den Kopf, und als ich sie ansehe, ist ihr Lächeln bereits verebbt. Sie wirkt anders. Nachdenklicher.

»Ich weiß nicht, was ich mir dabei gedacht hab.«

»Wie wäre es mit: gar nichts?« Sie zieht die Schultern hoch, und für den Moment treffen sich unsere Blicke. »Lass uns über was anderes reden, okay? Wann machen wir wirklich unser nächstes Fotoshooting?«

Der Themenwechsel irritiert mich, aber weil mein Kopf schon genug raucht, verschiebe ich die weitere Grübelei auf später.

»Was hast du geplant?«, frage ich und grinse.

»Viel zu viel.« Unser Lachen ist laut hörbar.

Wir sitzen noch bis in den Abend auf den Schaukeln, planen Fotoshootings und quatschen. Es tut gut, wieder so mit ihr vereint zu sein und sie so lachen zu sehen.

Kapitel 15

Immerhin sieht Mum durch das Küchenfenster, wie ich mich vor unserer Haustür von Amy verabschiede. Damit fällt meine Lüge schon einmal nicht wie ein Kartenhaus in sich zusammen. Ich gehe ihr aus dem Weg, antworte in knappen Sätzen und verbringe an diesem Abend mehr Zeit in meinem Zimmer als üblich. Ablenkung ist angesagt. Auf dem Laptop designe ich bereits die ersten Skizzen für Ambers Schuhe, und ich bin überrascht, wie gut das Malen läuft. Die Idee hat mich gepackt, und ich kann sie so schnell nicht loslassen und skizziere bis ins kleinste Detail. Die kleine Lampe auf meinem Nachttisch spendet mir ein bisschen Licht und sorgt für eine schöne Abendstimmung.

Auf der Matratze neben mir vibriert mein Handy, und als ich die Nachricht von Amber lese, richte ich mich urplötzlich auf.

> **Amber:** War echt schön, dass du heute da warst! Ist manchmal ein bisschen einsam hier. Komm gern wieder rum. Filmabend? Dann mach ich dir mein berühmtes Karamell-Popcorn!

Ungläubig starre ich auf die Nachricht und kann den Blick gar nicht mehr vom Display lösen. Steht mein Herz still?

Ich glaube schon. Auf einmal ist es so warm hier drin. Nein, nicht warm, *heiß*. Wie Höllenfeuer, das unter meinen Fußsohlen brennt. Interpretiere ich in die Nachricht zu viel rein? Vielleicht will sie sich nur ganz freundschaftlich mit mir treffen. Aber ein Satz bleibt in meinem Kopf hängen.

Ist manchmal ein bisschen einsam hier.

Ich klappe den Laptop zu, bette mich auf das Kopfkissen und mache das Nachtlicht aus. Meine Augen sind auf die Nachricht fixiert, lesen sie immer wieder, während in meinem Hirn ein Film läuft. Wie ich Amber besuche. Wie wir zusammen auf der kleinen gemütlichen Couch sitzen. Einen Film sehen. Wie ihr Arm sich um meine Schultern legt, ich mich nah an sie herankuschele. Wie wir uns plötzlich küssen.

Das Handy wandert ebenfalls auf den Nachttisch, doch an einschlafen ist jetzt definitiv nicht zu denken. Sobald ich die Lider schließe, ist da Amber. Sie ist eine wahrgewordene Fantasie.

Habe ich das gerade echt gedacht? Wie pathetisch, Bonnie.

Das Mädchen, das ich mir erträume, wenn ich mir einen perfekten Crush male. Lange Wimpern, seidiges buntes Haar und ein freches Lächeln. Sie steht inmitten der Konzerthalle, doch es ist, als sei das Spotlight nur auf sie gerichtet. Zum Beat hüpfend bewegt sich ihr Körper auf und ab, und mein Fokus richtet sich auf ihren Oberkörper. Ihre Brüste, die sich unter dem grauen engen Top abzeichnen. Mein Unterleib zieht sich bei dem Gedanken zusammen. Sie ist außer Atem, schwitzt, und wie ferngesteuert gleitet meine Hand an mir hinab. Die Finger schieben sich unter den Bund meiner Schlafshorts, verweilen für einen kurzen Augenblick, zögern, ehe ich merke, dass ich gerade genau das will. Keuchend denke ich an sie. Will ihren Duft in mich einsaugen, sie überall spüren, und dennoch bin ich ganz allein in meinem Schlafzimmer.

Mit mir selbst.

Die Türklingel reißt mich aus dem Schlaf. Dabei hatte ich wieder diesen Traum mit den Türen. Nur war ich dieses Mal nicht im All, sondern stand inmitten eines Türrahmens. Also, wer ist so dreist und weckt mich, bevor ich herausfinden kann, wie der Traum weitergeht? Genervt stehe ich auf, öffne dem Postboten und nehme das Paket an, das an Mum adressiert ist. So habe ich mir meinen entspannten Morgen nicht vorgestellt. Aber wenn ich schon mal wach bin, kann ich auch gleich duschen gehen und in den Tag starten.

Mum ist schon auf der Arbeit, es ist Montag, und für mich sind noch Ferien. Sie kommt bestimmt erst spät wieder. Unvermittelt trifft mich das schlechte Gewissen, von dem ich dachte, dass ich es einfach verdrängen könnte.

Ich habe Mum belogen.

Ja, es war eine Notlüge, aber ich erzähle ihr sonst alles. Das flaue Gefühl in meinem Bauch sorgt dafür, dass ich kein Frühstück runterkriege und mir nicht einmal der Kaffee schmeckt. Vielleicht muss ich einfach ein bisschen raus, mir die Beine vertreten. Mit Kopfhörern und Handy bewaffnet, laufe ich zu dem Park, setze mich auf dieselbe Schaukel wie gestern, mit dem Unterschied, dass Amy nicht da ist. Sie fehlt mir sofort.

Da fällt mir ein, dass ich Amber noch gar nicht geantwortet habe. Wartet sie auf meine Reaktion?

Wenn du magst, können wir zusammen einsam sein.
Nein, ich lösche den Text sofort, das klingt zu cringe.
Wie wäre es mit Ammonite, kennst du den Film?
Ne, noch offensichtlicher kann ich ihr nicht sagen, dass ich queer bin.
Dass ich auf *sie* stehe.

> **Ich:** Karamell-Popcorn klingt toll. Hast du The Runaways schon gesehen?

Ich bin süchtig nach Amber. Anders kann ich es mir nicht erklären, dass ich sie auf Instagram suche und mir jedes einzelne Bild anschaue, selbst wenn ich scrolle, bis mir die Finger wehtun. Immerhin weiß ich jetzt, dass sie letzte Woche zwanzig geworden ist.

Ob ich bei ihrem nächsten Geburtstag auch eingeladen sein werde? Wer weiß, wie lange ich hier bin.

Solange ich hier bin, kann ich die Zeit aber auch genießen. Dinge ausprobieren, die ich sonst nicht machen würde.

Wie mich mit Amber treffen. Oh, ja, da war noch etwas. Ich öffne den Internet-Browser, suche nach Realitätsverschiebung, aber die vielen psychologischen Artikel helfen mir nicht weiter. Die Wissenschaft bringt mich nicht voran. Ich suche nach allem Möglichen, wie *Zukunft anders ausprobieren*, verzweifle und schließe den Browser. Je mehr ich versuche herauszufinden, desto wirrer wird alles. Vermutlich sollte ich einfach existieren. Machen.

Ich denke daran, wie mutig ich auf dem Konzert war und die Typen zurechtgewiesen habe. Nein, nicht erst dort kam dieses neue Selbstbewusstsein erstmalig auf. Schon in Italien habe ich mich verändert.

Als ich an Luca denke, verschwimmt das Gesicht von Amber kurz. Er hat so eine schöne geschwungene Oberlippe. Die niedlichen Muttermale in seinem Gesicht und die braunen Augen, die mich an flüssigen Bernstein erinnern. So fühlt es sich an, jemanden zu vermissen. Wo will ich lieber sein? Hier oder bei ihm? In Italien hatte ich immerhin auch noch Dad. Dort war alles irgendwie leichter. Hier stapeln sich die Probleme wie Steine bei einem Jenga-Turm, und ich habe keine Ahnung, wann alles zusammenbricht. *Ob* alles zusammenbricht. Ich habe mein Schicksal selbst in der Hand. Es war meine Entscheidung, Amber zu besuchen, Mum anzulügen, und auch Amy habe ich, ohne zu lange darüber nachzudenken, in eine unangenehme Situation gebracht. Bin ich noch die Bonnie, die mit ihrer besten Freundin den Sportunterricht verflucht und überall lieber wäre als in der Turnhalle? Wie viel ist von mir übrig? Denn so langsam erkenne ich mich kaum noch wieder.

Bleibe ich wieder nur auf Zeit? Ist es überhaupt wie beim letzten Mal? Ich kann mir irgendwie nicht vorstellen, dass ich nicht zurückkomme. Das Universum zu bitten, mir einen Wink zu geben, ist aber scheinbar zu viel verlangt. Und wenn ich zurück bin, sitzt Dee dann noch auf der Parkbank und singt für mich?

Wenn ich sowieso jeden Moment aus dieser Realität rausgerissen werden könnte, dann muss ich die verbliebene Zeit jetzt nutzen.

Das Vorhaben wird allerdings von meinen Selbstzweifeln sabotiert. Klar, ich könnte mich jetzt sofort mit Amber treffen, alles überstürzen, aber eigentlich will ich sie noch ein bisschen besser kennenlernen. Mit ihr schreiben. Wissen, wer sie ist, anstatt sie auf ein Podest zu heben und sie zu meiner Fantasie zu machen.

Aus ihren Nachrichten ist nicht rauszuhören, ob sie mit mir flirtet oder einfach nur nett ist. Wir schreiben täglich, senden uns lustige Memes, und tatsächlich erfahre ich mehr aus ihrem Leben. Dass sie immer eine gute Bindung zu ihren Eltern hatte, bis sie das Sozialwissenschaftsstudium abbrach und gar nicht mehr zur Uni ging. Dass sie zwar viele Menschen kennt, aber oft allein ist. Dass sie jeden Morgen Knuspermüsli isst und manchmal Bands auf ihren Gigs begleitet. Wir sprechen über Rockstars, unsere Lieblingssongs und ihre Erfahrungen auf Konzerten. Ich mag diese Unterhaltungen, aber irgendwie bleiben sie immer etwas oberflächlich. Ich kann nicht anders, als Amber immer wieder mit Luca zu vergleichen. Bisher ist Luca immerhin der erste Typ, mit dem ich offenbar so etwas wie eine Beziehung hatte. Habe? Keine Ahnung.

Amber ist aufmerksam, aber nicht so sanft und liebevoll wie Luca. Es sind die kleinen Details in ihren Nachrichten, die plötzlich ganz leise Zweifel aufkeimen lassen. Wie viel sie von sich spricht. Wie sehr sie immer wieder betont, dass sie allein wohnt und nicht mehr zur Schule geht. Eigentlich sollte mich das nicht stören, es sind nur Fakten, doch irgendwo gräbt jemand ein winziges Loch in mein Herz.

Es hilft nichts, Kopf aus und echtes Leben an.

Wir sind heute Abend für *The Runaways* bei ihr verabredet und sehen uns das erste Mal nach einer Woche wieder. Mum ist dieses Wochenende bei einer Freundin in Leith, also habe ich das Haus für mich.

Nein, für *uns*.

Ich habe Amber eingeladen.

»Tadaa!« Amber reicht mir eine Papiertüte, als ich sie reinlasse. »Da sind die Popcorn-Zutaten drin.« Sie grinst, richtet ihr Nasenpiercing, und ich umarme sie, nachdem ich ihr die Tüte abgenommen habe.

»Cool, dass ich vorbeikommen kann. Habe mich schon gefragt, wie dein Haus aussieht.«

Dein Haus.

»Na ja, es ist viel eher *Mums* Haus«, presse ich hervor und streiche mir nervös eine Haarsträhne hinters Ohr.

»Cool.« Wieder diese knappen Antworten von Amber.

Wenn sie mich mag, wieso ist sie dann stets so kurz angebunden? Vielleicht ist das auch einfach ihre Art, und ich sollte mir nicht so viele Gedanken machen.

Ich zeige ihr das Wohnzimmer. Im Hintergrund läuft ein Album von Metallica.

»Deine Mum hat einen guten Geschmack«, sagt sie lächelnd, während sie sich die Möbel anguckt.

»Ich weiß.« Sie steckt mich sofort an mit ihrem Grinsen. Einfach, weil sie dabei so heiß aussieht. Mein Blick fällt auf ein gerahmtes Foto hinter mir auf dem Sideboard, das ich kurzerhand verdecke. Amber muss nicht sehen, wie ich mit fünf Jahren am Strand halbnackt einen Sandengel mache. Megapeinlich.

»Sie hat ja immerhin auch dich gut hinbekommen«, fügt Amber hinzu, und ich kann das Foto gerade noch umdrehen, bevor mein Atem bei ihren Worten aussetzt. Hat sie das gerade echt gesagt? Okay, bloß nicht rot werden! Lächeln und winken, wie die Pinguine aus *Madagascar*, nur eben ohne Winken.

»Such dir aus, wo du sitzen willst«, versuche ich den Kommentar zu überspielen und mache eine Geste. Auf dem Tisch sind bereits zwei Gläser, Wasser und Cola sowie ein paar Snacks. Amber pflanzt sich hin, sodass ich mich einfach neben sie sinken lassen kann. Ein bisschen rutsche ich zu ihr auf. Wir sitzen so nah beieinander, dass sich unsere Oberarme fast berühren. Die feinen Härchen auf meiner Haut stellen sich auf.

»Und du kennst den Film echt noch nicht?«, will ich von ihr wissen, weil ich kaum glauben kann, dass jemand aus der Rockszene *The Runaways* noch nicht gesehen hat.

»Ne, nie gesehen.« Sie zuckt mit den Schultern.

»Dabei ist der echt gut«, lasse ich sie wissen.

»Ich glaube, ich war wegen der Tussi aus *Twilight* bisher immer ziemlich voreingenommen.«

Die Tussi aus Twilight.

Das meint sie nicht ernst, oder?

»Du kannst doch nicht so über Kristen Stewart sprechen!« Ich kann den pikierten Unterton in meiner Stimme nicht unterdrücken.

»Wie auch immer Bella heißt.« Amber gießt sich gleichgültig ein Glas Cola ein, trinkt einen Schluck und lehnt sich zurück.

Das kann ich auf keinen Fall so stehenlassen.

»Ernsthaft, sie hat wirklich gute Filme gemacht. Sie kann nichts dafür, dass das Drehbuch von *Twilight* so verkorkst war.«

Mein eindringlicher Blick findet ihren, und ich sehe, dass sie nachdenkt. Merkt sie, dass ich ihre Aussage nicht in Ordnung finde? Mich stört nicht nur das Wort *Tussi*, auch dass sie die Leistung einer Schauspielerin so runterzieht, missfällt mir richtig.

»Na ja, heiß ist sie schon«, sagt Amber dann, den Blick auf den Bildschirm gerichtet, als das DVD-Menü des Films anspringt und Kristen Stewart als Joan Jett zu sehen ist. Eine Versöhnung? Ich sehe von Amber zum Fernseher und seufze.

»Die ist *mehr* als *nur* heiß.«

Ich bemerke, was ich in dem verträumten Moment gesagt habe, und auch wenn ich perplex bin, wie locker ich auf einmal mit Amber rede, obwohl wir uns kaum kennen, ist es witzig, dass wir Kristen Stewart offenkundig beide attraktiv finden.

Mein *Gaydar* macht Alarm. Guten Alarm.

»Du solltest sie in *3 Engel für Charlie* sehen«, werfe ich ein, und allein bei der Erinnerung an den Film wird mir ganz warm. Ich kann total verstehen, dass die Neuverfilmung bei so vielen Menschen für *gay panic* gesorgt hat.

»Das wäre dann wohl unser Plan für das nächste Date.« Amber grinst, und bevor meine Gedanken wieder Kreisel spielen, mache ich schnell den Film an.

Das Einzige, was passiert, ist, dass sich unsere Oberarme kurz berühren. Während des gesamten Films kann ich mich null auf die Handlung konzentrieren und betrachte Amber immer wieder mit raschen Seitenblicken. Irgendwie hoffe ich, dass sie sich an mich schmiegt, dass sie mich vielleicht küsst. Und gleichzeitig frage ich mich, wieso ich zu feige bin, den Schritt selbst zu wagen. Etwas hält mich ab. Es ist ganz und gar nicht wie bei Luca. Ihn konnte ich küssen und umarmen. Aber bei Amber sagt mir mein

Bauchgefühl etwas anderes, und ich weiß ums Verrecken nicht, was es ist.

Wir sehen zu, wie Joan Jett und Cherie Currie Freundinnen werden, Musik machen und scheitern. Wie sie auf der Bühne stehen, lachen, streiten, feiern. Die Geschichte der Band ist legendär, zumindest für mich, die mit Rockmusik aufgewachsen ist.

Und dann, als Kristen Stewart als Joan Jett in Unterhose und Shirt ihre Gitarre schnappt und *I love Rock ›n‹ Roll* performt, wird mir schlagartig bewusst, an wen sie mich erinnert.

Nicht an Amber.

Die junge Frau mit dem kurzen Haarschnitt, die sich mit leicht geöffneten Lippen eine dunkle Haarsträhne aus der Stirn streicht. Das schwarze Make-up um die Augen. Die Art, wie sie sich bewegt, bringt meinen Körper zum Schwitzen.

Sie erinnert mich an Dee.

Kapitel 16

Ich lege meine Hände in den Schoß und schaue betreten auf den Fernseher, als die End Credits laufen. Alles in mir schreit danach, diese merkwürdige Stille zu durchbrechen, doch meine Gedanken schweifen immer wieder ab und gehen zurück zu Dee. Seltsam, dass ich die ganze Zeit an sie denke, obwohl doch Amber neben mir sitzt.

Ich vermisse sie in diesem Leben.

Einen Ferienjob habe ich nicht, das konnte ich zumindest herausfinden. Zur Schule kann ich erst, wenn die Ferien vorbei sind. Weiß Dee überhaupt, wer ich bin? Ist sie in Edinburgh oder ganz woanders? Wenn sich mein Leben verändert hat, dann vielleicht auch ihres?

»Und, was sagst du zu meinem Popcorn?«

Ambers Stimme holt mich wieder ins Hier und Jetzt. Ich blinzle, recke den Kopf und schaue zu der Schale Popcorn auf dem Tisch vor uns. Ich war so angespannt, dass ich kaum etwas gegessen habe. Ein bisschen schlecht fühle ich mich schon, weil Amber das Popcorn extra für uns gemacht hat.

»Mega lecker«, sage ich ehrlich und zwinge mich zu einem Lächeln. »Ich habe nur irgendwie schon einen total vollen Bauch.« Demonstrativ halte ich meine Hand davor. Ich will nicht, dass sie denkt, dass ich ihr etwas vorspiele. Das Popcorn war wirklich gut. Für meinen Geschmack gab es nur zu wenige Wir-greifen-gleichzeitig-in-die-Schüssel-und-unsere-Hände-berühren-sich-sanft-Momente.

»Beim nächsten Mal dann eben mit leerem Magen.« Sie grinst mich schief an, und ich kann gar nicht anders, als sie anzusehen. Amber ist so unglaublich hübsch, locker und cool. Aber sie ist anders. Manchmal kommt sie mir vor wie ein Star, den ich anschwärme. Unerreichbar, und trotzdem ist da der Funken Hoffnung, dass auch ihr Herz flattert, wenn sie mich sieht.

Anders als Luca, anders als … Dee. Amber ist so weit weg. Da ist eine Distanz, die ich nicht durchbrechen kann. Wie eine Mauer, die sich vor mir aufbaut.

Ich nicke nur. Dabei weiß ich gerade nicht einmal, wie sinnvoll ein zweites Date ist. Klar, da ist ein Kribbeln, aber eben auch etwas anderes.

»Kannst du schon abschätzen, wann du mit den Schuhen fertig bist?«, durchbricht Amber die kurze Stille.

»Vermutlich diese Woche noch.« Endlich eine gute Nachricht, die ich ihr übermitteln kann.

»Cool, bin schon echt gespannt. Die Fotos, die du mir bisher geschickt hast, sahen so mega aus!«

Ich nehme meine Beine auf die Couch, umschlinge sie mit meinen Armen und lege meinen Kopf auf den Knien ab. Sicherheit. Wärme, die ich nur in mir spüre, statt von außen. Von ihr.

»Ich freu mich, sie dir zu geben«, antworte ich gepresst.

»Was meinst du, schaffst du es bis in zwei Tagen? Da habe ich tagsüber noch frei. Wir könnten was machen.«

Mir fällt auf, dass ich gar nicht weiß, was sie beruflich macht. Neugierde packt mich, und ich frage mich, wie ich all diese unterschiedlichen Gefühle überhaupt aushalten kann. Ich nicke, dann gehe ich der Sache auf den Grund.

»Was machst du denn abends, wenn du tagsüber frei hast?«

Amber streicht sich das Haar von der Schulter und sieht mich an.

»Ich hab dir ja erzählt, dass ich manchmal Bands auf Gigs begleite.« Es klingelt in meinem Kopf. Allerdings habe ich das nicht als Job abgespeichert, eher als Freizeitbeschäftigung. »Bisschen Roadie sein, ab und an mache ich auch Fotos.«

Das erklärt die vielen Konzertbilder auf ihrem Instagram-Profil.

»Bin an dem Abend wieder bei einem kleineren Gig in Leith. Eine Band hat mich gefragt, ob ich sie filmen kann für ein Musikvideo.«

Wow.

Sie lebt einen Traum. Es muss unfassbar sein, andere Künstler*innen auf ihren Reisen zu begleiten und festzuhalten, was auf der Bühne passiert. Auch das ist eine Zukunftsvorstellung, die mir gefallen würde. Selbst wenn ich von Fotografie keine Ahnung habe. Und genau in dem Moment bricht der Gedanke ab. Das stimmt so nicht. Ich habe zumindest ein bisschen Ahnung. Die Fotoshootings mit Amy. Da ist ein Bild in meinem Kopf, wie wir beide ihr Kameraequipment zusammenpacken und uns kurz vor einem Regenschauer zurück in Amys Haus verziehen.

»Du kannst den Mund zumachen, Bonnie.« Amber sagt das mit so viel Charme, dass es mir gar nicht peinlich ist, mich aus dieser Starre zu lösen.

»Sorry.« Ich kratze mich am Hinterkopf.

»Du siehst niedlich aus, wenn du das machst.«

Ihre Worte sorgen dafür, dass sich meine Muskeln noch mehr anspannen. Sie verwirrt mich so sehr. Ich kann ihren Blick nicht halten.

»Bei welcher Band bist du denn?«

»Die kennst du bestimmt nicht, die kommen aus Deutschland.« Amber winkt ab, doch jetzt ist meine Neugierde noch größer, und ich gehe in Gedanken alle Bands durch, die ich kenne. Sie bemerkt, wie ich überlege, und erlöst mich, bevor ich noch mein Handy zücken muss, um weiterzusuchen.

»WE ARE H heißen die.«

»Okay, die sagen mir wirklich nichts«, antworte ich mit einem Lachen.

»Die machen so eine Mischung aus Heavy und Instrumental, aber es wird auch gesungen, teilweise auf Deutsch.«

»Das klingt nice, sind die neu?«

»Nein, die gibt's schon länger, aber die machen nur alle Jubeljahre eine Auslandstour. Ich habe die zufällig als Support in Inverness gesehen. Nach dem Gig haben wir noch gequatscht, und seitdem sind wir über Social Media in Kontakt. Als ich gelesen hab, dass sie wieder nach Schottland kommen, habe ich dem Sänger geschrieben, und dann hat das eine zum anderen geführt.«

»Wow.«

Mehr fällt mir dazu echt nicht ein. Ambers Leben beeindruckt mich mit all seinen Facetten. Taucht da ein Funken Neid in mir auf? Oder ist es einfach Bewunderung, die ich verspüre? Es gibt Menschen, die alles lieben, was ihr Crush macht. Die alles verzeihen. Selbst wenn ich mich ständig verknalle, mich dramatisch verhalte und alles romantisiere, eigentlich dachte ich, dass ich dabei trotzdem Realistin bin. Immerhin ist das einer der Gründe, wieso ich meine Crushes nie angesprochen habe. Weil ich zu viel Angst davor hatte, dass sie nicht an mir interessiert sind. Puh, ne, diese Bonnie will ich auch nicht mehr sein. Dieses Gefühl, Mut zu verspüren, hat mich zu sehr beflügelt. Davon will ich mehr. Aber dazu muss ich auch über meinen Schatten springen.

»Die muss ich mir mal anhören«, sage ich, und Amber legt den Kopf schief. Sie denkt nach.

»Wenn du magst, kann ich fragen, ob sie dich auch auf die Gästeliste schreiben?«

Okay, vielleicht brauche ich nicht immer sofort eine große Portion Mut, denn der Kloß in meinem Hals beweist, wie wenig ich mit einer Einladung gerechnet habe. Soll ich zusagen? Amber und ich könnten gemeinsam mit dem Bus oder der Straßenbahn fahren. Wenn Mum es erlaubt.

Fuck! Ich muss es Mum sagen!

Ein weiteres Lügenkonstrukt, das sich bildet. Noch ein Stein auf dem Jenga-Turm, der gefährlich wackelt.

»Klar«, sage ich ihr zu. War das dieser Mut?

Einen Moment später verkünde ich Amber, dass es schon spät ist und ich noch an den Schuhen weitermalen will, damit sie in zwei Tagen auch wirklich fertig sind. Außerdem habe ich Schiss, dass Mum zu früh zurückkommt und Amber sieht. Ich glaube, ich muss auch irgendwie erst mal in Ruhe über all das nachdenken, was heute passiert ist.

Ihre Umarmung an der Tür lässt mich stutzig zurück. Sie ist schön, warm, aber etwas fehlt.

Noch am gleichen Abend sitze ich mit Ambers Schuhen auf dem Boden meines Zimmers und vervollständige das Bild Pinselstrich für Pinselstrich. Als ich das Gesicht des Sängers von Ghost schattiere, passe ich besonders auf, nicht das Gesamtbild zu ruinieren. Bisher gefällt mir das Zwischenergebnis, aber es ist noch einiges zu tun in den nächsten Tagen. Wie gut, dass ich nicht viel vorhabe.
Auf einmal scheint ein Licht durch das Fenster.
Komisch, es ist doch dunkel draußen.
Vielleicht ist es nur ein Auto, denn jetzt ist es weg. Ich schaue genauer hin. Da ist es wieder! Als ich mich erhebe und zum Fenster gehe, merke ich, dass es Amys Taschenlampe ist. Sofort steht mein Mund einen Spalt breit offen. Ich lege den Schuh samt Pinsel auf den Boden, renne zu meinem Schreibtisch und suche in der Schublade meine Taschenlampe. Hoffentlich funktionieren die Batterien noch. Amy und ich haben das hier ewig nicht mehr gemacht. Zumindest in meiner Welt. Ich bin froh, dass zumindest die Schubladenordnung so ähnlich ist, wie ich sie kenne.
»Komm schon, du verfluchtes Teil!« Fest schüttele ich die Lampe in der Hand, und dann geht sie wie durch ein Wunder an. Manchmal muss man auch Glück haben. Ich stolpere zum Fenster und gebe Amy die Lichtsignale durch. Ein Zeichen, um ihr zu zeigen, dass ich sie verstanden habe. Die Häuserfassaden sind durch die Seitenwege getrennt. Als ich klein war, schien die Distanz zum Nachbarhaus riesig, dabei sind es nur ein paar Meter. In unse-

rem Freundschafts-Morse-Zeichensystem, an das ich mich nur zu gut erinnere, fragt sie mich, ob ich morgen Zeit habe. Ich antworte mit dem zwischen uns ausgemachten Symbol für *nein*, weil ich unbedingt die Schuhe fertigmalen möchte, und kurz darauf suche ich mein Handy, mache die Taschenlampe an und winke mit dem Smartphone. Amy macht es mir gleich, und nimmt den Anruf an, den ich kurz danach starte.

»Ich wusste nicht, dass wir das noch machen«, sage ich lachend in den Hörer.

»War mal wieder an der Zeit.« Ich glaube, dass Amy mit den Schultern zuckt. »Was geht bei dir?«

»Ich male an den Schuhen für Amber. Wir haben uns getroffen.«

»Und du hast mir noch nicht alles im Detail erzählt?! Was bist du denn für eine Freundin!« Sie sagt es halb im Scherz, aber da ist ein Unterton in ihrer Stimme, der mich stutzig macht.

»Sorry.« Stille. Seltsam.

»Und, habt ihr geknutscht?«, fragt Amy schließlich, und ich lege die Stirn in Falten. Das will sie als Erstes wissen?

»Nein«, antworte ich knapp und höre nur das Rauschen der Leitung. Auf der einen Seite fühle ich mich mies, ihr erst jetzt zu berichten, auf der anderen Seite hinterfrage ich ihr merkwürdiges Verhalten. Auf einmal weiß ich, woran mich diese Situation erinnert, doch ich erwähne Amys Verhalten gegenüber Dee nicht. Ich schiebe alles beiseite und berichte ihr stattdessen von meinem Tag und Ambers Angebot.

»Du weißt schon, dass du mit deiner Mum reden

musst, wenn du da hinwillst?«, spricht sie das Selbstverständliche aus. »Ich würde ja mitkommen, aber ich muss an dem Abend auf Simon aufpassen.« Ich kann hören, dass sie sich darüber ärgert.

»Ja«, entweicht es mir seufzend, und sofort fange ich an, mit meiner freien Hand an der Daumennagelhaut zu piddeln. »Mit Mum reden. Das ist ja das Problem an der Sache.«

Am nächsten Tag nehme ich mir fest vor, Mum die Wahrheit zu erzählen und sie darum zu bitten, morgen mit Amber zu dem Konzert fahren zu dürfen. Als ich morgens aufstehe, ist sie allerdings schon bei der Arbeit, was mich noch mehr anspannt, da ich jetzt den ganzen Tag auf sie warten muss. Immerhin wollte ich sowieso Ambers Schuhe weiter anmalen.

»Da ist dieses Konzert in Leith, auf das ich gehen möchte«, beginne ich mit all dem Mut, den ich aufgebracht habe, als wir abends auf der Couch Nudeln essen.

Der Zwiespalt macht mich fertig, aber dann kommt mir noch etwas in den Sinn: Wenn diese Realität auch nur ansatzweise so endet wie in Italien, dann hat mein Handeln keine Konsequenzen. Zuhause war alles wie bisher. Und ist es dann nicht einen Versuch wert? Selbst wenn es nicht dazu kommt, dass wir uns tanzend in den Armen liegen oder uns küssen. Ich möchte herausfinden, in welche Richtung sich meine Gefühle entwickeln, ob dieses seltsame Bauchgefühl weggeht. Prüfen, ob Amber wirklich nur ein Crush ist. Darüber hinaus hab ich mir die Band angesehen, und allein für die Musik der Jungs würde ich gern mitkommen. Möglicherweise lerne ich die Band ja sogar richtig kennen? Ich war noch nie auf einer Gästeliste bei einem Konzert. Irgendwie hört sich das richtig VIP-mäßig an.

»Oh, klingt gut! Welche Band?«

Und schon sind all die wundervoll zurechtgelegten Worte in meinem Kopf nur noch Matsch.

»Ist nur ein kleines Konzert«, antworte ich und senke den Blick auf meinen Teller, in dem die Sahne schwimmt.

»Mit wem gehst du denn?«

Ich habe gehofft, du fragst nicht nach.

»Mit einer Freundin«, sage ich vage, während ich darüber nachdenke, wie ich weitermache.

»Kommt Amy auch mit?« Mum schaut auf, schiebt sich eine Gabel mit Nudeln in den Mund.

»Sie muss auf Simon aufpassen. Und eigentlich wollte ich nur mit der Freundin gehen.«

Sie wirft mir einen fragenden Blick zu. Begreift Mum, dass ich auf ein Date anspiele?

»Die da wäre?«

Okay, ich muss da jetzt durch. Tief hole ich Luft, versuche mir nicht anmerken zu lassen, wie nervös Mum mich macht.

»Ich hab sie auf dem Ghost-Konzert kennengelernt. Sie heißt Amber.«

»Ach cool«, entgegnet Mum kauend und hält sich eine Hand vor den Mund. Es fällt mir schwer, ihre Mimik richtig einzuschätzen. »Geht sie auch in Edinburgh zur Schule? Kommen ihre Eltern mit?«

Mum, du machst es mir echt nicht leicht.

»Also, eigentlich ist sie nicht mehr auf der Schule. Sie

arbeitet für die Band, die am Wochenende spielt, und hat mich eingeladen, mitzukommen.«

Und dann ist da die nervenzerreißende Stille, vor der ich mich so gefürchtet habe. Ich weiß, was gleich kommt.

»Wie alt ist sie?«

»Neunzehn«, flunkere ich schuldbewusst.

»Bonnie, du kannst nicht einfach mit einer Fremden losziehen.«

Tadaaaa!

Ich hab's gewusst.

»Aber Amber ist ja keine *Fremde*.«

»Du kennst sie doch kaum, wenn du sie letztens erst getroffen hast.«

Leider hat meine Mutter mit dem Argument recht, aber das will ich ihr nicht zeigen. Ich beiße mir auf die Unterlippe, sauge sie ein und lege mein Besteck auf meinen Teller, ehe ich ihn auf dem Tisch abstelle. Mir ist der Appetit vergangen.

»Wir haben miteinander geschrieben und gesprochen und uns seitdem auch schon mal wiedergesehen.«

Die letzten Worte rutschen mir raus, ohne dass ich richtig darüber nachgedacht habe.

»Du hast mir nichts davon erzählt.« Ich kann die Enttäuschung in ihrem Gesicht erkennen. Mein Jenga-Turm fällt langsam in sich zusammen.

»Ich erzähle dir nicht immer alles«, platzt es pampig aus mir heraus, und ich erkenne mich selbst nicht wieder.

»Das erwarte ich auch nicht«, entgegnet Mum mit ruhiger Stimme, und auch sie stellt ihren Teller zur Seite, um mir die volle Aufmerksamkeit zu schenken. »Es wäre nur schön gewesen, wenn du mir sie mal vorgestellt hättest.«

Sie hat leider vollkommen recht. Und trotzdem finde ich es unfair, wie sie reagiert, weil ich unbedingt auf diesen Gig mit Amber gehen möchte.

»Du bist ja nie zuhause«, werfe ich ihr an den Kopf und merke im gleichen Moment, wie pampig ich bin. So will ich gar nicht sein. Was macht all das hier nur mit mir?

»Bonnie …« Sie spricht meinen Namen langsam aus, während sie mich ernüchtert ansieht. Ich kann sehen, dass auch sie sich zusammenreißt. »Wenn Amy doch mitkommen kann, erlaube ich es dir, auf das Konzert zu gehen. Andernfalls nicht.«

Es ist ihr letztes Wort, ich kann es fühlen. Zornig stehe ich auf und verlasse das Wohnzimmer, um meine Ohren oben mit lauter Musik vollzudröhnen.

Ich fühle mich verdammt beschissen, als ich am nächsten Tag Ambers Schuhe in einen Karton packe und diesen in meinem Rucksack verstaue. Mum und ich haben heute nicht miteinander geredet. Der Entschluss, einfach ohne Erlaubnis hinzufahren, steht für mich fest. Keine Konsequenzen und so. Was soll schon passieren? Ja, dann ist Mum eben sauer. Das vergeht.

Seit heute Morgen habe ich Magenschmerzen, trotzdem sitze ich im Bus zu Amber, die Bescheid weiß, dass ich vor dem Gig zu ihr komme. Wir haben entschieden, dass wir vorher keinen Film gucken, dafür aber etwas früher nach Leith fahren. Mum ist heute sowieso arbeiten, sie wird gar nicht mitkriegen, dass ich nicht zuhause bin.

Meine Finger zittern beim Betätigen der Türklingel,

und meine Beine fühlen sich wie Wackelpudding an, als ich die Treppen zu Ambers Wohnung hochsteige.

»Hey! So cool, dass du heut Abend mitkommen kannst«, begrüßt sie mich und umarmt mich fest. Ein warmes Gefühl bleibt dieses Mal jedoch aus, da ist nur Angst und Scham.

»Ja, ich freue mich auch«, antworte ich, obwohl es gar nicht stimmt. Wieso mach ich das hier? Wem will ich etwas beweisen?

Amber führt mich ins Wohnzimmer, reibt aufgeregt ihre Hände aneinander und setzt sich auf die Couch.

»Zeig mir die Schätzchen.«

Ihre Freude geht ein bisschen auf mich über, sodass ich nicht mehr ganz so steif bin, als ich mich zu ihr setze und die Schuhe auspacke. Ich überreiche ihr den Karton wie einen Preis. Amber nimmt ihn vorsichtig entgegen, parkt ihn auf dem Schoß, und ich kann nicht anders, als mit angehaltenem Atem zu beobachten, wie sie die Schachtel öffnet. Darin liegen die ehemals weißen Sneaker, die jetzt in glitzernden Lilatönen funkeln. Auf der einen Seite des Schuhs sieht man den Sänger von Ghost, der leidenschaftlich in ein Mikro trällert. Der andere Schuh ist mit dem Logo der Band verziert.

»Heilige Scheiße!« Ambers Augen leuchten, als sie einen Schuh aus dem Karton hebt. Das ist ein gutes Zeichen ... oder?

»Das hast du echt selbst bemalt?« Sie schaut mich nicht an, sondern dreht den Schuh in ihren Händen, um jeden Winkel davon zu betrachten, ehe sie das Gleiche mit dem anderen Sneaker macht.

»Ja, klar«, gebe ich zurück, auch wenn es nicht so lässig klingt, wie ich beabsichtigt habe.

»Die sind der Wahnsinn, Bonnie!« Aus ihrem Mund folgt ein Quieken, dann legt sie Karton und Schuhe auf den Boden und überfällt mich mit einer Umarmung. Sanft drückt sie mich fest an sich, sodass ich hören kann, wie ihr Herz schlägt. Schnell und gleichmäßig. Sie verweilt für einen Moment in dieser Position, in der ich nicht so ganz weiß, was ich mit meinen Händen anfangen soll. Ich halte Amber einfach fest. Ziemlich ungelenk.

»Danke dir.« Sie löst sich von mir, und ehe ich mich's versehe, zieht sie die Schuhe an, steht auf und führt sie mir grazil wie ein Model auf dem Laufsteg vor. »Du hattest recht, die Schuhe werde ich jetzt definitiv häufiger anziehen.« Ihr Grinsen steckt mich an, und zumindest meine Befürchtungen, dass die Schuhe ihr nicht gefallen könnten, sind damit beseitigt. Irgendwie pusht mich das richtig. Wie kann es sein, dass mir das Malen hier so viel leichter fällt? Hat Mum mich bei Kunstkursen angemeldet? Welche Entscheidungen haben dazu geführt?

Entscheidungen.

Bei dem Wort klingelt etwas.

»Sag mal, hast du den Film *Butterfly Effect* gesehen?«, frage ich Amber, die mich bei dem Themenwechsel verwirrt ansieht.

»Puh, das ist schon ewig her, glaube ich.« Sie zieht die Schultern hoch, und ihr Blick beachtet mich nicht weiter, sondern liegt ganz allein auf den Schuhen.

In dem Film geht es um den Schmetterlingseffekt. Hätte ich den Film nicht gesehen, wüsste ich vermutlich nicht einmal, was das bedeutet. Es geht um Entscheidungen. Dass jede einzelne ein ganzes Leben verändern kann.

»Wollen wir dann los?« Ambers Stimme macht mir deutlich, dass ich später weiter darüber nachdenken muss, denn zum ersten Mal habe ich das Gefühl, einen Anhaltspunkt für diese unterschiedlichen Leben, die ich führe, gefunden zu haben. Etwas, das nichts mit Nahtoderfahrung, Esoterik oder Koma zu tun hat.

Ich nicke, und kurze Zeit später machen wir uns auf den Weg zum Bus. Amber führt die Schuhe direkt aus, und ich fühle mich ein bisschen sicherer als vorhin. Vielleicht war die Idee, heute mit ihr zu dem Konzert zu fahren, genau das Richtige.

Wir quatschen auf ausgeleierten roten Polstern im Bus, bis wir aussteigen müssen und uns beim Busfahrer bedanken. Amber navigiert uns mit dem Handy an der Straße entlang zu der Location.

Ich war schon ein paarmal mit Mum und Amys Familie in Leith, vor allem im Sommer ist es echt schön. Jetzt wird der Fluss, nach dem die Stadt benannt ist, von der untergehenden Sonne in ein schimmerndes Licht geworfen. Es riecht nach der Meeresluft und Fisch, der an jeder Ecke frisch verkauft wird. Die meisten Läden schließen, während wir sie auf dem historischen Shore passieren. Ein Pärchen macht vor einem Schiff an den kleinen Stegen Fotos. Sieht bestimmt toll aus, wie sich im Hintergrund die Häuserfronten und das Schiff im Wasser spiegeln, während sie breit grinsend in die Kamera lächeln.

»Wir müssen nur noch um die Ecke«, lässt Amber mich wissen, als sie von ihrem Handydisplay aufschaut. Ich habe keine Ahnung, wohin wir gehen, weil ich mich gar nicht mit der Location beschäftigt habe, darum folge ich ihr und genieße die frische Abendluft.

Eine steinerne Treppe führt unter eine Bar, aus der laute Stimmen dringen. Ist der Gig etwa da unten? Oder ist das nur ein seltsamer Weg, um in die Kneipe zu kommen?

»Hey, da bist du ja!«, ruft jemand, und ich sehe, wie ein Typ mit einer Tasche, in der ganz klar ein Bass sein muss, einen Kofferraum zumacht. Er ist älter als Amber, hat viele Tattoos und trägt eine Sonnenbrille, obwohl die Sonne am Himmel immer weiter abnimmt.

»Schön, dich wiederzusehen!« Die beiden umarmen sich ungelenk, was vor allem an dem Instrument auf dem Rücken des Musikers liegt. »Und ich habe Bonnie mitgebracht.« Ich winke scheu, als die beiden sich voneinander lösen, dann schaffe ich es, den Mund aufzumachen.

»Hi, schön, dich kennenzulernen. Ist mein erstes Konzert von euch, ich bin schon ganz gespannt.« Ich sage lieber nicht, dass ich mir bereits ein paar Songs von ihnen angehört habe.

Der Bassist, von dem ich weiß, dass er auch der Sänger der Band ist, grinst und macht einen Schritt nach vorne. Er wirkt nett, aber auch ziemlich gehetzt.

»Nice, dass du dabei bist. Schon mal viel Spaß, Bonnie!« Dann sieht er zu Amber. »Ich geh mal weiter aufbauen!« Ohne Weiteres verschwindet er und nimmt die Treppen.

»Komm, wir gehen auch mal runter, da ist es bestimmt kühler.« Mir macht die Sommerhitze nichts aus, und eigentlich finde ich es hier am Fluss wirklich angenehm, aber natürlich folge ich Amber nach unten, denn wir sind schließlich für das Konzert hier.

Der Gang ist schmal, und überall hängen Poster von irgendwelchen Gigs, die hier stattgefunden haben. Manche der Poster sind schon richtig verblichen. Es wird immer kühler, je weiter wir nach unten gehen, und als wir bei der letzten Treppenstufe ankommen, sehe ich einen Bartresen, ein paar hohe Stühle und eine kleine Bühne. Es sieht ein bisschen aus wie ein Keller, aber ich finde es gemütlich. Urig.

Amber wendet sich den beiden anderen Jungs aus der Band zu, die die Bühne aufbauen, und lässt mich stehen. Unsicher, ob ich ihr folgen soll, trete ich nervös von einem Fuß auf den anderen.

Etwas hält mich zurück. Außer uns ist noch niemand da. Also warte ich, bis Amber fertig ist. Vielleicht ist das ja auch einfach so, wenn man die Band kennt und vorher Geschäftliches klärt. Dennoch fühle ich mich wie bestellt und nicht abgeholt.

Der Mann, den wir eben am Auto gesehen haben, flitzt an mir vorbei, aber immerhin lächelt er mich kurz an. Die Begegnung gibt mir ein bisschen Stabilität zurück, und ich suche mir einfach einen Platz an der Bar, während Amber mit der Band spricht. Auf dem Handy checke ich die Uhrzeit und bemerke dabei, dass ich keinen Empfang habe. Toll. Dann werde ich wohl wirklich einfach warten, bis Amber zurückkommt oder es losgeht.

Schon seltsam, wie mein Mut schwankt. Ich habe mich aus dem Haus geschlichen, bin mit Amber hierhergefahren, und als wäre mein Mut eine Achterbahn, verlaufen die Schienen nach dem Aufstieg nun senkrecht nach unten. Kann man Mut aufbrauchen? Nun, wenn es danach geht, habe ich in meinem echten Leben ganz schön damit gespart. In diesem ist es etwas anders. Das zeigen mir meine Kleidung, meine Hobbys und der ungewohnte Wagemut. Doch auf einmal fühle ich mich ganz klein und gar nicht so, wie die Bonnie, deren Seiten ich gerade entdecke.

Ich beobachte Amber dabei, wie sie ihre große Kameratasche an der Bühne abstellt und mit dem Schlagzeuger, einem hochgewachsenen schlanken Mann mit dunkelblondem Haar, ein paar Worte wechselt. Wieder versinke ich in Tagträumen davon, wie Ambers Leben sein muss. Rumreisen, Bands sehen, mit Musiker*innen sprechen und live dabei sein. Vielleicht sollte ich nach der Schule auch so was machen. Musik-Management oder so. Mir stehen so viele Türen im Leben offen.

Amber sitzt am niedrigen Bühnenrand, stellt irgendetwas auf ihrer Kamera ein. Die anderen beiden Jungs von der Band winken mir kurz zu, als sie mich sehen und rufen ein »Hi« hinterher. Ich winke zurück, komme mir total klein vor und hoffe einfach, dass es schnell losgeht und ich in der Musik versinken kann.

Alle sind beschäftigt, nur ich nicht. Ich sehe zu, wie auch die Techniker*innen auf die Bühne kommen und helfen. Wie eine Barkeeperin ankommt und neben mir hinter der Theke aufräumt. Ich wünsche mir, auch etwas zu tun zu haben, und weil mir nichts Besseres einfällt, mache ich mit dem Handy ein paar Backstage-Fotos. Vielleicht kann Amber die ja gebrauchen. Da fällt mir auf, dass ich mit meiner Recherche über das Leben hier ganz schön nachlässig umgegangen bin. Ich habe ja nicht einmal meine Fotogalerie gecheckt. Das hole ich direkt nach und muss lächeln, als ich die vielen Bilder von Amy und mir sehe. Dort sind keine neuen Hinweise, eher bestätigen die

Fotos das Leben hier. Was ist mit meinen Nachrichten? Ganz oben sind die Chats mit Amber und Amy. Darunter der mit Mum, der seit dem Streit stillsteht. Die Konversationen sind nicht gerade aufschlussreich, doch als ich in den Chat mit Amy zurückgehe und das Profilbild sehe, seufze ich. Unser Fotoshooting. Ihr rotes Haar im Wind, dieser coole Blick, der mich an die Schauspielerin Sadie Sink erinnert.

In diesem Moment vermisse ich sie mehr, als ich zugeben will und bin froh, dass sich der Raum allmählich füllt. Amber kommt zu mir zurück, und ich packe mein Handy weg.

»Coole Location, oder?«, fragt sie mich beiläufig, als hätte sie mich nicht gerade fast zwanzig Minuten lang stehengelassen.

»Ja, ich mag diese Keller-Atmosphäre«, gebe ich zurück und spiele mit den Händen in meinem Schoß. An meiner Nagelhaut hat sich ein Hautfetzen gelöst, den ich abknibbele.

Amber hat ihre Kamera bereits umgehängt und greift in die Tasche ihrer kurzen Shorts. Zum Vorschein kommt eine rote Plastikmünze.

»Damit kannst du ein Freigetränk bestellen.«

»Danke.« Ich nehme die Münze und bin froh, etwas in den Händen halten zu können. Die Oberfläche ist ganz rau, und man sieht, dass die Getränkemünze schon durch viele Hände gegangen ist.

»Dann bis später!« Amber wendet sich wieder von mir ab, und ich frage mich, was sie damit meint. Sie wird doch nochmal vor dem Gig herkommen ... oder?

Sie verschwindet zwischen drei Menschen, die am Merch-Stand stehen. Ich bin wieder allein.

Hello darkness, my old friend.

»Willst du was trinken?« Okay, so allein dann doch nicht, denn die Barkeeperin schaut mich freundlich an, und ich schnalle, dass sie mich meint.

»Eine Cola, bitte.« Ich gebe ihr die Münze, und wenig später habe ich ein Glas mit Cola in der Hand.

Eigentlich müsste ich mich hier wohlfühlen, schließlich sind das *meine Leute*, doch ich bin nur die Zuschauerin am Rand.

Wenig später, ich sitze immer noch auf dem Barhocker, wird das Licht gedimmt, und die Jungs kommen ohne Ankündigung, dafür begleitet durch das Johlen des Publikums, auf die Bühne. Ambers lilafarbenen Schopf sehe ich ganz vorne. Es geht direkt los, und das Gejubel verebbt. Die Gitarre und das Becken der Drums erklingen leise, werden dann lauter. Dann greift der Sänger zum Mikro und growlt in einem tiefen Ton in einer Sprache, die ich nur brüchig verstehe. Deutsch, stimmt. Immerhin verstehe ich, wie er WE ARE H in dem Intro singt. Und dann werden die Instrumente lauter, der Schlagzeuger spielt nicht länger nur das helle Becken. Es folgt ein langes Fade-Out mit einem Gitarrenriff, und das ist der Moment, in dem ich weiß, dass ich mich mit der Band mehr beschäftigen will. Der Übergang zum nächsten Song ist fließend. Jetzt beginnen einige Instrumental-Sequenzen. Der Sänger singt nur sporadisch immer ein paar Zeilen.

Auch wenn ich keine Ahnung habe, was die Texte aussagen sollen, kann ich die Musik fühlen. Schon nach einigen Minuten wird es heavy, es bildet sich ein kleiner Moshpit vor der Bühne. Wenn jemand fällt, wird der Person direkt aufgeholfen. Es sieht vielleicht rabiat aus, aber alle passen aufeinander auf. Kurz überlege ich, einfach aufzuspringen und mitzumachen, doch das geht mir zu weit. Der Mut ist wohl nach wie vor aufgebraucht, und der Tank muss sich erst wieder füllen. Immer wieder gleitet mein Blick zu Amber, die fleißig mit der Kamera um die Bühne rennt und hier und da auch mal in die Menge knipst. Vielleicht bin ich ja auch auf dem einen oder anderen Bild drauf?

Die Zeit vergeht wie im Flug. Ich genieße die Musik, merke, dass sich in diesem Leben Hardrock noch besser anfühlt, doch es ist merkwürdig, hier ohne Amber zu sitzen. Irgendwie hatte ich mir das anders vorgestellt. Mehr Aufmerksamkeit von ihr. Aber vielleicht war der Gedanke auch einfach naiv, denn eigentlich hätte mir klar sein sollen, dass Amber arbeitet und eben nicht gleichzeitig bei mir sein kann.

Die Cola in meinen Händen ist schon richtig warm, weil ich mich mit den Fingern an das Glas klammere. Schnell trinke ich alles aus, und als der Sänger den letzten Song ankündigt, beschließe ich, aufzustehen. Meine Schritte führen mich nur ein paar Meter weiter nach hinten in den Keller zum Merch-Stand. Erst jetzt sehe ich auch die CDs und Shirts einer weiteren Band zwischen den WE-ARE-H-Artikeln. Wahrscheinlich spielen sie danach. Eine Frau mit hochgestecktem braunem Haar und einem ähnlichen Nasenpiercing wie Amber drückt sich von der Wand weg, an der sie bis eben stand. Ich deute auf die CD, weil sie mich bestimmt nicht hört, und sie zeigt mir mit den Fingern an, wie viel Geld ich ihr geben soll. Ich bezahle, stecke die CD in meine Umhängetasche und schaue von ganz hinten, wie die letzten Klänge auslaufen. Der Auftritt endet mit großem Jubel, und die Menge verteilt sich. Ein anderes Licht wird angemacht. Pausenzeit.

Aber wo ist Amber?

Ich stelle mich auf die Zehenspitzen, kann sie nicht sehen und beschließe, erst einmal aufs Klo zu gehen. Immerhin haben wir uns auf einer Toilette auch zum ersten Mal getroffen. Doch auch nachdem ich wieder in den Raum zurückkomme, finde ich sie nicht, und ich mache mir Sorgen. Eine Nachricht kann ich ihr auch nicht senden, sie hat bestimmt keinen Empfang, genau wie ich. Die andere Band baut schon um. Sind sie backstage gegangen? Aber würde Amber mir dann nicht wenigstens Bescheid geben?

»Weißt du, wo die Fotografin ist?«, frage ich die Frau am Merch-Stand und versuche mir nicht jedes einzelne Tattoo anzusehen, das ihren Körper zeichnet. Plötzlich verspüre ich ebenfalls den Drang nach einem Tattoo.

»Ne, keine Ahnung, bestimmt hinten. Brauchst du Hilfe?«

Der Blick aus ihren grünen Augen trifft mich, und ich erkenne, dass sie das nicht einfach so sagt. Hat sie mich schon die ganze Zeit beobachtet und gemerkt, dass etwas nicht stimmt? Wow, das hat sie aber schneller gecheckt als ich.

»Schon gut«, antworte ich knapp. »Da will jemand was von dir.« Mit dem Daumen weise ich zur Seite auf die nächste Person, die am Stand etwas kaufen will. Kurz sieht sie mich an, doch ich wende mich von ihr ab. Das Gefühl, zurückgelassen worden zu sein, trifft mich mit voller Härte. Warum lässt mich Amber hier so sitzen? Was stimmt nicht mit mir? Ich dachte, wir wären Freundinnen. Nein, ich dachte, ich wäre voll in sie verknallt. Und dass sie mich auch ein bisschen mag.

Aber vielleicht habe ich mich auch einfach geirrt. Vielleicht ist es nur ein blinder Crush.

Die Erkenntnis trifft mich mit voller Wucht. Genau das hatte ich befürchtet. Ein Grund, wieso ich nicht auf Dates gehe. Ich ertrage es nicht, fallengelassen zu werden. Und ja, verdammt, in meiner Therapie habe ich stundenlang darüber gesprochen, was es mit mir macht, wenn Menschen mein Leben verlassen, doch gerade kocht einfach nur Wut auf, und ich kann nicht mehr klar denken.

Unfair, das ist einfach unfair.

Eins weiß ich aber ganz genau: Ich will nicht länger hier sein.

Welche Alternativen habe ich? Ich kann backstage nach ihr suchen, andere Leute fragen, ob sie Amber gesehen haben. Aber eigentlich habe ich darauf gar keinen Bock.

Und dann fasse ich einen Entschluss.

Ich mache die Biege. Und das ist vielleicht das Mutigste, das ich je getan habe.

Kapitel 17

Die warme Luft draußen erschlägt mich fast. Es dämmert, und meine Augen gewöhnen sich nur langsam daran. Mein Handy hat endlich wieder Empfang, aber ich ignoriere die ungelesenen Nachrichten. Stattdessen schreibe ich Amber.

> **Ich:** Ich bin schon nach Hause gefahren, danke für den Gästelistenplatz!

Dabei will ich ihr so viel mehr sagen.

Du bist schön. Witzig. Dein Popcorn schmeckt grandios. Ich fühle mich elend, weil ich auf dem Gig so allein war. Ich dachte, da wird mehr draus.

Worte, die ich jedoch runterschlucke. Ich checke, wie ich nach Hause komme und bin einen Moment beschäftigt. Etwas, oder ist es jemand, stößt mich leicht von hinten an, und ich bemerke den Gitarristen der Band. Er ist zwei Köpfe größer als ich, also muss ich hochgucken.

»Oh, tut mir leid! Alles okay?« Er trägt einen Verstärker in seinen großen Händen.

Wie üblich will ich sagen, dass es mir gut geht. Dass alles in Ordnung ist, doch kaum sehe ich den Mann genauer an, schlägt mir keine Neugierde, sondern Verständnis entgegen. In seinem Gesicht ist eine Wärme, die mich zunächst irritiert. Er schaut mich an, als würde er ganz genau wissen, was in mir vorgeht. Als reiche er mir seine Hand.

Spürt er meine Unsicherheit?

»Ehrlich gesagt«, beginne ich und entscheide mich dafür, die Wahrheit zu sagen. »Nein. Ich wollte jetzt nach Hause fahren«, bringe ich irgendwie über die Lippen.

»Bist du mit dem Zug da? Soll ich dich ein Stück zum Bahnhof begleiten? Ich muss nur noch den Verstärker ins Auto tragen.« Ich verkneife mir die Aussage, dass man in der Gegend Bus oder Tram fährt. Er hievt den Verstärker hoch, schaut kurz in Richtung des Autos, bei dem der Kofferraum aufsteht.

»Echt nett von dir, aber das schaff ich schon.« Ich presse die Lippen aufeinander. Er hat zu tun, und ich will ihn nicht davon abbringen. Ich warte auf ein *bist du sicher?* oder etwas in der Art, doch er nickt nur. Nicht gleichgültig. Eher so, als wäre er sich dessen bewusst, dass ich das hinkriege. Mein Mut-Tank füllt sich nach und nach.

»Komm gut nach Hause ...«, sagt er. Ich merke, dass er sich fragt, wie ich heiße. Amber war so schnell weg, ich konnte mich nicht einmal richtig bei dem Rest der Band vorstellen.

»Bonnie«, verrate ich ihm meinen Namen, und er nimmt mir ein wenig von der Angst.

»Gute Heimfahrt, Bonnie.« Er lächelt und sieht dabei aus wie ein freundlicher Bär. Ich mag ihn.

»Danke. Für ... alles«, sage ich und wende mich von ihm ab, um wegen seiner Hilfsbereitschaft nicht sofort aus Dankbarkeit loszuheulen.

Wie kann denn jemand, den ich nicht kenne, so nett

sein, wohingegen Amber mich einfach sitzen lässt? Das geht nicht in meinen Kopf.

Ich schaue abwechselnd auf die Straße und auf mein Handy, um den Weg zur Hauptstraße zurückzufinden. Es dauert, bis ein Bus kommt, doch irgendwann kann ich in die richtige Linie einsteigen und bin allein mit meinen Gedanken.

Tja, ich hätte wohl besser auf mein Bauchgefühl hören sollen. War ich nur naiv, zu glauben, Amber könnte mich auch mögen? Vielleicht hätte ich einfach abwarten sollen, bis das ganze Konzert vorbei war. Ich hätte ihr sagen können, dass ich das Konzert *mit ihr* erleben wollte. Aber die Chancen habe ich nicht ergriffen, und meine Entscheidung ist anders ausgefallen.

Der Schmetterlingseffekt!

Meine Finger tippen den Begriff in der Internetsuchmaschine ein, und es braucht nur zwei Klicks, um mehr zu erfahren. Der Flügelschlag eines Schmetterlings in Brasilien kann die Atmosphäre verändern und in Texas zu Wirbelstürmen führen. Chaostheorie. Ich überfliege Wörter wie Divergenzen oder deterministisches chaotisches Verhalten, Namen von Menschen aus der Wissenschaft und Beiträge über Meteorologie. An einem Artikel bleibe ich besonders lange hängen.

Egal, wie klein die Ursache auch erscheint, sie kann eine unvorhergesehene Wirkung haben.

Eine Entscheidung, die einen ganz anderen Lebensweg bewirken kann. Das ergibt durchaus Sinn, aber es erklärt nicht, warum ich zwischen unterschiedlichen Leben hin- und her springen kann.

Ich will nach Hause. Nicht nach Edinburgh, nicht in

das Zimmer in diesem fremden Leben. Ich will dahin zurück, wo ich war. Vor diesem Sprung zu einer anderen Bonnie. Es muss gar nicht Italien sein, realisiere ich plötzlich. Es würde mir reichen, einfach *zuhause* zu sein.

Meine Unterlippe tut weh, und ich bemerke, dass ich zu fest darauf gebissen habe. In mir tobt ein Chaos. Mein Brustkorb fühlt sich schwer an, und ich muss mich zusammenreißen, um nicht zu heulen. Ich schaue auf mein Handy, und mir fällt nur eine Person ein, die mich retten kann.

»Was ist los?«, fragt mich Amy mit besorgter Stimme. Ich schniefe, komme gar nicht zu einem *Hallo*.

»Ich bin im Bus nach Hause.«

Ich erkläre ihr, was passiert ist, und nur ihr ruhiger Tonfall schafft es, dass ich nicht falle. Dass ich mich wieder fangen kann, bevor ich in eine Gedankenspirale gleite. Sie holt mich von der Bushaltestelle ab, denn Simon schläft bereits, und ihre Eltern sind vom Kinoabend zurück. Sie geht mit mir nach Hause. Eine Weile sagen wir nichts. Sie hält einfach meine Hand und gibt mit Kraft.

Genau, wie es eine Freundin tun sollte. Wie ich es mir wünsche. Amy hätte mich nicht wie Amber einfach stehengelassen. Moment, vergleiche ich mein Date gerade mit Amy?

»Schlaf jetzt erst mal, wir sehen morgen weiter«, rät sie mir und umarmt mich. Sie will sich von mir lösen, doch ich halte sie noch einen Moment länger fest. Fühle, wie viel Kraft sie mir gibt. Als wir uns voneinander lösen, ist da ein Glanz in ihren Augen. Ein Glanz, der mich daran erinnert, wie Luca mich angesehen hat.

Ich muss die Treppen leise nach oben schleichen, denn natürlich ist Mum mittlerweile zuhause, und ich will auf

keinen Fall erwischt werden. Als ich an ihrer Schlafzimmertür vorbeigehe, höre ich sie leise schnarchen. Mit Schuldgefühlen und Wut im Bauch lege ich mich schlafen.
Ohne eine Antwort von Amber.

Mein Kopf pocht und hämmert, als ich am nächsten Morgen mit meinem Kaffee wie ein Tiger durch die Küche gehe. Mum ist bei der Arbeit, natürlich. Sie hat mir keine Nachricht hinterlassen, nichts. Entweder hat sie es also gar nicht bemerkt, dass ich mich gestern verpisst habe, oder sie ist so wütend, dass sie mich ignoriert. Ich tippe auf Letzteres, auch wenn ich natürlich hoffe, dass ich mich irre. Selbst der Kaffee schmeckt mir nicht so recht, dabei ist das das Einzige, was mich morgens zum Laufen bringt.
Ich stecke ganz schön in der Scheiße.
Tja, offenbar muss ich doch die Konsequenzen ausbaden. Das nennt man wohl Karma.
Das Leben hier ist nicht das, was ich führen will. Mit gesenktem Kopf stütze ich mich auf der marmorierten Küchenplatte ab, nachdem ich den Kaffee darauf abgestellt habe. Alle Versuche, meinen Atem zu regulieren, so wie ich es in der Therapie gelernt habe, scheitern. In meinem Magen ist ein Knoten, der sich einfach nicht lösen will. Es ist zu verzwickt. Ich habe Mum angelogen. Wegen Amber. Es ist nicht einmal die Zurückweisung oder besser gesagt die Gleichgültigkeit von ihr, sondern die Tatsache, dass ich meine Mutter betrogen habe. Mein Anker, in allen Welten. Das ist ein verdammt beschissenes Scheißgefühl!
Es bringt nichts, erbittert auf die Tischplatte zu schlagen, auch wenn ich das nur zu gerne tun würde. Viel zu

hektisch reibe ich die Handfläche mit den Fingern der anderen Hand, während mein Blick aus dem Fenster gleitet.

Ich habe so viele Fragen, mein Kopf ist so leer und voll zugleich. Aber eins weiß ich.

Ich muss hier raus.

Das unangenehme Ziehen im Magen ist nicht weg, als ich wie paralysiert vor dem Plattenladen stehe. Menschen ziehen an mir vorbei, kümmern sich um ihre eigenen Probleme. Dass ich meins selbst in den Griff kriegen muss, habe ich verstanden. Die Frage ist nur, *wie*.

Bevor ich bei Luca gelandet bin, war ich bei *Ian's Records*. Ich saß auf der Parkbank neben dem Shop, als ich zu dem Ghost-Konzert *gebeamt* wurde. Oder wie man das auch nennen mag. Der Laden muss etwas damit zu tun haben, oder? Hat Ian im Hinterzimmer ein magisches Portal erschaffen, das mich in andere Leben schickt? Ich höre mein mattes Lachen, das in meinem Kopf widerhallt.

Ich dachte, ich hatte Magie ausgeschlossen.

Meine Hände gleiten in die Seitentaschen meiner kurzen Jeansshorts, während mein Blick auf dem Plattenladen haftet. Ich versuche mich an die Dinge zu erinnern, die mir vor meiner Reise ins Ungewisse durch den Kopf gegangen sind. Vor Italien war es Luca. Ein Song, der mich an ihn erinnert hat. Vor dem hier haben Dee und ich gemeinsam gesungen. Musik kann vieles bewegen, aber bestimmt nicht das …

Am liebsten würde ich mir die Haare raufen, mich auf den schmutzigen Boden setzen und hin und her wippen, aber das ist keine Lösung. Meine Füße tragen mich voran zur Bank, die um diese Uhrzeit noch leer ist. In ein paar

Stunden sitzen hier Menschen mit einem Eis in der Hand oder sortieren dort ihre Einkäufe. Ich lasse mich auf der Bank nieder und versuche mich in die Situation mit Dee hineinzufühlen. An ihr Lachen zu denken. Ihre rauchige Stimme.

Komm schon, bring mich zurück!

Das Lied von Ghost läuft wie auf doppelter Geschwindigkeit in meinem Hirn. Meine Finger sind zu Fäusten geballt und so angespannt, dass sie mir nach wenigen Augenblicken weh tun. Fest kneife ich die Augen zusammen. Verblende das Gesicht von Dee mit der Unendlichkeit der Sterne, die ich gesehen habe.

Ich will hier weg!

Geräuschvoll schnappe ich nach Luft. Kurzzeitig habe ich vergessen, zu atmen. Das Wasser steigt in meine brennenden Augen. Enttäuscht und genervt von mir selbst, wische ich mir übers Gesicht, packe meine Kopfhörer, die um meinen Nacken liegen, und mache den lautesten Heavy-Metal-Song an, den ich auf die Schnelle finden kann.

Das Zusammenspiel aus Instrumenten und melodischem Geschrei normalisiert meinen Puls. Eigentlich komisch, wenn man bedenkt, dass solche Lieder bei den meisten Menschen nicht gerade zur Beruhigung beitragen, doch mir hilft es.

Ich muss es einsehen. Das hier bringt nichts.

Vermutlich kann ich nichts anderes tun als abwarten, wie in Italien. Irgendwann wird es mir plötzlich wieder den Boden unter den Füßen wegreißen. Und irgendwie hoffe ich, dass ich dann direkt wieder zum Grillabend mit meinen Eltern transportiert werde. Oder zu Dee auf die Parkbank. Es wäre schön, nach all dem Chaos in ihre Augen sehen zu können. Warum verbringe ich hier so viel Zeit, und in Italien waren mir nur zwei Tage vergönnt?

Enttäuscht fahre ich wieder nach Hause und versuche den Rest des Tages, einfach nur zu existieren. Im Bett liegen, Musik hören, die Gedanken abschirmen. Dass sich immer wieder kleine Erinnerungsfetzen in den Vordergrund drängen, ignoriere ich.

Wie geht es jetzt weiter?

Das Schlimmste an dieser Situation ist eigentlich, dass ich damit so allein bin.

Ich nehme mein Handy in die Hand und sehe, dass ich eine neue Nachricht bekommen habe.

> **Amber:** Schade, dass du schon so früh weg warst! Es war noch mega cool! Ich hoffe, du bist gut nach Hause gekommen.

Ich will wirklich, wirklich, wirklich böse auf sie sein, aber ich kann nicht. Etwas in mir weiß, dass Amber bei dem Gig war, um einen Job zu machen. Das war ihre Aufgabe. Ihre Geschichte. Ich war an dem Abend die Begleitung. Sie hat mich mitgenommen, damit ich das Konzert sehen kann, nicht, um den Abend mit mir zu verbringen. War es mein Fehler, dass ich mich nicht einfach unter die Menge gemischt habe? Nicht zu ihr nach vorne gegangen bin? Selbst wenn …

Nein. Ich kann hinnehmen, dass sich Amber auf den Job konzentriert hat, aber ich kann nicht hinnehmen, wie ich abgestellt und ignoriert wurde. Amber hätte ruhig ein wenig rücksichtsvoller sein können. *Ich* wäre es in ihrer Situation gewesen.

Mein Körper ist gerade nur dazu in der Lage, flach auf der Matratze zu liegen und zu atmen. Da höre ich Gewusel im Flur. Ich drehe die Musik über das Handy ein bisschen leiser, und sofort wird es stiller in meinem Zimmer.

Mum ist wieder da.

Na toll. Die nächste Baustelle.

Verzweifelt greife ich nach einem der zahlreichen Kissen auf meinem Bett und drücke es mir fest ins Gesicht. Manchmal will man einfach nur in ein Kissen schreien. Mein Laut erstickt in Stoff und Federn. Es hilft ein bisschen. Immerhin schaffe ich es, mich aufzusetzen und mir einen Dutt zu binden. Ich fühle mich wie eine Boxerin, die in den Ring steigt. Noch einmal atme ich tief aus, dann wage ich es und gehe runter in die Küche, wo meine Mum Einkäufe aus einem Jutebeutel in den Kühlschrank sortiert. Sie war nach der Arbeit noch einkaufen. Dinge, die ich auch für sie hätte erledigen können. Das schlechte Gewissen bäumt sich auf wie ein Bär, der auf zwei Beinen steht.

»Hey, Mum«, begrüße ich sie und kriege dabei kaum den Mund auf. Meine Hände habe ich tief in die Taschen meiner Jogginghose geschoben, und mein Blick ist gesenkt. Sie sagt nichts, als ich zu ihr trete und helfe, die Einkäufe einzuräumen. Ich greife nach der Packung Milch und einem Orangensaft.

»Hey«, antwortet Mum endlich. Knapp und ohne mich dabei anzusehen. Wenn sie alles schon weiß, muss ich ihr doch eigentlich nichts beichten? Oder?

Nein, genau deshalb muss ich den Mut haben und mit ihr reden.

»Wie war dein Tag?«, versuche ich es erst einmal mit

Smalltalk. Ein bisschen die Stimmung auflockern. Auschecken, wie schlimm die Lage tatsächlich ist.

»Gut.« Sie macht es mir schwer. Absichtlich. Das merke ich.

»Und die Arbeit? Alles okay?« Sie ignoriert meine Seitenblicke, und mir wird klar, *wie* schlimm es sein muss.

Ich räume die Packungen in den Kühlschrank und riskiere einen Blick über die Schulter zu Mum. Sie pausiert das Einräumen, tippt etwas auf dem Handydisplay. Kurz hoffe ich, sie hat mich einfach nicht gehört, weil ein kleiner Teil von mir sich wünscht, dass es genau so ist, doch dann begreife ich, dass sie mich mit Ignoranz straft.

»Ja, alles in Ordnung.«

Sie schaut nur auf das Handy, während ich den Griff des Kühlschranks fest umschließe. Ich muss mich beherrschen, die Tür nicht zuzuknallen, auf die Knie zu sinken, und um Gnade zu flehen.

Mum bricht die unerträgliche Stille, indem sie ihr Handy mit der Lautsprecherbox verbindet. Es läuft ein Album von Garbage, das mich unweigerlich an Dee erinnert. Eine ihrer Lieblingsbands.

»Mum, ich …«, beginne ich, doch mitten im Satz fehlen mir die Worte. Ich habe keine Ahnung, wie ich erklären soll, dass ich totalen Mist gebaut habe. Dass es mir leidtut. Ich lasse den Kühlschrankgriff los, blicke auf Mums Hinterkopf und knete meine Hände. Seltsam, dass ich mich jetzt wieder mehr wie die Bonnie fühle, die ich vor diesem Trip war.

»Möchtest du mir etwas sagen?«, fragt sie mit sanfter Stimme, als würde sie von rein gar nichts wissen. Sie testet mich. Will wissen, ob ich ehrlich zu ihr bin.

Ja, sagt mein Kopf, doch aus meinem Mund kommt kein Ton. Ich muss etwas sagen. Irgendwas.

»Gutes Album, was?«

Am liebsten würde ich mich selbst facepalmen. So ganz kann diese neue Bonnie wohl noch nicht loslassen.

Mum regt sich nicht.

»*I'm only happy when it rains* ist auch mein Lieblingssong davon.«

Warum mache ich das hier?

Weil du Angst hast. Angst, Mum auch noch zu verlieren.

»Bonnie.« Sie sagt meinen Namen nüchtern, ohne jegliche emotionale Regung, und das macht mir am meisten Sorge. Jetzt bin ich es, die ihren Blick meidet.

Soll ich jetzt einfach mit der Wahrheit rausplatzen? Ich habe Angst, dann nicht mehr zu mir selbst zurückzufinden. Allerdings ist mir klar, dass sie mir bereits eine Chance gegeben hat, ihr alles zu erklären – und ich habe von dem bescheuerten Musikalbum gelabert! Mein Herz schrumpft zusammen wie eine Rosine.

JETZT SAG ETWAS!

Mum dreht sich zu mir um, und wir liefern uns ein Blickduell. Vielmehr sieht sie mich an, und kurz darauf schaue ich zu Boden, weil ich ihrer ernsten Mimik nicht standhalten kann. Ich bin ein in die Ecke gedrängtes Tier, und ich bleibe stumm. Es fällt mir so schwer, mich einfach zu entschuldigen, und damit mache ich es noch schlimmer.

»Wirklich?«

Sie legt das Handy auf den Tisch hinter sich, stemmt die Hände in die Hüften. Meine Kehle ist staubtrocken.

»Du hast mich gestern echt enttäuscht«, seufzt sie. Ich muss aussehen wie ein begossener Pudel.
Geschieht mir recht.
»Nicht nur, dass du dich rausgeschlichen hast. Ich hätte erwartet, dass du wenigstens den Mut besitzt, dich bei mir zu entschuldigen. Ich habe meine Tochter nicht zu einer Lügnerin erzogen.« Die Worte tun so weh wie eine Ohrfeige.
»Es ... ich ...« Unbeholfen stammele ich vor mich hin.
»Erklär es mir«, bittet sie und lehnt sich an den Tresen. »Komm!« Ihre Stimme ist voller Ärger, aber trotzdem schafft sie es, ruhig dabei zu bleiben. Als würden wir nur über eine Kleinigkeit diskutieren.
Das ist meine letzte Chance, die Sache geradezubiegen.
»Ich habe Mist gebaut«, sage ich leise und schlucke. Die Wahrheit auszusprechen, tut so gut und ist zugleich so schmerzlich.
»Das kannst du aber laut sagen.« Der Hohn in ihrer Stimme ist fast greifbar.
»Ich wollte einfach auf dieses Konzert. Mir sind die Sicherungen durchgebrannt.« Leicht hebe ich den Kopf, bemerke aus dem Augenwinkel, wie Mum eine Augenbraue hochzieht. Mir fällt auf, dass sie ihren Pony geschnitten hat.
»Und dann bist du gefahren, obwohl ich gesagt hab, Amy soll mitkommen. Vielleicht hättest du sie in dein Spielchen besser einbeziehen sollen.«
»Ich weiß ...«
»Und ganz zufällig kriege ich es mit, wenn ich nach Hause komme und meine Tochter nicht da ist.«
»Ja, aber ...« Wieder stoppe ich mitten im Satz. Es soll-

te kein *aber* geben. Ich muss all den Mut finden, den ich nicht habe.

Jetzt.

Endlich schaffe ich es, ihrem Blick standzuhalten.

»Mum, es tut mir so leid. Ich fühle mich beschissen. Die ganze Aktion war ein Fehler.«

Ein Anfang.

Immerhin ist die Entschuldigung endlich ausgesprochen. Trotzdem brennen mir wieder die Augen, und die Woge der Erleichterung setzt einfach nicht ein.

»Wenn ich die Zeit zurückdrehen könnte, würde ich nicht auf das Konzert gehen. Du hattest recht, mit jemandem dort hinzugehen, den ich kaum kenne …«

Etwas verändert sich in dem Gesicht meiner Mutter. Die zornigen Augen, die angespannte Mimik, all das wird sanfter, und mir wird klar, dass Mum vor allem Angst um mich hat.

»Sweetheart.«

Ihre Stimme ist beinahe ein Flüstern. Sie kommt auf mich zu, doch ich rühre mich nicht von der Stelle. »Dein Dad und ich, wir haben uns immer Mühe gegeben, dir alle Freiheiten der Welt zu lassen. Wir dachten, wenn wir dich überall mit hinnehmen, dir alles zeigen … dann hast du keine Angst vor der Welt. Vielleicht war das ein Fehler. Unser Fehler.« Und das tut mehr weh als jegliche Wut, die sie mir vorher gezeigt hat. Wenn Mum über Dad spricht, dann ist es wirklich ernst. Dann habe ich nicht nur einen Fauxpas begangen, ich habe richtig verkackt. Das wird mir jetzt bewusst.

»Ich bitte dich nicht um viel.« Ich kann sehen, wie Mum schlucken muss. »Du hast mir einen riesigen Schrecken eingejagt, weil ich echt geglaubt habe, du hättest mir zugehört.« Etwas zerbricht in mir. In uns beiden. Der Glaube aneinander.

»Ich weiß nicht, wie ich das wiedergutmachen kann, Mum.« Noch einmal balle ich die Hände zu Fäusten, doch ich merke, wie die Anspannung nachlässt. Ich will jetzt einfach nur zu meiner Mum. Als ich ihr in die Arme falle, fängt sie mich auf.

»Das Wichtigste ist, dass es dir gut geht.« Ihre Wärme springt auf mich über, und mein kleines, verschrumpeltes Rosinenherz macht eine Veränderung durch. Ich kann langsam wieder atmen. Meine Mum und ich, wir sind uns immer sehr nah, doch so war es schon lange nicht mehr.

Im Hintergrund spielt das Lied von Garbage. Ich höre die Sängerin die letzten Zeilen ins Mikro singen.

»Ich hab dich lieb, Sweetheart.« Die Worte meiner Mum verklingen, mischen sich mit der Musik, und als die Geräusche dumpf werden, umhüllt mich die Dunkelheit.

Dann bin ich schwerelos in einem schwarzen Nichts.

Kapitel 18

Eine Umarmung katapultiert mich in die Finsternis. Ich kann die Wärme meiner Mutter noch spüren, sodass mir die Umgebung keine Angst macht. Ich fühle mich geborgen. Geliebt. Selbst, wenn ich gerade allein bin.

Es wird nicht lange dauern. Kontrolliert versuche ich, meine Muskeln zu entspannen, und schließe die Augen. Die Knochen schmerzen nicht, als ich tief Luft hole und ein helles Licht wahrnehme.

I'm only happy when it rains ...

Das Lied, das noch in meinen Gedanken nachklingt, verändert sich. Die Stimme der Sängerin wird abgelöst durch eine andere, bekannte. Sie ist melodisch, auch wenn gar nicht mehr gesungen wird.

»Geht's dir gut?«

Als hätte jemand einen Schalter umgelegt, öffne ich die Augen und schaue in das besorgte Gesicht von Dee.

Wo bin ich? Wieso ...?

Ich lasse Luft in meine Lunge, während Adrenalin durch meinen ganzen Körper schießt und ich mich verschlucke. Dee ist sofort da, legt mir eine Hand auf den Rücken.

»Atmen, Bonnie, ganz langsam«, weist sie mich an, und der Klang ihrer Stimme sorgt dafür, dass ich mich langsam wieder finde. Sie macht die Atmung vor, lässt dabei nicht den Blick von mir. Ich mache es ihr nach, kralle meine Hände in die nackten Oberschenkel, die ganz warm von der Sonne sind.

»Ich dachte kurz, du wärst weggetreten.«

Ich bin also zurück. Kopfschmerzen bahnen sich an, und ich bin ziemlich durcheinander, aber weil ich keine Aufmerksamkeit erregen möchte, versuche ich mich zusammenzureißen. Was hat Dee gesagt?

Weg ja, weggetreten … So würde ich es nicht beschreiben.

»Sorry, ich …«, will ich mich entschuldigen, aber Dee kommt mir zuvor.

»Schon okay, ich bin ja hier. Wenn du mir wirklich umgekippt wärst, hätte ich dich einfach in die stabile Seitenlage gelegt oder es mit Mund-zu-Mund-Beatmung versucht.«

Eben noch war ich ganz woanders, aber Dee schafft es mit diesen wenigen Worten, meine volle Aufmerksamkeit zu generieren.

Mund-zu-Mund-Beatmung von Dee. Mein Hirn kann nicht anders, als sich das in allen Farben auszumalen.

»Und schon wieder habe ich sie verloren«, sagt Dee gespielt dramatisch, lächelt, und ich blinzele irritiert.

»Ich glaube, ich habe zu viel Sonne abbekommen«, versuche ich eine Erklärung zu finden, komme mir dabei vor, als würde stets die gleiche Platte spielen, und knete meine Finger. Das mit dem Sonnenstich hat schon mal geklappt und ist eine passable Ausrede.

»Lass uns lieber wieder reingehen, im Lager ist es wenigstens kühl.«

Ohne ein Zögern folge ich Dee zurück in den Shop,

doch ich schweife immer wieder ab. Ich bin noch in der Umarmung mit meiner Mutter, zumindest gedanklich. Körperlich bin ich ganz woanders.

Ich versuche, zu begreifen, was mir widerfahren ist. Emotionen, die am Überkochen waren. Der Song im Hintergrund. Ich setze das nächste Puzzleteil dran. Danach kam schwarze Leere. Wie der Weltraum, mit Sternen und Milchstraßen. Und auf einmal saß ich wieder auf der Bank mit Dee. Genau wie vor alldem. Bevor ich auf dem Ghost-Konzert landete.

Es ist wieder keine Zeit vergangen. Oder ist die Zeit vielleicht sogar stehengeblieben?

Dee und ich haben Feierabend. Sie bringt mich sogar noch zum Bus, weil sie sichergehen will, dass ich nicht doch wackelig auf den Beinen bin. Zuhause muss ich mich erst einmal sortieren. Ich bin froh, dass ich den Abend dafür Zeit habe.

Mum ist wie so oft noch nicht da, also mache ich uns Abendessen, futtere meine Portion gemütlich auf der Couch und gehe dann in mein unaufgeräumtes Zimmer. Weil ich die Jalousien eine ganze Weile zugelassen habe, ist es nicht ganz so heiß, auch wenn ich quasi direkt unter dem Dach wohne und die Häuser eher schlecht isoliert sind. Leicht lasse ich die Jalousien hoch, um ein bisschen Helligkeit in mein Zimmer zu lassen. Mein großes Metallica-Poster an der Tür wird sofort in ein schönes Licht gehüllt. Vielleicht sollte ich mir auch so hübsche Bilderrahmen besorgen, wie Amber sie hat. Ich lasse den Blick über die einsame Topfpflanze am Fensterbrett schweifen, ignoriere das Chaos auf meinem weißen *IKEA*-Schreibtisch und lasse die Schultern sinken. Als ich mich auf mein Bett werfe, knarzt die Matratze und erinnert mich daran, wie still es hier ist. Das ändere ich schnell, indem ich nach meinen Kopfhörern greife und über das Handy Musik anmache. Mir ist nach etwas Melancholischem, also höre ich das Album *Stranger in the Alps* von Phoebe Bridgers. Ich kann fühlen, wie sich mein Puls runterregelt. Unfassbar, was Musik bewegt. Diese Erkenntnis macht mich immer wieder sprachlos.

Sanft schließe ich meine Augen, lege das Handy neben mich und verschränke die Finger unter meiner Brust. Meine Bauchatmung geht auf und ab, ich beobachte nur, versuche den Kopf freizubekommen. Übungen, die mir seit vielen Jahren vertraut sind und die mich runterbringen.

Eine kurze Weile funktioniert diese Ablenkung, doch die Bilder aus meinen Erinnerungen blitzen urplötzlich auf. Obwohl, sind es überhaupt Erinnerungen? Das frage ich mich nicht zum ersten Mal. Wie kann etwas passiert sein, wenn ich doch angeblich keine Sekunde an einem anderen Ort war?

Ich rapple mich auf, suche in meinem Zimmer das Notizbuch, das ich von Mum bekommen habe, und greife nach einem Stift auf meinem Schreibtisch. Seltsam, dass ich ausgerechnet den klobigen Kugelschreiber mit dem Astronauten in der Hand halte. Den Stift habe ich schon ewig. Er ist fast viermal so breit wie ein normaler Kugelschreiber, was an dem nachgebildeten Astronautenanzug liegt. Die Beine des Astronauten münden in der Stiftspitze. Ich schreibe Worte in kleinen Gedankenblasen auf, verbinde die Punkte miteinander, um ein Muster zu erkennen. *Ian's Records* im Zentrum meiner Mindmap. Beide Male hatte ich es nicht darauf angelegt, irgendwo anders zu sein. Immer, wenn ich es probiert habe, funktionierte es nicht. Vielleicht muss ich es lockerer angehen. Es nicht so angestrengt versuchen.

Loslassen, ist das nächste Wort, das ich notiere. Dass ich keine Ahnung habe, wie ich loslassen soll, wenn ich woanders hinwill, hebe ich als Problem für Zukunfts-Bonnie auf.

Was haben diese absurden Reisen noch gemeinsam? In Italien war alles wie ein Sommertraum. Beim letzten Mal folgten Probleme, die ich lieber vermieden hätte. Es kann also auch keine Wunschvorstellung sein, die da über mich gekommen ist.

Musik ist ein weiterer Punkt, der mir in den Sinn kommt. Kurz bevor ich zu Luca gesprungen bin, habe ich dieses Lied aus der alten Playlist gehört. Als ich mit Dee draußen vor dem Laden saß, sangen wir einen Song. Beide Songs erinnern mich an genau den Ort, an dem ich landete.

Da kommt mir ein Gedanke.

Ich hole mein Handy heraus, scrolle durch meine Playlists und stoppe, als ich finde, was ich suche. Die Playlist, die ich für Amber angelegt habe. Damals, als sie nur eine Fremde ohne Namen war, das Mädchen, das ich nicht angesprochen habe.

She's the sun and I just can't look away.

Mein erster Impuls ist, die Playlist einfach zu löschen, doch als mir der Song von Ghost auffällt, halte ich inne. Ich wusste gar nicht, dass dieses Lied auch auf der Playlist ist.

Seltsam.

Hat also nicht nur Musik allgemein etwas mit meinen Sprüngen zu tun? Sind es ganz bestimmte Songs, oder vielleicht sogar die Playlists, die meine Reisen beeinflussen?

Ich notiere ein großes Fragezeichen und seufze. Beide Male konnte ich weder kontrollieren, wo ich lande, noch wie ich zurückkam.

Und das war es auch schon an Gemeinsamkeiten, die mir einfallen. Frustriert schaue ich auf die Seite im Notizbuch, die nur mit ein paar Worten gefüllt ist, klappe es zu und werfe den Astronautenstift Richtung Schreibtisch. Das Klackern sagt mir, dass er genau auf der Kante gelandet und daraufhin zu Boden gesegelt ist.

Wunderbar.

Es klopft an meiner Zimmertür, und Mum steckt den Kopf durch den leicht geöffneten Spalt.

»Danke fürs Kochen.«

»Klar«, antworte ich knapp und löse mich erst jetzt von meinem Laptop, weil ich die neue Folge *Queer Eye* pausiert habe. Ich sehe ihr an, dass ihr Tag anstrengend war. Immerhin konnte ich mit dem Abendessen ein wenig helfen. Manchmal würde ich gerne mehr für sie tun, doch sie sagt, ich mache bereits genug. Es braucht nur ein Lächeln von Mum, schon denke ich an den Streit. Den Streit, von dem ich hier nichts spüre. Der vielleicht nie existiert hat. Und trotzdem ist er so lebendig in meinem Kopf wie alle anderen Erinnerungen.

Ich bemerke, wie Mum auf meinen Laptop schaut und kurz davor ist, wieder zu gehen. Sie will mich nicht stören.

»Hab dich lieb, Mum«, entfährt es mir einfach so. Nach

alldem, was ich mit ihr zuletzt durchgemacht habe, fühlt es sich wie ein Abschluss unserer Umarmung an. Mum dagegen zieht nur die Augenbraue hoch und bedenkt mich mit einem schiefen Grinsen. »Mum, hast du Lust, einen Film zusammen zu schauen?« Ich möchte Zeit mit ihr verbringen. Einfach mit meiner Mum zusammen sein.

»In fünf Minuten unten?«, fragt sie verschmitzt.

Es tut gut, Mum *so* zu sehen.

Meine Beine sind ein bisschen wackelig, als ich aufstehe, Mum und ich uns im Flur eine gute Nacht wünschen und ich in mein Zimmer gehe. Mit dem Handy in der Hand stehe ich vor dem Fenster, schaue raus und betrachte für einen Moment die wunderschönen Sterne am Himmel, die mich an meine Reisen erinnern. Es ist unmöglich, dass ich dort oben im All war, und dennoch ist sich jede Faser meines Körpers sicher, dass all das passiert ist. Dass es nicht nur ein Hirngespinst sein kann.

Ich schalte die Taschenlampe an meinem Handy an, mache unser typisches Zeichen für: *Bist du da?* und warte ab. Nach einer Minute wiederhole ich das Ganze. Warte wieder.

Vielleicht ist Amy gar nicht zuhause.

Und ziemlich genau in der Sekunde sehe ich ihr Handylicht. Es ist zu dunkel, um ihre Gesichtszüge auszumachen, und sie sieht vermutlich nur meine Silhouette, doch ich kann nicht anders und grinse breit.

Es hat funktioniert!

Beim letzten Mal war es ja nicht *diese* Amy in *diesem* Leben, die mich angefunkt hatte. Stolz überkommt mich, weil ich es einfach ausprobiert habe, statt nur darüber nachzudenken, es zu tun. Wenn ich nicht will, dass wir uns nochmal voneinander entfernen, wieso nehme *ich* dann nicht auch wieder die früheren Rituale auf? Warum warten? Ich kann genauso gut den ersten Schritt machen.

Es ist, als würde in dem Moment eine Glühbirne über meinem Kopf aufleuchten. *Der erste Schritt.* Amber. Das Konzert.

Okay, ich stehe nur mit einem Licht am Fenster und versuche, meine beste Freundin zu erreichen, aber ich weiß, dass ich das vor kurzer Zeit noch nicht gemacht hätte. Zu groß wäre die Angst gewesen, Amy könne mich für kindisch halten.

Wenn es schon in dieser wirren Welt mit Amber nicht geklappt und für so viel Streit gesorgt hat, dann hat diese Realität mir zumindest einen ordentlichen Arschtritt verpasst. Und dafür gesorgt, dass ich mutiger bin. Ganz aufgeregt rufe ich Amy an, vergesse dabei sogar zunächst, die Taschenlampe auszuschalten, sodass ich beim Klingeln hektisch auf mein Display tippe.

»Ich wusste nicht, dass wir das noch machen«, sagt Amy, als sie den Anruf annimmt.

»War mal wieder an der Zeit«, erwidere ich lachend. Dabei ist es für mich gerade erst passiert. Um nicht in Gedanken zu versinken, nutze ich mein gewonnenes Selbstbewusstsein. »Wie geht es dir?« Keine rhetorische Frage, die man stellt, um Interesse vorzuheucheln. Ich kann hören, wie Amy seufzt. Wie sie nachdenkt.

»Beschissen. Aber schon besser.« Seit unserem Gespräch. Seitdem ich weiß, was sie bewegt. »Aber ich bin schon etwas pissed, dass du mir nicht auf diese unfassbar wichtige Frage geantwortet hast, ob Hayley Williams oder

Taylor Momsen heißer ist.« Sie lacht, meint kein Wort ernst, und ich erinnere mich an die Nachricht von ihr.

»Du meinst, das GIF von James McAvoy, der sich schwitzend mit einem Papierstapel Luft zufächelt, war nichts?«

»Das ist keine richtige Antwort!« Ihre Empörung ist nur gespielt. Wir kichern.

»Irgendwas an deiner Stimme ist anders«, entgegnet Amy, nachdem unser Lachen verebbt ist.

»Und zwar?« Automatisch legt sich meine Stirn in Falten.

»Ich finde, du klingst viel entspannter. Lockerer.«

Wow, dass Amy das nur an meiner Stimme bemerkt, zeigt mal wieder, wie gut sie mich kennt. Sie weiß, dass sich etwas verändert hat. Sie hat nur keine Ahnung, was alles passiert ist. Dass ich aus meiner Komfortzone rausgekommen bin. Dinge angestoßen habe.

Gemeinsam schauen wir eine Folge *Heartstopper* über die Watch-Together-Funktion, während wir uns schreiben. Wir reden über queere Comics, aber auch über ihre vermasselten Noten, und sogar ein bisschen über meinen neuen Job.

Mein letzter Gedanke vorm Einschlafen gilt Amy.

Kapitel 19

Okay, um weitere Reisen zu unternehmen, muss ich vielleicht einfach ein ganz bestimmtes Lied hören. Eins, das Erinnerungen in mir auslöst. Aber das kann nicht alles sein, oder?

Am Morgen lasse ich den Kopf kreisen, dehne mich, mache meine Atemübungen. Ich will nochmal wohin. Wohin auch immer. Ausprobieren. Der Mutkick hat mich dazu gebracht, es darauf ankommen zu lassen. Die Zeit in Italien war einfach so schön. Ich will so was nochmal erleben. Und falls ich wieder in einem Debakel lande, weiß ich wenigstens, dass ich auch das regeln kann.

Alles wird am Ende gut.

Dieser beknackte Satz aus der Therapie haftet wie ein Notizzettel an meinem Hirn. Aber so mainstream er auch klingt, er hilft.

Auf dem Weg zur Arbeit lausche ich den beruhigenden Klängen von Muse, und ich trage ein luftiges Oversize-Top, um mich nicht so eng zugeschnürt zu fühlen. In mir ist der Wunsch, dass es heute passiert. Dass ich wieder ganz woanders sein werde. Aber wenn ich es zwanghaft versuche, klappt es auf keinen Fall. Ich muss entspannter sein, es nicht darauf ankommen lassen.

Weil ich das ja so gut kann ...

Heute Morgen ist im Laden viel los, doch gegen Mittag merke ich, wie die Touris aufbrechen. Offensichtlich wollen sie lieber das schöne Wetter genießen, statt den Nachmittag in einem muffigen Plattenladen zu verbringen. Aus manchen Taschen der Kund*innen blitzen Strohhüte und Handtücher hervor.

Wahrscheinlich fahren sie noch zum Portobello Beach und nutzen den Morgen für ein wenig Shopping in der Stadt. Kann ich irgendwie verstehen.

Eine Woche und ein paar Tage später sind wir mit einer neuen Anlieferung beschäftigt. Die Zeit verstreicht ohne einen weiteren Realitätssprung.

Dee öffnet mit Hilfe eines Cuttermessers einen Karton, der in der Ecke stand. Ich höre, wie sie den Staub von der Pappe bläst, bevor sie den Karton öffnet.

»Richtig alte Schätzchen.«

Es tut fast weh, so sehr verdrehe ich den Kopf nach ihr.

»Was hast du gefunden?«, frage ich sie und unterbreche meine Sortierarbeit am Regal.

»Ich bin mir nicht sicher, ob die überhaupt in den Laden gehören.« Sie betont den Satz, als würde sie ein Fragezeichen setzen. Ich stehe auf, komme zu ihr und setze mich auf den Knien neben Dee. Rieche ihr Parfum, ganz intensiv.

»Okay, das sieht mir echt nach Privatsammlung aus«, sage ich, als ich eine der Platten aus der Kiste ziehe. Die Verpackung ist lädiert und trotzdem in Plastik eingeschweißt. Wie ein Relikt aus einer anderen Zeit, das wie ein Museumsstück konserviert werden soll.

»Meinst du, Ian hat die Kiste hier fälschlicherweise gelagert?« Dee schaut mich an, aber ich kann nur mit den

Schultern zucken. Die Platte, die ich in den Händen halte, wandert wieder in die Kiste.

»Steht auch nix drauf«, kommentiere ich, während ich die Kiste genauer betrachte.

»Wie auch immer.« Dee seufzt, setzt sich aus ihrem Schneidersitz auf und verschließt die Kiste wieder. »Wir können ihn ja später fragen.« Sie schiebt die Kiste mit den Füßen zur Seite, sodass sie nicht mehr zwischen uns steht. Herzhaft gähnt sie, streckt sich, und ich kann für einen kurzen Moment sehen, wie ihr Shirt hochrutscht. Ihr Bauch ist flach, der Nabel zeigt nach außen. Sieht süß aus. Blinzelnd erinnere ich mich daran, nicht zu starren, huste verlegen und schaue weg. Irgendwohin, nur nicht auf Dees Bauch.

»Wie wäre es mit ein bisschen Musik?« Sie stemmt die Hände in die Hüften und grinst dabei schelmisch.

Dee geht zu dem Regal, in dem die rote Gitarre liegt.

»Ich habe der Versuchung schon viel zu lange widerstanden«, sagt sie leise, doch ich kann jedes Wort hören. Sie ist total fixiert auf das Instrument, schaut es an wie einen Schatz. Sie nimmt die Gitarre in die Hände, und ich begreife, was genau sie mit *Musik* meint.

Einen Augenblick lang ist es still. Ich höre nur unseren regelmäßigen Atem. Dann setzt Dee die Gitarre richtig an, spielt einen Akkord. Es klingt ein bisschen schief, also stimmt sie das Instrument und dreht sich dann zu mir um. Ihre Augen richten sich auf die Saiten, über die ihre Hände fahren. Ich habe keine Ahnung, was für einen Song sie spielt, doch es klingt wundervoll. Sanft. Melodisch. Sie spielt mit einer Selbstverständlichkeit, als hätte sie noch nie etwas anderes getan. Es sieht so leicht aus. Ich bemerke kaum, wie sie auf mich zukommt, und realisiere es erst, als Dee direkt vor mir steht.

»Kannst du auch spielen?«, fragt sie mich, während der letzte Akkord verklingt. Unsere Blicke verhaken sich ineinander.

»Ne, nicht wirklich. Also, nicht so richtig«, gebe ich zu und sauge meine Unterlippe ein, um die Unsicherheit in mir zu kompensieren.

»Soll ich es dir zeigen?« Dee lächelt wieder auf diese Art, die es für mich unmöglich macht, mit einem *Nein* zu antworten. Ich nicke, sie reicht mir die Gitarre nach unten. Immerhin habe ich genug Bands gesehen, um zu wissen, wie man so ein Ding hält.

»Rutsch mal ein Stück von der Wand weg«, bittet sie mich, und ich tue, was sie sagt. Wieso sie sich allerdings plötzlich hinter mich setzt, verstehe ich gar nicht. Das macht mich verdammt nervös. »Darf ich?«

Ich schaue über die Schulter nach hinten, sehe, dass sich Dee zu mir beugt. Wieder kann ich nicht mehr machen, als zu nicken. Ich sehe zur Gitarre, spüre, wie sie die Hände um mich schlingt und meine Haltung korrigiert.

»Das ist gleich viel angenehmer«, kriege ich irgendwie über die Lippen.

»Dachte ich mir.«

Dee greift behutsam nach meinen Händen. Ihre Hände sind warm und zeigen mir sanft, aber bestimmt, wohin ich meine Finger tun muss. Sie ist mir so nah, dass ich ihren Brustkorb an meinem Rücken fühlen kann.

Okay, Konzentration!

Aber wie soll ich mich konzentrieren, wenn ich weiß, dass ihre Brüste meinen Rücken berühren?

Gay panic, gay panic, gay panic!

»Das ist ein einfacher Akkord, den lernt man immer als Erstes«, sagt sie und zeigt mir, wie man ihn anspielt. Bei mir klingt es unsauber und schief, aber sie gibt mir Zeit, um zu lernen. Zeigt es mir nochmal, und nochmal, bis es ein wenig besser klingt.

»Genau so.« Ihre ganze Präsenz strahlt so viel Feuer aus, dass mir noch wärmer ist als in der Mittagshitze in der Stadtmitte. Jedes Mal, wenn sie spricht, kitzelt es mich ein bisschen am Ohr. Wie kann ich da nicht einen Crush auf sie haben?

»Spielst du schon lange?«, frage ich sie, als ich den Akkord endlich richtig gegriffen bekomme. Dee löst sich von mir. Vielleicht, weil ihre Hilfe nicht mehr notwendig ist, möglicherweise wegen meiner Frage. Ich weiß es nicht.

»Da müsste ich rechnen, und Mathe ist nicht meine Stärke.«

»Meine auch nicht«, sage ich und lächele über die Gemeinsamkeit.

Mit der Gitarre drehe ich mich zu ihr um, muss aufpassen, dass ich sie nicht mit dem Gitarrenhals treffe. Dee hat mir gegenüber die Arme hochgehoben und lose hinterm Kopf verschränkt, als würde sie sich dehnen. Mein fragender Blick fordert sie heraus.

»Ich war noch klein, hab's von meinen Eltern gelernt. Mein Dad hat mal in einer Band gespielt.«

»Meine Mum war Frontwoman!«, platzt es unüberlegt aus mir heraus, und ich merke, wie sich meine Augen weiten. Es gefällt mir, dass wir eine weitere Gemeinsamkeit haben.

»Cool.« Dees lässige Reaktionen machen mich echt fertig. Kurz erinnert sie mich damit an Amber, doch allein ihr warmer Gesichtsausdruck sagt so viel mehr, als Amber je ausgesprochen hätte. Während ich vor lauter Enthusiasmus nach außen hin glühe und brenne, spüre ich das Feuer bei ihr innerlich.

»Deine Stimme klingt aber auch nicht schlecht«, sagt sie neckisch, und ich klammere mich an die Gitarre, um bloß nicht rot anzulaufen.

Soll ich das Kompliment erwidern? Ja, verdammt, ja! Es fühlt sich richtig an.

»Danke, deine find ich auch richtig toll«, entgegne ich etwas zögernd, blicke zu Boden. Doch kaum recke ich das Kinn, strahlt Dee mir entgegen. Dieser Moment ist irgendwie magisch. Ich kann es nicht erklären, aber es fühlt sich an, als würde jede Faser in meinem Körper wie ein Feuerwerk explodieren.

Sie kommt mir näher, wendet den Blick nicht von mir ab, und einen Herzschlag lang glaube ich, dass sie mich gleich küssen wird. Ich bin fast enttäuscht, als Dee nach der Gitarre greift, aufsteht und sie ins Regal zurückstellt.

Ist es nicht seltsam, dass ich kürzlich noch über Amber nachgedacht habe? Und auch Lucas Gesicht taucht auf, doch das mit Dee ist anders. Auch wenn ich eingesehen habe, dass Amber und ich nicht zusammenpassen, denke ich manchmal an sie. An die Schmetterlinge im Bauch und die Aufregung, sie zu sehen. Jetzt ist da vor allem eins, nämlich Erkenntnis.

Ich frage mich wieder, ob es mit Luca auch so geendet hätte, doch dann höre ich Dees Stimme.

»Alles okay?«, fragt sie mich, als sie sich vom Regal abgewandt hat.

»Sorry, ich habe nur nachgedacht«, gebe ich ehrlich zurück, ohne mir anmerken zu lassen, dass ich über *sie* nachgedacht habe.

»Willst du darüber reden?« Dee lächelt sanft und vergräbt die Hände in den Hosentaschen.

Mein erster Impuls ist, es abzuwinken. So mache ich es normalerweise immer, wenn die Gefahr droht, dass meine Mauern zerbröckeln. Doch etwas an Dees Blick gibt mir Stärke. Vielleicht kann ich nicht mit ihr über meine Sprünge sprechen, aber da ist durchaus etwas anderes, an das ich viel zu oft denke.

»Hörst du dir manchmal noch die Songs von deinem Dad an?«

Kurz ist Dee über den Themenwechsel irritiert, doch dann teilen sich ihre Lippen, und sie setzt sich wieder mir gegenüber auf den Boden.

»Früher ja, heute nicht mehr so oft. Er ist immer viel unterwegs, aber wenn er zuhause ist, singt er sowieso ständig. Da brauche ich keine Aufnahmen, wenn das Livekonzert vor meiner Zimmertür stattfindet.«

»Ich hätte auch gerne Livekonzerte zuhause. Meine Eltern haben mich als Kind immer mit auf Gigs genommen. Mum hat wie gesagt in einer Metal-Band gesungen. Du kannst dir nicht vorstellen, wie laut sie sein kann, wenn sie nach mir ruft.«

Das bringt Dee zum Lachen, und obwohl es mir sonst schwerfällt, über meine Familie und vor allem Dad zu sprechen, ist es heute anders.

Denn es ist okay. Ich soll darüber reden. Nicht nur mit mir selbst. Und ich kann kaum glauben, dass ich mit jemand anderem darüber spreche als mit meiner Therapeutin, Amy oder Mum.

Und irgendwie will ich es ihr sagen. Ich möchte, dass sie mich versteht. »Mein Dad ist vor drei Jahren gestorben, deswegen bin ich ein bisschen sentimental, wenn ich mit anderen über meine Eltern rede.« Ich weiß, was jetzt kommt. Entschuldigungen, Ausflüchte ... Leute wollen nicht über den Tod reden. Sie schieben es beiseite, sehen mich nur als das arme Mädchen mit dem toten Vater. Mitleidige Blicke überall. Dinge, an die ich mich im Laufe der Jahre gewöhnt habe. Ich frage mich, ob Dee es vielleicht bereits durch jemanden an der Schule weiß. Sie ist ja noch nicht so lange bei uns, aber vielleicht hat es ihr jemand erzählt? Auf der anderen Seite, wieso sollte sich dafür jemand interessieren? Ach, keine Ahnung ...

Dee rutscht näher zu mir ...

»Tut mir leid.« Was soll sie auch anderes sagen?

Ich nicke nur, presse die Lippen aufeinander.

»Ist schon eine Weile her, aber in letzter Zeit kommen so viele Erinnerungen hoch.« Nervös spiele ich mit meinen Händen, meide den Augenkontakt. Es ist das erste Mal, dass ich mit jemandem, den ich noch nicht so gut kenne, darüber spreche. Ich kann ihr nicht von den wirren Reisen erzählen, aber das hier ist so nah an der Wahrheit dran, wie ich mich traue. »Irgendwie hat es sich in den letzten Wochen angefühlt, als wäre Dad noch da.« Meine Schultern zucken, und ich weiß nicht mehr, was ich noch sagen soll. Ich will ihr so viel erzählen, aber etwas hemmt mich.

»Wenn du jemanden zum Reden brauchst«, fängt Dee mit sanfter Stimme an. »Ich bin da, okay?« In ihren Augen liegt nicht dieses typische Mitleid. Es ist Verständnis. Keine leeren Phrasen, das merke ich. »Darf ich dich drücken?« Ich nicke. Sie kommt noch näher. Ihre Arme schlingen sich um mich. Dees Körper nah an meinem. Ganz intuitiv lege ich meine Arme um sie, spüre ihren warmen Rücken. Verdammt, ihre Nähe tut so gut. Gibt mir so viel Kraft.

»Könnt ihr mal nach vorne kommen?«, ruft Ian laut durch den Shop, sodass wir es hinten im Lager hören. Wir lachen beide, als wir uns voneinander lösen.

»Ja!«, antworten wir simultan, schauen dabei nur einander an und gehen schließlich aus dem Lager.

Ian braucht Hilfe bei der Kasse, die einen Hänger hat, denn die Kund*innen warten.

»Verdammtes Drecksding«, schimpft er und haut mit der flachen Hand auf den Tischtresen direkt neben der Kasse, wobei er mit dem Ellenbogen fast seine Kaffeetasse umschmeißt.

»Die Kasse kann auch nichts dafür.« Dee geht direkt neben Ian, weist ihm mit einer Berührung an der Schulter an, Platz zu machen. Ich stehe auf der anderen Seite des Tresens, weiß nicht so recht, was ich machen soll, außer zusehen.

»Hast du es mit einem Neustart versucht?«, fragt sie Ian, der die Hände in die Hüften gestemmt hat.

»Was kriege ich zu hören, wenn ich mit *Nein* antworte?«

»Dass du verloren bist, wenn wir nach den Ferien nicht mehr da sind.« Dee seufzt, muss dabei aber auch lächeln. Sie startet die Kasse neu.

»Ich habe in Coatbridge schon mal in einem Musikladen ein Schulpraktikum gemacht. War 'ne Kette, gut besucht, und die Kasse sprang ständig hin und her«, erläutert sie.

Sie drückt Knöpfe, und ihre Hände fahren wie selbstverständlich über die Maschine. »Also, bevor ich mit meinen Eltern umgezogen bin«, hängt sie noch an, schaut dabei nur die Kasse an.

»Wieso bist du eigentlich hergezogen?« Die Frage ist schon die ganze Zeit in meinem Kopf, und eigentlich wollte ich sie gar nicht stellen, doch mein Mund ist wieder schneller als mein Hirn.

»Mein Dad hat hier einen neuen Job bekommen. Besser bezahlt und so.«

»Gut, dass du hier bist, sonst müsste ich jetzt jemanden von der Technik anrufen«, brummt Ian von der Seite und löst seine Haltung, nur um die Arme vor der Brust zu verschränken.

»Und du hättest niemanden, der dir hilft, deinen Musikgeschmack zu diversifizieren.« Dee grinst, schief und frech, und Ian hebt eine Augenbraue. Ich würde niemals so mit ihm reden. Dafür steht zu viel Ungesagtes zwischen uns. Ian hebt einen Arm zur Seite, schubst Dee ein bisschen an der Schulter. Gerade so, dass sie wankt, aber nicht den Halt verliert. Sie lacht, und ich steige mit ein.

»So, müsste jetzt wieder klappen.« Dee reibt die Hände aneinander, macht einen Schritt von der Kasse weg und lässt Ian wieder ran.

»Sieht gut aus, danke.«

»Sag Bescheid, wenn ich den Laden übernehmen soll«, ruft Dee ihm noch nach, als sie hinter dem Tresen hervorkommt. Sie kommt bei mir an, legt ihre Hände auf meine Schultern und schiebt mich Richtung Lager. Ich höre, wie

Ian brummt, auch wenn ich ihn nicht mehr sehen kann. Hinter mir verblasst alles. Da ist nur noch Dee und ihr ansteckendes Lächeln.

Kapitel 20

Ich fühle mich glückstrunken, als ich am Ende des ersten Arbeitsmonats mit Amy, die gerade von ihrem Bogenunterricht zurückgekommen ist, auf meinem Bett sitze. Die Zeit im Laden vergeht so unsagbar schnell. Das liegt vor allem an Dee, die dafür sorgt, dass ich mit einem Bauchkribbeln einschlafe und jeden Tag viel zu früh auf der Arbeit bin, weil ich es kaum erwarten kann, Zeit im Plattenladen mit Ian und ihr zu verbringen.

Auch Amy geht es deutlich besser.

Im Hintergrund läuft eine unserer Freundschafts-Playlists. Wir haben unendlich viele davon. Jedes Jahr legen wir gemeinsam eine neue Playlist an, und immer, wenn eine von uns einen Song hört, von dem wir denken, dass er der anderen gefallen würde, packen wir ihn dort rein. Wir reden nicht nur über Musik, wir tauschen sie auch aus, ohne je ein Wort darüber zu verlieren.

»Ich hatte gestern einen total sinnlosen Traum«, sagt Amy. »Wir waren in der Schule, aber wir waren keine Menschen, sondern Katzen. Trotzdem mussten wir Mathe machen, und als ich meinen Kugelschreiber nicht richtig festhalten konnte, weil ich ja eine Pfote hatte, hat die Lehrerin mich richtig zur Sau gemacht.«

Sie schüttelt den Kopf, ich muss grinsen.

»Was für eine Katze warst du?«, will ich wissen.

»Eine rote, was auch sonst.« Amy zuckt mit den Schultern, dann grinst auch sie.

»Wieso frag ich eigentlich.«

»Hast du in letzter Zeit auch etwas Interessantes geträumt?« Sie fährt mit der flachen Hand über die Matratze und streicht eine Falte glatt. Ich versuche mich zu erinnern, und tatsächlich, jetzt, wo sie es erwähnt, fällt mir mein Traum von letzter Nacht ein.

»Irgendwie träume ich häufiger von Türen.« Amy hält inne und sieht mich an, während ich fortfahre. »Türen, die im All schweben.« Und gestern Nacht stand ich vor einer Tür, die genauso aussah wie die von Amber.

»Wäre ich jetzt Traumdeuterin, würde ich vermutlich sagen, dass du dich wegen verpasster Chancen grämst oder so.«

Unsere Blicke treffen sich, und in dieser Sekunde rasen tausend Gedanken durch meinen Kopf.

Hat Amy recht? Geht es bei meinen Träumen mit den Türen darum?

»Oder vielleicht sagt dir dein Unterbewusstsein einfach nur, dass du mal dringend renovieren solltest.« Sie schaut wieder auf die Matratze, und wir beide müssen lachen, auch wenn ich gedanklich noch bei meinem letzten Traum hänge. Ich erinnere mich nicht mehr an alles.

»Welche Konzerte stehen dieses Jahr denn noch an?«, fragt sie mich und lässt sich nach hinten auf mein Bett fallen. Ich tue es ihr nach, und nun liegen wir hier, die Köpfe nebeneinander, die Füße je an einem anderen Ende.

»Soll ich mal checken?« Ich drehe den Kopf zur Seite, Amy tut es mir nach, sodass wir uns anschauen.

»Klar.«

Meine Hand greift nach dem Handy, das neben mir liegt, und sofort geht meine Onlinesuche los.

»Nur in Edinburgh oder auch etwas außerhalb?«, will ich von ihr wissen.

»Mir egal, solange wir hingehen.« Sie grinst, ich tippe.

»Ice Nine Kills machen noch eine Tour diesen Sommer, aber ich weiß nicht, ob es noch Tickets gibt.« Zwei Klicks später bin ich schlauer. »Die spielen nur in Glasgow, und das ist natürlich ausverkauft.« Wir seufzen im gleichen Moment. »Und die anderen Gigs waren schon in Deutschland und so.«

»Schade.«

Deutschland. Da klingelt eine Glocke in meinem Kopf.

Ich öffne Instagram, suche nach WE ARE H, auch wenn ich vermutlich nichts finde, doch dann stockt mir der Atem.

Die Band gibt's wirklich.

Und die drei Typen sehen genauso aus, wie ich sie kennengelernt habe. Ich richte mich auf, den Mund leicht geöffnet.

»Alles okay?«, höre ich meine beste Freundin fragen, und ich muss mir schnell was einfallen lassen.

»Ich dachte, ich hätte noch ein weiteres Konzert in Schottland gefunden, hab mich aber getäuscht.« Es fühlt sich scheiße an, sie anzuflunkern. Aber das hier ist eine Art Notlüge. »Ich such mal weiter«, sage ich, um ihr deutlich zu machen, dass ich jetzt am Handy tippe. Sie kriegt nicht mit, wie ich mich durch das Profil der deutschen Band klicke. Amy hat ihr Handy jetzt auch in der Hand, ist beschäftigt. Gut.

Als ich ein Foto sehe, das dem Setting von Leith ähnelt, halte ich einen Augenblick inne. Dann tippe ich auf die Verlinkung. Mein Körper wird zu Stein, als ich auf Ambers Profil lande.

Das kann doch verdammt nochmal nicht sein!

Ich lehne mich mit dem Rücken gegen die Wand, um den Blick auf mein Display soweit es geht von Amy abzuschirmen. Auf dem Foto sind die unverkennbar lilafarbenen Haare. Ihr Nasenpiercing. Und auf keinem Foto bin ich mit ihr zu sehen. Logisch. Und doch irgendwie nicht. Immer wieder zoome ich an ihre Fotos ran, um einen Blick auf ihre Schuhe zu werfen, doch die von mir bemalten Sneakers sind nirgends zu finden.

Es ist nicht echt passiert, sagt mein Hirn. Mein Bauch sagt was anderes.

»Meinst du, mir würde ein Bob stehen?« Amys Stimme holt mich zurück, wie ein Fisch an der Angel. Mein irritierter Blick spricht Bände. »Bob. Der Haarschnitt.« Sie richtet sich ebenfalls auf, zieht ihre Beine in einen Schneidersitz und deutet mit ihrer freien Hand eine unsichtbare Kante an ihrem Hals an. Dort, wo der Bob aufhören soll, glaube ich.

»Ja, klar, bestimmt«, entfährt es mir, ohne dass ich lange darüber nachdenke. Amy sieht doch immer gut aus. Egal, was sie trägt oder wie sie rumläuft.

»Geht es noch etwas begeisterter?«, sagt sie sarkastisch und wirft mir einen vorwurfsvollen Blick zu.

»Wie kommst du auf die Idee?« Ich versuche, mich auf das Gespräch zu konzentrieren, um meine anderen Gedanken abzuschirmen. Das Handy lege ich neben mich, so schaue ich wenigstens nicht weiter bei Instagram rein.

»Ich hätte Lust, meine Haare wieder wachsen zu lassen.

Mir ist da so ein Bild in die Timeline gespült worden.« Sie zeigt mir das Foto auf ihrem Handy. Eine Person mit genauso roten Haaren wie Amy. Sie trägt einen schrägen Bob. Die Haare sind vorne etwas länger als bei meiner Mum.

»Kann ich mir gut an dir vorstellen«, entgegne ich ehrlich.

»Vielleicht lass ich sie wirklich wachsen.« Amy winkt mit einer Geste ab, das Thema scheint beendet.

Es ist schön, einfach hier mit ihr zu sitzen. Wenn ich daran denke, wie verschlossen meine beste Freundin zuletzt war, fühle ich mich richtig mies. Vielleicht hätte ich eher auf sie zugehen sollen. Hätte … Könnte …

Was wäre, wenn?

»Geht's dir besser?«, frage ich sie aus dem Nichts.

Amy hebt den Kopf, sieht mich wieder an und legt ihr Handy beiseite.

»Es geht so. Es nagt noch an mir, diese Notensache … und in den Ferien muss ich noch häufiger auf meinen Bruder aufpassen, das ist echt nicht fair. Ich würde auch viel lieber im Plattenladen arbeiten und mir was dazuverdienen.«

Ihre Worte treffen mich. Wie oft habe ich mir gewünscht, mein Leben mit jemandem tauschen zu können? Wie oft habe ich Amy darum beneidet, dass ihr Dad noch lebt. Besonders in der Zeit kurz nach dem Unfall wollte ich nichts lieber als Teil *ihrer* Familie sein. Um nicht so leiden zu müssen.

Nie kam es mir in den Sinn, dass meine beste Freundin mich um *mein* Leben beneiden könnte.

»Hm«, mache ich nur, weil ich nicht weiß, was ich darauf antworten soll, denn alles, was ich in meinem Kopf formuliere, ist nicht gerecht.

Willst du dafür dann lieber einen toten Elternteil haben?

Ich muss aufpassen, dass mir solche Aussagen nicht rausrutschen.

»Na ja, Simon wird auch größer, und dann habe ich hoffentlich irgendwann Ruhe«, wirft sie noch ein, ohne zu bemerken, was in mir vorgeht.

Irgendwie ist das gerade ein richtig heftiger Moment für mich. Bin ich desillusioniert? Amy hat ihre eigenen Struggles. Das weiß ich. Aber ständig habe ich nur gesehen, wie die vier Familienmitglieder zusammen lachen und Spaß haben, anstatt die Schattenseiten genauer zu betrachten.

»Im nächsten Schuljahr geht sowieso lernen vor, vielleicht checken meine Eltern dann mal, dass ich nicht ständig Babysitterin sein kann.«

Wieder kommt dieses miese Gefühl in mir auf, meiner besten Freundin nicht gut genug zugehört zu haben.

»Was haben sie eigentlich zu den Noten gesagt?«, frage ich und hoffe, nicht volle Kanne ins Fettnäpfchen zu springen.

»Begeistert waren sie nicht.« Amy schnaubt und sieht mich dann an. Ich versuche, in ihrer Mimik zu lesen. Ihre Mundwinkel sind leicht nach unten gezogen, genau wie ihre Schultern. »Aber du kennst meine Eltern, sie würden mir deshalb nie die Hölle heiß machen. Und irgendwie macht's das noch schlimmer, weil meine eigene Enttäuschung viel größer ist, weißt du?«

Weiß ich nicht, aber ich versuche es mir vorzustellen.

»Wenn sie wüten und schimpfen würden, dann könnte

ich meine Gefühle besser rechtfertigen, glaube ich. So fühlt es sich einfach nur an, als wäre ich die totale Flachpfeife.«

»Du bist keine Flachpfeife«, greife ich sofort ein und fasse vorsichtig nach ihrer Hand, indem ich mich etwas aufrichte und zu ihr beuge. Amy schaut auf unsere Finger, die sich berühren, und ich glaube, ein Lächeln auf ihren Lippen zu erkennen. »Du kannst froh sein, dass deine Eltern das so locker sehen. Meine Mum würde mich mit Todesblicken ansehen, damit willst du bestimmt nicht tauschen.« Ich zeige ihr, dass ihre Gefühle in Ordnung sind, drücke liebevoll ihre Hand.

»Immerhin will sie dir nicht in den Hintern treten.« Wir müssen beide lachen, vermutlich weil wir bei der Anspielung sofort an den grummeligen Vater Red aus *That 70's Show* denken. Das ist sein Catchphrase, um den Jugendlichen, die ständig bei ihm im Keller abhängen, deutlich zu machen, dass sie verschwinden sollen.

»Wieso sehe ich meine Mum jetzt mit dem Gesicht von Red?« Ich pruste bei der Vorstellung los, und Amy und ich gackern wie zwei Hühner. Vor lauter Lachen tut mir schon bald der Bauch weh. Ich lasse Amys Hand los, fasse mir an die Stelle, an der das Zwerchfell ist.

»Deine Mum als alter Mann mit Glatze und diesem wütenden Blick«, quietscht meine beste Freundin und fällt zur Seite. Die Matratze fängt sie weich ab. Sie kugelt sich regelrecht, und je mehr ich über diesen albernen Gedanken nachdenke, desto lauter wird auch mein Lachen. Alles in mir bebt und brodelt, und ich bekomme dieses seltsame Gefühl, mir gleich in die Hose zu pinkeln, weil ich so lachen muss. Meine Hände, die gerade noch meinen Bauch gehalten haben, greifen nach vorne, krallen sich in die Matratze, um Halt zu finden, doch auch ich kippe einfach um. Im Hintergrund die Musik, doch wir lachen so laut, dass ich nicht heraushören kann, welcher Song gerade läuft.

Scheiße, hab ich das vermisst.

»Fehlt nur noch dieser Applaus, den sie immer einspielen.« Ich kann aus dem Augenwinkel sehen, wie sich Amy über die Augen wischt. Lachtränen.

»Stell dir vor, unser Leben als Sitcom.«

Will ich mir das überhaupt vorstellen? Zu spät, mein Kopf legt bereits los.

»Ich wäre auf jeden Fall die chaotische Nachbarin, die nie Zeit hat und dann im ungünstigsten Moment ständig reinplatzt«, malt sich Amy aus. »Und bestimmt hätte ich voll die Sturmfrisur, um das zu betonen.«

Als ich darüber nachdenke, welche Rolle ich in dieser Sitcom einnehmen würde, ist da nur ein leeres weißes Blatt. Ich lenke mich ab, indem ich mit dem Handy einen Song aus der Playlist aussuche. *Crushcrushcrush* von Paramore.

»Ich bin dann die mit der tätowierten Mum«, ist das Einzige, das mir einfällt. Bin ich so austauschbar?

»Und du bist die Person, die ständig Musikreferenzen macht. Du würdest in der Show bestimmt bei jedem Satz einfach lossingen, der dich an ein Lied erinnert.« Amy hat da definitiv bessere Vorstellungen als ich. Sie sieht mich als Ganzes, nicht nur als Sidekick von irgendwem.

»Drama wäre auf jeden Fall vorprogrammiert mit uns«, sage ich, und unser Lachen verebbt langsam. Wir liegen nun wieder mit dem Rücken auf dem Bett, schauen an die Decke.

Nothing compares to a quiet evening alone. Just the one two of us who's counting on.

Zwischen Amy und mir ist es nur kurz still. Wir fangen uns, atmen und holen Luft, die während des Lachens wegblieb. Als die zweite Strophe erklingt, singen wir gemeinsam mit.

If you wanna play it like a game, well, come on, come on let's play.

Ich reiße die Arme hoch, wippe mit meinen Zeigefingern im Takt mit. Amy spielt in der Luft virtuelle Drums. Als sich unsere Blicke begegnen, drehen wir uns fast zeitgleich auf den Bauch, um uns von der Matratze hochzustemmen. Sie reicht mir ihre Hände, damit wir einfacher aufstehen können. Die ganze Zeit singen wir laut mit, und sobald der Refrain wieder einsetzt, hüpfen wir auf meinem Bett herum. Wir müssen ein bisschen aufpassen, uns nicht den Kopf zu stoßen, doch im Vordergrund steht gerade einfach nur, den Song aus den Tiefen unserer Lungen rauszusingen.

»Let's be more than this now!«, rufen wir im gleichen Atemzug, singen schief, ohne dass es eine von uns stört. Unsere Finger verschränken sich ineinander. In meiner Magengegend kribbelt es richtig, und es fühlt sich an wie Achterbahnfahren. Das Bett quietscht und knarzt bei jedem unserer unrhythmischen Sprünge. Vielleicht sollte ich Angst haben, dass das Lattenrost durchbricht, doch darüber mache ich mir keine Gedanken.

Als der Bridge-Part mit Drums und Gitarre kommt, lassen wir uns los. Amy spielt wieder Lufttrommel, ich imitiere ganz miserabel eine Luftgitarre. Es geht hier nicht um Perfektion oder Performance, es geht nur um den Spaß. Hayley Williams setzt mit dem Gesang ein, wir machen mit. Ich muss kurz daran denken, wie ich mir vor drei Jahren mal die Haare so knallrot wie die Sängerin von Paramore färben wollte, aber zu schissig war.

Amy zieht meine Aufmerksamkeit auf sich, indem sie auf die Knie rutscht. Sie schüttelt ihren Kopf, sodass die kurzen Haare ein bisschen wippen. Beim letzten Refrain geben wir nochmal alles. Ich bin froh, dass Mum noch nicht zuhause ist, sie würde bestimmt klopfen, den Kopf durch die Tür stecken und sofort mit uns auf dem Bett rumhüpfen. Nicht, dass ich sie nicht dabeihaben will. Ich genieße nur viel zu sehr die gemeinsame Zeit mit meiner besten Freundin. Das hier gehört nur uns.

Der Song kommt zum Ende, Amy streckt die Arme aus. Fast glaube ich, die Sticks in ihren Händen sehen zu können.

»Mega!«, ruft sie, und wir singen die letzten Zeilen mit. Unsere Luftinstrumente lösen sich auf, ich sinke auf die Knie, und Amy fällt mir plötzlich um den Hals. Die Umarmung überrascht mich, aber es ist leicht für mich, sofort zu entspannen. Vielleicht liegt es auch daran, dass unsere Performance so anstrengend war und ich einen Moment brauche, um wieder Luft zu holen. Wir wollen uns gar nicht voneinander lösen, halten uns in den Armen, atmen hörbar ein und aus. Pumpen Luft durch unsere Lungen, um wieder klarzukommen.

Wenn sich das hier schon so gut anfühlt, wie muss es erst sein, mit einer Band auf der Bühne zu stehen? Ich habe es mir schon so oft vorgestellt, doch jetzt gerade begreife ich, wie viel Macht so ein Song haben kann.

»Ich bin so froh, dass du meine Freundin bist«, flüstere ich und drücke Amy noch ein bisschen fester an mich.

»Ich habe dich lieb«, entgegnet Amy. Ich spüre, wie sich mein Herzschlag verlangsamt. Ruhe kehrt ein. Mit geschlossenen Augen fällt es mir leicht, in diesem Augenblick zu versinken. Amys Parfum liegt in der Luft, und ihr Knie an meinem erinnert mich an den Moment, als ich ihre Beine betrachtet habe.

Moment …

Bilde ich es mir ein, oder wird es wärmer um uns herum? Ich blinzele und stelle fest, dass meine Sicht verschwimmt. Meine Fingerspitzen pochen, doch der Rest meines Körpers ist seltsamerweise vollkommen ruhig. Friedlich. Im Einklang mit Amys Herzschlag. Ich höre das Liedende und ihr pochendes Herz, und die Wärme verwandelt sich in eine Hitze. Ich halte Amy nur noch fester im Arm, will sie nicht loslassen und habe das Gefühl, das Zimmer zu verlassen. Hinter meinen Augen brennt ein Licht, da ist kein Schmerz, doch plötzlich nimmt die Dunkelheit wieder zu.

Es ist, als würden wir schweben.

In dem Moment wird mir klar, was als Nächstes geschieht. Ich blinzele, und Amy wird in meinen Armen zu Sternenstaub.

Kapitel 21

Hinter meinen geschlossenen Augenlidern tanzen Lichter in bunten Farben. Ich öffne die Augen, sehe, wie Sternenstaub in meinen Händen zerrinnt und blicke mich um. Die Unendlichkeit der Sterne überwältigt mich.

Mit jeder Faser meines Seins spüre ich meine eigene Existenz. Mein Atem geht flach, mein schneller bebender Puls vibriert durch meinen Körper, und ich begreife, dass es nicht mehr lange dauert bis zum Erwachen.

Konzentriert lausche ich den Klängen der Musik, während ich schwerelos im Nichts schwebe. Sanfter Rock. Eine Frauenstimme. Vollends gehe ich darin auf. Hier sind nur ich, das Universum und dieses Lied. Ich bewege meine Lippen zu dem Song, während die Drums, der Bass und die Gitarre allmählich leiser werden.

Gleich wird es passieren.

Ich mache mich bereit.

Plötzlich breitet sich ein grelles, strahlend weißes Licht vor mir aus, als würden die Sterne verglühen, und ich kneife meine Lider noch fester zusammen. Es sieht jedes Mal so aus, als würde die Sonne explodieren. Mein Magen schlägt Purzelbäume. Meine Hände zittern. Dieser Teil der Reise ist immer am unangenehmsten, auch wenn er mich ans Ziel führt.

Mein Herz ist kurz davor, aus meiner Brust zu springen, als das Licht auf einmal immer sanfter wird. Ich traue mich zu blinzeln und nehme wahr, wie das Universum um mich herum verblasst.

Die Musik dringt ganz leise zurück in mein Ohr. Mein Bewusstsein und mein Körper sind nicht mehr in dieser seltsamen Zwischenwelt gefangen. Vorsichtig strecke ich mich und probiere aus, wie sich das Leben in dieser neuen Welt anfühlt. Dann liege ich einen kurzen Moment einfach nur da, inmitten von kuscheligen Kissen und unter einer warmen Decke. Sonnenstrahlen fallen auf mein Gesicht, und ich öffne vorsichtig blinzelnd meine Augen, die sich erst einmal an das Tageslicht gewöhnen müssen. Mit einem Gähnen drehe ich mich in dem gemütlichen Bett zur Seite, und mit einem Mal wird mir bewusst, dass nun alles anders ist.

Neben mir liegt jemand.

Wo bin ich?

Und woher kommt der Song von Paramore?

Ich lenke meine Aufmerksamkeit auf den Raum, in dem ich aufwache, und bemerke, dass die Geräusche von meinem Handywecker kommen, den ich schnell ausschalte. Es ist nicht mein Zimmer, doch es ist zu dunkel, um zu erkennen, wo ich bin. Der Geruch ist ganz anders, aber nicht unbekannt. Als ich meinen Kopf zur Seite drehe, weiß ich, wonach es riecht. Duftstäbchen in einem hohen Glas, das auf dem Nachttisch steht. Süßliche Orange und Zedernholz.

Mein Kopf ist mit so vielen Gedanken gleichzeitig beschäftigt. Ich drehe mich leise auf der Matratze um, versuche kein Geräusch zu machen. Die Person, die im Gegensatz zu mir nicht vom Wecker wachgerüttelt wurde, liegt mit dem Rücken zu mir, also sehe ich nicht viel von ihr. Die Silhouette unter der Decke, die locker bis zum Bauch gezogen wurde, ist schmal. Mein Blick gleitet an der Person hinunter. Ein weißes Trägertop, das leicht verblichen ist, rotgetigerte Cartoon-Katzen sind darauf zu sehen. Ich höre ein leises Schnarchen, das mir zumindest für den Moment die Sicherheit gibt, noch etwas Zeit allein zu haben. So langsam weicht meine Müdigkeit, und ich spüre, wie die Aufregung immer größer wird.

Ich wollte nochmal woanders sein. Es erneut versuchen. Geklappt hat es wieder nicht – Überraschung! Hier bitte Sarkasmus einfügen.

Und genau in dem Moment, in dem ich mich gut gefühlt habe, wurde der Augenblick zerrissen wie ein Blatt Papier. War es davor nicht genauso? Ich saß mit Dee auf der Bank, hatte Spaß, mir ging es gut, und zack, war ich plötzlich in der Konzerthalle. Beim ersten Mal war es allerdings ein wenig anders. Da ging es mir ... keine Ahnung, okay? Jedenfalls war ich nicht auf solchen Höhenflügen wie mit Dee oder Amy. Doch ich erinnere mich, dass in mir auch etwas Bestimmtes vorgegangen ist. Dass ich losgelassen habe, während ich in dem Plattenladen stand.

Loslassen ...

Das Schnarchen neben mir zieht meine Aufmerksamkeit auf sich, und als sich die Person auf den Rücken dreht, wage ich es nicht, mich zu bewegen. Ich halte den Atem an, bin wie versteinert.

Und Amy schnarcht weiter.

Moment, Amy?!

Jetzt ergibt es Sinn. Der typische Duft ihres Zimmers, der Pyjama. *Wieso bin ich nicht sofort darauf gekommen?*

Mein Hirn braucht echt mal einen Neustart.

Auf einmal ist mir unter der leichten Bettdecke total warm, aber ich will meine Arme nicht hervorholen, weil das bedeuten könnte, dass Amy wach wird. Ich versuche, möglichst flach zu atmen, um ja kein Geräusch von mir zu geben. Mein ganzer Körper ist angespannt wie ein Bogen, weil alles so neu und fremd ist.

Okay, Bonnie. Konzentrieren, denken, handeln. In der Reihenfolge.

In meinem Kopf gehe ich alles in Sekundenschnelle durch: Ich war mit ihr auf dem Bett, wir haben zu Paramore gesungen, Luftinstrumente gespielt, und als der Song verklungen war, haben wir uns umarmt.

Wie bin ich jetzt nur in diese Situation gestolpert? Waren die krassen Emotionen der Grund? Das Loslassen kommt mir auch wieder in den Sinn, doch alles ist zu viel für mich.

Ruhe bewahren, Panik bringt dir auch nichts.

Ich kneife die Augen zusammen, meine Hände bilden Fäuste, und vermutlich könnte man mit meinem Körper gerade ein steifes Brett imitieren. Dann, ganz plötzlich, höre ich wieder Amys Schnarchen, und mein Puls beruhigt sich. Warum bin ich eigentlich so panisch? Ich bin bei Amy. Sollte nicht alles gut sein?

Aber wieso liege ich in *ihrem* Bett?

Als wir klein waren, haben wir oft beieinander übernachtet. Ich erinnere mich daran, wie wir uns unter der Bettdecke versteckt haben, uns bis in die späte Nacht Geschichten erzählten. Wünsche, Träume und *Was-Wäre-Wenns*.

Je älter wir wurden, desto einfacher war es für uns, einfach rüber ins andere Haus zu gehen und im eigenen Bett zu schlafen. Wir hatten Handys, um abends noch miteinander zu telefonieren oder uns Nachrichten zu schreiben. Das Kindliche wurde immer weniger, die Sehnsucht nach dem eigenen Bett größer. Ich schlief nur noch bei Amy, wenn es mit Mum abgesprochen war. Wenn wir unterwegs waren und es leichter war, einfach zu ihr ins Bett zu schlüpfen. Doch all das kam so selten vor wie das Ausbleiben eines Moshpits auf einem Rockkonzert.

Ich schaue mich genauer um. Das hilft auch ein bisschen, um die Anspannung loszuwerden. Die kleinen Löcher in den nicht ganz heruntergezogenen Jalousien verraten mir, dass es Tag sein muss. Ich habe keine Ahnung, was mich erwartet.

Behutsam, um Amy nicht zu wecken, schiebe ich die Bettdecke runter. Mein Blick gleitet an mir hinab. Ich trage nur ein weites Bandshirt und einen Slip. Das Shirt ist nicht verwunderlich, die Unterhose schon. Normalerweise ziehe ich Schlafshorts an, auch bei sommerlichen Temperaturen.

Irgendwas sagt mir, dass hier etwas nicht stimmt. Es ist nicht so wie sonst. Ich weiß nur nicht, was los ist. Es sind die kleinen Details, die mich stutzig machen. Mein Outfit und die Tatsache, dass ich in Amys Bett aufgewacht bin. Als ich den Moment nutze und in mich hineinfühle, spüre ich, wie spröde meine Lippen sind. Mit den Fingerspitzen betaste ich meinen Mund. Die Haut ist trocken und angespannt. Das erinnert mich an die vielen Küsse mit Luca am Strand.

Aber Luca ist nicht hier. Oder vielleicht doch?

Neben mir raschelt die Bettdecke, und bevor ich reagieren kann, dreht sich Amy zu mir um. Ich muss seltsam aussehen, so wie ich mit heruntergeschobener Decke auf dem Rücken liege und meine Lippen anfasse, und ich bin froh, dass Amy die Augen noch geschlossen hat. Das gibt mir kurz Zeit, mich locker zu machen.

Aber wie zum Teufel soll ich mich in der Situation locker machen? Alles in mir schreit: *AHHHHHHHHHH!*

Zumindest kriege ich es gebacken, die Hände neben meinem Körper abzulegen und den Kopf in ihre Richtung zu drehen. Sie grinst, blinzelt, die Augen sind halb geschlossen.

»Guten Morgen«, säuselt sie.

Amy sieht verdammt glücklich aus. Als hätte sie richtig ausgeschlafen. Jegliche Sorgen um ihre Noten und um ihren Bruder sind nicht mehr an ihrem Gesicht abzulesen. Sie wirkt entspannt und frei. Ich dagegen fühle mich wie ein Stockfisch, kann gar nichts machen, außer Amy zu beobachten.

Sie gähnt, hält sich dabei die Hand vor den Mund. Die Matratze macht Geräusche, und Amy kommt mir näher. Für einen Augenblick öffnet sie ihre Lider, blickt mir in die Augen. Mein Blick haftet an dem seltsamen Pflaster auf ihrer Nase.

Und dann drückt sie ihre Lippen auf meine.

Kapitel 22

Meine Augen weiten sich im Schock, und bevor ich Amy von mir wegschieben kann, löst sie sich bereits von mir. Sie grinst noch immer.

»Alles okay? Warum schaust du mich an, als hätte ich deine Plattensammlung geklaut?«

Es dämmert mir. Ich muss mich weniger auffällig verhalten!

»Hatte einen kurzen Wadenkrampf, glaube ich«, rede ich mich raus, und Amy runzelt nur die Stirn.

»Ist es jetzt besser?«

Meine Kehle ist so trocken, dass ich ihr nicht antworten kann. Selbst wenn ich es könnte, wüsste ich nicht, was ich meiner besten Freundin sagen sollte.

Wie wäre es mit: Warum zum Geier hast du mich geküsst?

Sie stützt sich mit den Armen auf, sodass sie auf der Matratze sitzt, und schaut zu mir herab. Ich bin wieder der Stockfisch von vorhin.

»Schon klar, du brauchst erst einmal deinen Kaffee«, sagt sie lächelnd. Ihre Hand streicht sanft über meinen Unterarm, und die feinen Härchen dort stellen sich sofort auf. Dabei schaut sie mich an, als wäre ich ein seltener Schatz, den sie geborgen hat. Die Berührung ist schön, aber mein Kopf kommt darauf so gar nicht klar.

Kann mir jemand sagen, was hier abgeht?

»Ich gehe mal duschen, Babe.«

Babe.

Es wird immer seltsamer. Das ist verwirrender als jeder Realitätssprung, den ich mir hätte ausdenken können.

Amy rafft sich aus dem Bett und geht durch ihr Zimmer zur Tür. Ich kann nicht anders, als sie die ganze Zeit anzustarren. Erst als die Tür ins Schloss fällt und ich allein bin, kann ich Luft holen. Meine Lunge brennt, als würde ich nach einem Tauchgang aus dem Wasser auftauchen. Sofort entkrampft sich mein Körper. Ich starre an die Decke, versuche, irgendwie Sinn in alldem zu finden. Der Durst bringt mich dazu, mich aufzurappeln. Auf meinem Nachttisch steht ein Glas, in dem noch ein bisschen Wasser drin ist. Ich setze es an meine spröden Lippen, trinke alles in einem Zug aus.

Meine Lippen.

Sind sie so spröde, weil mich Amy die ganze Nacht geküsst hat?

Hektisch strampele ich die Bettdecke mit den Füßen komplett von der Matratze, schaue auf meine spärlich bekleideten Beine.

Wir haben doch wohl nicht ...?

Okay, dachte ich eben noch, es wäre bereits Panik angebracht, gleicht dieser Moment einer Unwetterwarnung mit Erdbeben.

Das Glas landet fast auf dem Boden, als ich es zurückstelle, doch ich kann es gerade noch so auffangen. Ich muss den Hintern hochkriegen und herausfinden, in was für einem Leben ich gelandet bin.

Amy ist im Bad. Vielleicht sollte ich die Gelegenheit nutzen. Mein Körper fühlt sich schwer an, als ich aufstehe, und meine Knie knacken ungesund laut. Ich stehe neben dem Bett, schaue mich im Zimmer um. Es muss irgendwelche Details geben, die mir verraten, was ich alles wissen müsste und doch nicht ahne. Ihr Zimmer sieht fast so aus, wie ich es kenne. Die Pflanze sieht nicht ganz so traurig aus, der Klamottenberg auf dem Sessel fehlt.

An der Türe entdecke ich die Fotos und Polaroids.

Bingo!

Manche der Bilder kenne ich. Amy und ich als Kids mit unseren Eltern bei einem Ausflug, Amy und ihr Bruder, die frech in die Kamera grinsen. Simon macht ihr Hasenohren. Aber da sind auch Fotos, die mich irritieren. Mein Blick bleibt an einem Polaroidbild hängen, auf dem Amy und ich uns auf einem Konzert küssen. Meine Haare sind darauf kinnlang, die von Amy ein wenig länger, als ich es gewohnt bin. Es ist schon leicht verblichen. Das Foto muss bereits älter sein. Aber wie kann es sein, dass wir darauf knutschen?

Je mehr ich mich umschaue, desto mehr Bilder von Amy und mir finde ich, die seltsam intim sind. Händchenhaltend auf einer Wiese im Sonnenuntergang. Wie kitschig! Auf einem Foto küsse ich Amys Wange, während sie mich fest umarmt. Einige der Bilder müssen bestimmt schon zwei oder drei Jahre alt sein.

Also, ich bin wohl mit Amy zusammen. Mit meiner besten Freundin.

Oder wir haben angefangen, einfach rumzuknutschen.

Letzteres halte ich eher für Unsinn.

Dann muss ich jetzt herausfinden, was sich noch verändert hat.

Ich warte nicht ab, bis Amy mit dem Duschen fertig ist, sondern suche meine Sachen zusammen. Da liegt mein Rucksack, in dem ich frische Kleidung finde, die ich überstreife. Ein schwarzes Shirt und eine Jeansshorts in Karottenschnitt, die mir bis zu den Knien reicht. Die Hose kommt mir nicht bekannt vor, und auch einige der Pins an meinem Rucksack wirken fremd. Immerhin fühle ich mich sofort wohl in den Sachen. Die Nachtwäsche packe ich in den Rucksack. Damit etwas frische Luft ins Zimmer kommt, öffne ich die Jalousien und danach das Fenster. Ich kann direkt auf unser Haus schauen. Gut.

Eine Regung in den Fenstern erkenne ich nicht, also gehe ich davon aus, dass Mum arbeiten ist. Ihr Auto steht auch nicht auf dem Parkplatz, wo es sonst parkt.

Auch wenn ich nicht weiß, wo ich überhaupt anfangen soll, entscheide ich mich, den Rucksack mit nach unten zu nehmen und zu erforschen, wer von Amys Familie gerade zuhause ist.

»Aber ich hasse Mathe!«, begrüßt mich die quietschende Stimme von Simon, der mit seinem Dad am Küchentisch sitzt. »Zahlen sind kacke!«

Ich fühl dich, Simon.

»Morgen, Bonnie!« Amys Dad hat bemerkt, dass ich die Treppe heruntergekommen bin und etwas verloren im Türrahmen stehe. Er richtet sich auf, während Simon mit seinen kleinen Fäusten wütend sein Kinn abstützt.

»Morgen.« Ist meine Stimme echt so leise? Ich versuche es nochmal ein bisschen lauter.

»Möchtest du einen Kaffee haben?«

Das lasse ich mir bestimmt nicht zweimal sagen. Ich komme zum Esstisch, setze mich zu Simon. Automatisch fällt mein Blick auf das Papier mit den Mathe-Aufgaben. Keine komplizierten Rechnungen, aber ich weiß, dass Simon Probleme mit Zahlen hat. Vermutlich sitzt er auch genau aus dem Grund hier.

»Wo bist du denn gerade?«, frage ich und schaue Simon an. Er tippt mit seinem Finger auf das Blatt, ohne mir in die Augen zu schauen oder etwas zu sagen. »Darf ich?«

Er nickt, und ihm entfährt dabei ein Schnauben. Es ist frustrierend, wenn man nicht weiterkommt. Vielleicht kann ich ihm helfen, auch wenn ich selbst eine Mathe-Niete bin. Ich meine, das hier ist Unterricht aus der ersten Klasse.

Ich nehme das Papier in die Hand, schaue mir die Aufgaben an und kann mich so ein wenig von meinem Gedankenchaos ablenken. Im Hintergrund rauscht die Kaffeemaschine.

»Hast du es hiermit versucht?«, frage ich Simon und deute auf eine Aufgabe, bei der noch nichts mit Bleistift drangeschrieben steht. Er schüttelt den Kopf, sieht mich immer noch nicht an. »Wollen wir die zusammen machen?« Einen Moment glaube ich, dass sich Simon einfach gar nicht regen wird, aber dann erkenne ich ein ganz sanftes Nicken, und er nimmt die Hände runter in seinen Schoß.

»Danke«, entgegnet sein Dad, als er mir den Kaffee hinstellt und mich kurz an der Schulter berührt. Ich lächele, dann mache ich mich mit Simon an die Mathe-Aufgaben. Er tut sich schwer, doch mit ein bisschen Hilfe von mir und seinem Dad, der sich zu uns gesetzt hat, geht es voran.

»Warum muss Amy in den Ferien kein Mathe machen?« Simon wippt den Stift in der Hand, spielt damit.

Jetzt weiß ich immerhin mehr über den Zeitraum. Wieder die Sommerferien.

»Sie muss andere Aufgaben machen«, kontert sein Vater.

Als wäre Amy eine Darstellerin im Musical, die einen Call für den Bühnenauftritt bekommen hat, erscheint sie in der Küche.

»Mathe am Morgen ist der reinste Horror.« Sie rollt mit den Augen, geht zur Kaffeemaschine und stellt eine Paramore-Tasse darunter. Es braucht nur das winzige Logo, und ich bin mit den Gedanken wieder mit Amy auf dem Bett.

Kurz glaube ich, dass sie mich küssen will, als sie sich neben mich setzt, doch sie greift nur zur Tischmitte, um die Porzellanschale mit dem Zucker zu sich zu ziehen.

»Sag ich ja«, fügt Simon an, seufzt und sieht dabei aus wie ein Typ, der verzweifelt versucht, seine Steuererklärung zu machen.

Weiß Amys Familie von unseren Küssen?

Muss ja so sein, sonst würde sie nicht so offensichtlich die Bilder in ihrem Zimmer von uns aufhängen. Ich würde echt gern mehr über uns erfahren, doch hier vor Simon und ihrem Dad will ich nicht in die Offensive gehen.

»Wollen wir gleich was frühstücken?« Amy rührt in ihrem Kaffee und sieht mich mit einem Seitenblick an.

»Klar«, sage ich, weil ich gar keine andere Wahl habe. Okay, mein Magen grummelt auch bereits ein bisschen. Ein klares Zeichen, dass ich etwas essen sollte.

»Wir hören jetzt auch auf.« Amys Dad hievt sich mit

den Händen vom Holztisch auf, geht an uns vorbei und auf Simon zu.

»Juhu!« Die Kinderstimme erklingt hell durch die ganze Küche. Simon reckt triumphierend die Fäuste in die Höhe, und ich kann bei dem breiten Lachen sehen, dass ihm ein Backenzahn fehlt. Sein Dad muss gar nicht mehr sagen, schon schiebt Simon den Stift und das Papier zur Seite. Aus den Augen, aus dem Sinn, sozusagen.

»Komm, wir lassen die beiden mal allein.«

Simon rennt bereits aus der Küche die Treppen hinauf, wobei jede einzelne Stufe laut knackt. Sein Dad holt sich noch eine Tasse Kaffee, ehe er gemächlich folgt. Ich weiß nicht so recht, ob ich mich darüber freuen sollte, dass alle bis auf Amy weg sind. Es macht mich nervös, wie nah ihr Oberschenkel unter dem Tisch meinem ist.

»Hast du gut geschlafen oder habe ich diese Nacht wieder einen Wald abgeholzt?« Sie hält die Tasse schmunzelnd an die Lippen, bevor sie einen Schluck nimmt.

»Ne, alles gut«, antworte ich, obwohl ich keine Erinnerungen an die letzte Nacht habe.

»Dann helfen diese Nasenpflaster ja vielleicht echt gegen das Schnarchen.« Darum hatte sie dieses Ding auf der Nase.

Sie nimmt noch einen Schluck vom Kaffee, ich tue es ihr gleich, und dann decken wir den Tisch für ein kleines Frühstück. Toast, Käse, Marmelade und Orangensaft. Wir plündern den Kühlschrank, schnappen uns alles, was nach Frühstück aussieht. Ich bin ganz froh, dass Amy ihren Stuhl seitlich schiebt. Damit reibt ihre nackte Haut auf den Beinen nicht mehr an meine, und ich kann sie besser ansehen. Herausfinden, was hier abgeht. Hoffentlich. Ich muss gleich dringend ins Bad und prüfen, ob ich mich ebenfalls verändert habe.

»Was sind deine Pläne für heute?«, frage ich sie und beiße von meinem Käsetoast ab.

»Mal sehen.« Amy kaut noch, bemerkt es und schluckt runter, bevor sie fortfährt. »Heut Abend wird ja das Konzert übertragen, steht unser Date noch?«

Ich nehme noch einen Bissen vom Toast, um mir mit der Antwort Zeit zu lassen. Immerhin habe ich keinen Schimmer, worüber sie spricht.

»The Pretty Reckless?« Amy bemerkt, dass mein Gehirn noch nicht am Start ist, und ich hoffe, sie schiebt es auf die Morgenmüdigkeit. »Der Gig, auf den wir seit Monaten warten?« Sie tippt mit dem Zeigefinger gegen meine Stirn, als wäre dort ein Knopf, mit dem sich mein Hirn aktivieren lässt. Funktioniert logischerweise nicht.

»Ah, ja klar! Sorry«, werfe ich ein und unterdrücke ein Seufzen. Vielleicht dauert es immer ein paar Minuten, bis gewisse Erinnerungen in dieser Realität aufploppen. »Ich brauche mehr Kaffee.« Diese Entschuldigung wird Amy vermutlich eher verstehen als *ich grüße dich aus einer anderen Realität.*

Okay, Konzert also. Wenn es übertragen wird, dann heißt das schon mal, dass ich nicht irgendwohin fahren muss. Also, zumindest nicht in eine andere Stadt oder so.

Bei meiner Koffeinzufuhr kommen die Erinnerungen langsam hoch. Ich denke an die Sängerin mit ihren blonden Haaren und dem dunklen Make-up, das mich sofort an Dee erinnert.

Was sie wohl macht?

Hirn, bitte nicht abschweifen!

Ich gebe mir Mühe, wieder an die Live-Übertragung zu denken. Erneut nippe ich an meinem Kaffee.

Amy pflückt Stücke von ihrem Toast ab, die sie in einen Klecks Kirschmarmelade auf ihrem Teller tunkt, bevor sie sie isst. Mein Blick gleitet an ihr vorbei aus dem Fenster. Beim Aufwachen war es richtig hell draußen. Jetzt zieht es sich langsam zu.

»Schauen wir bei mir?«, erkundige ich mich und betrachte Amy von der Seite. Ihre Stupsnase sieht in diesem Winkel besonders niedlich aus.

Ist das mein Gedanke oder der Gedanke von *dieser* Bonnie? Moment, ich bin die gleiche Person. Noch mehr Verwirrung kann ich jetzt echt nicht gebrauchen.

»Ich dachte, das steht fest?« Sie hebt den Blick, wirft sich ein Stück Toast in den Mund. Ihre Augenbrauen sind zusammengezogen, also muss ich jetzt aufpassen, was ich sage, damit mir nichts Falsches rausrutscht.

»Ich habe ja gesagt, ich brauche erst noch Kaffee.« Grinsend hebe ich meine Tasse, hoffe, dass mir Amy verzeiht, und als sie sich vorbeugt, um mich zu küssen, weiß ich, dass ich auf dem richtigen Weg bin. Dieses Mal beuge ich mich instinktiv ein Stück vor. Der Kuss ist kurz, ganz flüchtig, hinterlässt aber ein sehnsuchtsvolles Kribbeln in mir. Es ist so verdammt seltsam, das Mädchen zu küssen, mit dem ich seit meiner Kindheit befreundet bin. Ihre Lippen hinterlassen den Geschmack von Kirschmarmelade auf meinem Mund. Ich weiß nicht, ob ich mich daran gewöhnen kann. Es ist noch zu absurd, um das hier zu realisieren. Aber es ist auch schön.

»Du bist süß, wenn du morgens so verpeilt bist.« Amy schaut mir tief in die Augen. So intensiv, dass sich meine

Muskeln zusammenziehen. Ich wage es nicht, den Blick zu unterbrechen. Nicht einmal, als sie mir eine Hand auf den Oberschenkel legt.

»Ich bring Cola mit, du sorgst für die Snacks.« Es ist keine Frage, sondern eine Feststellung, trotzdem nicke ich. Sie fährt mit den Fingerspitzen über meine Haut, kitzelt mich, und sofort muss ich lachen. Die Muskelverkrampfung lässt nach, und für den Augenblick kann ich einfach genießen, hier mit Amy am Frühstückstisch zu sitzen. Wie schafft sie das nur? Sie fängt sich schneller als ich, nimmt ihre Tasse in die Hand und trinkt einen Schluck, bevor sie mich fragend ansieht.

»Sag mal, wolltest du nicht deinem Dad mit dem Bike helfen?«

Und auf einmal rutscht mir das Herz in die Hose.

Kapitel 23

Mit dem Schlüssel in der Hand stehe ich wenige Minuten später vor meiner Haustür. Ich habe das Gefühl, jeden Moment aus den Latschen zu kippen. Meine andere Hand umfasst den Träger des Rucksacks, damit ich mich an irgendetwas klammern kann. Als am Himmel ein Blitz aufleuchtet, zucke ich zusammen. Es sieht nach Regen aus. Ich sollte reingehen, aber die Angst ist zu groß.

Der erste Tropfen landet auf meinem Kopf, und ich schaue nach oben in den Himmel. Es haben sich bereits dicke Wolken gebildet. Die Luft ist warm und schwül. Hoffentlich kühlt es gleich etwas ab.

Tief hole ich Luft, dann schließe ich die Tür auf und trete in ein Zuhause, von dem ich sonst nur träumen kann. Die Verwirrung um die Beziehung zwischen Amy und mir ist noch groß, doch all das schiebe ich bei der Vorfreude auf meinen Dad beiseite.

Vorfreude, aber auch Angst.

»Bin wieder zuhause«, rufe ich durch den Flur und sehe mich in alle Richtungen um. Ich kann niemanden sehen. Habe ich Amy vielleicht falsch verstanden? Nein, das kann nicht sein.

Ich gehe durch den Flur, steige die erste Treppe nach oben, und als ich eine Stimme höre, bleibe ich stehen.

»Super, du kommst genau richtig. Dann, wenn es regnet. Klasse Timing, Bonnie.«

Da steht er. Oben im Flur am Treppengeländer.

»Du siehst aus, als hättest du einen Geist gesehen.« Dad lacht und weiß nicht, wie recht er damit hat. Er stützt sich mit einer Hand am Geländer ab, die andere platziert er an seinen Hüften.

»Kann man so sagen.« Mehr kriege ich nicht heraus, und ich bin mir nicht einmal sicher, ob er mich hören kann. Während mein Kopf in dem Moment wie in Zeitlupe funktioniert, wirkt alles um mich herum wie ein vorgespulter Film. Eine Szene in doppelter Geschwindigkeit.

»Wir warten einfach ab, bis der Regen aufhört, dann schauen wir nach dem Monster.« Monster? Er meint bestimmt das Motorrad. Dad nimmt eine Treppenstufe nach der anderen hinunter, und ich realisiere, dass ich zur Seite gehen sollte, doch meine Beine rühren sich nicht. »Lässt du mich durch, oder muss ich Wegzoll zahlen?« Er grinst, und ich schaffe es, ein Stück zur Seite zu gehen. »Geht doch, danke.«

Dad wirft mir nochmal einen Blick zu, dann verschwindet er im Wohnzimmer. Seine Augen sind warm und freundlich. Sie erinnern mich an den Tag, an dem ich in Italien am Strand aufgewacht bin. Aber ich bin nicht in einem anderen Land. Ich bin zuhause. Mit Dad.

Und das muss ich erst einmal verdauen.

Ich gehe hoch in mein Zimmer, befördere den Rucksack auf den Boden und werfe mich ins Bett. Mein Körper fällt wie ein Dominostein. Ich strecke die Arme aus, greife in den Stoff meines Bettbezugs und schreie in die Matratze.

Ich will niemanden aufschrecken, aber irgendwie muss all das jetzt gerade raus.

Ein paar Atemzüge lang bleibe ich so liegen, dann versuche ich, meinen Puls zu beruhigen und auf meine Atmung zu achten.

Was habe ich beim letzten Mal gemacht, um mehr über diese Realität zu erfahren?

Realität ... Das klingt so absurd! Aber es ist genau das: eine andere Realität. Ein Leben, das ich nie gelebt habe, in das mich irgendwas oder irgendwer geschleudert hat. Mein atheistisches Selbst glaubt nicht an Götter, die mich hierhergeschickt haben könnten. Es fällt mir schon schwer genug, daran zu glauben, dass das hier echt ist.

Mit dem Fuß versuche ich, an den Rucksack zu kommen, der auf dem Boden liegt. Ich schlinge mein Bein in einen Tragegurt, und etwas ungelenk kriege ich den Rucksack gefasst. Meine Finger suchen zwischen Schlafklamotten und einer CD nach dem Handy, das ich zu fassen kriege. Während ich Chatverläufe öffne und wie wild scrolle, lehne ich mich mit dem Rücken an die Wand. Irgendwo muss ich Hinweise finden. Ich überfliege Chats mit Mum, die hauptsächlich aus unzusammenhängenden Fragen bestehen: *Wann kommst du nach Hause? Was machst du am Wochenende? Hast du schon diesen einen neuen Song gehört?*

Es gibt einen Chat für meine Klasse und ein paar andere Gruppen, aber nichts verrät mir mehr über meinen Alltag. Alles scheint gleich zu sein – mit dem gewaltigen Unterschied, dass ich eine feste Freundin habe und Dad da ist. Amys Chatverlauf ist weit oben, doch als ich die lilafarbenen Herzen sehe, die sie mir zuletzt gesendet hat, schaffe ich es nicht, ihre anderen Nachrichten zu lesen. Die ganze Verwirrung bringt mein Hirn zum Glühen. Es fühlt sich an wie Kabelsalat, den keiner so richtig entwirren kann.

Ich öffne den Internetbrowser und schaue mir ein paar weitere Seiten über den Schmetterlingseffekt an. Bisher wirkte die Chaostheorie auf mich noch am sinnvollsten. Soweit Chaos Sinn ergeben kann.

Die ganzen physikalischen Begriffe steigen mir zu Kopf, doch als ich etwas über Quantenphysik lese und auf die Viele-Welten-Theorie stoße, richte ich mich auf.

Mehrere Welten. Das kommt mir bekannt vor. Kaum stoße ich auf den Begriff Multiversum, denke ich an die *MARVEL*-Filme. Kann es so etwas wie alternative Welten echt geben? Bin ich nur eine von vielen Bonnies? Eine Bonnie in Italien, eine, die auf einem Konzert stagedivt, und eine, die mit Amy auf dem Bett hüpft und lacht.

Führen unterschiedliche Entscheidungen, die ich treffe, zu anderen Leben? Anderen Welten?

Oh Shit, ich glaube, mein Hirn überhitzt gleich!

Es klopft an der Tür, und Dad kommt herein.

Mein Herz verkraftet das immer noch nicht so richtig. Er sieht fast so aus, wie ich ihn in Italien in Erinnerung habe. Weniger sonnengebräunt und im Gesicht sowie von der Statur schmaler. Auf seinem grauen Shirt entdecke ich einen Fleck. Etwas sagt mir, dass er in diesem Shirt häufiger in der Garage arbeitet und es deshalb so abgenutzt aussieht.

»Der Regen hat aufgehört, hast du Lust, mir zu helfen?«

Ich blicke zum Fenster. Ich habe gar nicht mitbekommen, dass es nicht mehr regnet.

»Äh, ja klar«, antworte ich immer noch sichtlich irritiert. Ich muss jetzt die Fassung bewahren, damit Dad nicht merkt, dass etwas mit mir nicht stimmt. Aber wie soll ich das schaffen, wenn er direkt vor mir steht, während ich darüber nachdenke, eine Alternativweltenreisende zu sein?

»Ich gehe schon mal runter«, sagt Dad und tritt aus der Tür.

Das Loch, das sich zurück in mein Herz gefressen hat, war nach diesem ersten wilden Trip riesig. Dad wiederzusehen, hat mir den Boden unter den Füßen weggezogen. Irgendwie dachte ich, beim nächsten Sprung in ein anderes Leben wäre er auch dort. Er fehlte mir. Und jetzt steht er einfach so in meinem Türrahmen. Wie soll man da nicht am Rad drehen?

Schluckend rappele ich mich vom Bett auf, stecke mein Handy in die Hosentasche und werde mir bei dem Blick durch mein Zimmer bewusst, wie wenig sich hier verändert hat. Die Fotografien sind andere, doch die Dekoration ist die gleiche. Ich schaue mich genauer um, und als ich auf meinem Tisch den Astronauten-Kugelschreiber finde, frage ich mich, warum hier alles so ähnlich ist wie daheim. Ähnlich, bis auf zwei gewaltige Unterschiede namens Dad und Amy. Bevor ich mein Zimmer verlasse, werfe ich einen Blick in einen meiner Schränke. Die Platten, die bei mir zuhause rumliegen, sind hier ordentlich eingeräumt. Auch ein paar Acrylfarben und Pinsel sind in einer Schublade.

Ich schließe den Schrank und gehe zur Tür. Dads Schritte hallen auf den Treppen nach.

Wenn es doch so einfach wäre, diese Realitätssprünge

irgendwie zu beeinflussen! Aber ich hab's versucht, mehrfach. Okay, genug davon. Vielleicht hilft es mir, wenn ich mich etwas ablenke.

Als ich unten im Flur ankomme, steht die Tür nach draußen offen, und ich kann sehen, wie Dad die Garage öffnet. Das Tor knarzt, keine Ahnung, wann er es zum letzten Mal geölt hat.

»Holst du das Bike raus?«, fragt er mich, schenkt mir aber nur einen kurzen Seitenblick, worüber ich dankbar bin, weil jeder Augenkontakt gerade einfach nur wehtut.

»Mach ich.« Ich bücke mich, um in die Garage zu gehen, denn das Tor ist noch nicht ganz oben. Dort steht ein Auto, das ich ewig nicht gesehen habe. Dads alter Wagen. Mum hatte ihn irgendwann verkauft, weil wir keine zwei Autos brauchten. Genau wie das Motorrad, das vor dem Wagen parkt. Ich löse die Bremse, bin froh darüber, dass ich mich noch daran erinnere, wie man das macht, und schiebe das Bike raus. Der Boden ist noch nass, doch wenn sich die Sonne ein bisschen mehr Mühe gibt, wird gleich alles wieder trocken sein.

»Ich wollte mal schauen, was mit dem Auspuff nicht stimmt. Als wir vor ein paar Tagen mit dem Ding nach Leith gefahren sind, hat er auf dem Rückweg so seltsame Geräusche gemacht.«

Allein der Gedanke daran, mit meinem Vater wegzufahren, eine gute Zeit mit ihm zu haben, bringt die Anspannung in meinem Körper zurück. Sind wir allein gefahren? Was haben wir gemacht? Wieso hat mich dieses Was-auch-Immer nicht *dort* ausgespuckt?

»Stell es bitte hier ab«, weist mich Dad an, und ich folge seiner Anweisung, während die Gedanken immer noch wild in meinem Kopf umherschwirren. Ich möchte ihn so vieles fragen, ihm alles sagen, was ich ihm nicht mehr mitteilen konnte.

Weißt du von Amy und mir? Hörst du noch die gleiche Musik? Und allen voran: Wie geht es dir, Dad?

Mein Mund bleibt stumm.

»Du bist doch sonst nicht so still«, bemerkt er. Dad hat schon damals immer erkannt, wenn in mir ein Sturm tobte.

»Ich hab komisch geschlafen«, gebe ich zurück, um möglichst unauffällig zu bleiben. Dabei will ich unbedingt wissen, wie *diese* Bonnie in *diesem* Leben ist. Zuletzt war ich mutig, sogar so selbstbewusst, dass ich ein Date mit einer anderen hatte. Doch hier scheint von diesem Selbstbewusstsein nichts mehr übrig zu sein.

Dad räuspert sich, als er in die Knie geht und fachmännisch den Auspuff beäugt.

»Ich sag dir ständig, dass dein Bett bequemer ist als das von Amy.« Sein Blick über die Schulter mit dem schiefen Lächeln tut gut und weh zugleich.

»Tja.« Ich kratze mich am Nacken, aus Verlegenheit und weil ich nicht weiß, was ich mit meinen Händen anfangen soll. Frage Nummer eins wäre damit geklärt.

»Ich sage Bill ständig, er soll das olle Kinderbett mal austauschen, aber du kennst ihn ja.«

»Hm«, mache ich. Amys Dad wirkte auf mich unverändert. Nett, manchmal ein bisschen neben der Spur.

»Holst du mir bitte ein Tuch aus der Garage?« Auch dieser Anweisung folge ich und reiche Dad einen Lappen, der schon mal bessere Tage gesehen hat. »Danke. Komisch, der sieht ja aus wie mein Shirt.« Er sieht an sich hinab, mein Blick folgt und wir lachen. Das bringt mir ein wenig Sicherheit zurück, doch die Surrealität des Augenblicks hat mich fest im Griff. Ich würde mich gern fallen lassen, die Zeit mit Dad genießen, doch wahrscheinlich hat auch dieses Leben ein Ablaufdatum. Allein der Gedanke, ihn zu umarmen und genau in dem Moment vielleicht wieder in mein Leben gerissen zu werden, ist furchtbar. Ich muss es sachlich betrachten: Ich kann abwarten, bis die Reise aufhört, oder ich gebe mir einen Ruck. Versuche, das Beste daraus zu machen. Denn eigentlich ist doch alles super. Wäre da nicht die Angst, was aus mir wird, wenn ich zurück bin – in meinem *echten* Leben. Irgendwo ist da die leise Hoffnung, dass ich hierbleibe. Dass *das* nun mein Leben ist.

»Hilf mir hier unten bitte mal.«

Ich bin froh um die Anweisung, so stehe ich nicht mehr wie eine Statistin im Hintergrund. Zunächst zögere ich, weil ich Angst habe, etwas falsch zu machen, aber auf einmal überkommt mich etwas. Ich handele intuitiv. Ich weiß genau, in welche Lücke ich mit dem Tuch gehen soll, das er mir gegeben hat, bevor ich mich gebückt habe.

In diesem Leben habe ich wohl häufiger mit Dad an seinem Motorrad geschraubt. Erinnerungen kommen hoch, die sich nicht real anfühlen. Sind es überhaupt *meine* Erinnerungen? Es sind Bonnies. Aber wie viel der Bonnie, die ich kenne, steckt in dieser Person? Ich hätte nie gedacht, dass ich mir über so etwas mal Gedanken mache.

Er zieht Werkzeug aus seiner Hosentasche und schraubt an einem hinteren Teil der Maschine herum. Ich beuge mich vor, und als ich mich selbst im Seitenspiegel des Motorrads bemerke, halte ich kurz inne. Wie konnte ich bisher vergessen, mich im Spiegel zu betrachten? Ich streiche mit dem Finger über eine kleine Narbe direkt über der Augenbraue, und eine unbekannte Erinnerung kommt hoch. Ich bin fünf Jahre alt und springe auf dem Bett. So wild, dass ich hinunterfalle und mir an der Kante den Kopf stoße. Meine Eltern eilen zu mir, Dad nimmt mich in den Arm und tröstet mich.

»Ich glaube, ich habe den Übeltäter.« Ich schaue ihn an, begreife etwas. Diese Zeit hier mit Dad, die werde ich nie wiederbekommen.

»Sag mal, Dad, hat dir Mum gesagt, wann sie zurück ist?«

Er schaut nur kurz über die Schulter, als er meine Frage hört.

»Um fünf, meinte sie. Wieso? Hast du noch Pläne, die ich ihr nicht verraten soll?« An seiner Stimme höre ich, wie er grinst, und ich mache direkt mit.

»Ich wollte mit Amy heute Abend ein Konzert bei uns gucken. Ich meine, ich habe letztens gefragt, ob das okay ist.« Keine Ahnung, ob ich das wirklich getan habe, denn dank der Erinnerungslücken weiß ich es nicht, doch ich lasse es darauf ankommen, und ich fühle mich fast ein bisschen verwegen.

Selbstbewusstsein, kommst du gerade zurück?

»Ach ja, stimmt. The Pretty Reckless, oder?«

»Genau.«

»Vielleicht schaue ich auch mal rein. Natürlich nur, wenn ich euch nicht störe.«

Die Vorstellung, mein Dad könnte *stören*, löst so viele Emotionen in mir aus.

Stören – bei was? Er denkt doch wohl nicht, dass wir

fummelnd und knutschend auf der Couch sitzen? Und wie könnte mich Dad je stören, wenn ich ihn doch gerade erst wieder für mich habe. Aber beides kann ich ihm nicht sagen.

»Um wie viel Uhr denn?«, stellt er die nächste Frage, auf die ich keine Antwort habe.

Mist. Ich hätte mal besser online nachsehen sollen, wann das Konzert startet.

»Vielleicht legst du dich gleich echt erst mal noch eine Runde hin«, sagt mein Vater, als er merkt, dass ich Löcher in die Luft starre.

»Ich glaube auch.«

Zwei Stunden später fühle ich mich weniger wie ein Zombie. Dad hatte recht, ein ordentlicher Nachmittagsschlaf bringt meine Lebensgeister zurück. Die Ruhe hat zwar nicht dafür gesorgt, dass weniger Fragen in meinem Kopf herumgeistern, doch ich bin fitter, nicht mehr so gerädert.

Ich liege auf dem Rücken im Bett, während ich auf dem Handy herumscrolle und die Uhrzeit für das Konzert heute Abend checke. Um acht Uhr startet die Übertragung.

Ich muss noch Snacks besorgen.

Irgendwie habe ich nicht daran gedacht, dass ich mich ja auch um meine Gästin kümmern sollte, wenn ich in ein paar Stunden Besuch bekomme. Wird schon irgendwie.

Nach der Dusche schaue ich in den Kühlschrank, und mit einem Blick auf die Uhr wird der Impuls, Abendessen zu kochen, dringender. Mein Magen knurrt, es ist schon viel zu lange her seit dem Frühstück – zumindest für meinen Geschmack, aber wenn es nach mir geht, kann ich immer essen.

Kaum starre ich auf eine Packung Reibekäse und male mir aus, was ich damit kochen könnte, als Mum die Treppe hinunterkommt. Ich mustere sie genau, vergesse dabei vollkommen, dass der Kühlschrank noch offensteht. Sie sieht fast aus wie immer. Der schwarze Bob ist ein Stück kürzer, und ich glaube ein paar Ohrringe mehr als sonst zu zählen.

»Wie schön, du willst also kochen?« An ihrem Tonfall erkenne ich, dass sie mich herausfordernd scherzt. Dabei kenne ich es gar nicht anders. Kocht Dad sonst eher?

»Ähm, keine Ahnung, ich habe einfach Hunger«, ist das Erstbeste, das mir einfällt.

»Dein Vater wollte heute Abend Wraps machen. Kommt Amy auch zum Essen rüber?«

Wieso fragen mich meine Eltern ständig Dinge, die ich nicht weiß?

»Ich glaube nicht«, mutmaße ich und ziehe die Schultern hoch.

»Also, entweder holst du dir was raus oder du machst den Kühlschrank zu.« Mum steht jetzt direkt neben mir, legt eine Hand auf den Griff und lächelt mich mit hochgezogenen Augenbrauen an.

Ah, ja, da war was. Ich entscheide mich für einen Joghurt, Mum schließt zufrieden die Kühlschranktür. Von hinten mustere ich sie, versuche herauszufinden, was noch anders ist. Ob sie die gleichen Tattoos hat wie die Version von ihr in Italien? Ihre schwarze Bluse verdeckt die Haut zu sehr.

»Kommt Amy dann nach dem Essen? Für wann seid ihr verabredet?«

Mum ist organisiert wie eh und je. Das wundert mich nicht.

»Um acht geht das Konzert los«, antworte ich ihr, ohne genau darauf einzugehen, weil mir Amy nicht gesagt hat, wann sie vorbeikommt. »Haben wir irgendwelche Snacks?« Ich reiße den Deckel meines Joghurts ab, den ich hinter dem Rücken meiner Mum ablecke, ehe ich auf sie zugehe, um an den Mülleimer unter der Spüle zu kommen. Sie macht Platz, ist beschäftigt damit, ein bisschen aufzuräumen.

»Da müsste noch eine Tüte Chips sein, wenn dein Vater sie nicht gestern aufgegessen hat. Ansonsten ist im Kühlschrank Schokolade.«

»Danke«, antworte ich ihr, und hole mir einen Löffel, um meinen Joghurt im Stehen zu essen.

»Ich sag ihm mal Bescheid, dass sich dein Magen meldet.« Mum wendet sich von mir ab, nachdem sie eine Schüssel in einen Schrank gestellt hat, und plötzlich bin ich wieder allein im Raum.

Fühlt sich seltsam an.

Ich beobachte, wie sie die Treppen raufgeht. Vermutlich ist Dad im Schlafzimmer. Diese Vorstellung von uns als heile Familie ist unglaublich verwirrend. Es weckt Erinnerungen, die ich längst in einem Tresor verpackt habe, den ich nur öffne, wenn ich ihn brauche. Aber jetzt ist all das gegenwärtig. Der Tresor steht sperrangelweit offen, der Inhalt ist zum Greifen nah.

Kapitel 24

Eine Stunde später sitzen Mum, Dad und ich am Küchentisch, und es kommt mir vor, als wäre es erst gestern gewesen, dass ich als Kind mit den Füßen versucht habe, an den Fußtritt des Barhockers heranzukommen. Das, was hier gerade geschieht, weckt so viele Erinnerungen. Wir als Familie beim Abendessen. Mums Wrap ist vollgepackt, an den Seiten quillen Sauce und Gemüse durch die Löcher. Dad schneidet seinen Wrap mit Messer und Gabel, was wir bereits mit einem Kopfschütteln kommentiert haben. Es fällt mir so schwer, zu glauben, dass dieser Moment echt ist. Ich erlebe das gerade wirklich, auch wenn in meinem Hinterkopf diese leise Stimme ist, die mir zuflüstert, dass alles eine Illusion sein könnte. Die Frage nach dem Wie und dem Warum hängt in der Luft, doch gerade will ich nicht an all das denken, sondern nur im Augenblick leben. Jede Sekunde aufsaugen, als wäre ich ein Schwamm.

»Hast du die Chips gestern aufgegessen?«, fragt Mum und schenkt Dad dabei einen Seitenblick, der aussagt: *Wenn du alles aufgefuttert hast, dann muss ich dich leider um die Ecke bringen.*

Wie in Zeitlupe lässt er sein Besteck sinken, kaut nicht mehr auf dem Wrap herum, sondern schaut Mum mit großen Augen an. Er hat trotz seiner Vorsichtsmaßnahmen mit dem Besteck ein bisschen Sauce im Bart.

»Man kann doch keine angefangene Chipstüte zurücklassen.« Ich sehe, wie sein Griff um das Besteck fester wird, und muss mir ein Grinsen verkneifen.

»Kann man sehr wohl. Hand aus der Tüte, aufstehen, Gummi zum Verschließen holen – fertig.« Mum isst weiter, während Dad betreten zwischen seinem Teller und ihr hin und her schaut.

»Blasphemie«, flüstert er nicht gerade leise und schüttelt den Kopf.

»Dann wohl keine Chips für dich.« Mum schaut mich an und zuckt mit den Schultern, ehe sie einen weiteren Happen nimmt.

»Entschuldige.«

Aber ich kann Dad nicht böse sein. Nicht, wenn er mich so ansieht.

»Schon okay, ich find schon was für später«, erwidere ich, auch wenn es natürlich toll gewesen wäre, wenn wir Chips im Haus gehabt hätten. Es gibt Schlimmeres. Und zur Not kann ich immer noch in den *LIDL* um die Ecke gehen. »Futtern wir eben die Schokolade weg.«

»Du willst mir die Schokolade nehmen?« Theatralisch greift sich Dad an die Brust, und in seinem Gesicht liegt gespielter Schmerz. Die zahlreichen Ringe an seinen Fingern funkeln dabei im Licht. »Und du bist meine Tochter«, seufzt er, und dann müssen wir alle lachen.

Ein Familienlachen.

Mum hält sich die Hand vor den Mund, in der anderen Hand hält sie ihren triefenden Wrap, während Dad noch in seiner schauspielerischen Pose festhängt. Mein Zwerchfell hüpft auf und ab, und meine Wangen tun mir weh. Nicht, weil sein Gag besonders lustig war, sondern weil das hier so außergewöhnlich ist. Weil es so viele Erinnerungen weckt. Wie kann etwas, das so simpel ist, sich so vollkommen anfühlen? Ein Abendessen zu dritt, Gespräche über Snacks und ein gemeinsamer Lacher erfüllen mein Herz mehr als jeder Song der Welt.

»Ich mach schon«, verkünde ich eine Weile später, nachdem wir alle aufgegessen haben, und trage das Geschirr zur Spülmaschine. Meine Eltern sitzen am Tisch, unterhalten sich über das Motorrad und ob es mal wieder zur Werkstatt sollte. Nach und nach räume ich Teller und Gläser ein, doch mein Blick bleibt immer wieder an den beiden haften. Sie sind nicht nur einfach zwei Menschen, die zusammen am Tisch sitzen und miteinander über irgendwelche alltäglichen Dinge sprechen. Dad schaut Mum dabei so intensiv an, dass ich ihre Liebe spüren kann.

Für den gefühlsduseligen Gedanken gebe ich mir selbst einen Strike, aber anders kann ich es nicht beschreiben. Sein Blick ist so voller gewaltiger Liebe, dass es mir unangenehm ist, ihn dabei zu beobachten. Mum sitzt ihm schräg gegenüber und streichelt lächelnd seinen Oberarm. Das macht etwas mit mir. Es weckt so viele Emotionen, und vor allem den Wunsch, auch so etwas zu haben wie die beiden. Irgendwann. Meine Gedanken schweifen ab zu Luca und der Zeit, die wir hatten. War das Liebe? Ja, ich war damals total verknallt in diesen süßen Jungen vom Eiswagen, aber … Liebe? Das ist so ein großes Wort.

Und dann, ganz plötzlich, während ich die Gabeln in

die Spülmaschine einsortiere, schlägt es wie ein Blitz in mein Hirn ein.

Was wäre passiert, wenn ich dortgeblieben wäre? Ich hatte mich mitreißen lassen, wie ein Surfer von der Welle. Küsse, die anfänglich fremd wirkten, waren schnell natürlich geworden. Seine Zukunftsvisionen, zu mir nach Edinburgh zu kommen, hatten mich zwar kurz in Panik versetzt, aber ich hatte schnell akzeptiert, was Luca geplant hatte. Ich möchte wissen, wie diese Reise weitergegangen wäre, gleichzeitig genieße ich es, hier zu sein. Kann ich nicht einfach alles auf einmal haben?

Es war ein Crush. Eine Verliebtheit. Dieses Gefühl, wenn man jemanden sieht und sich denkt: WOW. Ich muss diese Person kennenlernen. Vielleicht traue ich mich, sie anzusprechen?

Direkt denke ich an Amber. Wie anders es war. Klar, das Kribbeln im Bauch war geblieben, aber hätte ich mir mit Luca oder mit Amber eine Zukunft vorstellen können?

Zukunft, das klingt immer so krass. Ich bin noch in der Schule, will gar nicht darüber nachdenken, aber natürlich fantasiere ich zwischendurch, träume von der großen Liebe. Machen das nicht alle? Ich muss nur meine Eltern ansehen, um zu wissen, wie wundervoll das sein kann.

Vielleicht kann ich das ja ... mit Amy.

»Den Rest mache ich.« Mums Worte holen mich aus meinen Gedanken. »Amy kommt ja gleich, bereite du mal lieber alles für euren gemeinsamen Fernsehabend vor.« Mum steht neben mir, nimmt mir ein Messer ab und legt es zu den anderen in die Spülmaschine.

»Okay.« Mehr weiß ich nicht zu sagen und wende mich ab. Das Herz voller Aufregung und Möglichkeiten.

In zehn Minuten beginnt das Konzert, und Amy steht mit der versprochenen Cola vor der Tür. Sie hat dieses Honigkuchenpferd-Lächeln aufgesetzt, für das ich sie manchmal beneide. Damit kann sie jede Person in ihren Bann ziehen. Mein Bauch kribbelt. Sogar mich kriegt sie damit.

Irgendwie bin ich ganz froh, dass sie mir keinen Kuss zur Begrüßung gibt, trotzdem verspüre ich eine komische Enttäuschung. Amy ist meine feste Freundin. Eine Vorstellung, die für mich so weit weg war wie der Saturn von der Erde.

»Hast du den Stream schon angemacht?«, fragt sie mich, als ich zur Seite trete, um sie reinkommen zu lassen.

»Läuft bereits«, verkünde ich stolz. Der Laptop ist an den Fernseher angeschlossen, sodass das Bild übertragen wird. Die Anlage meiner Eltern wird uns einen genialen Sound bieten.

Amy läuft direkt durch den Flur in das Wohnzimmer, lässt sich schwungvoll auf die Couch fallen und stellt die Cola vor sich auf dem Tisch ab. Ich folge ihr, doch kaum bin ich im gleichen Raum mit Amy, fange ich wieder an zu zweifeln. Soll ich mich zu ihr setzen? Oder auf den Sessel neben dem Sofa? Aber wäre das nicht irgendwie unhöflich?

»Na, setz dich schon!« Amy bemerkt, dass ich mit mir hadere, aber mit großer Wahrscheinlichkeit hat sie keine Ahnung, dass es daran liegt, dass mir diese Situation hier so neu ist. Für sie bin ich schon lange *auf diese Weise* in ihrem Leben.

Ich suche keine Ausflüchte, werfe keine Entschuldigung ein, sondern nehme einfach neben ihr Platz.

»Dad hat gestern die letzten Chips vernichtet«, erkläre

ich Amy, die die Schokolade auf dem Tisch beäugt. »Das war alles, was ich finden konnte.« Ich zucke mit den Schultern, doch Amy scheint die reduzierte Snackauswahl nichts auszumachen. Sie winkt einfach ab.

»Cola und Schokolade, das klingt wundervoll«, sagt sie grinsend und macht es sich gemütlich. Mein Blick bleibt an ihr haften, wie sie sich tiefer ins Sofa fläzt und eine rote Haarsträhne aus dem Gesicht streift. Bei dem Anblick muss ich sofort an unser Gespräch denken. Amy, die ihre Haare wachsen lassen wollte und die *in dieser Welt* genau die Frisur trägt, die sie sich in der anderen gewünscht hat. Absurd.

»Die Frisur steht dir echt gut«, platzt es unüberlegt aus mir heraus, und ich kassiere einen fragenden Seitenblick.

»Hab ich doch schon ewig.«

Da bin ich wieder, auf der Suche nach Ausflüchten.

»Trotzdem, ich wusste nicht, ob ich es dir schon mal gesagt habe.«

Ja, das klingt weniger verzweifelt, sogar ein bisschen süß. Amys Lächeln lässt mich wissen, dass sie dieses Kompliment genießt, und ehe ich mich's versehe, beugt sie sich vor. Ich neige mich zu ihr, heiße den Kuss instinktiv willkommen. Ihre Lippen sind so weich. Ich realisiere, dass ich meine Augen geschlossen habe, als sich der warme Mund von Amy von meinem entfernt.

»Du sitzt da wie in einem Teenie-Film, wenn sich zwei zum ersten Mal küssen.«

Amys Stimme sorgt dafür, dass ich die Lider öffne, und mein perplexer Blick bringt sie zum Lachen.

»Sorry«, flüstere ich peinlich berührt, vermeide es, ihr in die Augen zu sehen und werde ein bisschen rot.

Ich muss besser aufpassen. Sie soll nicht merken, wie neu das alles für mich ist. Ich frage mich, wie das Leben dieser Bonnie aussieht. Ist sie glücklich mit Amy? Begreift sie, wie wertvoll die Zeit mit ihrem Vater ist? All das werde ich vermutlich nie erfahren.

Ein bisschen bin ich schon stolz auf mich, dass ich nicht den Schwanz einziehe und versuche, zum Musikladen zu rennen, um zu verschwinden. Mal davon abgesehen: Das hat bisher ja auch nicht geklappt. Aber ich will gerade gar nicht hier weg. Klar, das mit Amy ist verwirrend und neu, doch bisher werde ich von diesem Leben nur belohnt. Vielleicht ist das etwas, das ich akzeptieren will.

»Da kommt der Countdown«, holt mich Amys Stimme wieder zurück, und ich neige den Kopf zur Seite, um auf den Fernsehbildschirm zu schauen.

Noch eine Minute.

Amy lässt ein so hohes Quieken raus, dass ich glaube, Geräusche zu hören, die nur Fledermäuse wahrnehmen können. Sie packt mich an der Schulter, rüttelt mich, und mein Oberkörper wankt vor und zurück.

»Schon gut, ich hab's gesehen!«, quittiere ich mit einem Lachen und sorge dafür, dass unsere Gläser mit ausreichend Cola gefüllt sind.

»Zum Wohl.« Ich hebe das Glas, proste ihr zu.

»Auf eine der heißesten Schnitten im Rockbusiness.«

Mein Prusten wird übertönt von dem Klirren der Gläser, und auf einmal zählt eine Stimme einen Countdown von zehn hinunter. Bei fünf steigen wir ein, fühlen uns ein bisschen wie an Silvester, wenn das neue Jahr beginnt. Es ist auf jeden Fall ähnlich aufregend – zumindest für mich.

Als der Countdown auf null fällt, jubelt Amy laut los und muss ihr Glas abstellen, damit sie die Cola nicht auf dem Sofa verschüttet. Ich steige zwar mit ein, bin aber weniger enthusiastisch, weil meine Gefühle gerade eine viel zu krasse Achterbahn fahren und ich mich gar nicht richtig auf das Konzert konzentrieren kann.

Das Bild zeigt die unbeleuchtete Bühne, und als hätte jemand einen Schalter betätigt, blitzen die Scheinwerferlichter auf, und ich sehe die Band. Die Instrumente steigen nicht mit einem weichen, sondern harten Cut ein. Die Kamera zoomt auf die Sängerin, die in das Mikro summt, und Amy und ich murmeln leise gleichzeitig: »Oh, Shit!«

Ihre Stimme ist wie Rauch, der in einen Raum eindringt und sich breit macht. Weder Amy noch ich schaffen es, den Blick vom Bildschirm zu nehmen. Der Song knallt in den ersten 30 Sekunden so rein, dass auch ich jetzt mein Glas abstelle – nur zur Sicherheit. Mir wird klar, dass diese Entscheidung eine gute war, denn schon imitiert Amy eine Luftgitarre, wippt auf dem Sofa, und wir sind so mitgerissen, dass wir beide mitsingen *müssen*.

But on my tombstone when I go, just put ›Death by Rock and Roll‹!

Die Sängerin wirft ihren Kopf vor und zurück, wobei ihre langen blonden Haare wehen. Ich beneide sie um das coole Outfit, das sie trägt. Mit dem Oversize-Top und den Micro-Shorts käme ich mir sehr nackt vor, sie dagegen stampft lässig mit den Boots auf und strotzt vor Selbstbewusstsein. Alles an ihr schreit *Queen*.

Auch Amy schreit jetzt. Ihre Begeisterung färbt total auf mich ab, und wir performen mit der Band, allerdings nicht auf der Bühne, sondern auf dem Sofa meiner Eltern.

Ich knie mich hin, um in der Luft Drums zu spielen, versuche meine Haare beim Headbangen ähnlich cool aussehen zu lassen wie Taylor Momsen. Ob mir das gelingt, ist eine andere Frage.

Als der ruhigere Teil des Songs einsetzt, höre ich Amy und mich Luft holen, und wir schauen uns an, während unsere Körper im Rhythmus wippen. Der Augenblick hält nur kurz, dann legen wir wieder voll los und singen so laut mit, dass ich mir sicher bin, dass uns meine Eltern hören. Klar, irgendwie wäre es schön, wenn Mum und Dad hier unten bei uns wären, aber auf der anderen Seite genieße ich diese Alone-Time mit Amy.

Das Lied erreicht seinen Höhepunkt, und das ist der Moment, in dem wir gleichzeitig vom Sofa aufstehen und darauf rumspringen. Amy legt sich richtig ins Zeug, spielt enthusiastisch die Luftgitarre, während ich an den imaginären Drums alles gebe. Es kommt mir vor, als zünde jemand über uns eine Konfettikanone, wir jubeln, und dann brechen wir auf der Couch zusammen. Das Lied ist vorbei, wir atmen schwer, und die Sängerin nimmt das Mikrofon aus dem Ständer, um ein paar Worte ans Publikum zu richten.

»Also, wenn es schon so losgeht, haben wir morgen keine Stimme mehr«, meint Amy.

»Wäre das so schlimm?« Ich schaue sie grinsend an, und ein Blitz durchzuckt mich, als sich unsere Schultern berühren. Momente wie dieser sorgen dafür, dass ich sie wieder küssen möchte.

»Absolut nicht.«

Wir raffen uns auf, holen Luft, trinken von der Cola, und mein Puls beruhigt sich ein bisschen. Gerade so viel, dass wir beim nächsten Song erneut performen können, doch dieses Mal lassen wir es etwas ruhiger angehen. Das Intro hat uns schon komplett weggefetzt, und ich will schließlich nicht das halbe Konzert keuchend auf dem Boden liegen.

Ich hatte befürchtet, dass es komisch zwischen uns sein könnte. Aber an all das denke ich gar nicht mehr. Da ist nur diese wilde Freude, das heftige Bauchkribbeln und Amy neben mir. Ich komme nicht drum herum, sie immer wieder anzusehen. Automatisch vergleiche ich sie mit der Amy, die ich kenne, und frage mich, was für Unterschiede die beiden noch aufweisen. Bisher fällt mir nur die Frisur auf. Bei meinen Eltern ist es ähnlich, sie sehen ein bisschen anders aus, aber ihr Verhalten ist das, was ich kenne.

Ich beobachte immer wieder, wie Amy bei manchen Songs die Augen schließt. Wie wunderschön ihr Gesicht in dem schummrigen Wohnzimmerlicht aussieht... Ich ertappe mich dabei, die Sommersprossen in ihrem Gesicht zu zählen. Sie lässt den Kopf in den Nacken fallen, kreisen. Das sieht schon irgendwie sexy aus. Diese Erkenntnis sorgt nicht nur für Irritation, sondern auch dafür, dass mir mit jeder Minute wärmer wird.

Wir sind so lange befreundet, dass es total normal ist, einfach miteinander abzuhängen. Aber nicht auf die Weise, wie es Paare tun. Wann haben wir in diesem Leben bemerkt, dass wir mehr füreinander empfinden? Ist Amy auf mich zugegangen? Habe ich ihr vielleicht sogar meine Liebe gestanden? Und wie ist das alles passiert? Ich erinnere mich daran, wie ich über ihre Beine nachgedacht habe. Zeigte sich da etwa mehr als freundschaftliches Interesse bei mir? So verdammt viele Fragen, auf die ich keine Antwort finde.

Und vielmehr interessiert mich jetzt auch nicht das Warum, sondern das Jetzt. Amy, die mit geschlossenen Augen mitsingt und all das fühlt, was der Song, der gerade gespielt wird, ausdrückt. Sie sieht dabei so leidenschaftlich aus. Als würde sie den Song in einem Tonstudio aufnehmen. Ihre Stimme ist weich, nicht so rauchig wie die von Taylor Momsen, aber auch das klingt gut.

Soll ich sie wieder küssen?

Dieses unerwartete Verlangen macht mich stutzig, lässt mich kurz erstarren. Aber dann öffnet Amy die Lider, legt den Kopf schief und schaut mich direkt an. Ihre Iriden leuchten, ihre Aura glüht förmlich. Dieser intensive Blick macht mich komplett fertig. Sie spürt, was sie damit in mir auslöst, denn im gleichen Moment beugen wir uns vor, und unsere Lippen treffen aufeinander. Aber diesmal wird mir klar: Ich. Will. Mehr.

Kapitel 25

Hungrig küsse ich sie, während im Hintergrund das Konzert weiterläuft. Die Masse jubelt, als würde sie uns beim Knutschen anfeuern. Etwas brodelt in mir, gibt mir keine Ruhe. Amy rutscht ein Stück weiter nach vorne zu mir, auch ihr ist die Distanz zwischen uns wohl noch zu groß. Meine Hände pressen sich an der Seite neben meinen Oberschenkeln in das Sofa, und ich will gleichzeitig die Fäuste ballen und entspannt, wie auf dem Rücken im Wasser, liegen.

Sanft öffnet Amy den Mund, und ich spüre ihre Zunge an meinen Lippen. Ich lasse mich darauf ein, heiße sie willkommen, und in meinem Unterleib zieht sich alles zusammen. Nie hätte ich es für möglich gehalten, dass ich das mal bei Amys Berührungen spüre. Aber ich genieße es. Genieße *sie*.

Das plötzliche Auftreten von Füßen auf dem Boden lässt uns auseinandergleiten wie zwei Magnete, die man voneinander löst, und nur einen Moment später steht mein Dad im Türrahmen.

»Und, wie ist das Konzert?« Er sieht nicht aus, als würde ihm die Knutscherei etwas ausmachen, ich dagegen fühle mich total ertappt und fummele unbeholfen an meinem Shirtsaum. Amy lehnt sich wieder an die Couch, entscheidet sich dann aber kurz darauf, nach ihrem Colaglas zu greifen und ein paar Schlucke zu trinken.

»Super«, antwortet sie, und auch wenn das Licht gedämpft ist, kann ich sehen, wie rot sie um die Nasenspitze ist.

»Ähm ja, geht total ab«, werfe ich ungelenk ein und möchte mich facepalmen. Ich sollte mir etwas mehr Mühe geben. Räuspernd setze ich mich in den Schneidersitz, weiß nicht so ganz, ob ich Dad, Amy oder den Bildschirm anschauen soll.

»Ich wollte euch auch nur gute Nacht sagen. Mum ist schon im Bett.« Er fährt sich durch den kurzen Bart. »Und macht ein bisschen leiser.«

»Geht klar«, antworte ich und weiß automatisch, dass diese Anweisung von meiner Mum kommt. Amy nimmt sofort die Fernbedienung und schaltet die Lautstärke runter. Wir sind beide zu peinlich berührt, um das Gespräch am Laufen zu halten und sind froh, als mein Dad sich umdreht und uns wieder allein lässt.

Ich presse die Lippen aufeinander, recke das Kinn, und als ich Amy ansehe, ist auch auf ihrem Gesicht ein Schmunzeln zu erkennen. Das war aufregend. Heiß.

Wir schauen bei gedimmtem Licht den Rest des Konzerts an, futtern dabei die Schokolade und steigen irgendwann von Cola auf Wasser um, weil der Zuckerbelag schon an unseren Zähnen klebt. Gemütlich sitzen wir auf dem Sofa, singen manchmal leise mit, kommentieren die Show, und als der letzte Song angekündigt wird, legt Amy ihren Kopf an meine Schulter. Ihre Haare kitzeln ein bisschen an meinem Kinn, aber das Gefühl ist nicht unangenehm. Ganz im Gegenteil. Ich merke, wie ich immer wieder zu ihr schauen will und mich selbst zügeln muss, damit es nicht komisch rüberkommt. Amy ist so hübsch. Wieso fällt mir das erst jetzt richtig auf? Sie strahlt eine Natürlichkeit aus, die mich neidisch macht. Vielleicht ist Neid auch nicht das richtige Wort dafür, schließlich missgönne ich Amy nichts. Sie trägt nur Wimperntusche, braucht keinen Concealer wie ich, um Augenringe zu verdecken. Ich wünschte, bei mir wäre es auch so easy, ohne Hilfsmittel ein wenig frischer auszusehen.

»Wollen wir hochgehen?«, fragt sie mich, als das Konzert schließlich vorbei ist und ich den Laptop vom Fernseher trenne.

»Ja, ich bin auch ziemlich müde«, antworte ich, ohne darüber nachgedacht zu haben, was ihre Worte bedeuten.

»Ich pack die Getränke und den Süßkram weg und geh dann schon mal hoch.« Sie räumt alles zusammen und verschwindet in der Küche, während ich mit Kabel und Laptop verloren im Wohnzimmer stehe.

Wollen wir hochgehen?

Hoch in mein Zimmer. Normalerweise wäre das ganz ... ja, normal eben, aber mit dem Kuss und all diesen aufwirbelnden Emotionen in mir frage ich mich, wohin das führt. Will sie heute länger bleiben? Schläft sie hier? Darf ich sie wieder küssen?

Ich atme tief durch die Nase ein, entschließe mich dazu, den Plan einzuhalten und es einfach darauf ankommen zu lassen, räume das Wohnzimmer auf und folge Amy nach oben.

Wir machen uns bettfertig, und die Leichtigkeit ist wieder da. Beim Zähneputzen albern wir herum, sprechen über das Konzert, aber kaum sind wir in meinem Zimmer, bin ich plötzlich ganz aufgeregt. Amy macht das Nachtlicht an, streckt sich genüsslich, und ich stehe wie festgefroren an der Tür. Allein sie zu beobachten, löst so viele Explosionen in meinem Hirn aus. Ich kenne Amy schon ewig. Mir ist nie in den Sinn gekommen, dass aus Freundschaft mehr werden könnte. Klar, sie ist attraktiv, aber ich habe sie nie auf *diese* Weise betrachtet. Vermutlich, weil es so selbstverständlich war, sie als meine beste Freundin zu haben. Da war nie Raum für noch mehr Gefühle, weil ich Amy schon über alles liebe.

Liebe.

Aber anders.

Warum ist diese Liebesscheiße so kompliziert?

»Willst du da stehenbleiben?«

Amys Stimme macht mir klar, dass ich aufhören sollte, weiter darüber zu grübeln. Was habe ich mir vorgenommen? Den Moment genießen. Und wenn ich Amy hier küsse, dann verändert sich zwischen uns in meinem Leben nichts.

Oder?

Was, wenn ich mich Hals über Kopf in sie verliebe? Gerade halte ich alles für möglich.

»Komme ja schon«, murmele ich und klinge dabei vermutlich unfreundlicher als beabsichtigt. Ich stemme mich mit dem Rücken gegen die Tür, um sicherzugehen, dass sie *wirklich* geschlossen ist. Auf unangenehme Überraschungen kann ich aktuell echt verzichten. Es macht *Klick*.

Amy hat es sich bereits unter der leichten Decke gemütlich gemacht, und erst, als ich mich zu ihr lege, realisiere ich, dass ich in diesem Leben keine Gewichtsdecke benutze. Meine Therapeutin hat mir eine Decke mit Gewichten empfohlen, damit ich besser schlafen kann. Hier brauche ich sie nicht. Ein bisschen weniger Ballast.

Ich weiß nicht so recht, wie ich mich überhaupt hinlegen soll. Merkt Amy meine Unsicherheit? Falls ja, dann ist sie immerhin höflich und spricht mich nicht darauf an. Ich rutsche unbeholfen auf der Matratze herum, versuche eine gute Liegeposition zu finden. Amy liegt mit dem Rücken zu mir und kuschelt sich in das blaue Kissen unter ihrem Kopf ein. Sie trägt die Haare offen, ich rieche den Duft ihres Shampoos bis zu mir, was mich noch nervöser macht.

Verdammt, Bonnie, du liegst in deinem Bett. Amy neben dir. Das hast du schon tausendmal erlebt. Da ist nichts Wildes dabei!

Mit dem entscheidenden Unterschied, dass wir hier eine andere Art der Beziehung führen. Wenn ich nur eine Zauberkugel hätte, die mir verraten würde, wie unser gemeinsamer Alltag aussähe. Kuscheln wir abends im Bett? Schlafen wir im Löffelchen?

Ich liege immer noch nicht wirklich bequem, da dreht sich Amy zu mir um. Sie schaut mich aus großen Augen an, sieht besorgt aus.

»Ist echt alles in Ordnung bei dir? Du wirkst so aufgewühlt.« In ihrer Stimme liegt eine Sanftheit, die mich sofort ergreift. Normalerweise hätte ich ihre Worte einfach abgeschüttelt, ihr versichert, dass ich schon klarkäme, aber das ist nicht wahr.

Ich presse die Lippen fest aufeinander. Amy wendet den Blick nicht von mir ab, doch ich schaffe es nicht, ihn zu erwidern. Ich stütze die Arme auf der Matratze ab, hieve mich hoch und lasse im Sitzen meine Hände in den

Schoß fallen. Die Schultern gesenkt, genau wie mein Kinn.

»Ich bin wirklich total durcheinander«, gestehe ich so leise, dass ich fast befürchte, Amy könnte mich nicht hören. Im schummrigen Nachtlicht bemerke ich, wie sie sich aufsetzt. Ihre Hand streichelt sanft über meinen Rücken, was mir hilft, die Muskeln zu lockern.

»Hab ich gemerkt.« Ich kann ihr anhören, dass sie lächelt und mir damit sagen will, dass all meine Emotionen valide sind. Ich einfach fühlen soll.

Und verdammt, genau das möchte ich jetzt machen. Ich beuge mich zu ihr, küsse die nackte Haut an ihrer Schulter. Mein Puls ist damit beschäftigt, in Fahrt zu kommen. Fast kann ich spüren, wie das Blut durch meine Adern pumpt, immer schneller wird. Ich hebe den Blick, und wir sehen einander an. In ihren Augen liegt nicht nur die Sorge um mich, sondern auch etwas anderes. Ein Licht, das ich so bei ihr noch nie gesehen habe. Ein Gefühl, das ich nicht beschreiben kann, doch von dem ich weiß, dass es sich gerade auch bei mir einstellt. Es beginnt mit einem Prickeln unter der Haut.

Und dann bin ich mutig.

Ich drehe mich ein bisschen zur Seite und komme mit meinem Mund ihrem näher. Unsere Lippen treffen aufeinander, sofort schließe ich die Augen. Amys Mund fühlt sich weich an, ganz geschmeidig, und an einer Stelle bemerke ich, dass ihre Lippe an der Seite etwas rau ist, doch das stört mich überhaupt nicht. Ganz im Gegenteil, es zeigt mir, dass ich das hier nicht träume. Dass der Kuss unperfekt ist, und genau so, wie er sein sollte.

Amy streicht mir eine Haarsträhne hinter das Ohr,

während wir uns vorsichtig küssen, als wäre es das allererste Mal für uns. Allein bei der Berührung ihrer Fingerspitzen wird mir wärmer, und ich traue mich, Amy ein Stück auf der Matratze entgegenzurutschen, sodass wir uns mit den Händen nicht mehr auf dem Bett abstützen müssen. Ihr Oberschenkel berührt mein Knie. Die Haut ist auch hier ganz warm.

Es fällt mir schwer, den Kuss auch nur eine Sekunde zu unterbrechen, doch ich mache es trotzdem und schaue Amy an.

»Ist das okay?«, frage ich sie und suche in ihrem Gesicht nach Anzeichen, die dafürsprechen könnten, dass sie das hier nicht will. Meine Sorge ist unbegründet, denn sie lächelt.

»Mehr als okay«, entgegnet sie flüsternd und zieht mich zurück in den Kuss, der intensiver wird. Nie hätte ich gedacht, dass sich Küsse mit Amy so gut anfühlen können.

Allein das löst eine Explosion in meinem Bauch aus. Ich bemerke ein Ziehen ein Stück tiefer, frage mich, ob es Amy auch so geht.

Meine Hände wandern von der Matratze auf ihre Oberschenkel, streichen über die geschmeidige Haut. Mein Daumen fährt behutsame Kreise darauf, massiert sie etwas. Amy erhebt sich ein Stück, sodass meine Hände jetzt nicht mehr horizontal, sondern vertikal auf ihren Beinen liegen. Es fühlt sich gut an, wie sie mit ihrer Hand meine Wange berührt, mich näher an sich zieht, und das gibt mir die nötige Courage, um meine Finger von ihren Oberschenkeln zu ihrem Hintern wandern zu lassen. Ihr Po ist noch warm vom Liegen auf der Matratze, und sie spannt die Muskeln an, als ich sie dort berühre. Ich nehme ihr Keuchen in meinem Mund voll und ganz wahr, will mehr davon hören, und so gleiten meine Finger unter ihr Shirt.

Amys Blick sagt mir, dass es ihr gefällt, wie ich sie anschaue. Das gibt mir den nötigen Kick, um sie sanft unter mich auf die Matratze zu drücken. Ich kann gar nicht sagen, ob irgendein Körperteil von mir nicht in Flammen steht, als ich auf ihr liege. Wieder küssen wir uns.

Mein Oberschenkel gleitet zwischen ihre Beine. Amy zuckt ganz leicht zusammen.

Ich möchte meine Brust an ihrer spüren und lehne mich tiefer. Unsere Brustwarzen berühren sich durch den Stoff unserer Shirts, und unser Atem wird während des Kusses schneller.

Vor lauter Haut weiß ich gar nicht so recht, wohin ich mit meinen Händen soll, aber das ist nicht schlimm, denn Amy übernimmt plötzlich die Führung. Wir drehen uns seitlich, sie schlingt ein Bein über meins, und wir kommen uns dadurch noch näher als ohnehin schon. Ihre Lippen küssen sich an meinem Hals entlang, mein Mund öffnet sich automatisch.

»Ich liebe es, was du für Geräusche machst, während ich das tue«, sagt sie an meiner Haut, verteilt zärtliche Bisse und Küsse darauf. Ihre Worte sorgen dafür, dass mir noch heißer wird.

Die Bonnie, die Amy kennt, hat das hier vermutlich schon zigmal erlebt. Die Bonnie, die ich bin, kann kaum fassen, was gerade geschieht.

Meine Intuition leitet mich. Ich frage mich nicht, was ich falsch machen kann oder wie ich sie am besten berühre. Ich tue es einfach. Wir können nicht voneinander lassen, und trotzdem vergewissern wir uns immer wieder mit kurzen Blicken, dass das, was wir hier tun, für die andere in Ordnung ist.

Und ganz plötzlich glaube ich, ein weißes Licht zu sehen. Sterne tanzen vor meinen geschlossenen Augen. Doch kaum öffne ich die Lider, sind sie weg.

Ich schalte den Kopf komplett aus und habe Sex mit meiner besten Freundin.

Kapitel 26

Ich öffne die Augen, und an diesem Morgen bin ich nicht irritiert, Amy neben mir liegen zu sehen. Sie ist bereits wach, lehnt mit dem Rücken gegen die Wand voller Poster und Fotos und scrollt auf ihrem Smartphone.

»Morgen«, begrüßt sie mich mit zuckersüßer Stimme.

»Guten Morgen«, murmele ich mit einem Gähnen zurück. Ich gehöre zu der Sorte Mensch, die morgens erst einmal in die Gänge kommen muss, doch Amys Anwesenheit entlockt mir bereits einen winzigen Adrenalinschub. Mit den Händen stemme ich mich auf die Matratze, hieve mich hoch, und Amy beugt sich zu mir herüber, um mir einen Kuss auf die Lippen zu drücken. Sie hat sich das Schlafshirt übergezogen, ansonsten trägt sie nur Unterwäsche. Ich nehme die Bettdecke beiseite, strampele sie mit den Füßen von mir und räkele mich genüsslich. Irgendwo knackt einer meiner Knochen.

»Hast du gut geschlafen?«

Ich schaue zu Amy, muss mir dann aber erst einmal die Augen reiben.

»Ja, denke schon«, gebe ich zurück, weil ich bisher noch gar nicht darüber nachgedacht habe, wie die Nacht für mich war. Der Schlaf war ausreichend, ich fühle mich gut. Aber liegt es am Schlaf oder an dem Sex? Zum einen ist es verwirrend, zum anderen … total schön.

Aufregend.

Und ich bin absolut fassungslos, dass ich das echt getan habe. Meine Hände ruhen auf der Matratze, um mich abzustützen. Ich sehe Amy an und lächele.

»Das war schön«, sage ich und verweile.

»Fand ich auch«, antwortet sie, und wir sehen uns einfach nur an. Ich glaube, mein eigenes Herz schlagen zu hören und frage mich, wie das alles geschehen ist.

»Was steht heute auf dem Plan?« Amys Stimme sorgt dafür, dass ich gedanklich nicht wegdrifte und ich blinzele.

Wieder so eine Frage, die ich nicht beantworten kann, also zucke ich nur mit den Schultern.

»Wie wäre es mit Kaffee?«

Wir grinsen, weil wir uns einig sind, dass das der beste Plan ist.

Wenige Augenblicke später sitzen Amy und ich am Küchentisch auf den Barhockern und trinken den frischen Kaffee. Sie hat Zucker hineingetan, ich nur etwas Milch. Im Hintergrund läuft das Radio, weil wir uns nicht entscheiden können, was wir hören wollen.

»Wir könnten zu *Ian's Records* gehen«, schlägt Amy vor und legt den Kopf schräg, während sie mich anschaut.

Ach ja, Tagespläne. Da war ja was.

»Wer geht zum alten Ian?«, höre ich eine tiefere Stimme, und plötzlich steht mein Dad in der Küche.

Daran habe ich mich immer noch nicht gewöhnt.

»Ähm«, ist alles, was ich rausbekomme. Zum einen, weil ich dachte, wir wären heute Morgen allein, zum anderen hatte ich nicht auf dem Schirm, dass in diesem Leben einige Dinge anders sind. Kann er mir von der Nasenspitze ablesen, dass ich gestern Abend mit Amy geschlafen habe? Ist das für *diese* Bonnie normal? Da kommt eine Erinnerung hoch. Amy und ich, in ihrem viel zu kleinen Bett. Kerzen, die uns sanftes Licht schenken und Küsse und Berührungen, die wir nervös miteinander teilen. Wie lange die Erinnerung dieser Bonnie her ist, kann ich nicht sagen. Aber irgendwie fühlt sich alles so normal an. Ein bisschen Angst macht mir das schon.

Mit einem Räuspern lenke ich mich davon ab und komme auf das zurück, was gerade geschieht.

Dad und Ian.

Die beiden kennen sich. Waren Freunde, bevor ... nun ja, nur noch einer von ihnen da war.

Ob Dad und er wohl viel Zeit miteinander verbringen?

»Ich kann euch fahren«, wirft Dad sofort ein, geht zur Kaffeemaschine und bedient den Vollautomaten, der geräuschvoll Kaffee mahlt. Ich weiß nicht einmal, ob ich heute rausgehen möchte. Mein Hirn ist noch nicht ganz wach, und ich bin jetzt schon total überfordert von all den Möglichkeiten, die auf mich warten.

»Das wäre super!« Amy hat für uns entschieden, wartet gar nicht ab, ob ich Einwände oder andere Vorschläge habe, und ich bin fein damit.

Nach einem ausgiebigen gemeinsamen Frühstück sitzen wir eine Stunde später in Dads Wagen. Die Stadt begrüßt uns mit einem kurzen Platzregen. Gebäude, Wege, Bäume, all das sieht aus dem Fenster aus wie ein Bild, das mit Wasserfarben gemalt wurde und verschwommen ist.

»Müsste gleich aufhören«, lässt uns Amy wissen, die auf dem Handy nachgeschaut hat, wie lange der Regen anhält. »Für 12 Uhr ist wieder Sonne angekündigt.«

»Tut der Natur auch mal gut«, entgegnet Dad mit einem klassischen Dad-Spruch.

»Wir sind ja gleich eh im Laden, dann kann uns das sowieso egal sein«, antworte ich und spüre, wie meine Mundwinkel noch von Dads Aussage zucken. Ich habe keine Worte, um zu beschreiben, wie es sich anfühlt, ihn bei mir zu haben. Selbst, wenn er Dad-Jokes bringt. Wäre Mum jetzt noch im Auto, dann wäre das alles perfekt. Aber sie ist arbeiten.

Da kommt mir eine Frage in den Sinn. Wieso ist Dad eigentlich zuhause gewesen? Müsste er nicht normalerweise auch auf der Arbeit sein? Was auch immer er in dieser Welt beruflich macht. Ich weiß es gar nicht. Mum hatte wenigstens beim Essen von der Kanzlei gesprochen.

Wir biegen um die Ecke, und als wir gemeinsam einen Parkplatz suchen, verdränge ich die Frage und halte gemeinsam mit den anderen nach einer Parklücke Ausschau.

Wir haben Glück und müssen nur einmal um den Block fahren, ehe wir parken können und aussteigen. Der Regen hat bereits nachgelassen, es fallen nur vereinzelt Tropfen vom Himmel.

»Auf geht's«, sagt Dad, und wir steigen fast gleichzeitig alle aus dem Wagen aus. Wir haben keine Regenschirme, keine Kapuzen, also beschleunigen wir unsere Schritte, da wir noch einen kleinen Weg zu Fuß hinter uns lassen müssen. Die Stadt ist wie leergefegt. Wir laufen durch eine kleine Gasse, um weiter in die Stadt vorzudringen, und absolut niemand kommt uns entgegen. Ich blicke in das Schaufenster eines Friseurladens, der so wenige Kund*innen hat, dass die Angestellten gelangweilt selbst in den

Friseurstühlen sitzen und sich unterhalten. Der Platzregen hat alle Menschen verscheucht, nur uns nicht.

»Geht rein.« Dad hält uns die Tür zum Laden auf, als wir bei *Ian's Records* angekommen sind, und Amy und ich schlüpfen hinein. Es sind noch ein paar andere Menschen im Shop, doch ich beachte sie gar nicht. Der Geruch von Petrichor wird abgelöst von diesem ganz typischen Duft des Ladens. Allerdings habe ich das Gefühl, dass es gar nicht nach Tabak riecht. Vielleicht raucht Ian hier weniger? Ob es dafür einen Grund gibt?

»Dass du dich mal wieder blicken lässt!«, höre ich Ian sofort sagen, als er meinen Vater sieht, und unmittelbar schlägt er das Magazin zu, das er am Tresen gelesen hat, und kommt auf ihn zu.

Ihn so zu sehen, verschlägt mir fast die Sprache.

»Hat ein Weilchen gedauert, aber hier bin ich«, entgegnet Dad und sieht ein bisschen stolz aus, wie er vor seinem Freund steht, grinst und die Brust streckt. Die Umarmung der Männer, die ich aus der Ladenmitte betrachte, zaubert mir ein Lächeln auf die Lippen. Verstohlen tauschen Amy und ich Blicke, müssen beide sofort kichern wie Teenager in einem Hollywoodfilm.

»Und du hast die Mädchen mitgebracht.«

Ian dreht sich zu uns um, und ich hebe einfach nur die Hand.

»Hi«, begrüße ich ihn schüchtern, und Amy tut es mir gleich. Sie ist genauso unbeholfen wie ich in der Situation, was mir das Gefühl gibt, nicht ganz so seltsam zu sein.

»Willst du sehen, was ich alles Neues reinbekommen habe, seitdem du das letzte Mal da warst?« Ian beschäftigt sich nicht weiter mit uns, was mich innerlich aufseufzen lässt. Er stemmt die Hände in die Hüften, verwickelt Dad in ein Gespräch, und das ist für Amy das Zeichen, sich abzuwenden und stöbern zu gehen. Ich dagegen will mich eigentlich nicht lösen. Ich möchte zuhören, zusehen. Mehr von diesem Leben erfahren. Aber damit ich keine Aufmerksamkeit generiere, verschwinde ich zumindest zu einem Aufsteller mit Platten und tue so, als würde ich darin stöbern.

»Zeig mir alles!« Dad ist total enthusiastisch, reibt die Hände aneinander und folgt Ian durch den Laden. Ich kann von meiner Position aus nur noch ihre Köpfe sehen, aber das macht nichts, ihre Stimmen sind laut genug.

»Schau mal, das ist ein richtig altes Sammlerstück. Hab's schon online reingestellt, weil bestimmt niemand hier im Laden auf die Idee kommt, die Platte zu kaufen.«

Wie lange war Dad wohl schon nicht hier? Wie gut sind Ian und er wirklich befreundet? In meiner Welt habe ich mit Ian nach dem Tod meines Vaters nie über ihn gesprochen. Es ist ein stilles Abkommen, einfach nebeneinander zu existieren, ohne ihn zu erwähnen. Dad ist ein Geist. Seine Präsenz ist deutlich zu spüren, doch nie wurde ein Wort über ihn verloren.

Weil es einfach viel zu schmerzhaft ist, diese Wunden aufzureißen.

»Ich würde dir das Ding sofort abnehmen, wenn ich die Kohle hätte.« Dad lacht, und ich muss selbst ein bisschen schmunzeln.

»Wir gehen kurz frische Luft schnappen«, ruft Dad, und als ich sehe, wie Ian seine Zigaretten aus der Hosentasche holt, schaue ich skeptisch. Er raucht nicht mehr im Laden.

»Seit wann interessierst du dich für Jazz?«

Amys Stimme direkt neben mir lässt mich zusammenzucken, und ich spüre, wie mein Herz für einen Sekundenbruchteil aussetzt.

»Mensch, erschrick mich doch nicht so«, maßregle ich sie, doch Amy hebt nur eine Augenbraue und schaut mich fragend an.

»Erde an Bonnie.« Sie nimmt mir die Verpackung der Platte aus der Hand, nach der ich willkürlich gegriffen habe, sortiert sie wieder ein und gibt mir damit einen Moment, um durchzuatmen.

»Sorry«, bringe ich leise über die Lippen, schüttele den Kopf wie ein nasser Hund.

»Musst dich dafür doch nicht entschuldigen.« Amys Hand fährt sachte über meinen Rücken, dann ist sie wieder weg, und ich bin allein mit den Jazzschallplatten.

Ich wende mich ab, stromere ziellos durch den Laden. Der Regen hat jetzt ganz aufgehört, das sehe ich, als mein Blick die Parkbank draußen streift. Die Bank, auf der ich mit Dee gesessen hatte, kurz bevor ich zu dem Konzert katapultiert worden war. Ich kann Dee förmlich dort sitzen sehen. Wie ein halbtransparentes Bild. Direkt wandert mein Blick durch den Laden, und ich erkenne, dass die Tür zum Lager einen Spalt breit offensteht. Gerade so viel, dass ich die rote Gitarre im Regal bemerke. Wieder sehe ich Dee, wie sie die Gitarre nimmt und mir etwas vorspielt.

Warum denke ich jetzt an sie? Und was macht sie in diesem Leben? Geht sie auf unsere Schule? Haben wir schon einmal miteinander gesprochen? Ich weiß nicht, was hier passiert, doch plötzlich vermisse ich sie. Diese raue

Stimme und wie sie sich locker eine braune kurze Haarsträhne hinter das Ohr schiebt, ehe sie mich aus schwarz geschminkten Augen mustert.

»Hast du was gefunden?«, fragt mich Amy und schafft es wieder einmal, mich von meinen Gedanken abzulenken.

»Ne, noch nicht«, gebe ich zurück, einfach um irgendetwas zu sagen.

Amy und Dee.

Die Namen verknoten sich in meinem Magen. Es fühlt sich an, als würde jemand all meine Innereien aneinander quetschen.

Wie es sich wohl anfühlen würde, Dee zu küssen? Anders als Amy?

Wow, wo kam das jetzt her?

Reg dich ab!

Meine Schritte durch den Laden werden schneller, als könnte ich einem Labyrinth entkommen. Ein Labyrinth aus lauter Gedanken, die keinen Sinn ergeben. Ich kann ja schlecht an Dee denken, wenn Amy nur wenige Meter neben mir steht.

Oder?

Es fühlt sich falsch an. Und gleichzeitig so verdammt richtig, dass es mich emotional auslaugt.

Ich habe hier doch alles. Eine feste Freundin, Dad, wundervolle Sommerferien. Mum ist da, hält alles zusammen wie Kleber. Wieso schweifen meine Gedanken zu Dee?

Ich klammere meine Hände um die Schallplattenkiste vor mir und bemerke, dass es genau die Kiste ist, an der ich zu Luca geschleudert wurde.

Es wird nicht nochmal funktionieren, erinnere ich mich.

Ich schließe die Augen, atme aus, aber ich realisiere schnell, dass mein Kopf zu voll ist.

Die Klingel an der Tür lässt mich kurz über die Schulter schauen. Dad und Ian sind wieder im Laden.

»Wie wäre es mit einem Eis?«, fragt mein Vater.

»Au ja!«, ruft Amy begeistert, und sofort unterbricht sie ihr Shopping und kommt mit einer *Best-of-Queen*-Platte in der Hand zum Tresen. »Die nehme ich mit.«

Wir schlendern zu einer Eisdiele. Dad und Amy unterhalten sich über Queen und ihre Lieblingssongs. Mein Blick streift immer wieder den gepflasterten Boden, der noch ein bisschen nass ist. Immerhin ist es nicht rutschig auf dem Weg. Ich komm nicht drum herum, mich an all die Situationen zu erinnern, in denen ich aus meinem Leben gerissen wurde. Als ich im Laden stand und Schallplatten gesichtet hatte. Als ich mit Dee auf der Parkbank saß. Als ich mit Amy auf dem Bett gehockt habe.

Ich schiebe die Hände in die Hosentaschen, und plötzlich fühle ich ein kleines Kästchen. Mein Daumen streift darüber, und ich begreife, dass es meine kleinen Bluetooth-Kopfhörer sind.

Musik.

Ich habe schon einmal darüber nachgedacht. Die für Luca angelegte Playlist, die ich gehört habe, bevor ich in Italien gelandet bin, und der Song, den Dee und ich gesungen haben und den ich mit Amber assoziiere.

Meine Playlists.

Lief Musik, als ich mit Amy die Umarmung geteilt habe?

Hirn, streng dich ein bisschen mehr an!

Auf einmal habe ich die Paramore-Tasse vor Augen,

die Amy in der Küche benutzt hat, und mir fällt schlagartig ein, dass wir die Band gehört haben. *Crushcrushcrush* lief. Wir haben dazu performt.

Ich zücke mein Handy, öffne meine Playlists und singe in Gedanken die Bridge des Songs nach.

»Pass auf!«, ruft Amy links neben mir, und in dem Augenblick stolpere ich über einen Pflasterstein. Ich fange mich, kann gerade verhindern, vornüber zu knallen.

»Du bist heute in weit, weit entfernten Galaxien unterwegs, stimmt's?«

»Ein Eis wird guttun«, meint Dad daraufhin, doch ich glaube nicht, dass ein Eis mir verraten könnte, was die Playlists und all die Theorien über alternative Welten mit diesen Realitätssprüngen zu tun haben.

Kapitel 27

Okay, ich lag falsch. Ein Eis kann doch Probleme lösen.

Zumindest kurzzeitig schaffe ich es, nicht über diese Sprünge in andere Leben nachzudenken. Natürlich kommt die Erinnerung an Luca und den Eiswagen seiner Eltern kurz hoch, doch als ich mir bewusstwerde, wo ich gerade bin und wer neben mir steht, schaffe ich es, im Hier und Jetzt zu bleiben.

»Man, fast so gut wie in Italien«, seufzt Dad, und ich muss schmunzeln.

»Das beste Eis von Edinburgh«, kommentiert Amy, und ich schaue ihr zu, wie sie an der Waffel leckt, weil das Schokoladeneis bereits tropft.

»War eine gute Idee.« Das Joghurt-Eis schmeckt himmlisch, doch grüner Apfel gefällt mir fast noch besser. Wir sitzen auf der trockenen Wiese im Park bei der Princes Street, lachen über Dads schlechten Witze und lassen das Leben der Stadt an uns vorbeiziehen. Viele Touris pilgern zum Schloss, das von der Sonne angestrahlt wird, und im Park ist richtig was los. Wenn ich könnte, würde ich diesen Moment in einem Marmeladenglas aufbewahren.

»Bleibt mal so, ich mach ein Foto«, sage ich, als wir unser Eis fast aufgegessen haben, und zücke mein Handy. Genau in der Sekunde, in der die Kamera auslöst, tropft Dads Eis auf seine Jeans, und er schaut runter.

»Ups«, murmelt er und wischt mit der Hand den Fleck weg. Wir müssen lachen, und ich entscheide, kein weiteres Foto zu machen, denn dieses ist perfekt.

Eine Stunde später sitzen wir wieder im Auto, und ich drehe das Radio laut. Als ein Song von den Beatles kommt, singen wir laut mit, während durch das offene Fenster der Fahrtwind bläst. Sobald ich zuhause bin und sich Amy von mir mit einem Kuss verabschiedet hat, sprinte ich die Treppen hoch zu meinem Zimmer, denn so schön das gerade auch war, ich will unbedingt mit meiner Recherche fortfahren.

»Bin in der Garage«, sagt Dad, und das trifft sich perfekt, denn so habe ich ein bisschen Zeit für mich. Ich setze mich auf meinen Schreibtischstuhl, nehme das Handy in die Hand und kaue nervös an der Haut an meinem Daumennagel.

Okay, wo war ich?

Meine Playlists und die Frage, was Musik mit alldem zu tun hat. In der Notizapp schreibe ich die Songs auf, die mir in Erinnerung geblieben sind. *Mystery of Love*, *Kiss the Go-Goat* und *crushcrushcrush* sind in meinem Gedächtnis besonders präsent. Kann es sein, dass jeder Sprung mit einem Lied verbunden ist? Es lief immer Musik, wenn ich woandershin geschleudert wurde. Nein, nicht nur bei der Hinreise, auch wenn ich in meine Realität zurückkam, war immer ein Song an. Die Notizen werden länger, doch die Lieder ergeben für mich kein Muster. Das Einzige, was sie gemeinsam haben, ist die Tatsache, dass sie in meinen Playlists sind.

Playlists!

Ich öffne die Musik-App, scrolle durch die ganzen

Auflistungen. Weit unten ist die Playlist für Luca, die wohl auch in diesem Leben eine Bedeutung für mich hatte.

My heart is a glass balloon.

Es muss Ewigkeiten her sein, dass diese Bonnie sie das letzte Mal gehört hat.

Ich mustere die anderen Playlists. Die, die ich für meine Crushes erstellt habe, und die, die einfach nur eine bestimmte Stimmung widerspiegeln sollen.

Monday Morning and you have to go to school.

Die Playlist sagt mir nichts und weckt auch keine Erinnerung. Ich suche die Playlist, die ich damals für Amber angelegt habe, gebe *She's the sun and I just can't look away* in die Suchleiste ein, doch mir wird nichts angezeigt. Vielleicht hängt die App? Ich schließe sie, öffne sie erneut, versuche es nochmal. Nichts. Möglicherweise habe ich mich vertippt, aber auch nach weiteren Versuchen finde ich die Playlist nicht.

Warum ist sie nicht da?

Und dann geht mir ein Licht auf. Weil ich zu dem Zeitpunkt des Gigs damals bereits mit Amy zusammen war! Bin ich Amber auf dem Konzert überhaupt begegnet? Vielleicht habe ich sie gesehen, aber nicht bemerkt. Und ausgerechnet jetzt sendet mir mein Hirn Bilder von der Konzerthalle. Amy und ich, die wild hüpfen und singen, nach dem Gig auf der Toilette verschwinden und vollgepumpt mit Glückshormonen nach Hause fahren. Amber ist nirgendwo zu sehen, und ich glaube, es liegt daran, dass ich viel zu sehr mit Amy beschäftigt war.

Die Erinnerung verschwimmt, und sofort schaue ich, ob noch weitere Playlists fehlen. *It's Timmy Tim* kann ich nicht finden, dabei hatte ich echt lange einen Crush auf den Schauspieler Timothée Chalamet. Stirnrunzelnd realisiere ich, dass ich schon ziemlich lange keine Listen mehr für Crushes erstellt habe. Da sind zig Playlists von Amy und mir, einige zum Lernen, andere zum Abtanzen, allerdings keine für all die flüchtigen Verliebtheiten der letzten Jahre.

Ich scrolle nach ganz oben, da, wo eigentlich die Playlist für Dee sein müsste. Natürlich kann ich sie nicht finden, doch die Erkenntnis schmerzt trotzdem. Als würde Dee gar nicht existieren.

Universum, wenn du mir ein Handbuch für Reisen in alternative Welten senden kannst, dann bitte jetzt!

Genervt lasse ich mein Handy auf den Schreibtisch fallen, lehne mich in meinem Stuhl zurück und drehe mich um mich selbst. Den Kopf in den Nacken gelegt, während die Füße auf dem Boden trippeln, sodass mein Stuhl nicht stillsteht.

Sind die Playlists eine falsche Fährte? Was genau muss passieren, damit ich die Leben wechseln kann, wie andere die Kleidung? Bin ich der einzige Mensch, der das kann? Gibt es ein Zeitlimit?

Mir fällt diese eine Folge von *Buffy* ein – *Im Bann der Dämonen*. Mum meinte, die Episode hat damals, als sie erstmalig im Fernsehen ausgestrahlt wurde, für richtig viel Diskussion im Fandom gesorgt. Buffy wacht in einer geschlossenen Einrichtung auf und behauptet, eine Dämonenjägerin zu sein. Ihre Familie sagt ihr, dass all die Abenteuer, die sie glaubt erlebt zu haben, reine Fantasien sind. Buffy wird sediert, festgehalten und driftet immer wieder in die Welt ab, in der sie *die Jägerin* ist. Mum erzählte mir, dass sie stundenlang mit Fans aus aller Welt in einem Internetforum darüber diskutiert hat, welche Realität für Buffy nun die Wahre ist.

Wie zum Test zwicke ich mich am Oberarm, und ich bemerke, wie echt das hier ist. Aber Buffy dachte das doch auch?

»Autsch!« Ich halte mir den Arm, bin genervt von den wirren Gedanken, die keinen Sinn ergeben.

Lösungen, ich brauche Lösungen.

Aber dazu muss ich weiter nach Spuren suchen, die mich auf den richtigen Pfad führen. Irgendeinen Punkt übersehe ich, doch ich kann mir einfach nicht zusammenreimen, welcher das ist.

Es bringt auch nichts, wie ein luftleerer Ballon auf dem Stuhl zu hocken und Löcher in die Decke zu starren. Vielleicht sollte ich an die frische Luft, ein bisschen für mich sein und dort weiter grübeln.

»Ich bin im Park«, rufe ich durch den Flur, als ich mit einem Rucksack auf dem Rücken und Kopfhörern auf den Ohren die Treppen hinab poltere. Dann fällt mir ein, dass Mum noch arbeiten und Dad in der Garage ist. In der Küche fülle ich mir meine Wasserflasche auf, dann wandert mein Blick automatisch zu dem Fleck, an dem der Weidenkorb normalerweise steht. In dem Henkelkorb sammeln Mum und ich allen möglichen Müll, wenn die Tonnen mal wieder überquellen oder wir zu faul sind, Plastikflaschen wegzuschmeißen. Es ist seltsam, zu sehen, dass der Korb nicht hier ist. Was für ein unwichtiges Detail. Ich meine, was bringt mir schon dieser olle Korb? Warum prägen sich mir solche Kleinigkeiten ein? Will mir das Schicksal damit zeigen, dass dieses Leben nicht das ist, das ich wirklich führe? Die winzigen Unterschiede, die mir zuflüstern, dass etwas anders ist.

Ich ziehe die Haustür zu und sehe meinen Dad in der Garage stehen. Das Tor ist einen Spalt breit offen, und ich höre ihn ächzen.

»Ich gehe etwas spazieren«, rufe ich ihm zu, schaue kurz in seine Richtung, damit ich sehen kann, ob er mich wahrnimmt.

»Klar, viel Spaß«, wünscht er mir, doch Dad schaut nicht von dem Motorrad auf. Er wirkt konzentriert, wie er da auf dem Boden liegt.

Ich kann mich nicht entscheiden, was für eine Playlist ich hören möchte, also werfe ich den Random-Button auf der Musik-App an, sodass mir einfach irgendetwas ausgespuckt wird, das ich favorisiert habe.

Okay, was will ich eigentlich? Hierbleiben? Nach Hause gehen? Ich weiß es selbst nicht mehr so genau.

Ich skippe jeden zweiten Song, kann mich auf nichts konzentrieren. Meine Schritte werden schneller, als ich mein Handy in den Rucksack stecke und mich dazu ermahne, den Song, der gerade läuft, nicht zu unterbrechen.

Es war so ein schöner Tag. Dieses Leben gibt mir so viel. Mehr als daheim? Ich versuche eine Pro-und-Contra-Liste für dieses Leben zu erstellen, doch je mehr ich darüber nachdenke, desto schwieriger wird alles. Kann ich nicht einfach glücklich sein? Warum denke ich ständig an zuhause? Dieses Heimweh fühlt sich an wie ein Loch in meinem Magen, und ich finde nicht heraus, warum es mich zurückzieht.

Vielleicht, weil dir in diesem Leben so viele Erinnerungen fehlen?

Ich halte diese Eingebung fest. Ja, es ist eine komische Leere in mir, bei jeder Reise war es so, aber bisher war ich mir sicher, dass sie einfach mit meiner Verwirrung zu tun hatte. Möglicherweise besteht dieses Loch, weil mir etwas fehlt. Wenn Bilder vor meinem geistigen Auge auftauchen, erinnern sie mich an Vergangenes, das mir in diesem Leben manchmal weiterhilft, aber sich nicht wie *meine* Erinnerungen anfühlen. Es sind die einer anderen Bonnie.

Ich kicke einen Stein vom Fußgängerweg, vergrabe die Hände tief in den Hosentaschen und seufze. Kurz blicke ich auf, als eine Frau mit einem niedlichen Hund auf der anderen Straßenseite entlanggeht, und ich denke an Humphrey. Im Flur hängt ein Bild von meinen Eltern, mir und unserem Hund. Wir sind am Strand in Portobello, grinsen in die Kamera und Humphreys Zunge hängt hechelnd aus seinem Maul. Ich kann mich nicht an diesen Ausflug erinnern, und diese Leere füllt mich Sekunde für Sekunde weiter aus. Warum fühle ich mich jetzt plötzlich so beschissen?

Es wird immer wieder Tage geben, die sich anfühlen wie die Hölle auf Erden.

Ich denke an die Worte meiner Therapeutin. An einprägende Sitzungen, in denen ich so viel geweint habe, dass ich geglaubt habe, keinen Tropfen Wasser mehr in meinem Körper zu haben.

Stell dir vor, dein Vater ist jetzt hier. Was möchtest du ihm sagen?

Als Doktor Wilson mir die Aufgabe gestellt hat, war ich überfordert. Ich konnte kein Wort herausbringen und habe nur auf den Boden gestarrt. Die Übung kam mir so sinnlos vor, dabei war das einer der Momente in der Therapie, die mir am meisten geholfen haben. Sie bat mich, aufzustehen, hat unsere Stühle verrückt, sodass wir uns ein bisschen enger gegenübersaßen.

Ich tue jetzt so, als wäre ich dein Dad, okay? Ich weiß, es ist nicht leicht, aber wir versuchen das zusammen, ja?

Das Gespräch werde ich nie vergessen. Ich balle die Hände zu Fäusten, genau wie damals, und führe mir vor Augen, wie ich mich durch Doktor Wilson von Dad verabschieden konnte. *Du darfst loslassen. Okay?* Ich spüre die Erleichterung, als ich mir diesen Satz meiner Therapeutin in Erinnerung rufe.

»Okay«, sagte ich und meinte es das erste Mal auch so.

Diese Übung hat damals so viel verändert. Es hat gedauert, zu begreifen, dass ich nie dahinterkommen würde, warum ausgerechnet mein Dad an diesem Tag sterben musste. Ich blicke vom Straßenboden auf und bemerke, dass ich beim Park angekommen bin.

Schau nur, was ich alles geschafft habe seitdem.

Das Hilfesuchen, die Therapie ... das hat so viel ausgelöst. Soll ich mich jetzt einfach so wieder runterziehen lassen? Dunkle Gedanken wird es immer geben. Viel wichtiger ist, dass ich an all das denke, was mir Kraft gibt.

Das Schicksal macht echt Stress.

Nein!

Ich bleibe stehen, umfasse mit beiden Händen fest die Riemen von meinem Rucksack und hole kontrolliert Luft.

Aus meiner Tasche hole ich das Handy, wechsle zu meiner Booster-Playlist, die ich immer dann anmache, wenn ich Motivation brauche. Harte Rockmusik, und ja, auch hier und da ein bisschen Taylor Swift und Harry Styles. Niemand hat gesagt, dass man nur eine Musikrichtung hören darf. Manchmal muss es einfach der *Fruit Man* sein, und dann fühle ich mich, als würde ich im Sommerregen tanzen. Genau das brauche ich jetzt, um Kraft zu tanken. Meine Schritte führen mich zur Schaukel, auf der ich ein bisschen hin und her wippe. An einem Klettergerüst spielen zwei Kinder, die ihre Ferien genießen. Und genau das sollte ich eigentlich auch machen!

Worauf wartest du?

Ich hole Schwung, spüre, wie der Wind durch meine Haare fegt und muss lächeln. Vielleicht hätte ich mir besser einen Zopf gebunden, denn die unbändigen Strähnen peitschen durch mein Gesicht, doch auf einmal wird all das unwichtig. Da ist nur dieser Song von Harry Styles, die frische Luft und das Gefühl, in diesem Augenblick versinken zu können.

I got a good feeling. I'm just takin' it all in. Floating up and dreamin', droppin' into the deep end.

Meiner Kehle entsteigt ein lautes Lachen, und als die Kinder zu mir sehen, mache ich mir endlich mal keinen Kopf darum, wie ich gerade aussehe oder auf sie wirken muss. Ich nehme nur das Adrenalin wahr, und die Musik gibt mir den nötigen Kick, den ich brauche.

Das Vibrieren meines Handys sorgt dafür, dass ich langsamer werde und keinen Schwung mehr hole. Ich stoppe leicht mit den Füßen, damit ich mir nicht irgendetwas breche, während ich mein Handy aus der Hosentasche fummele. Eine Nachricht von Amy. Ich klicke sie an, und mir wird ein niedliches Selfie von ihr angezeigt.

> **Amy:** Ich habe Henna ausprobiert, um meine Augenbrauen mehr zu betonen. Wie findest du es?

Sie steht vor ihrem Fenster, im Hintergrund erkenne ich ihr buntes Zimmer. Ich kann ihr ansehen, wie glücklich sie das kleine Henna-Experiment macht. Die Augenbrauen sind viel betonter, und ihr Gesicht wirkt dadurch erwachsener. Sofort tippe ich meine Antwort.

> **Ich:** Mega! Vielleicht sollte ich das auch mal probieren.

Die Nachricht wird sofort als gelesen angezeigt, und ich kann gar nicht anders, als mir einen Beauty-Abend mit Amy vorzustellen, auch wenn das sonst eher nicht so unser Ding ist. Zumindest nicht in *meinem* Leben. Oder? Wer weiß schon, was diese Bonnie und diese Amy noch alles so treiben?! Immerhin hätte ich mir anfänglich auch nie vorstellen können, Amy zu küssen, geschweige denn ...

Und als ich den Kopf recke, blicke ich direkt in die Sonne, die sich hinter einer Wolke zeigt. Das Licht blendet mich, und sofort kneife ich die Augen zu. Ich muss niesen, und ein Kind wünscht mir Gesundheit.

»Danke«, rufe ich zurück. Als ich die Lider öffne und das Lied von Harry Styles ausklingt, ist es kurz schwammig vor meinen Augen. Fast so wie bei den Reisen. Weißes Licht, verschwommene Sicht ... Und da denke ich an die Umarmung meiner Mutter in der Welt mit Amber. An das ausgelassene Lachen meiner und Lucas Familie in Italien.

Eine Erkenntnis trifft mich wie ein einschlagender Blitz, und ich stemme die Füße in den Boden.

Die Reisen haben mehr gemeinsam als nur die Musik von den Playlists. Bei jedem Sprung zurück war ich frei, entspannt, und vor allem war ich ... glücklich.

Sofort öffne ich meine Notiz-App auf dem Handy, reiße die Kopfhörer runter, denn die Musik lenkt mich gerade zu sehr ab.

Leben 1: Italien
Wann? Plattenladen nach der Schule
Song: *Mystery of Love* von Sufjan Stevens

Zurück: Barbecue mit Eltern und Lucas Familie
Song: *Always* von Bon Jovi

Ich habe jeden Sprung in Kurzform notiert. Wo ich war, welcher Song lief und welche Menschen mir begegnet sind. Ich habe Zusammenhänge gesucht. Und dabei habe ich vollkommen übersehen, dass ich mir nie genau angeschaut habe, wie ich mich in dem Moment gefühlt habe.

Emotionen. Das Gefühl, allen Ballast abgeworfen zu haben.

Ist das die Lösung?

Beim ersten Mal roch ich förmlich das Meer im Plattenladen, als die Playlist lief. Nostalgie, diese Verbundenheit zu Italien und wundervollen Sommerferien. Ich wurde in die Realität zurückgeschleudert, als ich mit meiner und Lucas Familie einen der schönsten Momente überhaupt erlebte.

Wie war es beim zweiten Mal? Ich saß mit Dee auf der

Bank, ungezwungen und mit einem Song von Ghost auf den Lippen. Glückshormone, die mich durchfluteten. Zurück kam ich, als ich Mum umarmt habe. In einem Moment, in dem wir uns wieder nähergekommen sind und uns versöhnt haben. Im Hintergrund der Song der Band Garbage.

Hier bin ich gelandet, weil Amy und ich zu Paramore auf dem Bett hüpften. Lieder meiner Crush-Playlists. Die Lieder, die mich zurückholten, sind zwar nicht auf der jeweiligen Playlist zu finden, aber es sind immer Songs, die mir etwas bedeuten. Die mich an mein Leben erinnern. Die mir zeigten, dass ich loslassen konnte.

Ist das der Trick? Kann es so leicht sein?

Muss ich nur auf dem Wasser liegen und mich treiben lassen?

Ich tippe alles sofort in die Notiz-App. Meine Finger tun fast schon weh. Alle Nachrichten von Amy, die in diesem Moment eingehen, ignoriere ich. Ich muss das hier festhalten. Diese Erkenntnis.

Denn wer weiß schon, wie lange ich noch hier sein werde.

Kapitel 28

Wo will ich sein? Was will ich mit meinem Leben anfangen?

Unermüdliche Fragen, die mir durch den Kopf gehen. Wenigstens glaube ich, ein paar Antworten gefunden zu haben. Wenn ich in diesem Leben bleiben möchte, muss ich nicht nur starken Emotionen aus dem Weg gehen, sondern auch der Musik. *Das ist quasi unmöglich*, denke ich, während ich mir am nächsten Morgen die Zähne putze und in den Spiegel blicke.

Was will ich?

Diese Unsicherheit macht mich fertig!

Gedanken schlagen Purzelbäume, dabei will ich ...

Keine Ahnung, was ich will.

Ich gehe die Pro-und-Contra-Liste im Kopf durch. Für Bleiben spricht auf jeden Fall Dad. Und Amy. Für Gehen ... Ich hätte meinen Alltag wieder. Amy ist auch dort ... und Dee.

Ich bin ratlos, also spucke ich den Rest Zahnpasta aus, spüle mir den Mund aus und gehe runter frühstücken.

Niemand außer mir ist da, das Haus ist leergefegt. Ich gehe meinem üblichen Morgenritual nach, mache mir einen Kaffee und blicke aus dem Fenster rüber zu Amys Haus. Es regnet, viel stürmischer als gestern. Mit einem Blick auf mein Handydisplay wird mir angezeigt, dass es um fünf Grad abgekühlt ist. Der Herbst kommt aber früh – oder ist es das launische schottische Wetter?

Eigentlich mag ich diese Jahreszeit, zwar nicht so wie den Sommer, aber der Herbst in Edinburgh hat etwas Magisches. Wäre der Großteil der Herbsttage nicht voller Matsch und umherirrender Touris, und der Himmel trist und grau. Wir mögen den Herbst immer nur so lange, wie wir ihn romantisieren können. Bunte Blätter, ein kuscheliger Schal und leichte Sonnenstrahlen, die die Nase kitzeln. Die Realität sieht anders aus.

Das Wetter ist so sprunghaft wie meine Stimmung. Regen, Sonne, Regen …. Ich räume nach meinem Frühstück die Küche auf, aber auch wenn mir Ordnung manchmal hilft – das Chaos in meinem Kopf bleibt. Den Tag verbringe ich vor dem Fernseher und schaue mir all meine Playlists auf dem Handy nochmal genauer an. Irgendwann fallen mir die Augen zu, es wird schwarz, und als ich begreife, wo ich bin, finde ich mich im All zwischen den Türen wieder. Nein, Moment, etwas ist anders! Ich blinzele, aber die Sicht ist verschwommen, und bewegen kann ich mich auch nicht. Meine Beine sind wie festgefroren. Die Sicht wird langsam klarer, und ich erkenne, dass ich genau *in* einer Tür stehe. Jetzt taut auch mein Körper auf, und ich kann meine Hände bewegen, die versuchen, nach vorne zu greifen. Es fühlt sich an wie die unsichtbare Wand, die ich schon einmal im Traum ertastet habe. Als ich den Blick schweifen lasse, sehe ich in der Ferne die Tür mit dem grünen Holzrahmen, die ich in meinen Träumen Italien zugeordnet habe. Ein wenig weiter rechts schwebt Ambers Haustür. Stehe ich in der Tür zu *dieser* Realität?

Ich schrecke auf, als eine Tür ins Schloss fällt. Bin ich

eingeschlafen? Als ich den Kopf drehe, kann ich sehen, wie Mum und Dad zusammen ins Haus kommen. Sie schütteln ihre Regenschirme ab, denn es hat heute nicht aufgehört, zu schütten. Die beiden quatschen miteinander, ziehen Jacken und Schuhe aus, und mit dem Blick in die dunkle Wohnung wird mir klar, dass ich den Nachmittag verschlafen habe.

»Hey«, mache ich mich bemerkbar und setze mich aufrecht hin.

Meine Eltern sehen grinsend zu mir, Dad hält eine Tüte in der Hand.

»Ich hab Mum von der Arbeit abgeholt und Abendessen mitgebracht«, verkündet er.

Es dauert nicht lange, und wir sitzen zu dritt mit dampfenden Nudelaufläufen aus dem Restaurant im Wohnzimmer. Mum hat sich ein Glas Weißwein eingeschenkt, und als sie die letzte Nudel verschlungen hat, lässt sie sich mit einem Ächzen in den Sessel fallen.

»Wie war dein Tag?«, fragt sie mich und nippt an ihrem Wein.

»Ehrlich gesagt ziemlich unspektakulär«, antworte ich ehrlich und fahre mir durch das zerzauste Haar.

»Jetzt sag nicht, du hast bis eben noch gepennt?« Mum lacht, und jetzt muss ich auch grinsen.

»Bin wohl eingeschlafen.«

Außerdem habe ich herausgefunden, dass mich Playlists in andere Welten katapultieren.

Wir schauen *Das erstaunliche Leben des Walter Mitty*, und es fühlt sich so an, wie wir es früher im echten Leben getan haben. Mum und Dad kommentieren die Szenen, aber ich kann gerade nur hier sitzen und glücklich sein.

Vielleicht ist dieses Leben echt besser als die Realität?

In meiner Welt hätte ich alles dafür gegeben, diesen Augenblick erneut erleben zu dürfen. Ein unsagbares Gefühl von Vollkommenheit durchfährt mich. Mum, die auf der Couch neben mir sitzt, legt ihren Kopf an meinen. Ihre schwarzen Haare kitzeln mich ein bisschen an der Wange. Kann die Zeit nicht einfach stillstehen?

In dem Moment schaut Dad zu uns.

»Mensch, ihr seid ja süßer als jede Zuckerstange.« Alle lachen. *Genau so muss es jeden Tag sein*, wünsche ich mir.

»Dann pass bloß auf, dass du keinen Zuckerschock bekommst.« Mum löst sich von mir, nimmt ein kleines Kissen in die Hand und wirft es lachend nach meinem Vater. Gerade so kann er ausweichen, doch das Kissen landet nicht auf dem Boden, sondern knallt gegen eine Vase, die klirrend herunterfällt.

»Tja, Gracie, deine Mutter wird dir an Weihnachten den Marsch blasen, wenn sie die kaputte Vase sieht«, meint Dad lachend und zuckt in Mums Richtung mit den Schultern.

»Wie gut, dass ich dieses Ding sowieso längst loswerden wollte«, antwortet meine Mutter und will gerade aufstehen, da halte ich sie auf.

»Ich mach das schon«, sage ich schnell und kümmere mich darum, die Scherben zu beseitigen. Meine Eltern stoppen derweil den Film, und ich höre sie reden. Worüber genau, bekomme ich nicht mit. Meine Gedanken schweifen wieder zu meiner Realität und der Lücke, die Dad hinterlassen hat.

Als ich mich wieder auf das Sofa fallen lasse und Mum den Film wieder anmacht, zieht mein Dad mich in eine

Umarmung. Bei seiner warmen Berührung fügt sich ein Bild in meinem Kopf zusammen. Bei meinem letzten Sprung war es die Umarmung von Mum, die mich in die Realität geholt hat. Davor war es das Knäuel aus Luca, meinen Eltern und mir. Und kaum erklingt die Stimme von David Bowie, der im Film über den Weltraum singt, weiß ich, was gleich passieren könnte. Die Szene nehme ich kaum wahr, doch das Lied ist präsent und lullt mich ein.

»Ich hab dich lieb, Kid.«

Kid. So hat mich Dad genannt.

Es braucht nur diese fünf Worte, und mein Herz aus Glas zersplittert in tausend Teile. Genau wie die Vase.

In meinem anderen Leben hätte ich mir nichts mehr gewünscht, als diesen Satz von ihm noch einmal zu hören.

For here am I sitting in a tin can. Far above the world. Planet Earth is blue and there's nothing I can do.

»Dad, wenn du wüsstest«, wispere ich. Ich habe eine Entscheidung getroffen.

»Wie bitte?« Er löst sich von mir, guckt mich an, und in meinen Augen bilden sich Tränen.

»Schon gut. Ich hab dich auch lieb.«

Er legt die Stirn in Falten, ich umarme ihn erneut und spüre, wie Mum auf einmal eine Hand auf meine Schulter legt.

»Wir sehen uns wieder«, flüstere ich in Dads Halsbeuge, als ich loslasse.

Ich nehme Abschied von Dad.

Kapitel 29

Ich spüre weder Schmerz noch Angst.

Das grelle Licht sorgt dafür, dass ich die Augen immer noch fest zusammenkneife. Meine Füße berühren keinen festen Boden. Ich höre die Endklänge von *Space Oddity*, das Lied, das mich zurück in meine Welt begleitet.

Jeden Moment bin ich wieder auf dem Bett mit Amy, denke ich, doch irgendwie ist alles langsamer als sonst. Wie in Zeitlupe.

Vorsichtig schlage ich die Augen auf, als das weiße Licht abklingt und es vor mir immer dunkler wird. Ich glaube, ich schwebe in einer schwarzen Leere, doch dann sind da die Sterne.

Komisch, normalerweise passiert mir das doch nur, wenn ich in ein anderes Leben springe? Auf dem Weg zurück fühlte es sich immer eher so an, als würde ich durch das Wasser an die Oberfläche tauchen. Es geht schneller: Von einem Moment auf den anderen werde ich in mein altes Leben geschleudert. Aber jetzt breiten sich vor mir funkelnde Sterne aus. Ich schaue mich um, tatsächlich habe ich keinen festen Boden unter mir, irre im All umher wie eine Astronautin – freischwebend. Warum ist das jetzt anders?

Sollte ich Angst haben?

Komme ich vielleicht nicht mehr zurück?

Wer weiß, vielleicht schießt mich das All in eine andere Realität? Das würde neue Fragen aufwerfen, aber der Gedanke erscheint mir gerade am logischsten. Zig Fragen gehen mir durch den Kopf, doch als ich kurz in mich hineinhorche, ist da ganz viel Wärme und eine Gelassenheit, die ich nicht begreife,

Irgendwie ist alles okay.

Ist es der atemberaubende Anblick, der meinen Puls so ruhigstellt?

Ich schaue mich genauer um. Neben mir verläuft eine lilafarbene Milchstraße. Wie viele Millionen Lichtjahre sie wohl von mir entfernt ist? Mein Blick gleitet nach oben. Dort ist eine Sternkonstellation, von der ich im ersten Moment nicht erkenne, was sie darstellen soll. Zunächst sieht es aus wie ein Klumpen, doch das Sternbild ist zu schön zusammengesetzt, um ein zufälliges Bild zu ergeben. Ein bisschen kneife ich die Augen zusammen, und als ich es erkenne, halte ich den Atem an.

Die Sterne zeigen unsere Umarmung.

Mum, Dad und mich.

Sie bilden keine detaillierten Gesichter ab, nur unsere Silhouetten, jetzt kann ich es deutlich erkennen. Es ist wunderschön. Tröstlich.

Soll ich darauf zuschwimmen?

Ich strecke die Hand danach aus, doch plötzlich halte ich inne, erinnere mich an die Worte von Doktor Wilson.

Dein Vater wird immer bei dir sein. Ich muss nicht nach dem Bild greifen. Ich bewahre es in meinem Herzen auf und weiß, dass die Erinnerungen an Dad nie vergehen.

In dem Moment verschwimmt das Sternenbild. Wie kleine Tropfen regnen die Sterne auf mich hinab. Ich fühle mich wie das Mädchen im Märchen *Sterntaler*. Lächelnd betrachte ich, wie mein Körper in funkelnden Sternen gebadet wird. Der weiche Strom aus Licht ist ganz warm und sanft auf meiner Haut. Dabei habe ich mir Sterne immer anders vorgestellt. Zackig und gelblich, wie auf Bildern und Zeichnungen eben. Doch als ich die Handfläche umdrehe und ein glänzendes Lichtkügelchen darauf landet, schneiden keine Kanten in meine Haut. Es ist eher wie ein warmer Regen, der auf mich niederprasselt, ohne meine Kleidung nass zu machen. Die Sterne werden blasser, das Bild ist fort, und ich schaue zu meinen Füßen. Unter mir zerbersten die Sterne im All. Ich atme tief durch, schaue auf und auf einmal glaube ich, ein Déjà-vu zu erleben. Ich war schon ein paar Mal hier. Aber nicht während meiner Reisen. Sondern während meiner Träume.

Türen.

In diesem immer wiederkehrenden Traum war ich auch im All. Mal in einer Schwärze, mal sah ich auch Sterne, doch dort waren jedes Mal Türen.

Nun verstehe ich die Bedeutung.

Eine Tür, die zu einem anderen Leben führt. Das Bild ergibt endlich Sinn.

Und genau in dieser Sekunde wird es dunkel vor meinen Augen.

Kapitel 30

Ein warmer Körper heißt mich willkommen. Es ist immer noch dunkel, aber jetzt liegt es daran, dass ich meine Augen geschlossen habe. Ich fühle mich behütet, will diesem Moment eigentlich gar nicht entkommen, doch die Neugierde packt mich. Meine Lider flackern, da sie sich an das Licht gewöhnen müssen. Ich atme einen bekannten Duft ein, der sich mit dem Geruch von zuhause vermischt. Mein Kopf lehnt an einer Schulter, und nur langsam wage ich es, mich zu lösen.

Amy lächelt mich an. Sie greift nach meinen Händen, die ich sanft drücke.

Wir sind wieder auf dem Bett.

Ich bin zurück, und ausnahmsweise übernimmt mal nicht die Panik.

»Beste Freundinnen für immer.« Sie grinst, und ich sehe ihr an, dass sie selbst weiß, wie kitschig das klingt. Als wären wir kleine Mädchen, die sich ihre Freundschaft schwören.

Beste Freundin.

Nicht *feste* Freundin.

Oh, wenn Amy nur wüsste! Sofort merke ich, wie ich erröte, und ich schiebe alle Erinnerungen an diese andere Bonnie beiseite, um ganz im Hier und Jetzt zu sein. Ich will wahrnehmen, wie sich das hier anfühlt. Im Hintergrund spielt noch unsere Playlist, die dafür sorgt, dass keine peinliche Stille entsteht. Aber eigentlich weiß ich, dass es mit Amy nie peinliche Stille geben könnte.

»Mein Magen knurrt, lass uns was zu futtern bestellen«, stelle ich in den Raum.

»Pizza?«, fragt Amy.

»Pizza.«

Eine dreiviertel Stunde später sitzen wir mit unseren Pizzakartons im Park. Wir wollen draußen essen und die frische Abendluft genießen. Um diese Uhrzeit ist der Spielplatz leer, niemand stört uns. Da sind nur wir, wie wir auf den Schaukeln sitzen, lachen, uns etwas erzählen und die Pizza verschlingen.

»Weißt du noch, als du dich damals verschluckt hast und die Nudel wieder aus deiner Nase rauskam?«

Ich klammere eine Hand um den Metallhenkel der Schaukel, die andere konzentriert sich darauf, bei Amys Worten nicht das Pizzastück fallen zu lassen. Mein Bauch tut weh vor Lachen.

»Ich kann seitdem keine Maccheroni mehr essen.«

»Ich auch nicht«, sagt Amy und legt ihr Stück Pizza zurück in die Schachtel auf ihrem Schoß. Sie reibt sich die Hände.

Amy bringt mich dazu, anzukommen. Bei den letzten Malen war ich immer total verwirrt, wenn ich zurückgesprungen bin. Ich brauchte Zeit, um wieder klarzukommen. Mir sind die Erinnerungen bewusst, und ich muss noch über all das nachdenken, aber vor allem will ich gerade die wertvollen Momente mit Amy genießen.

Die Nacht ist traumlos. Da ist nur ein wohliges Gefühl. Ich schlafe endlich wieder in meinem Bett, meinem Ort der Ruhe.

Unter der Gewichtsdecke strecke ich mich, gähne genüsslich und nehme wahr, wie die Sonnenstrahlen durch die leicht geöffneten Jalousien fallen.

Zuhause.

Noch ein bisschen müde greife ich nach dem Handy, das auf meinem Nachtschrank liegt, und checke die Uhrzeit. Halb acht Uhr morgens. Ich bin früh ins Bett gegangen, habe eine gute Mütze voll Schlaf bekommen. Das war auch dringend notwendig!

Ich stehe auf, gehe ins Badezimmer und folge meiner Morgenroutine. Während ich unter der Dusche stehe, schweifen meine Gedanken kurz zu Amy ab. Zu Amy, dem gestrigen Abend und der Zeit, die wir miteinander in diesem Zwischenleben verbracht haben. Ich liebe sie. Natürlich.

Es war schön gewesen, sie zu küssen, und ein bisschen frage ich mich, ob wir in diesem Leben dazu bestimmt sind, eine andere Beziehung zu führen. In der anderen Welt fühlte es sich auch erst komisch an, aber dann war es irgendwie ... ganz normal, ihre Hand zu halten. Ein bisschen so wie bei Luca.

Verwirrung trifft auf Akzeptanz, und zusammen mit einer Prise Multiversumreisen entsteht mein ganz eigenes Chaos.

Ich frage mich, inwiefern sich meine Emotionen in anderen Leben verändern. Immerhin tauchten auch Erinnerungen auf, die gar nicht *mir* gehörten. Das nun verschwundene Wissen über Motorräder beispielsweise, oder mein leicht veränderter, härterer Musikstil. Das, was ich erlebt habe, ist zwar präsent, doch mir fehlen nach wie vor Erinnerungen an die Vergangenheit in den anderen Realitäten. Als mir die Idee kommt, einen Stift und ein Blatt Papier zu schnappen und etwas zu zeichnen, pruste ich kurze Zeit später bei dem Ergebnis los. Nein, ich kann das längst nicht so gut wie in dem Leben mit Amber. Aber eigentlich ist es nur logisch. Dort war ich zwar Bonnie, jedoch eine andere Version von mir. Eine, die vermutlich viel früher mit dem Malen angefangen hat. Was hat dazu geführt? Ich denke an den Schmetterlingseffekt und dass kleine Entscheidungen ganze Leben verändern. In Ambers Welt hatte ich viel mehr Hobbys. Vielleicht habe ich nach Dads Tod nicht nur Zuflucht bei Amy gesucht.

Ich denke an Luca, Amber, Amy. Und dann ist da noch dieser andere Mensch.

Dee.

Mein Herz klopft, wenn ich an jede einzelne Person denke. Doch was ist ein Crush, was ist mehr?

Das Vibrieren meines Handys zieht meine Aufmerksamkeit auf sich, und ich sehe Ians Namen auf dem Display.

Was er wohl will? Hoffentlich ist alles in Ordnung ...

»Hey, Kid«, begrüßt er mich, und der Spitzname lässt mich sofort an Dad denken. Seltsam, dass Ian ihn für mich benutzt, doch ich kann ihm gar nicht böse sein. Mit diesem Kosenamen verbinde ich nur Gutes.

»Hey«, antworte ich.

»Ich wollte nur Bescheid geben, dass ich den Laden heute zu lasse.«

»Alles okay?«, frage ich mit einem Zögern. Mir fällt

auf, dass seine Stimme komisch klingt. Kratzig, wie jemand, der die Nacht durchgefeiert hat.

»Sagen wir es so, ich bin in einen Pub gestolpert und nicht so schnell nach Hause gekommen.«

Mein Verdacht bestätigt sich, und ich setze zu einem Seufzen an, doch bevor ich etwas entgegnen kann, unterbricht er mich. »Du kannst morgen mit mir schimpfen, okay? Ich muss Schlaf nachholen.«

»Okay«, bestätige ich trocken. Vermutlich kann er uns nicht einfach so den Laden überlassen. Für ein paar Stunden vielleicht, doch nicht einen ganzen Tag lang.

»Genieß die freie Zeit!« Ian legt auf, ich starre perplex auf mein Smartphone. Hoffentlich hat er sich auch bei Dee gemeldet. Wenn ich ihre Nummer hätte, könnte ich ihr schreiben ...

Ich schüttele den Kopf, verlasse den Raum und gehe an dem Schlafzimmer meiner Eltern vorbei. Es steht leer. Dort sind nur ein Kissen und eine Decke.

Alles beim Alten.

Ob ich damit okay bin, weiß ich gerade nicht.

Ich verbringe den Morgen damit, mein Notizbuch zu füllen. Ich schreibe Details nieder, Emotionen, die mich gelenkt haben, und Songs, die mich in ein anderes Universum schubsten. Ergibt das alles Sinn? Nein. Ist es trotzdem passiert? Ja! Die ganzen wissenschaftlichen Berichte um den Schmetterlingseffekt und Paralleluniversen sind nicht ganz auf das zutreffend, was ich erlebt habe, aber sie helfen mir, eins ein für alle Mal zu verstehen: Ich habe Chancen, Möglichkeiten.

Niemand weiß von meinen Reisen, nur ich. Und das ist okay.

Ich kann die Erinnerungen an die Zeit aufrufen, wann ich möchte. Wie bei meinem Tresor, den ich verschließen kann, wenn die Gedankenkreise zu viel werden. Ich stelle mir den Tresor in bunten Farben vor. Das Ziffernblatt hat runde Tasten, die im Dunkeln leuchten. Den Code trage ich stets bei mir, in meinem Herzen, doch für heute schließe ich den Tresor, genau wie das Tagebuch in meinen Händen.

»Bin wieder da«, ruft Mum aus dem Flur, und so schnell war ich das letzte Mal auf den Beinen, als Muse ein neues Album angekündigt haben. Ich renne aus meinem Zimmer und stolpere bei meiner Begrüßung fast die Treppen hinunter.

»Was ist denn jetzt los?«

Ich umarme sie fest, ignoriere Mums Verwirrung.

»Ich hab dich einfach lieb«, sage ich und sauge Luft in meine Lunge, ehe ich sie wieder loslasse. Mums Blazer riecht nach frittiertem Essen, und ich sehe die Tüte vom Imbiss in ihrer Hand.

»Okay?« Die Stimme meiner Mutter ist fragend. »Ich dich auch.« Sie begreift nicht, was ich alles erlebt habe und wieso es mir so wichtig ist, dass ich sie jetzt an mich drücken konnte. Muss sie auch nicht.

»Ich hatte das Gefühl, ich sag dir das zu selten.« Ich schaue sie an und zucke gespielt mit den Schultern, dann fängt auch meine Mum an zu grinsen.

»Du bist mir echt eine. Wie wäre es mit Mozzarella-Sticks?« Mum hebt die Tüte, ich nicke und folge ihr in die Küche. Sie stellt ihre Tasche ab und legt das Abendessen auf den Tresen, während ich Teller hole und mich dann auf einem der Barhocker niederlasse.

»Erzähl, wie war dein Tag? Du strahlst so.«

»Ist das so?« Ich beiße mir auf die Innenseiten der Wangen, und Mum schaut mich kopfschüttelnd an. »Ian hat mir freigegeben, und ich habe einfach nur hart gechillt«, gebe ich zurück.

Wenn sie nur wüsste, was alles passiert ist …

Mum und ich lächeln uns an, und ihr Anblick ist wie eine Sonne, die in meinem Herzen aufgeht.

Es ist alles gut.

Kapitel 31

Ich träume von den Türen. Drei davon stehen offen, aber ich versuche es gar nicht erst, sie zu passieren. Zum einen, weil mich eine unsichtbare Barriere doch nur wieder aufhalten wird, zum anderen, weil ich kein Verlangen habe aufzustehen. Stattdessen beobachte ich nur, schwebe im Schneidersitz im All. Durch den Schleier im grünen Türrahmen sehe ich Italien, Ambers Haustür zeigt mir, wie ich lachend auf dem Gig stagedive. Die dritte, eine Tür, die wie Amys Zimmertür aussieht, zeigt Dad, Amy, Ian und mich im Laden. Ich bin ruhig, sitze da im schwebenden Nichts, schaue mir all die Leben an, während eine Sternschnuppe über meinem Kopf vorbeizieht.

Mein Körper ist noch ein bisschen steif, als ich aufwache, doch als ich mich im Bett räkele und strecke, geht es direkt besser. Gestern habe ich die Zwangspause gut genutzt, um runterzufahren. Mein Trick, Erinnerungen in einen Tresor zu verfrachten, funktioniert einwandfrei.

Ja, Therapie hilft eben, denke ich mit einem Lächeln auf den Lippen und stehe auf.

An der Kaffeemaschine bemerke ich einen kleinen gelben Zettel, den ich abmache und lese.

Hab einen schönen Tag – Mum

Sofort füllt sich mein Herz mit Wärme. Ich packe den Zettel in die Hosentasche meiner Shorts, denn die Worte meiner Mum möchte ich am liebsten den ganzen Tag mit mir herumtragen. In Gedanken manifestiere ich, dass es ein schöner Tag werden wird. Muss es einfach. Vielleicht ist das auch eine Art Bewältigungsstrategie für mich. Diese neue Hoffnung, dass am Ende alles gut wird. Weil es immer geklappt hat. Es gibt Dinge im Leben, die kann ich nicht beeinflussen. Unweigerliche Geschehnisse, die einfach passieren. Passieren müssen, um mich zu der Person werden zu lassen, die ich sein möchte.

Der Flügelschlag eines Schmetterlings, der alles verändert...

Mit diesem frischen Mut mache ich mir einen Kaffee, der direkt in meinen Thermobecher wandert, und verlasse pünktlich das Haus, um nicht zu spät auf der Arbeit zu erscheinen.

Ian ist schon da. Als ich mich dem Laden nähere, sehe ich durchs Fenster, wie er gerade an der Kasse hantiert. Ich muss meine Hand an die Stirn heben und die Sonne abschirmen, um ihn besser zu sehen, kneife die Augen zusammen und betrete den Shop.

»Morgen«, begrüße ich Ian, und die Türklingel läutet bei meiner Ankunft.

Er guckt von der Kasse auf, und als er mich sieht, schenkt er mir ein Lächeln. Ich hatte mit tiefen Augenringen in seinem Gesicht gerechnet, doch er sieht erholt und frisch aus. Es tut gut, ihn so zu sehen.

»Guten Morgen«, antwortet er. »Ich habe gestern Abend eine neue Lieferung bekommen, kannst du die auspacken und einräumen? Dann mach ich gleich den Laden auf.«

»Klar, mache ich sofort.«

Ich mag es, direkte Anweisungen zu erhalten. So weiß ich genau, was ich zu tun habe.

»Die Kisten stehen im Lager hinten an der Anlieferungstür«, lässt er mich wissen.

Ich bleibe nur kurz mitten im Laden stehen, die eine Hand hält meinen Kaffeebecher, die andere klammert sich jetzt um den Riemen meines Rucksacks. Da ist etwas, das ich ihm sagen will.

»Danke.«

Ian hält inne, schaut mich mit einem fragenden Blick an, den ich ihm nicht verübeln kann.

»Wofür?«

»Für all das hier. Die Arbeit und so«, gebe ich zurück und zucke mit den Schultern. Ian weiß nichts von meinen Abenteuern oder davon, dass ich in einem anderen Leben mit Dad und Amy hier bei ihm im Laden war.

»Nichts zu danken.« Ians Stimme fordert meine Aufmerksamkeit zurück.

Er ist perplex. Leicht steht sein Mund offen, und er schaut zwischen mir und der Kasse hin und her. »Deine Freundin kommt bestimmt gleich auch, dann könnt ihr euch zusammen um die Kisten kümmern«, sagt er.

Deine Freundin.

Er meint Dee.

»Okay«, gebe ich zurück und verschwinde schnell im Lager, bevor ich knallrot anlaufe.

Ich mache die Tür zum Lager hinter mir zu, lehne mich an das Holz und sinke wie in einem dramatischen

Film zu Boden. Der Staub wirbelt auf, als mein Hintern den Boden berührt.

Dee.

Mir fällt auf, dass ich häufig an sie gedacht habe. Nicht nur in diesem Leben. Als ich in Italien war, als ich Amber näher kennengelernt habe und sogar in der kurzen Zeit mit Amy war sie hin und wieder präsent.

Genau in diesem Moment spüre ich, wie jemand die Tür hinter mir aufmachen will, und ich falle reflexartig vornüber.

»Oh, sorry!«, kommt es von der anderen Seite. »Geht's dir gut?«

Ich robbe wie ein gestrandeter Wal auf dem Boden nach vorne, mache Platz, damit Dee durch die Tür gehen kann.

»Alles gut, nichts passiert!«, rufe ich zurück und hebe meine rechte Hand, um zu zeigen, dass ich noch an einem Stück bin.

»Tut mir echt leid! Ich wusste nicht, dass du da sitzt!«

»Konntest du nicht wissen.«

Ich rappele mich vom Boden auf, wische mir den Staub von den Oberschenkeln und Knien, und als ich endlich hochschaue, blicke ich Dee direkt in die Augen.

Ihr Gesichtsausdruck zeigt mir, dass sie sich Sorgen macht. Auch wenn mir nichts passiert ist, irgendwie finde ich das ziemlich süß, und ich verstecke mein Grinsen, indem ich mir auf die Zunge beiße. Sie hält mir ihre Hand hin, nach der ich greife, und kaum berühren sich unsere Finger, durchzuckt mich etwas.

»Danke«, sage ich und kann das Lächeln dieses Mal nicht verbergen.

»Hauptsache, dir geht es gut«, antwortet Dee, mustert mich und lächelt dann ebenfalls.

Ich sehe auf unsere Hände, bemerke, dass ich mich viel zu lange an ihr festgehalten habe, lasse sie los, räuspere mich und wechsle das Thema.

»Ian hat neue Kisten für uns.« Ich reibe meine Hände aneinander, um auch das letzte Staubkorn abzuwischen.

»Dann ran an die Arbeit.«

Mein Blick haftet an Dee, die sich bückt, um ihren Rucksack abzulegen. Ihre Wirbelsäule zeichnet sich durch das graue Oversize-Top ab, das sie als Kleid trägt. Der Saum endet kurz unter ihrem Hintern.

Ähm, Hirn, bist du okay?

Ich blinzele, schlucke und versuche mir nichts anmerken zu lassen, als sie aufsteht.

»Ist heute Tag der Salzsäule?«, fragt sie mich, und auf ihre Lippen stiehlt sich das schiefe Grinsen, das ihr so gut steht. Ich erwache aus meiner Starre und schüttele den Kopf.

»Ja, ich dachte, ich imitiere heute eine dieser Künstler*innen, die sich verkleiden und in Touri-Straßen rumhängen.« Woher kommt plötzlich diese Schlagfertigkeit?

»Ich muss dir jetzt aber keine Münze vor die Füße werfen, damit du dich bewegst?« Dee fährt sich mit der Hand durchs Haar, und wir lachen.

»Na doch, klar. Ich will für meine Arbeit als lebende Salzsäule schließlich belohnt werden.«

»Kann ich dich auch anders bezahlen? Mit einem Kaffee oder so?«

Sie legt den Kopf schief und schaut mich wie ein Hundewelpe an. Ich bin mir sicher, dass absolut niemand diesem Blick widerstehen kann.

Und dann verarbeitet mein Hirn, was sie gerade zu mir gesagt hat.

»Ähm ...«, stottere ich, versuche überall hinzuschauen, nur nicht in Dees Augen.

Konzentration!

Aber die Konzentration rennt gerade panisch schreiend über eine Wiese, während Dee auf mich zukommt. Sie steht nur wenige Zentimeter von mir entfernt, und als sie mich von oben bis unten mustert, halte ich die Luft an. Ich hoffe, sie kann nicht hören, wie schnell mein Herz schlägt. Mein Blick gleitet zurück zu den Kisten, und ich bin so überfordert, dass ich das Thema wechsele.

»Sollten wir nicht erst einmal die Kisten ausräumen?« Etwas in Dees Zügen verändert sich, dann seufzt sie.

»Ja klar, wie auch immer. Lass uns loslegen.«

Erkenne ich da Enttäuschung in ihren Zügen? Vielleicht habe ich mich auch nur verguckt.

Glücklicherweise dreht Ian in diesem Moment die Musik im Laden auf, die bis zu uns ins Lager dringt, und die Stimmung ist nicht mehr so angespannt.

Wir sortieren und räumen auf. Manchmal berühren sich unsere Hände, wenn wir versehentlich zur gleichen Kiste greifen. Es sind immer wieder diese kleinen Momente mit Dee, die mich aus dem Konzept bringen. Wenn sie über die Schulter blickt und mich anlächelt oder von dem Hund ihrer Großmutter spricht, der mal im Fernsehen war, weil er bei einer Polizeiserie mitgespielt hat.

Dee packt sich die nächste Kiste, wobei ich bemerke, wie sich ihre Armmuskeln anspannen. Macht sie eigentlich einen Sport? Krafttraining? Mir ist bisher gar nicht aufgefallen, wie muskulös ihre Oberarme sind. Nicht aufgepumpt wie bei einem Bodybuilder oder so. Vielleicht kommt das auch vom Gitarre spielen? Geht das überhaupt? So gut kenne ich mich dann doch nicht aus.

Ein Weilchen später stehen wir beide im Gang mit den CDs, die alphabetisch sortiert sind. Sie stemmt die Hände in die Hüften, schaut zu den Kisten, die wir vom Lager in den Shop getragen haben, und dann zu mir.

»Wie wollen wir es machen?«

Wie wollen wir ... was?

»Die CDs einräumen«, fügt Dee an.

Ja klar, was sonst?

»Rausnehmen, Stapel bilden und dann einsortieren?«, versuche ich eine Lösung vorzuschlagen und beobachte die Kundin an der Kasse, um nicht die ganze Zeit Dee anzusehen.

»Ich glaube, dann steht der Laden gleich voller CD-Stapel. Vielleicht sollten wir einfach eine nach der anderen rausnehmen und ganz normal einsortieren. Was meinst du?«

Die Kundin verlässt das Geschäft, ich sehe zu Dee. Als sich unsere Blicke treffen, wird mir ganz mulmig. Also, *gut* mulmig. Diese Art von Bauchkribbeln, die man bekommt, wenn man jemandem, den man mag, ein bisschen *zu* tief in die Augen schaut.

»Bin dabei«, entgegne ich sofort und versuche nicht, all die Farbtöne in ihren Augen auszumachen. Sie beugt sich wieder herunter, öffnet ihre Kiste, und ich tue es ihr gleich.

»Was hat er da eigentlich wieder bestellt?«, fragt Dee und nimmt eine CD aus der Kiste, um sie von allen Seiten zu betrachten. An einer Kante der Hülle entdecke ich eine Staubschicht.

»Neue Ware«, ruft Ian ihr zu.

Ich gehe in die Knie, öffne meine Kiste, doch anstatt hineinzusehen, schaue ich zu Dee. Mir fällt auf, dass sie ihre Finger schwarz lackiert hat. Ganz frisch. Es ist kein einziger Patzer zu erkennen. An ihrer linken Hand glitzern ein paar silberne opulente Ringe im Schein der Morgensonne, die durch das Schaufenster dringt.

»Sieht eher aus wie Schrott«, seufzt sie und schüttelt den Kopf.

Ich kann den Namen der Band auf der CD nicht lesen, erkenne auf dem Cover nur eine halbnackte Frau, die sich auf einem Motorrad räkelt. Sie ist von Feuersäulen umzingelt.

»Braucht kein Mensch«, sagt sie mit einem Gähnen und lässt die CD in die Kiste fallen.

»Ich kann euch hören!«, mischt sich Ian tadelnd ein.

»Ich weiß«, ruft Dee zurück, wobei ihre Stimme zuckersüß klingt.

Ich senke den Blick, muss lächeln, und als ich aufschaue, sehen wir uns wieder in die Augen. Dee grinst.

Sie hat etwas an sich, das mich einfach fasziniert. Nicht nur dieser lässige Gang oder die Art, wie sie spricht. Es ist schön, dass wir ähnliche Musik mögen, aber das allein sorgt nicht für das Prickeln auf meiner Haut. Es sind nicht ihre schwarz umrandeten Augen, die mein Herz zum Klopfen bringen, und auch nicht der Fakt, dass ihr Hintern in dem Outfit fantastisch aussieht. Vielmehr sind es ihr Lachen, die Geschichten über ihre Großmutter oder ihre Begeisterung, wenn sie mir von ihrem Rollenspielcharakter erzählt. Die Freude in ihren Augen.

Es ist einfach Dee. Ihr ganzes Wesen.

Sie sorgt dafür, dass mein Puls in die Höhe schießt, und gleichzeitig kann sie mich mit wenigen Worten beruhigen. Da sind die Gespräche mit ihr, die mich beflügeln und mich auf neue Ideen bringen. Vielleicht sollte ich auch mal so ein Hobby wie Pen and Paper ausprobieren? Mit ihr kann ich schweigen, und die Stille ist nicht unangenehm. Ein Anzeichen, das mir verrät, dass mir eine Person guttut.

Ich wünschte, wir könnten mehr Zeit miteinander verbringen ...

Diese Erkenntnis trifft mich genau jetzt wie ein Blitz.

Jäh ist der Moment verstrichen, als Dee den Kopf senkt und sich wieder den CDs widmet.

Was bleibt, sind die Gefühle.

Kapitel 32

Abends liege ich in meinem Bett und starre an die Decke. Ich erinnere mich, wie dort früher diese Sterne klebten, die nachts leuchteten. Als ich klein war, konnte ich ohne sie nicht schlafen. Vor einigen Jahren habe ich sie abgemacht. Die Dinger liegen jetzt in einem Karton im Keller, weil ich sie nicht mehr brauche. Wegschmeißen wollte ich sie aber auch nicht. Sie erinnern mich an das Sternenbild und den warmen Lichtstrom, in dem ich badete, und auf einmal sehe ich Dee in den Sternen.

Ich möchte mich mit ihr treffen.

Wie soll ich sie darauf ansprechen? Einfach hingehen und ganz cool nach einem Date fragen? Nicht so mein Ding. Wird sie überhaupt zustimmen, wenn (oder eher falls) ich sie darauf anspreche? Keine Ahnung. Werde ich mich total peinlich benehmen und volle Kanne in ein Fettnäpfchen springen? Wahrscheinlich.

Genervt von diesem Gedankenchaos drehe ich mich zur Seite und greife nach meinem Handy. Irgendwem muss ich es jetzt sagen, sonst platze ich.

> **Ich:** Ich möchte möglicherweise ein Date. Mit Dee. Und werde sie fragen.

Ich schreibe die Nachricht dreimal neu, bis ich sie an Amy

absende, und überlege kurz darauf, ob ich sie nicht doch lieber zurückziehen sollte. Vor allem, als ich sehe, dass Amy gerade online ist. Unsicher richte ich mich im Bett auf, meine Augen sind ganz auf das Handydisplay fixiert, weil ich ihre Antwort nicht abwarten kann. Sie tippt nicht, aber die Nachricht wird als gelesen angezeigt, und das macht mich kirre.

> **Ich:** Und möglicherweise kriege ich jetzt eine Panikattacke, weil ich dir das geschrieben habe.

Meine Finger tippen schneller, als mein Hirn denken kann, und damit steigere ich mich viel zu sehr hinein. Wieder so eine Nachricht, die ich nach dem Absenden irgendwie bereue … und gleichzeitig auch nicht. Da ist dieses komische Gefühl in mir. Dieser Wunsch, einen Stein ins Rollen zu bringen.

Endlich! Amy tippt, und ich umklammere mein Handy so fest, dass mir meine Finger weh tun.

Lockerlassen, entspannen!

Aber das ist gerade nicht so einfach. Ich habe von Dates geträumt, mir Kinoabende und all so etwas vorgestellt, aber in meinem echten Leben, da habe ich noch nie jemanden um ein Date gebeten. Ich war mit Luca im Restaurant, mit Amber bei mir zuhause und mit Amy unterwegs. Warum ist das jetzt anders?

Weil du weißt, dass diese Realität nun einmal zu dir gehört?!

Und jetzt habe ich meiner besten Freundin gesagt, dass

ich Dee auf ein Date ansprechen werde! Das ist ein Riesending für mich!

> **Amy:** Atmen.

Sie schreibt nur dieses eine Wort, dann sind die drei Pünktchen weg, die anzeigen, dass die andere Person tippt.

> **Ich:** Sagst du so leicht.

Es dauert keine drei Sekunden, da tippt sie wieder, und mein Puls geht ein bisschen runter. Es fühlt sich gut an, zu wissen, dass meine beste Freundin sofort zur Stelle ist, wenn ich nicht weiter weiß.

> **Amy:** Soll ich rüberkommen?

Darauf gibt es nur eine Antwort.

Zehn Minuten später sitzen wir auf meinem Bett. Eben noch sprudelte es nur so aus mir heraus, aber jetzt bin ich ganz stumm und weiß nicht, wie ich anfangen soll. In Persona ist es anders als vor einem Display. Amy guckt mich fragend an. Sie wartet darauf, dass ich loslege, bemerkt dann, dass mich etwas zurückhält.

»Also, Dee, ja?«

Ich bin ihr dankbar, dass sie das Wort ergreift. Nervös spiele ich mit meinen Fingern, greife zu meinem Nachttisch und schnappe mir den Stressball in Form eines Corgis.

»Keine Ahnung ... ja?«, gebe ich zurück.

»Jetzt komm schon«, fordert sie mich heraus und sieht mich streng an.

Dann ist da eine kurze Stille. Stille, die mir Angst macht. Bisher war Amy gegenüber Dee nicht sonderlich aufgeschlossen. Es ist schwer vorstellbar, dass sie immer noch wegen des Zusammenpralls wütend auf Dee ist. So, wie sie mich gerade ansieht, gibt sie mir eher ein ganz anderes Gefühl. Steht sie vielleicht auch auf Dee? Oder womöglich auf ... mich?

Oh nein, Schicksal, bitte lass es nicht wieder kompliziert werden!

»Du kannst mit mir darüber reden«, versichert sie mir lächelnd.

»Ich will ja, aber ... «, bringe ich über die Lippen und halte inne. »Ich weiß auch nicht, irgendwie habe ich den Eindruck, dass etwas zwischen uns steht, wenn ich von Dee anfange.« Endlich sind die Worte raus.

»Ach, so ist das.«

Ich presse die Lippen aufeinander, drücke den Corgi mehrmals hintereinander und wundere mich, dass Amy erstaunt schaut. »Warte, bist du schon die ganze Zeit in Dee verknallt?« In ihren Augen funkelt etwas auf, und meine Wangen werden rot. Sie wartet keine Antwort ab, mein Blick reicht ihr. »Bonnie, echt jetzt, ich glaub's nicht!« Ihre Stimme ist voller Liebe, fassungslos, aber gleichzeitig warm.

»Na ja, du warst so unfreundlich zu ihr und meintest, ich soll aufpassen. Mensch Amy, seit wann benehmen wir uns so?«

Jetzt lachen wir beide, und Amy rutscht ein bisschen

näher zu mir. Sie hält mir ihre Hände hin. Ich lege den Stressball beiseite und greife verlegen nach ihr.

»Wir hätten wirklich früher darüber reden sollen, es tut mir leid, dass ich so drauf war ...« Sie beißt sich auf die Unterlippe, und in ihrem Blick liegt Bedauern. »Das Babysitten, die versauten Noten und das Zeugnis ... Ich war wohl einfach nicht ganz ich selbst.« Dann lächelt sie, und ich drücke ihre Hände.

»Und ich hätte—«

»Lass es«, sagt sie, klingt dabei aber nicht streng. »Wir machen alle Fehler, okay?«

»Okay«, antworte ich.

»Tja, also du wirst nur wissen, ob sie mit dir auf ein Date geht, wenn du sie fragst.«

Ich hasse Amy ein bisschen dafür, dass sie so direkt ist und das Offensichtliche ausspricht.

»Danke, Sherlock«, gebe ich raunend zurück, strecke ihr die Zunge raus, und als ich ihre Hände loslasse, falle ich mit dem Rücken auf die Matratze zurück. Ich schaue zu der Wand, an der die Sterne hingen. Hier und dort kann ich noch die Abdrücke davon sehen. Früher war alles so viel leichter. Oder?

Nein, bestimmt nicht, antworten mir meine Erinnerungen. *Das kommt dir nur so vor.*

Sofort muss ich an meinen letzten Sprung in das andere Leben denken. Amy und ich. Knutschend. Kurz frage ich mich, ob Amy Gefühle für jemanden hat.

Wir lieben uns – als beste Freundinnen. Mehr nicht.

Mehr ... Was bedeutet dieses mehr überhaupt?

Totaler Quatsch, denn zwischen uns hat sich nur die Art der Beziehung geändert.

»Wenn ich ehrlich bin, habe ich es mir schon gedacht. Also, dass du auf Dee stehst«, verrät sie mir. »Vielleicht habe ich es nicht erwähnt, weil ich Angst hatte, dass du dich Hals über Kopf in jemanden verliebst und alles um dich herum vergisst, wie du es immer machst«, sagt Amy, und ich schaue sie mit festem Blick an.

»Tue ich das?«, frage ich unnötigerweise und kann mir die Frage eigentlich selbst beantworten. Amy guckt mich an, als würde sie sagen: *Ich bitte dich, jetzt scherzt du aber!* »Okay, schon gut«, schnaube ich. »Schuldig im Sinne der Anklage«, sage ich lachend und höre, dass auch sie leise kichert.

»Du siehst jemanden, verknallst dich hoffnungslos, und für ein paar Tage oder Wochen gibt's nur diese eine Person in deinem Leben. Und ich gehe noch weiter: Wenn der Punkt kommt, an dem du merkst, dass du dich mit der Person treffen willst, bekommst du den Mund nicht auf. Und dann verlierst du irgendwann das Interesse. Bis der nächste Crush folgt.«

Wow.

Amys Worte treffen mich härter als gedacht. Aber alles, was sie sagt, entspricht der Wahrheit. »Weißt du was? Ich kann es dir nicht verübeln. Nicht, dass ich es bisher anders gemacht hätte.« Amy zuckt mit den Achseln. »Ich hab einfach Angst um dich«, sagt meine beste Freundin ruhig. Ein bisschen fühle ich mich wie bei der Therapie. Okay, Gespräche mit Freund*innen sind häufig therapeutisch, aber definitiv niemals mit einer ärztlichen Meinung zu verwechseln.

»Ich …«, beginne ich, sehe weg und stocke.

Das stimmt, du hast mich durchschaut oder ein schlichtes

Ja, genau geben nicht ansatzweise das wieder, was ich antworten will.

Nach ein paar Atemzügen drehe ich den Kopf zu ihr. Unsere Blicke treffen sich.

»Warum kennst du mich so gut?«, frage ich sie und kneife die Augen zusammen.

»Weil du meine beste Freundin bist«, antwortet Amy lässig und lächelt.

»Wieso?«

Meine Frage schwebt im Raum, und ich spüre, wie sich mein Körper anspannt.

»Du bist der einzige Mensch, der genauso einen an der Waffel hat wie ich«, sagt Amy, und jetzt verfallen wir in lautes Gelächter. Es fühlt sich so gut an.

Bis Amy wieder ansetzt und sich der Ton in ihrer Stimme verändert, ernster wird. »Bonnie, jetzt mal wirklich, was ist los? Ich glaube, da steckt noch mehr hinter, oder?«

Die große Frage, auf die ich keine Antwort geben *kann*. Aber irgendetwas muss ich sagen.

»Ich hab irgendwie viel nachgedacht in letzter Zeit.« Das ist nicht einmal gelogen. *Hey, keine Halbwahrheiten!* »Fragst du dich auch manchmal, was passiert wäre, wenn eine Kleinigkeit in deinem Leben anders gelaufen wäre?«

Amy runzelt die Stirn und streicht über eine Falte, die ihr Shirt geworfen hat.

»Klar. Machen wir das nicht alle?«

»Weiß nicht«, sage ich schulterzuckend. Vielleicht muss ich aufhören, zu denken, dass nur ich über solche Sachen grübele.

»Aber was bringt es dir, einer schiefgelaufenen Sache hinterherzujagen?«

Kurz bedenke ich meine Aussage und blicke auf die Vergangenheit zurück. Was alles hätte anders laufen können. Auch mein Dad taucht kurz in den Gedanken auf, doch dann bin ich wieder bei meinen Reisen. Musste all das so passieren? Zeigen mir meine Träume weitere Türen, die offenstehen? Will ich überhaupt andere Leben ausprobieren?

Amy bemerkt, wie mein Oberkörper immer weiter zusammensackt, denn plötzlich liegt ihre Hand auf meiner Schulter.

»Weißt du, wenn du etwas in deinem Leben verändern willst, dann … musst du es auch machen.«

Die Wahrheit liegt nicht nur in ihren Worten, sondern auch in ihren Augen.

»Das ist ja das Schwierige«, antworte ich. Ich spüre bereits, wie sich Kopfschmerzen ankündigen, weil sich meine Gedanken im Kreis drehen.

»Schwierig ja, aber es ist nicht unmöglich.«

Ach Amy, du und deine Weisheiten.

Ich versuche mich an einem Lächeln und gebe mir einen Ruck.

»Umarmung?«, frage ich sie, und wir drücken uns.

»Danke«, flüstere ich ihr ins Ohr.

»Immer«, antwortet Amy, als wir uns voneinander lösen. »Also, wie lautet der Masterplan?«

»Masterplan?«

»Na, um Dee nach dem Date zu fragen, du Nuss!«

»Puh, wenn ich das mal wüsste.« Ich rolle mit den Augen.

»Versuch doch mal etwas Leichtes: Frag sie einfach. *Hey Dee, Lust, was zu unternehmen?*«

Amy sieht mich an, blinzelt, und ich lasse sie warten.

»Klaaaaaar, wieso bin ich nicht eher darauf gekommen?«, sage ich sarkastisch. »Amy, ich kann doch nicht einfach zu ihr hingehen und sie fragen, ob sie mit mir ausgeht!« Versteht sie nicht, wie schlimm es wäre, wenn sie mich abserviert? »Was, wenn sie nein sagt?«

Stille, nur Amys angriffslustiger Blick sagt tausend Worte.

»Was, wenn sie ja sagt?«

Sie legt den Kopf schief, und die Art, wie ihre Mundwinkel zucken, bringt mich dazu, nach einem Kissen zu greifen und sie damit freundschaftlich zu boxen.

»Ich hasse dich«, sage ich.

»Ich dich auch«, antwortet Amy.

Kapitel 33

Bei allen Metal-Göttinnen, ich mach's.

Das denke ich zumindest am nächsten Tag, doch kaum sehe ich Dee, schlottern mir die Knie. Ich muss ja nicht mit der Tür ins Haus fallen. Vielleicht bin ich in ein paar Stunden etwas lockerer. Wir unterhalten uns während der Arbeit, was es mir leichter macht. Wir lachen darüber, als wir irgendwie dabei landen, über Silvester zu sprechen, und feststellen, dass wir beide jedes Mal rote Unterwäsche tragen, weil das angeblich Glück bringen soll. Ich stelle fest, dass sie Rugby genauso wenig leiden kann wie ich, und sie zeigt mir ein Video ihres Dads beim Dudelsackspielen. Eigentlich macht sie es mir leicht, sie einfach um ein Date zu bitten, doch die Zeit geht so schnell um, dass ich keine Möglichkeit finde, die Worte über die Lippen zu bringen. Manchmal bin ich kurz davor und denke, dass jetzt der ideale Augenblick ist, und dann passiert etwas, das mich rausreißt. Ian, der ins Lager stürmt, oder das Bimmeln der Glocke, wenn Kund*innen eintreten.

Es dauert zwei geschlagene Tage, bis ich es nicht mehr aushalte und sie einfach fragen *muss*.

Mit frisch gefasstem Mut stehe ich vor *Ian's Records*, doch jeder Schritt, den ich auf den Laden zu mache, fällt mir schwerer. Als hätte ich Steine in den Stiefeln. Es gelingt mir, den Schlüssel aus meinem Rucksack zu fischen und den Laden aufzuschließen. Ich habe extra ein bisschen mehr Zeit eingeplant, um Ruhe zu finden, bevor ich mich meiner Angst stelle.

Hast du Lust, was mit mir zu machen?

Mehr muss ich nicht sagen. Ich wiederhole den Satz im Geiste, während ich die Jalousien hochfahre und dem Laden Leben einhauche. Was soll schon passieren? Wenn sie nein sagt, muss ich damit klarkommen. Es sollte total okay sein, einen Korb zu kassieren, doch warum habe ich dann solchen Bammel davor? Und wenn Amy recht hat und Dee tatsächlich einwilligt, dann …

Heilige Scheiße, dann habe ich ein Date.

Im Schaufenster betrachte ich mein Spiegelbild. Ich habe Concealer und Wimperntusche aufgelegt, sehe ausgeschlafen aus und trage mein Hallo-ich-brauche-heute-Selbstbewusstsein-Shirt. Ein weißes Shirt mit gekrempelten Armen und dem Logo von Guns n' Roses auf der Brust. Rosenranken und Pistolen. Motive, die mich an die Tattoos meiner Eltern erinnern und mir Kraft geben.

Was würde Dad mir raten?

Hintern hoch, du kannst das!

In dem Augenblick läutet die Türklingel, und Ian betritt den Laden.

»Morgen«, grummelt er, ohne mich dabei anzusehen.

»Morgen«, antworte ich ein bisschen fröhlicher.

»Ich glaub, heut ist tote Hose.« Knirscht er da gerade mit den Zähnen? Ian geht zum Tresen, und ich folge.

»Wieso das denn?« Ich stelle mich auf die andere Seite der Kasse und lege die Unterarme auf der Fläche ab.

»Es wird heute viel zu heiß, da geht keine Sau shoppen«, erwidert er und setzt sich die schwarze Käppi auf, die er gestern neben der Kasse vergessen hat. »In den Nachrichten meinten sie, heute gibt's nochmal eine ordentliche Sommerhitze, bevor es abkühlt.«

»Warte doch erst mal ab.« Ich schenke ihm ein Grinsen. Vielleicht braucht Ian einfach nur ein bisschen gute Laune.

Er öffnet die Kasse und wirft mir als Antwort einen skeptischen Blick zu.

»Wenn du das sagst«, raunt er, und die Kasse springt geräuschvoll auf. »Such doch mal Musik aus. Ich mach mir einen Kaffee. Willst du auch einen?«

»Gerne«, antworte ich.

Damit beendet Ian unser Gespräch, und ich eile zum Plattenspieler. Wieder regt sich die Türklingel, aber dieses Mal ist es Dee, die eintritt. Damit sind wir komplett, und ich kann wieder Panik schieben, weil mir bewusst wird, was ich vorhabe.

»Guten Morgen«, grüßt sie uns. Ihr Lächeln wärmt mich von innen, oder ist es die Sommerhitze, die sich draußen langsam anstaut?

Sie hat ein schwarzes Crop Top an, und bei jedem Schritt, den sie weiter in den Laden macht, klirren die zahlreichen silbernen Ketten, die um ihren Hals baumeln. Mittlerweile frage ich mich, wie viel Schmuck sie wohl noch hat.

»Morgen, Dee«, antworte ich mit einem Nicken.

Aus dem Lager ertönt ein Brummen von Ian, was einem Guten Morgen gleichkommt. Er tritt zurück in den Shop und reicht mir eine der beiden Kaffeetassen. Das Motiv darauf erkenne ich kaum, weil das Bild bereits verblichen ist. Ich bedanke mich mit einem Lächeln.

»Oh nice, The Veronicas«, höre ich Dee rufen, als ich eine Platte ausgesucht habe und die Musik durch die Boxen dringt. Klar, dass ihr das gefällt. Vielleicht habe ich die Band extra für sie herausgepickt.

Sie bleibt kurz stehen, wirft mir einen Blick zu, und dann ist sie auch schon im Lager verschwunden. Ich bleibe mit klopfendem Herzen zurück. Mein Gehirn ist immer noch damit beschäftigt, sich Worte zurechtzulegen, die nicht total peinlich klingen.

»Könnt ihr heute Vormittag den Laden schmeißen? Ich habe einen Arzttermin«, ruft Ian durch das Geschäft. Ich schaue auf, sehe zu ihm, aber er hat den Blick Richtung Kasse gesenkt. In dem Moment kommt Dee aus dem Lager, und wir sprechen fast gleichzeitig.

»Klar!« Wir tauschen grinsend Blicke aus.

»Gut.« Kein Danke, typisch Ian. Und dennoch ist da dieser kurze Blick in meine Richtung, der seine Erkenntlichkeit zeigt.

Wenn Ian weg ist, ist das für mich die ideale Gelegenheit, auf Dee zuzugehen. Zumindest entfernt sich damit ein potenzieller Störfaktor aus der Gefahrenzone. So kann ich mein Vorhaben deutlich entspannter umsetzen.

»Ihr könnt vorher noch ein paar Kisten ausräumen«, schlägt Ian vor, und Dee verschwindet hinter der Tür. Ich drücke den Rücken durch, ziehe die Schultern nach hinten und gehe durch den Raum zum Lager. Dee wühlt in ihrem Rucksack auf dem Boden, bis sie eine metallene Thermoflasche gefunden hat. Darauf kleben allerlei Bandsticker. Ich lehne mich an die Wand direkt an der Tür, dort, wo auch der Lichtschalter ist. *Sieht das cool aus?*

Dee öffnet ihre Trinkflasche und nimmt einen großen

Schluck, bevor sie die Flasche wieder zuschraubt und in den Rucksack steckt.

»Soll heute auch ziemlich heiß werden.« Kommt es mir nur so vor oder betont sie das Wort *heiß* extra?

»Dann würde ich vorschlagen, dass wir uns später ein Eis verdient haben«, kommt es so plötzlich über meine Lippen, dass ich von mir selbst überrascht bin. Ich hatte eigentlich etwas ganz anderes sagen wollen. Zack, die Anspannung klopft wieder an.

Was, wenn sie nein sagt?
Was, wenn sie ja sagt?

»Hört sich gut an«, sagt Dee und zaubert mir so ein Lächeln ins Gesicht. Sie ist so süß verschmitzt, dass ich am liebsten auf sie zugehen möchte, um mit dem Finger ihre Lippen nachzufahren.

Reiß dich am Riemen!

Wir gehen an die Arbeit und räumen weiter das Lager auf. Mittlerweile ist es schon viel ordentlicher, seitdem wir hier angefangen haben. Ian hat über die Jahre so viel Zeug angesammelt, dass wir erst einmal eine Grundordnung schaffen mussten. Jetzt, wo wir endlich gecheckt haben, welche Dinge wo und wie gelagert werden, ist es auch nicht mehr so kompliziert. Es ist zwar nicht perfekt, aber möglicherweise können Dee und ich bis zum Ende der Ferien dafür sorgen, dass Ians Geschäft ein bisschen einladender wirkt. Dafür müssten wir allerdings mehr tun, als nur das Lager aufzuräumen …

»Wenn heute sowieso nichts los ist, könnten wir auch im Shop und im Lager die Fenster putzen«, schlägt Dee vor, als sie eine der vielen leeren Kisten zusammenfaltet und vor sich auf dem Boden stapelt. Kann sie Gedanken lesen?

»Gute Idee. Ich frage mich, wann er das zuletzt gemacht hat.«

Dee schaut über ihre Schulter, betrachtet für einen Moment die dreckige Fensterscheibe, ehe sie wieder in meine Richtung schaut.

»Nicht wann, *ob*.«

Wir müssen beide lachen. Ihres klingt ein bisschen wie ein Brummen, mein Lachen dagegen ist glockenhell. Die Töne harmonieren auf schräge Art und Weise.

»Lass uns Ian damit überraschen«, schlage ich vor und räume einen Stapel CDs aus einem Karton in das Regal vor mir.

»Mal sehen, ob er das überhaupt bemerkt.«

»Wehe, wenn nicht«, scherze ich, frage mich aber insgeheim, ob Dee nicht recht behält.

Um kurz nach elf kommt Ian ins Lager und verabschiedet sich zu seinem Termin. Für Dee und mich bedeutet das, die Arbeit hier hinten zu unterbrechen und rüber in den Shop zu gehen.

»Scheiße, es ist jetzt schon total heiß hier drin«, sagt Dee und fasst sich an den Saum ihres Shirts, um sich Luft zuzufächeln. Schwitzt sie auch so unter oder zwischen den Brüsten wie ich?

Okay, beruhige dich, Gehirn.

Warum schwitzt man zwischen den Brüsten eigentlich immer so sehr? Wenn ich abends nach einem Sommertag den BH ausziehe, fühlt es sich an, als wäre ich mit Klamotten in die Sauna gegangen.

»Ian sollte weniger alten Ramsch kaufen und lieber in

eine ordentliche Klimaanlage investieren«, höre ich sie sagen, bevor sie hinter dem Tresen verschwindet.

»Ich such mal was zum Saubermachen«, lasse ich sie wissen und komme wenige Augenblicke später mit einem rosafarbenen und einem gelben Wischlappen zurück.

»Ich habe einen Eimer gefunden.« Stolz steht sie neben dem Tresen und hält den blauen Eimer in die Höhe, als wäre er ein Pokal.

»Okay, ein Eimer, zwei Lappen. Ich würde sagen, wir nehmen uns immer ein Fenster gemeinsam vor?«, fragt sie mich und geht bereits Richtung Lager, um den Eimer auf dem einzigen Klo im Laden mit Wasser zu füllen.

»Hört sich gut an«, stimme ich nickend zu und warte auf sie. Die Sekunden kommen mir vor wie eine Ewigkeit, in der die Nervosität Zeit hat, Besitz von mir zu ergreifen. Ich pule Dreck unter meinem Fingernagel weg, lenke mich ab, da kommt Dee schon mit dem Eimer wieder und stellt ihn direkt vor meinen Füßen ab.

»Lass uns ans Werk gehen«, sage ich und reiche Dee einen der Lappen. Wir bücken uns gleichzeitig, um sie in den Eimer zu tunken, und es macht ein Klonk-Geräusch, als wir mit den Köpfen zusammenstoßen.

»Autsch«, entweicht es Dee und mir gleichzeitig. Ich richte mich auf, packe mir mit der freien Hand an die Stirn und sehe, dass Dee in einer ähnlichen Position steht.

»Alles in Ordnung?«, fragt sie mich, was ich mit einem Nicken bestätige.

»Bei dir auch?« Dee zeigt mir den erhobenen Daumen und lächelt. »Okay, erst du, dann ich.«

»Geht klar«, entgegnet sie.

Ich reibe mir mit der Hand über die Stirn, wodurch der

Schmerz weniger pocht, und mache den Lappen nass. Fest wringe ich ihn aus, damit nichts auf den Boden tropft, ehe ich beginne, die Fensterscheibe zu wischen.

»Hast du auf dem Klo irgendeinen Reiniger reingetan?«, frage ich Dee und blicke kurz über die Schulter. Sie bückt sich und tunkt den Lappen in den Eimer.

»Ja, so einen Allesreiniger, den wir letztens für die Regale benutzt haben.«

»Mehr gab's nicht?«, will ich wissen und mache mir eine innerliche Notiz, ein paar Putzsachen von zuhause mitzubringen.

»Nope, wir können froh sein, dass überhaupt etwas da war«, seufzt sie und stellt sich neben mich. Ich wische rechts, sie links. Die Fensterscheibe ist groß genug, sodass wir eine Weile beschäftigt sind. Zum Glück läuft im Hintergrund Musik, die mich ein bisschen ablenkt. Immer wieder schweift mein Blick zu Dee, die sich streckt und räkelt, um an den oberen Fensterrand zu kommen. Dabei rutscht ihr Shirt mit jedem Mal ein Stückchen höher.

»Ich sag es dir, wenn Ian nicht dankend auf die Knie fällt, dann …« Sie beendet den Satz nicht, aber ich fordere sie heraus.

»Dann was?«

»Dann bitte ich ihn, die Fensterscheibe abzulecken und frage ihn, ob etwas anders ist als sonst.« Ich kann mir das beinahe vorstellen.

»Und wie willst du das anstellen?« Auf meine Lippen schleicht sich wieder ein Grinsen. »Das macht er doch nie im Leben freiwillig!«

»Na ja, ich rufe jemanden, der sich mit Entfesslungskunst auskennt. Ian wird behutsam geknebelt, dann schiebe ich ihn auf einem Rollbrett vor das Fenster, und der Rest erledigt sich hoffentlich von selbst.« Wir lachen richtig laut, und der kurze Seitenblick, den sie mir schenkt, sorgt dafür, dass mein Magen Purzelbäume schlägt.

Ich muss es endlich wagen, und ich greife das Gespräch von vorhin auf.

»Wie sieht's aus, gehen wir ein Eis essen, wenn wir Feierabend haben?« Ich gebe mir Mühe, lässig zu klingen und Dee dabei nicht die ganze Zeit anzuschauen. Ich will jede Regung in ihrem Gesicht mitbekommen, aber ich weiß, wie seltsam es wirkt, wenn ich jetzt starre.

»Klar, ich dachte, das ist eh schon der Plan. Oder hast du was anderes vor?« Sie hält für einen Atemzug inne, und genau in dem Moment treffen sich erneut unsere Blicke.

»Äh nein, nein, habe ich nicht«, rollt es hastig über meine Zunge, auf die ich mir anschließend beiße. Dee sollte mir echt mal einen Kurs darin geben, wie man so die Fassung behält wie sie.

»Gut.« Sie grinst, ich grinse zurück und merke, wie ich mit dem Lappen an dem Fenster abrutsche.

»Und wenn wir schon mal dabei sind«, beginne ich und ziehe den Arm zurück.

Jetzt, signalisiert mir mein Hirn, und ich denke nicht darüber nach, was ich sage. »Wie wäre es, wenn wir mal zusammen ins Kino gehen oder so?«

Stille, die mich zu zerreißen droht.

Na ja, die Musik läuft noch, aber die bemerke ich gar nicht mehr. Da ist nur Dee, der ich einen schüchternen Blick schenke. Einen Blick, den sie auf einmal mit einem Glanz in den Augen erwidert.

»Gern«, antwortet sie, lächelt und mein Herz springt aufgeregt wie auf einer Hüpfburg. »Sehr gern sogar.«

In meinem Kopf erklingen Fanfaren und Trompeten!

Sie hat ja gesagt!

»Cool«, quietsche ich etwas zu aufgeregt. »Ich meine, cool«, füge ich mit absichtlich tief verstellter Stimme an. Dees Mundwinkel zeigen mir, dass sie mich ganz und gar nicht peinlich findet.

»Cool«, wiederholt Dee, wobei sie meine tiefe Tonlage nachmacht und die Augenbrauen herunterzieht.

Ich kann es kaum glauben, muss an mich halten, mich nicht vor ihr zu zwicken. »Hast du an was Bestimmtes gedacht?«, fragt sie mich, als wir mit dem Wischen weitermachen. Jetzt fühle ich mich ein wenig ertappt, denn auf einmal fallen mir so viele Dinge ein, die ich mit ihr unternehmen möchte.

Sie sieht, wie es in meinem Kopf arbeitet.

»Äh«, stammele ich, und Dee kommt mir zu Hilfe.

»Ist ja auch eigentlich egal, wir finden etwas«, erwidert sie, und ich glaube ernsthaft, dass mein Herz aufgehört hat, zu pulsieren. Jupp, ich bin tot. Tod durch Cuteness.

»Cool«, sage ich erneut in der tiefen Stimme, und Dee grunzt.

»Dann haben wir ein Date. Gib mir mal deine Nummer«, antwortet sie und macht mich damit total fertig. Wir tauschen Handynummern aus.

Wenn ich über Dates nachdenke, ist da immer die Angst in mir, dass die Person gar kein richtiges Interesse an mir hat.

Jedes Mal, wenn ich mich in jemanden verliebt habe, malte ich mir aus, wie unsere Treffen verlaufen wären. Mit

Luca, auch mit Amber ... nur weiß ich jetzt tatsächlich, wie es zwischen uns verlaufen ist. Oder zumindest konnte ich einen Teil davon kosten.

Mein Grinsen ist so breit, dass meine Wangen wehtun. Auch Dee kommt nicht mehr aus dem Grinsen raus. Ich schaue zu meinen Füßen, beiße mir auf die Unterlippe, aber das Lachen geht nicht weg. Einmal schaue ich hoch, wir sehen uns zeitgleich an und lachen von vorn.

Spürt sie das auch?

Wie mein Herz in der Brust schlägt, die Fingerspitzen kribbeln und ich kaum geradestehen kann, weil meine Beine schlottern. Jeder Muskel steht in Flammen, ist angespannt und gleichzeitig wie Gummi, sodass ich keine gerade Haltung mehr wahren kann.

Ich will nicht nur mit Dee befreundet sein.

Ich will sie küssen.

Sie spüren.

Von ihr zurückgeliebt werden.

»Du hast da Schaum an deinem Arm«, unterbricht sie meine Gedanken. Ehe ich mich's versehe, steht Dee unmittelbar neben mir. Sie schaut auf meinen Arm, dann zu mir hoch. Ihr Blick ist ein fragendes: *Darf ich?*

Ich nicke.

Mit der einen Hand hält sie den Lappen, die andere hebt sie, um mit ihrem Daumen über meinen Unterarm zu streichen. Dort, wo sich kleine Seifenbläschen vom Allzweckreiniger gesammelt haben. Muss wohl irgendwann passiert sein, als ich den Lappen das letzte Mal in den Eimer getaucht habe.

Diese winzige Berührung sorgt dafür, dass ich scharf die Luft einziehe und mein Körper jegliche weitere Funktionen einstellt. Ich erstarre. Sie hebt den Daumen zu ihren Lippen, dann pustet sie mir den Schaum entgegen, und ich kann mich wieder regen.

»Hey!«, ermahne ich sie lachend und drehe mich zur Seite. »Das ist nicht fair.«

Aber anstatt sauer auf sie zu sein, weil ein bisschen Schaum an meinen Haaren haftet, bin ich einfach nur überglücklich.

Kapitel 34

Wir müssen ein komisches Bild abgeben, wie wir zu dritt auf der niedrigen Mauer sitzen und ein Eis essen. Dee und Ian sitzen neben mir, ich in der Mitte. Meine Füße baumeln herunter, und ich bin die Einzige von uns, deren Zehenspitzen nicht den Boden berühren.

Gut, das Eisessen mit Dee habe ich mir etwas privater vorgestellt, doch ich kann mich eigentlich nicht beklagen. Ian hat uns eingeladen und den Plattenladen für den Rest des Tages geschlossen. Ein Eis ist auch viel besser, als im Laden zu stehen und darauf zu warten, dass bei der Hitze irgendwer etwas kaufen will. Ians Käppie ist tief ins Gesicht gezogen, sodass ich nur graue Barthaare und das Eis in seiner Hand sehe. Ich habe fest damit gerechnet, dass er eine Sorte wie Zitrone oder so nehmen würde, aber Ian hat sich für Schokolade und Haselnuss entschieden. Dee wollte nur eine Kugel: Joghurt. Sie hat einen guten Geschmack. Als ich zu ihr schaue, sehe ich einen Klecks davon an ihrem Mundwinkel, und ich muss unvermittelt lächeln.

»Wie ist Erdbeere?«, fragt sie mich und leckt sich mit der Zunge über den Mund. Das sieht megasexy aus.

»Nicht vergleichbar mit dem Eis in Italien, aber meisterhaft für Edinburgh«, antworte ich ihr mit einem zufriedenen Gesichtsausdruck, und irgendwie kommt mir das hier sehr bekannt vor. Dad, Amy und ich, wie wir im Park unser Eis gegessen haben. Das Selfie habe ich natürlich nicht auf meinem Handy, das liegt verborgen in einer anderen Realität.

Wir beobachten die Menschen, die an uns vorbeigehen. Manche werfen uns einen kurzen Blick zu.

»Also, du warst schon mal in Italien?«, fragt Dee.

»Ja, früher mit meinen Eltern.«

Ich warte ab, bis das übliche Magenziehen einsetzt, wenn ich mit anderen über Dad rede, doch überraschenderweise ist da nichts Unangenehmes.

»Als du noch kleiner warst?«

Ich bemerke Ians Blick. Es ist seltsam, in seiner Gegenwart über diese Zeit zu sprechen. Eigentlich über alles, was meinen Dad einschließt.

»Genau«, antworte ich knapp, ehe Ian ein unüberhörbares Schnaufen ausstößt. Ich habe das Gefühl, dass dieses Thema nicht nur für mich, sondern auch für ihn schwer ist.

Ich suche seinen Blick, doch Ian betrachtet sein Eis. Was er wohl gerade denkt? Vielleicht kann ich ihm ein bisschen Trost spenden? »Wir waren das letzte Mal vor drei Jahren im Urlaub«, erzähle ich und bin von meiner eigenen Gelassenheit überrascht. »Italien ist wunderschön, und ich möchte unbedingt nochmal mit meiner Mum dorthin, aber aktuell fehlt dazu die Zeit und das Geld.« Zwar sieht Ian nicht auf, doch ich weiß, dass er mir zuhört. Ich erinnere mich an die Urlaube, und dort, wo früher Trauer war, sind nun wohlige Erinnerungen und ein warmes Gefühl. Und ich spüre kein Verlangen, zu Luca und zu meinem anderen Leben zurückzukehren. Komisch.

Was ist das?

Akzeptanz, stelle ich fest.

Fühlt es sich so an?

»Aber wir haben in der Stadt echt ein paar gute Eisdielen, die denen aus Italien Konkurrenz machen«, werfe ich ein, um das Thema zu wechseln, und sehe, wie sich Ians Schultern ein bisschen entspannen. Er geht mit dem Verlust anders um, und das ist in Ordnung.

Jede Person trauert auf ihre Weise.

»Wie war eigentlich der Arzttermin?«, fragt Dee auf einmal und beugt sich ein Stück vor, sodass sie Ian besser sehen kann.

Ian reckt das Kinn, und ich schaue ihm in die Augen. In solchen Momenten erinnert er mich manchmal an Geralt aus *The Witcher*. Wortkarg, launisch, aber das Herz am rechten Fleck.

»Willst du jetzt was über meine bevorstehende Magenspiegelung wissen?« Er schaut so ernst, dass Dee und ich einfach lachen müssen.

»Ne, danke«, quittiert sie. »Bitte keine Details.«

»Schade, ich wollte gerade von meinem Toiletten-Tagebuch anfangen«, sagt er so trocken, dass wir noch mehr lachen.

»Ich will echt nicht so genau wissen, was das ist«, entgegne ich, als wir uns wieder ein bisschen gefangen haben.

»Ich hoffe, dass dir dieses Wissen ein Leben lang erspart bleibt.«

Ian schüttelt leicht den Kopf, und als Dee mit dem Eis fertig ist, reibt sie die Hände aneinander und fegt die Krümel der Eiswaffel von ihren Klamotten.

»Dann auf in den Feierabend«, sagt Ian, als er sieht, wie

Dee von der Mauer hüpft, und er tut es ihr gleich. Bei ihm sieht es irgendwie witzig aus. »Euer Putzmarathon war bestimmt anstrengend«, fährt er fort und kriegt die Zähne dabei kaum auseinander.

»Korrekt, und die Extrakohle für diesen Service kannst du mir gleich auf die Hand geben«, platzt es aus Dee heraus, die ihre Hand ausstreckt. Ian wirft ihr einen funkelnden Seitenblick zu, und ich bin mir nicht sicher, ob gleich ein Kampf losgeht, aber dann zuckt sein Mundwinkel.

»Danke.«

Dee schaut von Ian zu mir, der sich von uns abwendet und die Schirmmütze richtet. Sie wirkt genauso irritiert wie ich.

»Worte der Dankbarkeit, ich glaube es kaum«, scherzt sie theatralisch, und wir lachen. »Schade, dass wir aufbrechen. Ich find's gerade eigentlich ganz schön.« Ich will von der Mauer springen, stoppe dann aber mitten in der Bewegung. Dee gibt mir ihre Hand, wartet ab, ob ich sie ergreife, und dann bin ich mutig und lasse mir grinsend von ihr hinunterhelfen.

»Danke«, sage ich verstohlen und schaue sie an. »Mir hat der Tag auch gefallen.«

Zurück im Plattenladen packen wir unsere Taschen.

»Wollen wir zusammen zum Bus gehen?«, fragt sie mich und schultert dabei ihren Rucksack.

»Klar.« Vor allem freue ich mich, dass sie *mich* gefragt hat.

Ich erinnere mich an mein Gespräch mit Amy, die mir sagte, dass meine Crushes immer nur einseitig waren. Okay, genauer betrachtet ist das kein Wunder. Ich habe mich nie getraut, meine Crushes von meinen Gefühlen wissen zu lassen, geschweige denn, überhaupt mehr als zwei Sätze mit ihnen ausgetauscht. Das ist anders.

Wir verabschieden uns von Ian, die Türglocke läutet ein letztes Mal, und dann sind wir wieder draußen. Die Luftfeuchtigkeit ist richtig heftig, und auf dem Weg zum Bus sehe ich kaum einen Schattenplatz, sodass wir in der prallen Sonne laufen.

»Ich glaub, ich hab mir einen Sonnenbrand geholt«, sagt Dee und schaut auf ihre Oberschenkel hinunter. Wir halten inne. »Siehst du was?«

Will sie jetzt ernsthaft, dass ich mir ihre Beine genauer anschaue? *Holy Guacamole!* Sie schaut wieder zu mir, eindringlicher. Ja, das war dann wohl eine Bitte. Zögernd komme ich einen Schritt auf sie zu, bleibe neben ihr stehen und gehe in die Knie.

»Ein bisschen rot sind die Beine schon«, gebe ich zurück, und weil ich nicht so recht weiß, wohin mit meinen Händen, umgreife ich mit den Fingern meine Rucksackgurte.

»Verdammt«, murmelt Dee. »Kommst du noch kurz mit mir in die Drogerie?« Ich gucke hoch, sie schaut mich direkt an und fummelt schließlich ihre Sonnenbrille aus der Hosentasche.

»Ja klar. Der nächste Laden ist eh da drüben.« Ich weise mit dem Kinn in die Richtung, und wir setzen uns wieder in Bewegung.

Es dauert keine zwei Minuten, dann stehen wir in dem klimatisierten Laden. Dee geht zielstrebig auf die Abteilung mit dem Sonnenschutz zu, ich folge ihr.

»Bist du gegen die Sonne immun?« Sie setzt die Sonnenbrille ab, mustert mich und greift dann nach einer Lotion direkt vor ihr im Regal.

»Eigentlich nicht, aber ich bekomme nie so schnell einen Sonnenbrand. Ich creme mich morgens immer ein«, antworte ich.

»Daran sollte ich mir ein Beispiel nehmen.«

Hirn, stell dir jetzt bitte nicht vor, wie Dee aus der Dusche steigt und sich von oben bis unten eincremt!

Zu spät ...

»Ehm, ja, wäre besser«, sage ich schnell, bevor meine Gedanken wieder woanders sind. Dee hat sich entschieden, und wir gehen zur Kasse. Heute ist so ein typischer Sommertag, an dem alle am Strand sind und die Stadt meiden, weshalb sie schnell drankommt. Ich kann es den Leuten nicht verübeln.

Und da kommt mir die Idee.

»Was hältst du davon, wenn wir zusammen an den Strand gehen?«, schlage ich vor und ärgere mich ein bisschen, dass ich Dees Gesichtszüge nicht erkennen kann, weil sie gerade die Lotion in ihren Rucksack packt, während wir nach draußen laufen.

»Wenn du mir zeigst, wie man sich richtig eincremt, gerne.« Sie macht den Reißverschluss zu, dann schaut sie mich an und setzt die Sonnenbrille wieder auf. Ein Grinsen, das fast dazu führt, dass ich über die Pflastersteine stolpere. Aber nur fast, denn schon ist Dee an meiner Seite.

»Aufpassen«, weist sie mich ganz sanft an, und die Stelle, an der sie meine Schulter mit ihrer Hand berührt, prickelt.

»Nix passiert«, gebe ich rasch zurück, um ihr zu versichern, dass alles in Ordnung ist.

»Oh hi! Ihr seid gar nicht im Laden?« Plötzlich sehe ich Amy vor der Eingangstür stehen. Sie hat einen Jutebeutel von *Waterstones* in der Hand, aus dem ein paar nagelneue Bücher blitzen.

»Hey«, begrüßt Dee sie etwas unsicher und hebt die Hand. Ich brauche einen Augenblick, bis ich die Situation ganz erfasst habe. Vielleicht hätte ich Dee ein bisschen mehr von Amy erzählen sollen, dann würde sie sich vielleicht nicht so verhalten zeigen. Ich schaue zwischen den beiden hin und her.

»Was machst du denn hier?«

»Das Gleiche könnte ich euch auch fragen«, antwortet Amy und grinst frech.

»Wir durften wegen der Hitze früher gehen«, erkläre ich.

»Und ich brauchte dringend etwas gegen meinen Sonnenbrand«, fügt Dee an, und ihr Zeigefinger wandert zu ihren Oberschenkeln.

»Oh, shit, dann … gute Besserung. Sagt man so was bei Sonnenbrand?«

»Keine Ahnung, aber danke.« Dee zieht die Schultern hoch.

Amy senkt das Kinn, und die Stille zwischen uns dreien wird von einem älteren Mann unterbrochen, dem wir Platz machen. *Okay, wenn jetzt niemand etwas sagt, dann wird es seltsam,* denke ich, und in diesem Moment höre ich Amys Stimme.

»Wo wir uns gerade sehen, Dee«, beginnt sie und schaut von Dee kurz zu mir. Was wird das jetzt? »Ich wollte mich dafür entschuldigen, dass ich vor den Ferien so unhöflich war. Ich hatte ganz schön viel Stress, und das ist mir irgendwie zu Kopf gestiegen.«

Ich merke, dass sich die Stimmung verändert. Amy tritt von einem Fuß auf den anderen, wartet auf Dees Antwort, und ich weiß gar nicht, wen von den beiden ich ansehen soll.

»Oh, schon okay«, sagt Dee, die wohl einen Moment gebraucht hat, um sich an den Zusammenprall im Flur zu erinnern. »Solange es dir jetzt wieder besser geht, ist doch alles entspannt.« Ein Lächeln erscheint auf Amys Gesicht, und ich bemerke, wie erleichtert sie ist.

»Danke«, sagt sie ehrlich und schultert die Tasche. Noch einmal tauschen sie Blicke aus, ehe Amy zu mir sieht. »Ich bin mit meinen Eltern und meinem Bruder unterwegs. Wir mussten eh die neuen Medikamente abholen, da wollten wir die Gelegenheit nutzen und ein bisschen shoppen gehen.«

»Und das bei dem Wetter. Mutig«, erwidert Dee, und ich sehe, wie ihre Hände in den Hosentaschen verschwinden.

»Hat auch seine Vorteile, denn die Läden sind leer, und man hat schnell alles beisammen.« Amy grinst, und wir tun es ihr gleich. »Ich muss eben noch neues Shampoo holen, die anderen warten im Spielzugladen. Simon will sich unbedingt noch neue *Magic*-Booster kaufen. Da dachte ich, ich schleiche mich kurz rüber.«

»Dann viel Erfolg. Sagt man das so beim Shoppen?«

Wir lachen alle gemeinsam, ich verabschiede mich mit einer Umarmung von Amy, und unsere Wege trennen sich. Die Stille weilt nur für ein paar Atemzüge zwischen Dee und mir.

»Deine beste Freundin hat einen coolen Bruder, wenn er *Magic* spielt.«

Ich schaue sie an, versuche in ihrem Gesicht zu lesen. Da ist Neugierde. Sie will mehr über mich erfahren, und das macht mich richtig glücklich.

»Ja, Simon ist echt in Ordnung. Also, für einen nervigen kleinen Bruder eben«, antworte ich und fühle mich dabei ganz leicht. Als würde ich auf Wolken gehen und nicht in der Hitze der Stadt wandeln. »Amy und ich sind schon ewig Freundinnen. Sie wohnt nebenan.« Dee hält den Blickkontakt zu mir aufrecht. Wartet sie auf weitere Geschichten? Ich riskiere es. »Unsere Eltern sind befreundet. Als mein Dad starb, hat sich ihre Familie um Mum und mich gekümmert.« In meiner Stimme ist kein Schmerz zu hören, doch die Worte sind auch nicht einfach lapidar gewählt. So recht kann ich nicht sagen, welche Gefühle mitschwingen. Ist es die Wehmut, die nachlässt? Die Wunde, die langsam heilt und nicht aufreißt, sobald ich Dad erwähne? Vorhin beim Eisessen hat es sich ähnlich angefühlt.

»Sie ist auch echt nett. Fand ich cool, dass sie sich entschuldigt hat, dabei ist das doch schon Wochen her«, kommentiert Dee mit einem Lächeln.

»Ja, ich glaube, das hat sie einfach noch nicht ganz vergessen«, gebe ich zurück. Und dann, ganz plötzlich, verändert sich etwas in ihrem Antlitz.

»Ich hätte auch gern eine Freundin wie sie.«

Perplex ziehe ich die Augenbrauen zusammen und bleibe stehen, bevor wir die Bushaltestelle erreichen. Das wundert mich.

»Du hast in der Schule doch total viele Freund*innen«, sage ich, ohne meine Wortwahl zu überdenken.

»Oh, die ... ja ...« Dee senkt den Blick, sodass ich sie nur noch von der Seite betrachten kann. »Weiß nicht, ob ich die wirklich als Freund*innen bezeichnen würde. Das sind halt Leute, die ich kennengelernt habe. Die hier wohnen, mit denen ich mich ein bisschen verstehe. Aber das war's dann auch.«

Die Art, wie sie auf ihre Füße schaut, macht mich traurig.

Sie zeigt mir eine Seite, die ich gar nicht von ihr kenne. Dee wirkt immer so selbstsicher, aber jetzt ist ihre Haltung ganz krumm.

»Und die Leute in deinem alten Zuhause?«, hake ich nach und beiße mir auf die Innenseite meiner Wange. Ist die Frage zu direkt?

»Aus den Augen, aus dem Sinn. So ist das, wenn man ständig von einer Stadt in die andere zieht.« Sie seufzt, und wir gehen zur Haltestelle, an der wir auf den Bus warten.

»Ich wusste nicht, dass du so oft umgezogen bist«, werfe ich ein.

»Woher auch?« Da ist wieder ihr schelmisches Grinsen, kurz bevor sie auf die Straße blickt und einen heranfahrenden Bus betrachtet. »Ich hab gelernt, mich nicht zu sehr an Orte oder Menschen zu binden. Am Ende muss ich immer gehen.«

Genau jetzt setzt ein unerklärliches Gefühl ein. Ein

bisschen so, als würde ich nach einem Rettungsanker greifen.

»Das klingt traurig.« Es fällt mir schwer, überhaupt eine Antwort zu formulieren, also sage ich das, was mir als Erstes in den Sinn kommt.

»Ist es auch«, kontert Dee schnell und emotionslos, aber sie wirkt nicht eingeschnappt. Ich merke, wie sehr sie sich daran gewöhnt hat, ständig umzuziehen.

»Warum zieht ihr denn so oft um?« Wieder so eine Frage, die mich hoffentlich nicht direkt in ein Fettnäpfchen springen lässt. Ich spiele mit einem losen Faden in der Hosentasche meiner Shorts, wickle ihn um den Finger, und Dee seufzt. Der Bus hält, aber es handelt sich weder um meine noch um ihre Linie. Ich sehe ihrem Spiegelbild im Busfenster an, dass dieses Thema für sie nicht leicht ist, dennoch wimmelt sie mich nicht ab. Vermutlich hat sie diese Geschichte schon tausendmal erzählt.

»Mein Dad ist Schauspieler. Er hat ständig neue Arrangements, deswegen sind wir nie allzu lange in einer Stadt.«

»Oh wow, das klingt aufregend!« Ist meine Stimme zu schrill? War da ein bisschen zu viel Begeisterung?

»Ja, geht so. Wenn deine Eltern beide Künstler*innen sind, ist es nicht so einfach, ihren Erwartungen zu entsprechen.« Sie rümpft die Nase, und ich verstehe. Der Bus setzt sich in Bewegung und zieht an uns vorbei.

»Du meintest, dein Dad hat mal in einer Band gespielt. War das vor dem Job als Schauspieler?«

»Nein, das mit der Band hat er so nebenbei gemacht. Er ist immer an einem anderen Theater, da lernt er viele Leute kennen. Und zum Leidwesen meiner Mum muss er allen Leuten beweisen, wie gut er Dudelsack spielen kann. Du kannst dir nicht vorstellen, wie nervig es ist, wenn du nach der Schule nach Hause kommst und drei Typen mit Instrumenten im Wohnzimmer jammen.« Jetzt zeigt sie mir doch ein kurzes Lächeln. Die Erinnerung scheint gar nicht *so* lästig zu sein.

»Und deine Mum, was macht die?«

Ich glaube, Dee verdreht hinter der Sonnenbrille die Augen.

»Die schreibt Bücher.«

Okay, was ist das bitte für eine kreative Familie?

»Wow.« Das hört sich alles so groß an. Der Vater ein Schauspieler, die Mutter Autorin ... Und in dem Moment verstehe ich Dee. »Ganz schön viel Druck, der auf dir lastet, was?«

Wir sehen einander an, und dann schiebt sie die Sonnenbrille hoch.

»Das kannst du laut sagen.«

Aus dem Augenwinkel nehme ich wahr, dass mein Bus anrollt, doch ich sehe weiterhin Dee an.

Ich habe keine Ahnung, ob die Idee, dir mir gerade in den Sinn kommt, helfen könnte.

»Willst du es laut sagen?«

Ich reiche ihr meine Hand, und ihr Blick wird fragend.

Das, was ich jetzt vorhabe, habe ich noch nie getan.

»Was meinst du damit?«, hakt sie nach, doch ich bleibe geheimnisvoll.

»Vertraust du mir?«

Sie nimmt meine Hand.

Kapitel 35

Wir stehen auf Calton Hill. Die Stadt erstreckt sich im Sonnenlicht zu unseren Füßen. An den neoklassizistischen Denkmälern machen ein paar Leute Fotos. Wir schmunzeln, als wir sehen, wie sich zwei Touris mit einer Räuberleiter abmühen, das National Monument of Scotland hochzuklettern, weil wir genau wissen, wie anstrengend es ist, dort hinaufzukommen.

»Okay, du entführst mich also an einen Tourispot«, sagt Dee und sieht mich verwirrt an.

»Wart's ab«, entgegne ich strahlend. Die Aussicht ist legendär. Kaum zu glauben, dass der Hügel ein erloschener Vulkan ist.

Mein Shirt ist nassgeschwitzt, was eher an den Temperaturen liegt als an dem kurzweiligen Aufstieg, aber das ist mir erstaunlicherweise egal.

»Bist du bereit?«, frage ich Dee.

»Wofür?« Sie schaut mich perplex an. Berechtigterweise, denn sie hat keine Ahnung, was ich vorhabe.

»Na ja, bereit, es laut zu sagen.«

Wir gehen einen kleinen versteckten Weg am Nelson Monument hinauf, bis wir vor einem niedrigen Zaun stehen, der dafür sorgt, dass niemand den Berg hinunterpurzelt. Es geht ganz schön weit runter.

Dieser kleine Aussichtspunkt, an dem Touris nur selten

halten, weil sie viel zu beschäftigt mit den großen Monumenten sind, ist mein liebster. Von hier aus haben wir einen perfekten Blick auf die Stadt. Ich kann mir das Grinsen nicht verkneifen. Meine Hände formen einen Trichter vor meinem Mund, dann hole ich tief Luft und lasse alles heraus. »GANZ SCHÖN VIEL DRUCK!«, schreie ich ins Tal und lausche dem Echo.

Ich nehme die Hände runter, atme durch und sehe zu Dee. Auf ihrer Stirn haben sich Falten gebildet, und sie verschränkt die Arme vor der Brust.

»Du bist dran«, fordere ich sie auf.

Ich kann das Grillenzirpen hören. War das hier eine schlechte Idee? Aber dann öffnet Dee den Mund, nur sagt sie nicht gerade das, was ich erwartet habe.

»Ich soll von einem Hügel schreien?«

»Ganz genau.« Ich gebe mir Mühe, selbstsicher auszusehen und balle eine Hand zur Faust. Als würde ich genau wissen, was ich tue, nicke ich. Dabei habe ich keinen Peil. Ich will einfach nur die Emotionen rauslassen und glaube, dass ihr das auch ganz guttun wird.

»Und das funktioniert?«

Sie ist immer noch skeptisch.

»Versuch es. Sonst erfährst du es nie.«

Wir schauen einander an, und in ihren Zügen verändert sich etwas. Ich löse meine Faust, halte sie mir vor den Bauch und bemerke, wie gut es sich anfühlt, loszulassen.

Dee tritt einen Schritt weiter vor, sodass sie sich am Zaun festhalten kann, blickt hinunter und guckt über die Schulter, als wolle sie sich bei mir vergewissern. Mein Lächeln sorgt dafür, dass sie Luft holt und den Blick geradeaus richtet.

»SCHEIß DRUCK!«, ruft sie noch lauter, als ich es getan habe. Ich sehe, wie sie ihre Hände vom Zaun nimmt und Fäuste macht. Ihr Kiefer ist kurz angespannt, dann ringt sie nach Luft. Es vergehen ein paar Sekunden, in denen Dee nur nach vorn schaut, dem Echo lauscht, bis sie den Kopf zu mir dreht. Ihre Lippen verziehen sich ganz langsam zu einem Strahlen. »Du hast recht, das tat wirklich gut«, sagt sie beeindruckt und macht dabei einen niedlichen Gesichtsausdruck.

»Und gleich nochmal«, weise ich sie an, aber diesmal stelle ich mich direkt neben sie. Dee zögert, vergewissert sich mit einem Blick, ob uns jemand beobachtet, aber ich halte nicht nach anderen Ausschau, sondern bleibe ganz bei uns. Sie guckt mich an, von unten bis oben, bis sich unsere Blicke ineinander verhaken. Die Spannung zwischen uns ist elektrisierend. Sie hebt den Arm. Wie in Zeitlupe schaue ich zu. Nicke und lächele. Und dann geht alles ganz schnell: Dee legt den Arm um meine Schulter, ich schiebe einen Arm um ihre Hüfte.

Gemeinsam schreien wir es in die Welt hinaus.

»SCHEIß DRUCK!«

Meine Kehle brennt. Wir schnappen nach Luft, versuchen die Muskeln zu lockern. Dee sieht mich an, ich kann ihrem Blick nicht widerstehen. Dann lachen wir. So laut und so befreit, bis ich ein letztes Mal ins Tal brülle.

»Mathe ist scheiße!«

Ich drehe mich wieder zu Dee, und wir lachen, bis Dee in die andere Richtung sieht und ich realisiere, dass uns ein älteres Pärchen beobachtet. Kurz befürchte ich, dass wir gleich mächtigen Ärger kriegen, doch die beiden lächeln freundlich.

»Komm«, weist Dee mich an, und kichernd verlassen wir den Aussichtsplatz. Wir laufen zum Rasen, ich stolpere, aber sie kann mich auffangen. Unser Lachen verebbt nicht, und wir sind so voller Endorphine, dass wir uns plötzlich auf die Knie sinken lassen und uns im Gras kugeln. Das Grün unter mir ist von der Sonne ganz warm. Erst letztens hat hier jemand frisch gemäht.

Als mein Lachen verklingt, lege ich mich auf den Rücken, strecke alle Glieder von mir und schaue in den blauen wolkenlosen Himmel. Früher habe ich mir immer vorgestellt, dass dort mein Dad auf mich herunterschaut. Manchmal hoffe ich das immer noch.

Plötzlich spüre ich, wie mich Haare an meiner Wange kitzeln. Ich drehe den Kopf zur Seite. Neben mir liegt Dee, spiegelverkehrt. Kopf an Kopf verweilen wir auf dem Rasen, atmen ein und aus. Unsere Blicke finden einander, und das gibt mir den Mut, den Arm auszustrecken und kopfüber nach ihrer Hand zu greifen. Dee kommt mir entgegen, schließt ihre Finger um meine, und alles kribbelt, als würde mich eine Feder kitzeln. Die Sonne blendet mich, kneift in den Augen, und irgendwo an meinem Hintern piekst das Gras in die Haut, doch all das wird irrelevant, wenn ich sie berühre. Es fühlt sich anders an. Nicht so wie bei Luca, Amber oder Amy.

Der Augenblick vergeht viel zu schnell, und es ist Dee, die schließlich ihre Hand wegzieht und sich aufrichtet.

Stimmt etwas nicht?

Ich will nachfragen, doch als wäre mein Mut aufgebraucht, bringe ich keinen Ton heraus. Ihr Rücken verdeckt die Sonne, ich blinzele.

»Ich sollte langsam nach Hause«, sagt sie und steht auf.

Ich beobachte, wie sie sich das Gras von der Kleidung streicht, und da ist wieder dieses Gefühl. Der Jenga-Turm, der zu wackeln droht.

Habe ich etwas falsch gemacht?

Unsicher rolle ich zur Seite, gehe auf die Knie und schaffe es so in den sicheren Stand. Dee ist distanziert, ihr kleines Lächeln erreicht nicht ihre Augen, und ich kann vor meinem inneren Auge sehen, wie ein Stein aus dem Spielzeugturm gezogen wird.

»Okay«, antworte ich knapp und knibbele an meiner Nagelhaut herum.

Aber jetzt ist irgendwie gar nichts mehr *okay*.

Am Abend sitze ich mit meinem Handy und Instant Ramen in der Küche. Im Teller schwimmt nur noch die Brühe. Mum ist noch nicht zuhause, aber selbst, wenn sie da wäre, würde ich nicht wissen, was ich ihr sagen soll.

Mein Hochgefühl ist verschwunden, und das Gedankenkarussell fährt Runde um Runde. Ich rühre rastlos in der Brühe herum, suche auf dem Tellerboden Spuren von Nudelresten.

Warum war Dee auf einmal so reserviert? Auf dem Weg nach unten ging ich ihr hinterher und klammerte mich mit einer Hand an die Haltestange. Es kam mir vor, als beobachtete mich der eiserne Löwenkopf an der schwarzen Fassung. Wir sprachen kaum, verabschiedeten uns mit einer Umarmung und fuhren in unterschiedliche Richtungen nach Hause.

Ich möchte jetzt mit Mum reden. *Ich glaube, ich bin ganz schön in eine Mitschülerin verknallt.*

Ne. Das ist kein guter Start für ein Gespräch.

Mum, du wirst es nicht glauben, aber ich habe ein Date.

Auch das klingt nicht nach dem, was ich eigentlich sagen will. Meine Mum geht es ja eigentlich gar nichts an, in wen ich mich vergucke, und dennoch habe ich das Verlangen, ihr alles zu erzählen. Ich will ihr nichts mehr verheimlichen. Stattdessen möchte ich ihr so vieles sagen. Wie unperfekt perfekt Dees Augen-Make-up jeden Tag aussieht. Wie sie mich zum Lachen bringt, wenn sie mir ein Abenteuer aus der vergangenen Pen-and-Paper-Runde erzählt. Wie sie sich mir öffnet, ihre Mauern fallen lässt und auch ich merke, dass eine Veränderung in mir stattgefunden hat.

Kurz lege ich den Löffel zur Seite, dann greife ich mit beiden Händen um die Schüssel, führe sie zu meinen Lippen und schlucke die Brühe hinunter. Kaum ist die Schale leer, stelle ich sie wieder ab. Mit dem Handrücken fahre ich mir über die Lippen, ehe ich zu meinem Handy greife und beschließe, Amy um Rat zu bitten.

> **Ich:** Du glaubst nicht, was heute passiert ist!

Ja, es ist ein bisschen gemein, sie so zu locken, aber ich möchte, dass sie mir schnell zurückschreibt. Während ich die Schale und mein Besteck in die Spülmaschine räume, schaue ich immer wieder auf das Display meines Handys. Kaum schließe ich die Tür der Maschine, leuchtet es in meiner Hand auf.

Entsperren, lesen, sofort!

> **Amy:** ??

Meine Finger tippen schneller, als ich Sätze bilden kann.

> **Ich:** Kann ich rüberkommen?

Nur ganz kurz sehe ich hoch, um einen Blick aus dem Fenster zu wagen. Es ist zwar Abend, aber es ist noch hell. Vielleicht ist sie gar nicht zuhause. Bestimmt sind sie noch in der Stadt unterwegs.

> **Amy:** Bin in 30 Minuten wieder da! Ich komme direkt rüber!

Knapp antworte ich mit einem *Ok*, dann schaue ich mich um und frage mich, wie ich diese lästige halbe Stunde rumkriegen soll.

Ich beschäftige mich ein bisschen mit dem Haushalt, räume die Küche auf, mache den Kaffeevollautomaten sauber, aber alle fünf Minuten gucke ich auf die Handyuhr, weil ich neugierig bin, ob es schon so weit ist. Kurz bin ich davor, Amy einfach eine Sprachnachricht zu senden, aber ich weiß, dass ich mich dann ärgern würde. Ich möchte es ihr persönlich erzählen.

Gerade trockne ich die Auffangschale der Kaffeemaschine ab, da höre ich, wie das Auto von Amys Eltern nebenan in die Einfahrt fährt. Ein roter großer Wagen. Türen gehen auf, und ich sehe meine beste Freundin aussteigen.

Hektisch setze ich die Schale wieder ein, hänge das feuchte Tuch über den silbernen Haken an der Wand und sprinte mit dem Handy in der Hand zur Tür. Ich reiße sie auf, Amy steht mir gegenüber, und wir begrüßen uns mit einer Umarmung, die ich in die Länge ziehe, weil ich so dankbar bin, sie an meiner Seite zu wissen.

Wir setzen uns in die Küche, nippen an einem Glas Cola, wobei ich meins kaum anrühren kann, weil ich so beschäftigt bin, Amy aufzuklären. Zunächst beginne ich ganz vorne.

»Und wir gehen an den Strand«, sage ich mit einem breiten Grinsen.

»Du hast dir als erstes Date direkt etwas ausgesucht, bei dem du viel Haut siehst, alles klar.« Amy legt den Kopf leicht schräg, schaut in ihr Glas, ehe sie es in einem Zug leert.

Oh. Darüber habe ich gar nicht nachgedacht. »Lass mich raten«, fügt Amy an, nachdem sie ihr Glas auf dem Tresen abgestellt hat. »Es fällt dir erst jetzt auf.« Sie muss sich ein Grinsen verkneifen, und ich spüre meine Fingerspitzen warm werden.

»Irgendwie schon, ja«, erwidere ich verlegen, und allein die Vorstellung von Dee in einem Bikini lässt mein Gehirn explodieren.

»Und, was trägt Dee in deinem Kopf gerade?«

Amy kann mich so gut durchschauen. Sie bemerkt sofort, wenn ich wegdrifte. Kein Wunder, dass sie meine beste Freundin ist.

»Einen schwarzen Bikini mit Panties-Short und Neckholder.« Ich seufze extra laut und lege ertappt den Kopf auf dem Tisch ab.

»Heiß«, kommentiert Amy, aber ich rolle mit den Augen, bevor ich mich aufraffe. Meine Hände umklammern den Tresen, dann drehe ich mich auf dem Barhocker einmal um die eigene Achse. Das hilft, die Gedanken zu sortieren. Ist ein bisschen wie ein Computerneustart für mein Gehirn.

»Es werden nicht nur die Strand-Pommes sein, an denen du dir die Finger verbrennst.« Amys Wangen müssen schon weh tun, so breit ist ihr Grinsen.

»Wenn du so weitermachst, kann ich die ganze Nacht nicht pennen.« Irgendwie besteht jeder meiner Sätze gerade aus einem Seufzen.

»Schon gut, ich freu mich einfach für dich.« Sie hebt die Arme, zeigt mir abwehrend ihre flachen Hände. Ich falte die Hände auf meinen Oberschenkeln, knete ein bisschen an den Fingern herum. Nach all der Angst, die mich auf diesem Weg begleitet hat, ist es schön, diese Worte von Amy zu hören.

»Danke«, sage ich mit einem schüchternen Lächeln. »Ich mag Dee wirklich.« Allein ihren Namen auszusprechen, sorgt für Herzrasen.

»Das merke ich.«

»Kann man mir das so deutlich ansehen?«

Mein Herz, das eben noch wild gepocht hat, rutscht mir sofort in die Hose. »Meinst du, Dee merkt es auch?«

Und zack, da sind wieder all die Panikgedanken.

»Bonnie«, setzt Amy ruhig an, und der Klang ihrer Stimme schafft es, mich ein bisschen zu besänftigen. Sie beugt sich vor, legt eine Hand auf meine und schaut mir tief in die Augen. Diese bedeutungsschwere Pause macht mir zu schaffen. »Du glühst förmlich.«

Wow. Na wunderbar.

Ich stelle mir vor, wie ich von einer leuchtenden Kugel aus Feuer umgeben bin.

»Gib mir lieber Tipps, damit ich nicht komplett durchdrehe.« Meine Stimme ist mittlerweile ein Jammern.

»Wie wäre es, wenn du dich einfach darauf einlässt?«

Ich hasse es, wenn Amy so altklug dreinschaut.

»Weil ich das ja so gut kann.«

Und kaum spreche ich den Satz aus, legt sich ein Schalter um. Darauf einlassen. Fallenlassen. All das kann ich. Ich habe es mir schon bewiesen, in den drei unterschiedlichen Leben, die ich ausprobiert habe.

Luca? Ich habe seine Hand genommen und mich von ihm mitreißen lassen.

Amber? Ich war mutig genug, sie anzusprechen und bin im Nachhinein stolz, dass ich auf mein Bauchgefühl gehört habe.

Amy? Wie sehr ich mich mit ihr fallengelassen habe, will ich in dem Augenblick nicht weiter erörtern …

»Weißt du was?«, sage ich plötzlich und merke, wie ich mich aufrichte. Meine Haltung ändert sich, wird viel selbstbewusster. »Ich pack das.«

Amy guckt mich ganz kurz irritiert an, als könne sie nicht glauben, was ich von mir gegeben habe, aber dann springt sie vom Barhocker, der gefährlich wackelt, und umarmt mich.

»Weiß ich«, flüstert sie mir ans Ohr, und unsere Umarmung fühlt sich wohlig warm an. Ein bisschen zu warm bei dem Wetter, weshalb wir uns schließlich wieder lösen.

»Aber eine Sache ist da noch. Also, eigentlich zwei.« Und ich sage ihr, wie distanziert Dee am Ende des Tages zu mir war.

»Ich würde mir da nicht so viele Gedanken drüber machen, vielleicht hat die Hitze einfach aufs Gemüt gedrückt«, meint sie.

Von der anderen Sache, Mum von Dee und dem Date zu berichten, ist Amy ganz begeistert.

»Okay, mein Seelenstriptease ist durch, wie sieht es bei dir aus?«, frage ich Amy. »Was gibt es Neues an der Nächstes-Schuljahr-passe-ich-weniger-auf-meinen-Bruder-auf-und-konzentriere-mich-auf-meine-Noten-Front?«

An ihrer Haltung kann ich sehen, dass sie das Thema immer noch belastet, doch wenigstens blockt sie nicht gleich ab.

»Ich will mit meinen Eltern reden«, verrät sie und gibt sich Mühe, meinem Blick standzuhalten. Amy spielt mit den Fingern in ihrem Schoß, und ich merke, wie schwer die Situation für sie ist. »Ich habe mich dazu entschlossen, in der letzten Ferienwoche anzusprechen, dass ich nicht immer die Babysitterin für Simon sein kann.« Sofort presst sie fest die Lippen aufeinander. Ich bin stolz auf sie.

»Das ist grandios!«

Amys Brustkorb hebt sich, sie öffnet die Lippen.

»Ja, du hast ja recht … Ich bin nicht Simons Eltern. Ich bin seine Schwester. Und wenn es dazu kommt, dass sich meine Schulnoten verschlechtern, nur weil ich auf ihn aufpassen muss, dann muss sich was ändern.«

»Genau so!«, sage ich und klatsche dabei begeistert in die Hände. Merkt sie, wie sehr ich mich für sie freue? »Du musst nicht immer die Vernünftige sein.«

Sie nickt.

»Danke, dass du mir Mut gemacht hast.«

Es ist nur ein kleiner Satz, doch mitten im Klatschen halte ich inne.

Ich habe *ihr* Mut gemacht?

Das klingt irgendwie nach verkehrter Welt.

Für den Bruchteil einer Sekunde frage ich mich, ob ich nicht wieder in einem anderen Leben feststecke, doch ich erinnere mich an den letzten Sprung und weiß, dass das hier meine Realität ist.

»Schau nicht so«, rügt sie mich plötzlich, und als ich ihren Ellenbogen in meinen Rippen spüre, müssen wir beide lachen.

»Ich hätte nur nicht gedacht, dass ausgerechnet *ich* mal jemandem Mut machen kann.«

»Und wie du das kannst«, sagt sie, und um uns herum ist nur Wärme. Sie bringt mich ganz plötzlich auf einen Gedanken, der mir so zuvor noch nie gekommen ist.

»Weißt du, wer auch Aufmunterung braucht?«

Amy legt den Kopf leicht schief.

»Syril?«

Wir lachen beide ziemlich laut, dann winke ich ab. Syril ist leider nur fiktiv, und ich merke, dass mir Eskapismus gerade nicht guttut. Ich hole Luft, bereite mich für das vor, was ich sagen will.

»Ian.«

»Der Ladenbesitzer Ian, oder hast du in den Sommerferien zufällig noch jemanden mit dem gleichen Namen kennengelernt?« Amys Nase kräuselt sich.

»Ne, ich meine schon unseren Ian. Der ist immer so mies drauf.«

»Gehört das nicht zu seinem Image?«

»Na ja, ich glaube nicht, dass er sich die schlechte Laune jeden Morgen aufs Neue aussucht«, antworte ich und kratze mich am Unterarm.

»Manche Menschen leiden gerne«, gibt Amy unbeeindruckt zurück.

In dem Moment wird unser Gespräch durch das Scheppern der Haustür durchbrochen, die zurück in den Rahmen fällt.

»Wer leidet gerne?«, ruft meine Mum fragend durch den Flur, und Amy und ich schauen im gleichen Moment zu ihr. Sie kommt mit der geschulterten Handtasche direkt zu uns in die Küche, beugt sich über den Tresen und legt ihre Unterarme auf die Platte.

Kurz zögere ich. Soll ich sie in mein Vorhaben einweihen?

»Ian«, entgegne ich und wappne mich für alles, was kommen mag.

»Ach so«, antwortet Mum.

Das war's? Echt jetzt?

Irgendwie hatte ich mit einer anderen Reaktion gerechnet. Amy und ich tauschen intensive Blicke aus, während sich Mum abwendet, ihre Thermoflasche aus der Handtasche nimmt und sie unter dem Wasserhahn abwäscht.

»Der lächelt seltener, als My Chemical Romance etwas anderes als Schwarz getragen haben«, versuche ich die Stimmung aufzulockern. Amys Mundwinkel zuckt, Mums Gesicht sehe ich von hier aus nicht. Die Stille, die darauf folgt, macht mich nervös. Dann dreht sich Mum zu uns um.

»Der war schon immer so«, wirft sie ein.

»Traurig und grummelig?«, fragt Amy.

»Ist quasi sein Lebensmotto.«

Mum packt ihre Tasche weiter aus und lässt sich nicht anmerken, ob ihr das Gespräch nahegeht, aber in mir weckt es viele Emotionen. Vielleicht liegt es an der Zeit, die ich mit Ian und Dad in einem anderen Leben verbringen durfte.

»Schade«, sage ich mit einem Seufzen, und irgendwie ist die Stimmung im Raum auf einmal merkwürdig. Man könnte eine Stecknadel fallen hören. Eventuell sollte ich erst einmal mit etwas anderem anfangen, bevor ich mit Mum über Ians Launen rede. Ich entscheide mich, einen Schritt nach vorn zu gehen.

»Mum? Ich habe morgen ein Date.«

Und zack, Mum schaut mich schneller an, als Taylor Swift neue Alben droppen kann.

»Hast du?«

»Habe ich«, wiederhole ich und laufe knallrot an, doch ich senke nicht das Kinn.

»Und mit wem?«

Ich wünschte, Mum würde mir sagen, was sie davon hält, anstatt mich auszuquetschen, aber vermutlich ist sie nur neugierig und will erst einmal Informationen sammeln.

»Mit Dee aus der Parallelklasse«, verkünde ich.

»Sie arbeitet mit Bonnie im Laden bei Ian«, wirft Amy ein, und ich bin mir gar nicht mehr sicher, ob oder was ich meiner Mutter von meiner Kollegin erzählt habe.

»Freut mich«, sagt sie plötzlich. Als sie lächelt, überkommt mich eine Woge der Erleichterung. »Das sind ja mal Neuigkeiten!« Sie klatscht in die Hände, ignoriert ihre Handtasche und setzt sich zu uns an den Tresen.

»Ja, oder? Kaum zu glauben!«, schmeißt Amy hinterher und kichert. »Ich bin so stolz!« Sie legt den Arm um mich, zieht mich an sich heran, und ich vergrabe meinen Kopf an ihrer Brust.

»Könntet ihr damit bitte aufhören?«, murmele ich. Obwohl ich gerade am liebsten im Boden versinken möchte, grinse ich in mich hinein.

»Niemals«, sagen Amy und Mum im Gleichklang.

Kapitel 36

Wie viele Stunden kann man ahnungslos vor dem Spiegel stehen, bis es richtig peinlich wird? Ich halte Outfit für Outfit an meinen Körper, aber da ist nichts, was mir sofort gefällt. Nichts, das mir passend für ein Date erscheint.

Ich schicke ein Selfie nach dem anderen an Amy, die mir versichert, dass ich einfach etwas anziehen soll, worin ich mich gut fühle.

> **Amy:** Hör auf, dir wegen Klamotten Sorgen zu machen. Ihr geht ans Wasser!

Sie hat recht, ich muss kein cooles *Outfit* raussuchen. Ich werde in *Badeklamotten* vor Dee stehen.

Sofort ziehen sich meine Zehen zusammen, und am liebsten hätte ich dramatisch seufzend alle Klamotten auf das Bett geworfen und mich auf die Matratze fallen lassen. Aber das ist keine Lösung.

Ich stelle mir einen Wecker auf fünf Minuten und beschließe, dass ich bis dahin entschieden haben muss, was ich anziehe.

Mit geschultertem Rucksack voller Badeutensilien stehe ich an der Bushaltestelle. Die Sonne knallt erbarmungslos auf mein Haupt, und ich bin froh, dass ich eine Käppi trage. Der Bus hat kaum Verspätung, was mich erleichtert. Mit einem Knarzen öffnet sich die Tür vor mir. Kurz sehe ich mich in der Scheibe. Die Haare offen, an meinem Handgelenk ein Haargummi für später. Im Wasser kräuseln sich meine Locken sowieso. In den silbernen Sandalen mache ich einen Schritt nach vorne, und meine Stimme ist brüchig, als ich die Busfahrerin begrüße.

Ich pack das!

Und natürlich bin ich viel zu früh am verabredeten Ort, Portobello Beach. Ich warte an einer Straßenecke und beobachte die Menschen. Von Dee noch keine Spur. Kinder, die Poolnudeln durch die Gegend tragen, während sie sich mit der anderen Hand an ihren Eltern festhalten. Alte Menschen, die darüber meckern, warum heute so viel los ist. Das laute Tummeln am Strand höre ich schon von hier. Es klingt so sehr nach Sommer, dass sich meine Aufregung langsam legt und durch reine Freude ersetzt wird.

Dee biegt um die Ecke, und ich hebe die Hand, um ihr zuzuwinken. Sie sieht mich, lächelt und kommt direkt auf mich zu. Die Lederjacke trägt sie immer seltener, und ich weiß gar nicht, warum mir das jetzt auffällt. Dee hat ein schwarzes Top und Jeansshorts an, in denen ihre Beine wahnsinnig lang aussehen. Genau wie ich hat sie einen Rucksack dabei.

»Du bist ja schon da«, begrüßt sie mich grinsend und setzt extra die Sonnenbrille ab. Amy wird schon recht haben, sonst müsste ich Dee doch anmerken, dass etwas los ist, oder? Wir umarmen uns. Vielleicht ein bisschen fester als sonst, und das gibt mir die Bestätigung.

»Klar«, gebe ich zurück und verschweige, dass ich bereits seit zehn Minuten auf sie warte.

»Wollen wir?« Sie weist mit dem Kinn Richtung Strandpromenade, und wir setzen uns in Bewegung.

»Zum Glück haben wir uns für das Meer entschieden, heute soll es wieder unmöglich heiß werden«, sagt sie neben mir, und ich schiebe den Gedanken beiseite, dass mir wegen *ihr* schon heiß genug ist.

»In den Nachrichten hieß es, dass heute der letzte schöne Sommertag ist.«

»Dann sollten wir das nutzen!«, erwidert sie schmunzelnd.

Wir müssen nur ein Stück durch die Passage an den Häuserfronten geradeauslaufen, und schon landen unsere Füße im Sand. Jetzt riecht es noch mehr nach Salzwasser als zuvor, und wir holen beide gleichzeitig tief Luft. Wir atmen hörbar aus, sehen uns an und können nicht anders als zu kichern.

»Ich muss mich nicht umziehen, ich hab den Bikini drunter«, sagt Dee, und ich nicke.

»Ich auch, lass uns einen Platz suchen.«

Genau das machen wir. Wir schlängeln uns an anderen Menschen vorbei, laufen ein Stück und steuern einen Platz an. Es ist zwar schon viel los, aber hier, wo wir gerade sind, ist es etwas ruhiger. Neben uns sitzt nur noch ein älteres Pärchen. Die meisten Leute liegen näher am Wasser.

»Ich habe eine Picknickdecke mitgebracht«, lasse ich Dee wissen und stelle den Rucksack ab, um sie rauszuholen.

»Nice.«

Sie kommt mir zu Hilfe, und gemeinsam legen wir die Decke so aus, wie es uns gut passt. Ich glätte eine Falte auf dem Karomuster, bevor ich mich hinsetze. Dee hockt sich im Schneidersitz neben mich, dann beginnen wir, in unseren Rucksäcken zu wühlen.

»Ich habe Sonnencreme dabei, nur für den Notfall«, grinst Dee, hält die Flasche hoch und ich denke daran, wie wir in der Drogerie standen. »Bist du eingecremt?«

Oh ... Oh!

Auf einmal versteift sich mein Körper, und ich gucke vermutlich wie ein Schaf. Wieso habe ich ausgerechnet heute nicht daran gedacht? Vielleicht war mein Kopf zu sehr mit der Klamottenauswahl beschäftigt.

»Vergessen«, sage ich verlegen.

Dee hält die Sonnencreme in der Hand, ihr Blick ist fragend. In meinem Kopf höre ich eine Uhr ticken.

»Soll ich dir helfen?«, fragt sie schließlich, weil von mir nichts mehr kommt.

Überforderung, willkommen zurück!

Ich schreie innerlich. Die Vorstellung, wie Dee mir den Rücken eincremt, macht mich komplett fertig, aber es ist auch ein angenehmes Bild, das sich mir auftut.

Mutig sein. Wie war das nochmal?

»Das wäre lieb.« Ich nicke vorsichtig, drehe mich zu ihr und ziehe das graumelierte Kleid aus, das ich über meinen Badeanzug gezogen habe. Hoffentlich merkt sie nicht, wie meine Hände zittern.

»Kannst du die Haare hochheben?«, fragt Dee, und ich ziehe die Käppi ab. Ich höre, wie sie die Flasche öffnet und Creme auf ihren Händen verteilt, und als sie meine Schultern berührt, kribbelt die ganze Haut.

»Alles okay?« Ich höre weniger Besorgnis in ihrer Stimme, sondern vielmehr ein Lächeln. Sie will wissen, ob das in Ordnung für mich ist. Bemerkt sie meine Gänsehaut? Kurz wende ich ihr den Kopf zu, lächele ebenfalls.

»Ja, voll«, antworte ich und schaue wieder zum Meer. »Ich bin es nur nicht gewohnt, dass mich jemand anderes eincremt als meine Mum.« Wir müssen beide lachen, und es tut gut, die Anspannung loszulassen. Ich schließe die Augen, weil die Sonne blendet, und sitze einfach nur da, während Dee meinen Rücken eincremt. Sie lässt sich Zeit und reibt jede Stelle gewissenhaft ein.

»Kannst du die Träger noch kurz runtermachen?« Ich öffne die Augen, komme der Aufforderung nach und setze mich um, sodass ich die Knie anziehen und meinen Oberkörper dagegenstemmen kann. Dadurch fühle ich mich weniger nackt.

»Erledigt«, sagt sie dann, aber ich spüre genau, wie ihr Daumen ein letztes Mal über meinen Nacken streicht.

»Danke dir.« Ich ziehe die Träger hoch, drehe mich zu ihr um und lächele sie kurz an. Dee begegnet meinem Blick, dann zieht sie kurzerhand ihr Shirt über den Kopf.

Um sie nicht anzustarren, hole ich mein Handtuch aus dem Rucksack. Es ist echt schwer, sie nicht anzugucken. Dee hat so eine krasse Präsenz, die immer dafür sorgt, dass mein Blick auf ihr liegt. Ich halte mein Tuch in der Hand und sehe, wie Dee ihr Shirt auf die Picknickdecke wirft. So viel dazu, sie nicht ständig ansehen zu wollen.

Sie trägt einen türkisfarbenen Bikini. Das Top ist ein Neckholder, sodass ihre Arme noch besser zur Geltung kommen. Ich sehe, wie sich die Muskeln anspannen, als sie ihr Handtuch aus dem Rucksack holt. Ich schaue an mir hinab. Mein schwarzer Badeanzug wirkt ziemlich langweilig dagegen, aber ich bin Amys Rat gefolgt: Ich fühle mich wohl.

»Also, Wasser?«, fragt Dee, und ich hebe den Kopf.

»Klingt nach einem Plan«, antworte ich, grinse, und wir stehen fast zeitgleich auf. Ich schlüpfe in meine Sandalen, Dee in ihre Flipflops.

Wir packen unsere Rucksäcke so um, dass wir sie auch aus der Ferne im Wasser sehen können. Keine von uns hat Lust, beklaut zu werden.

Der Sand ist weich, aber nicht so wie in Italien, auch wenn ich nicht sagen kann, was anders ist. Ich bleibe stehen, sehe Dee zu, und wir lassen unser Schuhwerk zurück. Sie sieht wie eine Göttin aus, als sie ins Wasser steigt, und ich hoffe einfach, dass sie bei mir nicht so genau hinsieht. Ich bin nämlich viel unbeholfener und achte nur darauf, nicht volle Kanne im nassen Sand auszurutschen.

»Das ist besser«, sage ich mit einem wohligen Seufzen, als das kühle Wasser meinen Körper benetzt.

»Absolut«, quittiert Dee und schaut kurz über die Schulter, bevor sie mit einem Schwimmzug nach vorne ins Meer abhaut. Ich tapse hinterher, muss mich erst einmal an den Temperatursturz gewöhnen. »Wir haben einen guten Zeitpunkt ausgesucht, heut Nachmittag kann man hier vermutlich vor lauter Touris kaum noch schwimmen.«

»Du willst so *richtig* schwimmen?«, frage ich, nähere mich Dee und runzele die Stirn. Sie hält inne, dreht sich um und wartet auf mich.

»Klar! Warum geht man sonst ins Meer?«

»Na ja, zum Chillen«, gebe ich lächelnd zurück.

»Um sich sportlich zu verausgaben«, antwortet sie erst

ernst, aber dann, ganz plötzlich, lacht auch sie. »War nur ein Scherz.«

Mir fällt ein Stein vom Herzen.

»Und ich dachte schon, du forderst mich gleich zu einer Schwimmchallenge auf.«

Dee schaut mich verschmitzt an. Ich sehe, wie ihr Hirn arbeitet.

»Gute Idee!«

Oh nein!

»Wer zuerst da vorne bei der Omi mit Hut ist!« Ich kann sie nicht aufhalten. Dee holt tief Luft, und dann taucht sie ab.

Ich rudere mit den Armen, um ihr schnellstmöglich nachzukommen, doch gegen sie habe ich keine Chance. Sie taucht ganz knapp vor der älteren Dame wieder auf, holt tief Luft und wischt sich mit den Fingern über die Augen. Sie sieht, wie ich hinter ihr herkomme und grinst.

»Gewonnen!«

Die Frau schaut sie an, schüttelt den Kopf und schwimmt weg.

»Ich habe mit nichts anderem gerechnet«, gebe ich keuchend zurück, als ich bei ihr ankomme, lache dann aber auch, weil ich gar nicht anders kann. Mit einer unbefangenen Handbewegung fährt sie sich durchs Haar, um es nach hinten zu kämmen.

»Lass uns etwas weiter da rüber schwimmen«, sagt sie im gleichen Augenblick, vermutlich um weniger Leute um sich zu haben. Sie schwimmt voran, und ich kann sehen, wie die Wassertropfen ihren Hals entlanglaufen.

»Gib's zu, du bist im Schwimmverein«, schnaufe ich, und ein paar Meter weiter stoppen wir.

»War ich mal als Kind, ja, tatsächlich«, antwortet sie direkt und schwimmt langsamer, damit ich mithalten kann.

»Und jetzt nicht mehr?«

Ich paddle mit den Füßen im Wasser, während meine Arme rudern, damit ich nicht untergehe.

»Ne, die Umzüge und so, du weißt schon.«

»Tut mir leid«, lege ich nach und senke den Blick.

»Muss es nicht. Wir haben alle unsere Päckchen zu tragen.«

Sie ist auch noch weise. Ich nehme Fahrt auf, schwimme zu ihr, sodass wir Seite an Seite durchs Wasser gleiten. Langsam hebe ich das Kinn, suche ihren Blick. Etwas Verträumtes liegt in ihren Augen. »Manche haben größere Päckchen, manche kleinere.«

Ich weiß nicht, was ich darauf antworten soll. Alle Worte, die ich mir zurechtlege, klingen irgendwie künstlich.

»Und manche tragen einen 20 Kilogramm schweren Sack Katzenstreu.« Kurz denke ich darüber nach, einfach abzutauchen und im Wasser zu verschwinden, doch dann lacht Dee.

»Du bist lustig, weißt du das?«

Nein.

Kontrolliert lasse ich Luft aus meinem leicht geöffneten Mund, um nicht innerlich zu verbrennen, weil bei diesem Kompliment gerade ein Feuerwerk in mir losgegangen ist. Ich merke, wie mir die Röte ins Gesicht schießt, und genau jetzt halten wir inne, und Dee verringert die Distanz zwischen uns.

»Und süß bist du auch.«

Ihre Worte hängen kurz in der Luft, bevor ich sie richtig begreife. Mein Mund öffnet sich weiter, aber meine Kehle ist zu trocken.

Dee hat mich süß genannt!

Mit gesenkten Lidern beobachte ich, wie sie eine Hand hebt und ihre Finger spielerisch über meinen Oberarm wandern. Sie zeichnet die Wassertropfen nach.

»Ist das okay für dich?«, fragt sie mich, und jetzt muss ich wirklich etwas sagen, sonst glaubt sie noch, ich mag das nicht!

»Vollkommen«, wispere ich, und unsere Blicke begegnen sich. »Du bist auch witzig. Und süß.« Ich kann nicht glauben, dass ich den Mut habe, ihr das zu sagen. Als ich sie ansehe, fällt mir auf, dass ihre Augen ohne den schwarzen Kajal viel größer wirken. Sie hat geschwungene voluminöse Wimpern. Am liebsten würde ich mit dem Finger ihre Stupsnase nachzeichnen. Ihre schmalen Lippen kräuseln sich, dabei kann sie unmöglich hören, was ich denke.

Da ist etwas zwischen uns, das ich nicht erklären kann.

Aber es macht mir keine Angst. Im Gegenteil.

Einen Herzschlag lang gibt sie mir das Gefühl, dass die Welt um uns herum nicht existiert. Die Geräusche verstummen, der Hintergrund wird zu einem unscharfen Bild. Da sind nur noch wir beide. Fehlt nur noch die Musik im Hintergrund, und ich könnte beinahe fühlen, wie wir im All schweben. Das Wasser macht uns leicht. Schwerelos.

Mir fehlen die Sterne um uns.

Nein.

Eigentlich fehlt mir gerade gar nichts.

Fast nichts.

Sei mutig.

Ich höre ihre Stimmen. Als würden alle Bonnies aus den unterschiedlichen Leben zu mir sprechen, mich anfeuern, mit imaginären Pompons und einem großen Trommelwirbel.

Diese seltsamen Sprünge in andere Leben haben mir gezeigt, wie mutig ich sein kann. Dass Menschen gerne Zeit mit mir verbringen. Dass ich nicht immer nur aus der Ferne hoffen und wünschen muss, sondern sich wirklich etwas verändert, wenn ich den Schritt nach vorne wage.

Genau dieser Schritt ist immer das Schwerste. Es fühlt sich für einen kurzen Moment so an, als verknote sich der ganze Magen, und gleichzeitig will ich vor Aufregung kotzen, weinen und lachen. So viele Emotionen, die sich bündeln.

Sei mutig.
Ich kann das.
»Darf ich dich küssen?«
Ich halte die Luft an, kann ihre Antwort kaum abwarten, und nur einen Wimpernschlag später nickt sie lächelnd.

Sanft beuge ich mich vor, und dann treffen unsere Lippen aufeinander.

Kapitel 37

Realistisch gesehen begreife ich, dass wir uns gerade küssen. Meine Augenlider sind geschlossen. Ich spüre ihre Hand immer noch auf meinem Oberarm, doch jetzt spielen ihre Fingerspitzen nicht mehr mit den Wassertropfen darauf, sondern ihre Hand hält mich fest. Der Druck ist nur ganz leicht, doch Dee zeigt mir damit, dass sie mich nicht loslassen will. Ihr Daumen streicht sachte über die Haut, und nicht nur das löst eine Gänsehaut an meinem ganzen Körper aus.

Mache ich das richtig mit dem Knutschen?

Ich hatte nicht damit gerechnet, dass sie so sanft küsst. Ganz zärtlich, als würde sie sich erst einmal vorantasten. Zunächst liegen nur unsere Lippen aufeinander, aber dann wollen wir mehr.

Mein Mund öffnet sich, und als ich ihre Unterlippe einlasse, wird der Druck ihrer Hand stärker. Dee genießt, und ich bin einfach nur happy. Die Zweifel, ob ihr der Kuss gefällt und wie ich mich dabei anstelle, sind ganz leise geworden.

Ihr Atem ist warm und so nah, dass ich automatisch die Zehen verkrampfe. Mein Körper reagiert heftig auf sie.

Dann ist da plötzlich ihre Zunge an meiner. Sie umspielen sich, kreisen umeinander wie im Tanz. Jede Pore meiner Haut kribbelt, und mein Unterleib zieht sich zusammen.

Dann, wie aus dem Nichts, trifft uns eine harte Welle. Ich quietsche schrill, und auch Dee macht einen überraschten Laut, als wir uns von den Wasserspritzern wegdrehen.

Okay, wem muss ich eine Predigt halten?

Dass wir gestört wurden, geht mir gewaltig auf den Keks. Als ich die Augen öffne, sehe ich zunächst Dee, die sich mit den Händen über das Gesicht fährt, um die Wassertropfen aus den Augen zu bekommen. Ich habe nicht so viel abbekommen wie sie.

Kaum drehe ich mich wieder um und will mit einer gewaltigen Standpauke loslegen, da sehe ich den Übeltäter vor mir. Ein blondes Kind, dessen Locken wild vom Kopf abstehen. Es sitzt in einer enorm großen aufblasbaren Gummiente und sieht uns vollkommen unschuldig an.

»Knutscht woanders«, sagt das Kind, streckt mir die Zunge raus und paddelt dann, ohne ein weiteres Wort, einfach von uns weg.

Perplex starre ich der gelben Ente hinterher.

Was wäre wohl passiert, wenn das Kind uns nicht gestört hätte?

Was wäre, wenn …

Jetzt weiß ich, dass die Frage nicht länger theoretisch ist. Ich konnte ausprobieren, was möglich wäre.

Als Dee und ich uns ansehen, sind wir viel zu beschäftigt damit, laut zu lachen. Mein Zwerchfell tut innerhalb weniger Sekunden so weh, dass ich mir den Bauch halte, und Dee weiß sich nicht mehr zu helfen, also schwimmt sie auf dem Rücken und starrt gen Himmel.

Es dauert ein paar Atemzüge, bis wir uns wieder beruhigt haben und sich die Welt um uns herum normalisiert.

Fast im Einklang seufzen wir. Dee löst ihre Position und schwimmt mit einem Zug zurück zu mir. Wir paddeln mit den Füßen und Armen, um unsere Köpfe über Wasser zu halten.

»Das war schön«, sage ich, und es ist mir nicht möglich, zu verbergen, wie sehr ich den Kuss genossen habe. Mir tun vom Grinsen fast schon die Wangen weh.

»Fand ich auch«, antwortet sie, und kurz glaube ich, dass sie mich wieder küssen wird, doch dann verändert sich ihr Gesichtsausdruck. Die Leichtigkeit entweicht wie die Luft aus einem Ballon.

Die Situation kommt mir bekannt vor.

»Wie wäre es mit Pommes?«, fragt sie, und ich nicke.

»Pommes? Immer.«

Ziellos schwimmen wir noch ein bisschen durch das Wasser, ehe wir uns Richtung Strand begeben. Ich gehe vor, steige in meine Sandalen und versuche nicht wegzurutschen. Dee ist unmittelbar hinter mir.

Ob sie sich meinen Hintern anschaut?

Oh, Hirn! Was machst du nur?

Wir steuern auf unsere Decke zu, greifen nach den Handtüchern. Ich grinse, als ich sehe, dass Dee ein schwarzes Handtuch mit Rolling-Stones-Logo mitgebracht hat und sich damit abtrocknet. Sie schüttelt den Kopf wie ein Hund, um die Nässe aus den Haaren zu bekommen und reibt mit dem Handtuch über den Undercut. Ich fühle mich mit meinem alten pinken Handtuch, das ich schon seit Jahren habe, ein bisschen underdressed.

Kann man mit einem Handtuch überhaupt underdressed sein?

Dee bückt sich, holt ihre Geldbörse aus dem Rucksack, und ich mache es ihr nach. Wir lassen die Handtücher in der Sonne zurück, damit sie trocknen können, und verstecken die Rucksäcke, bevor wir zur Promenade gehen.

»Die wichtigste Frage: Ketchup, Essig oder was ganz anderes?«

Dee schaut über die Schulter zu mir, und ich brauche einen Moment, um zu begreifen, was sie will.

Pommes.

»Eigentlich egal. Ich mag die braune Sauce auch gern«, erwidere ich und frage mich, welche Sauce sie wählt. »Und du?«

»Wenn es nach mir geht, dann kann überall Essig dran«, antwortet sie, und ich bin ein bisschen erleichtert, dass wir uns nicht über Pommes zanken. Bei Amy gab es mal am Essenstisch einen riesigen Streit, weil ihr Vater den falschen Ketchup gekauft hatte. »Hauptsache, die Fritten sind nicht trocken.«

»Sehe ich genauso«, versichere ich mit einem Grinsen.

Die Schlange an der kleinen Bistrohütte ist nicht lang, sodass wir schnell drankommen. Dee greift direkt nach der Essigflasche und ertränkt ihre Fritten.

»Willst du noch ein paar Pommes zu deinem Essig?«, ziehe ich sie auf, und sie streckt mir spielerisch die Zunge raus.

Ich habe mir Ketchup aufgeladen, dann gehen wir mit den heißen Pappschachteln zurück zu unserem Platz.

»Warum schmecken Pommes am Strand eigentlich immer am besten?«

Dee sitzt mit angewinkelten Beinen mir gegenüber und hält eine Pommes in den Fingern, die sie argwöhnisch betrachtet, als würde sie ihr gleich genau dieses Geheimnis verraten.

»Gute Frage. Vielleicht, weil das so nostalgisch ist«, mutmaße ich achselzuckend. Dee stopft sich die Pommes in den Mund und schiebt die Sonnenbrille hoch, um mich mit einem Lehrerinnenblick anzusehen.

»Weil es uns unweigerlich an unsere Kindheit erinnert und den Wunsch kitzelt, wieder unbeholfen und sorgenfrei zu sein?« Ihre Stimme ist hoch, und sie bringt mich zum Lachen.

»Mich erinnert das eher daran, dass ich als Kind die Pommes zumindest nicht selbst bezahlen musste.«

Dee lacht darüber so laut, dass ihr die Sonnenbrille aufs Handtuch fällt und sie zur Seite kippt. Ich steige ein, beobachte, wie sich Dee fangen kann und ihre Pommes damit rettet. Sie setzt sich auf, als unser Lachen nachlässt.

»Ich war an so vielen Stränden, aber der hier gefällt mir besonders gut«, sagt sie, greift nach der Sonnenbrille, setzt sie aber nicht direkt wieder auf. Sie blickt mich an, und irgendetwas sagt mir, dass das ein Kompliment sein soll.

»Wir haben ja auch die besten Pommes«, scherze ich. Ich will mir gerade eine Fritte nehmen, halte dann aber inne.

»Ich meinte nicht die Pommes.«

Ihr Blick durchdringt mich fast, und ich spüre wieder die Schmetterlinge in meinem Bauch.

»Darf ich dich fragen, wie oft du bisher umgezogen bist?«, umgehe ich das Thema mit roten Wangen.

Dee legt den Kopf schief und stopft sich eine weitere

Pommes in den Mund, die durch den Essig bereits ganz weich ist.

»Puh, kann ich gar nicht zählen.«

Ihre Augenbrauen heben sich, doch sie hält den Kopf gesenkt. »Zehn Mal bestimmt«, sagt sie nachdenklich. »Vielleicht auch elf«, ergänzt sie und setzt sich ihre Sonnenbrille wieder auf.

Wow!

Ich kann mir das kaum vorstellen. Mein ganzes Leben wohne ich schon in dem Haus meiner Eltern. Ich würde so viel zurücklassen, wenn ich weggehen müsste. Ians Laden, Amy und all die Orte, die ich im Herzen trage. Außerdem würde vermutlich niemand freiwillig meine Plattensammlung schleppen.

»Du warst also schon überall?« Ich bemühe mich, meine Neugierde im Zaum zu halten.

»London, Manchester, Paris ... jede Großstadt, die man so kennt. Eine Zeit lang waren wir auch mal in Berlin, aber das Arrangement ging nur wenige Wochen. Ich weiß noch, dass wir da in einem total schäbigen Hotel gepennt haben.«

Von außen wirkt es, als würde es Dee nichts ausmachen, doch ich spüre, dass sie innerlich aufgewühlt ist. Ich erkenne das gut, weil ich weiß, wie es sich anfühlt.

»Warst du denn schon häufiger in Edinburgh? Immerhin kanntest du ja auch Calton Hill«, frage ich sie und bemerke, dass ich meine Pommes weiteressen sollte, bevor sie kalt sind.

»Als Kind, ja. Dann war ich viele Jahre weg. Deswegen kenne ich auch nur ein paar Leute hier an der Schule.«

Sie kaut, ich kaue, und das gibt uns ein paar Augenblicke zum Nachdenken.

Ich möchte so viel über sie wissen.

Aber es fällt mir schwer, den schmalen Grat zu erwischen, um nicht zu aufdringlich zu sein.

»Und wo bist du geboren?«

Sie sieht mich an und merkt, dass ich das Interesse nicht vorheuchele. Dee zieht wieder die Sonnenbrille aus, legt sie auf die Decke neben sich, und es ist schön, ihr nochmal so direkt in die Augen sehen zu können.

»In New York«, antwortet sie, als wäre das kein großes Ding, dabei ist Amerika so weit weg.

»Wow.«

»Das sagen sie alle.«

»Ist ja auch ziemlich cool«, erwidere ich unbeholfen. »Ich meine hallo?! New York? Da finden bestimmt so viele Konzerte statt!« Ich bin etwas zu euphorisch, glaube ich. Dee senkt den Blick, schaut ihre Fritten an.

»Nicht, wenn du deinen Dad kaum siehst und in Wohnungen aufwächst, die nie ein dauerhaftes Zuhause sind.«

Dee nimmt zögerlich eine Fritte. »Ich habe nie viel Kram gehabt, weil das Umziehen einfach super nervig ist. Irgendwie muss immer alles in einen Koffer und ein paar Kisten passen. Und du weißt nie, wann du wieder die Stadt verlässt und ob du die Menschen von dort wiedersiehst.«

Eine Haarsträhne fällt ihr ins Gesicht und gibt ihr ein melancholisches Antlitz. Dee tut mir leid. Aber ich will auch keinen auf Mitleid machen, ich weiß schließlich, wie kacke es sich anfühlt, wenn Menschen dich auf diese Art ansehen.

»Na ja, jetzt bist du hier«, versuche ich die Stimmung aufzulockern. »Und das finde ich gut.«

Dee schaut hoch, wir sehen uns an, doch in ihren Augen liegt ein unergründlicher Schmerz, den ich nicht deuten kann.

»Nur noch ein Jahr, dann ist die Schule eh vorbei«, sagt sie gleichgültig. Ihre Pommesschale ist so gut wie leer, während meine noch halb gefüllt ist.

»Weißt du, was du danach machen willst?«, frage ich sie, während ich langsam weiteresse.

»Ich wollte eigentlich immer Musik machen. Aber ich sehe ja, wie einen dieses Künstlerbusiness kaputtmachen kann. Klar, es ist auch voll erfüllend, aber ehrlich gesagt habe ich keine Lust, von einem Ort zum anderen zu tingeln. Es wäre schön, einfach mal irgendwo länger bleiben zu können.«

Verständlich. Ich bin bisher immer nur hier gewesen – oder im Sommer in Italien. Für mich ist jeder Städtetrip schon ein Abenteuer. Aber aus Dees Perspektive verstehe ich, wie rastlos sie sich fühlen muss.

»Das klingt nicht einfach«, sage ich tröstend und sehe aus dem Augenwinkel Dankbarkeit auf ihren Gesichtszügen.

»Ich würde nach der Schule gerne einfach irgendwo eine Bude finden und dann arbeiten. Vielleicht kann ich ja in einem Plattenladen wie bei Ian anfangen und nebenbei ein bisschen Musik machen oder so. So richtig weiß ich auch noch nicht, aber darum spare ich schon mal.«

»Und Ian zahlt ja nicht schlecht für einen Sommerjob«, sage ich grinsend und kann ihr so ebenfalls ein Lächeln entlocken.

»Und du?«, will sie wissen. »Was sind deine Pläne?«

Vor einiger Zeit hätte sie nur Stottern aus mir rausbekommen. Jetzt, nachdem ich all diese Reisen erlebt habe, begreife ich die Unendlichkeit der Chancen.

»Ich habe so viele Ideen«, sage ich nach einem kleinen Zögern.

Studieren. Dinge erleben. Musik. *Es gibt so viel zu entdecken!*

Und da weiß ich plötzlich, was ich will.

»Aber eigentlich möchte ich nach der Schule erst einmal mit Mum nach Italien. Ein kleiner Urlaub würde uns glaube ich ganz guttun. Und dann mal sehen. Ich habe ja noch ein Jahr Zeit, um mir Gedanken zu machen. Herauszufinden, ob ein Studium das Richtige für mich ist oder es mich in einen ganz anderen Job zieht.«

Dee schenkt mir ein mattes Lächeln, doch es erreicht nicht ihre Augen.

»Wo ist die After Sun Lotion?«, rufe ich durchs Haus, in der Hoffnung, dass Mum mich hört.

»Hast du mal im Schrank nachgesehen?«

»Da habe ich zuerst nachgeschaut!«

Dann höre ich, wie sie die Treppen hinaufsteigt, und plötzlich steht sie schnaubend neben mir im Bad.

»Hast du auch richtig geguckt?« Atemlos verschränkt sie die Arme vor der Brust. »Zumindest habe ich sie da zuletzt gesehen.«

»Ja-haaa«, sage ich mindestens genauso genervt.

»Tja. Dann ist sie wohl leer.«

»Na toll.« Ich drehe mich vor dem Spiegel und hoffe einfach, dass sich kein Sonnenbrand entwickelt.

»Hast du dich nicht eingecremt?«, fragt mich Mum, und bei dem Gedanken an Dees Hände auf meiner Haut wird mir ganz flau.

»Doch, hab ich«, gebe ich schnell zurück und weiche Mums Blick aus. »Aber ein bisschen zu spät.« Ich gehe einen Schritt nach vorne, greife das weiße Tanktop, das auf dem Rahmen der Badewanne liegt, und streife es über.

»Wie war dein Date?«

Als ich zu Mum gucke, wirkt sie nicht mehr genervt, sondern interessiert. Sie grinst schelmisch und wartet auf Informationen.

»Gut«, antworte ich und versuche zu verbergen, wie rot ich dabei werde. Mum zieht eine Augenbraue hoch. Sie durchschaut mich genau.

»Nur *gut*? Komm schon! Muss ich dir alles aus der Nase ziehen?«, fordert sie verschmitzt.

Seufzend setze ich mich auf den Rand der Badewanne, weil meine Mutter den Türrahmen blockiert. Sie kommt zu mir, setzt sich direkt neben mich, und ich weiß noch nicht, in welche Richtung dieses Mutter-Tochter-Gespräch geht.

»Wir waren am Strand«, beginne ich mit dem Offensichtlichen. »Das Wetter war toll, die Pommes lecker …« Ich schaue sie nicht an, mache eine dramatische Pause, und dann platzt es aus mir heraus. »Und ganz möglicherweise haben wir uns geküsst.« Jetzt schau ich doch hoch, weil ich Mums Reaktion einfangen will.

Mit ihren Lippen formt sie ein O, dann klatscht sie begeistert in die Hände und grinst.

»Dass ich dir das überhaupt erzähle«, sage ich leise und schüttele den Kopf, doch natürlich kann sie mich hören.

»Weil ich eine coole Mum bin«, antwortet sie und macht einen absichtlich gekünstelten Hairflip.

»Zitierst du jetzt *Mean Girls*?«

Unser Lachen hallt im Bad nach, und ich merke, wie gut es mir tut, ihr davon zu erzählen.

»Und wie geht es dir damit?« Ihre Stimme ist ruhiger geworden. Sie stupst mich leicht mit dem Ellenbogen an. Ernster.

»Ich mag Dee wirklich«, gestehe ich und kann den Blick nicht länger erwidern, also starre ich auf meine Füße und grinse glücklich.

»Das klingt doch gut.«

Mum legt einen Arm um mich. »Lad sie gern mal zum Essen ein.«

Ich beiße mir auf die Unterlippe, und in der Sekunde fühle ich mich wie im Film. Die Teenagerin, die sich verknallt. Verlegenheit ziert meine Mimik, aber eigentlich bin ich ziemlich happy darüber, jemanden gefunden zu haben, den ich mag. Und dann wird mir bewusst, was das bedeutet.

Ich möchte mit Dee zusammen sein.

Ich will sie nicht nur aus der Ferne sehen, mir heimlich vorstellen, wie es mit uns ausgehen könnte. Ich brauche keine alternative Realität mit anderen.

Ich will kein *vielleicht*, sondern ein *auf jeden Fall*.

Mit ihr.

»Das mache ich vielleicht mal«, sage ich und sehe Mum an. »Ich glaube, sie mag mich auch.«

Da ist so viel Liebe in ihrem Gesicht. In ihren Augen liegt ehrliche Freude. Ein ganz seltenes Leuchten.

»Hör auf dein Bauchgefühl, okay?«, rät sie mir. »Ich bin

immer für dich da, wenn du einen Rat brauchst.« Langsam zieht sie den Arm weg, und ich vermisse ihre Nähe, weshalb ich sie einfach drücke.

Ach, Mum ...

»Mache ich«, sage ich nickend an ihrer Schulter.

Sie unterstützt mich, egal, was die Zukunft bringt.

Mum löst sich von mir, steht mit einem Ächzen auf und geht Richtung Tür, doch dann bleibt sie stehen und schaut mich an.

»Vergiss beim nächsten Date die After Lotion nicht.« Sie zwinkert, dann ist sie aus dem Badezimmer verschwunden.

Ich bleibe mit einem breiten Grinsen zurück.

Kapitel 38

Es fühlt sich richtig an.

Mum hat gesagt, ich soll auf meinen Bauch hören. Und genau das mache ich jetzt.

Am Abend liege ich noch lange wach, weil ich einfach nicht schlafen kann. Mein Körper ist total müde, aber mein Geist will keine Ruhe geben. Ich denke über so viele Dinge nach, dass sich das Gedankenchaos wie ein Kreis anfühlt. Irgendwann wird es mir zu viel, und ich stehe auf. Es bringt nichts, im Bett zu liegen und die Decke anzustarren, wenn ich ohnehin nicht schlafen kann. Barfuß gehe ich zum Fenster, öffne es und lasse die angenehme Nachtluft hinein. Das tut verdammt gut, und ich glaube, dass damit auch ein paar schwerfällige Gedanken abziehen. Als würde die Luft sie aufsaugen.

Aus dem Fenster erblicke ich unsere Straße, auf der es ganz ruhig ist. Ein paar Häuser weiter leuchtet eine Laterne, und ich erkenne in den Schatten eine Katze, die die Straßenseite wechselt. Als mein Blick rüber zu Amys Haus schweift, sehe ich dunkle Fenster.

Alle schlafen schon, nur ich bin noch wach.

Ich und mein nerviges Bauchgefühl.

Alles kribbelt. Ich nehme mein Handy, öffne den Chat mit Dee und tippe, aber dann lösche ich die Nachricht schnell.

Morgen sehe ich Dee sowieso im Laden wieder. Und vielleicht traue ich mich, sie nach einem weiteren Date zu fragen.
Nein, kein Vielleicht.
Ein Definitiv.

Die Nacht ist kurz und traumlos, aber irgendwie schaffe ich es, am nächsten Morgen aus dem Bett zu steigen. Beim Zähneputzen realisiere ich, dass die Sommerferien bald vorbei sind. Nur noch ein paar Tage, dann geht es wieder in die Schule zurück. Mein letztes Jahr steht an. Ich habe zwölf Monate Zeit, um herauszufinden, was ich eigentlich machen möchte. Und selbst wenn ich es dann immer noch nicht weiß, fühlt sich die Angst nicht mehr so groß an. Was auch immer nach der Schule passiert.
Musik studieren, das sagt die Bonnie in Italien.
Rumreisen, Konzerte besuchen und sich treiben lassen, das sagt die Bonnie, die gerade stagedivt.
Hauptsache bei Amy sein, das sagt die Bonnie, die in ihre beste Freundin verliebt ist.
Und was sage *ich*?
Ich spucke die Zahnpastareste ins Waschbecken, spüle mir den Mund aus und mache mich für die Arbeit fertig, ohne eine Antwort darauf zu finden.
Als ich meinen Kaffee in der Küche trinke, schaue ich aus dem Fenster. Es ist ruhig da draußen. Die Sonne scheint nur schwach. Mit einem Blick auf mein Handy sehe ich, dass die Temperaturen heute bereits runtergegangen sind, also entscheide ich mich für eine leichte Jeansjacke, als ich zehn Minuten später das Haus verlasse.
Es ist wirklich etwas frisch am Morgen. Der Wind, der

um meine Beine weht, tut gut nach all den heißen Sommertagen und bringt Abwechslung, denn schon als ich in den Bus steige, steht die Luft. Bei Ian im Laden ist es zum Glück nicht so stickig, seitdem er dort nicht mehr raucht. Ich bin die Erste, also gehe ich meiner üblichen Routine nach. Kaum habe ich die Fenster geöffnet, bläst mir der Wind von draußen ins Gesicht. Meine wuscheligen Haare fallen mir in die Stirn, und ich fische Strähne für Strähne aus den Augen.

Die Türglocke läutet, und ich höre Dees Stimme.
»Guten Morgen!«
Fuck!
Hastig versuche ich, das Chaos auf meinem Kopf zu bändigen, aber beim Zurückstreichen der Haare merke ich, dass mein Kopf aussieht wie ein Vogelnest.

»Morgen«, antworte ich hastig, und beim Blick zu meinem Fensterspiegelbild beuge ich mich vor und schüttele meine Haare über Kopf aus.

»Frisurendebakel am Morgen?«, amüsiert sich Dee und geht direkt ins Lager, wo ich hören kann, wie sie ihren Rucksack abstellt.

»Halb so wild«, rufe ich zurück. Kurz glaube ich, vor Scham im Erdboden zu versinken, doch eigentlich weiß ich, dass ich keinen Grund dazu habe. Diese Bonnie bin ich nicht mehr.

»Ging mir auch so.«

Ich kann mir gar nicht vorstellen, dass Dee mit so kurzen Haaren Schwierigkeiten hat, aber ich selbst hatte auch noch keine Kurzhaarfrisur. Ich gehe zu ihr ins Lager und sehe zu, wie sie relaxt ihre Kopfhörer einpackt, nochmal auf ihr Handy schaut und es schließlich in die hintere Tasche ihrer engen Röhrenjeans steckt.

»Der Sommer ist wohl so gut wie vorbei, oder?«, versuche ich ein Gespräch zu beginnen.

»Ja, total. Ich hätte ja gedacht, dass es noch ein paar Tage länger warm bleibt. Aber hey, so schwitzen wir uns hier keinen ab«, erwidert sie schulterzuckend. »Gut, dass wir gestern am Strand waren.«

Ihr schelmisches Grinsen ist ansteckend, und ich frage mich, ob sie auch an unsere Küsse denkt.

»Da haben wir den Sommer nochmal richtig genutzt«, sage ich.

Die Anspannung kehrt zurück, prickelt durch meinen ganzen Körper. Meine Füße fühlen sich an wie am Boden festgewachsen. Ich muss sie jetzt einfach fragen.

»Hättest du Lust …«, beginne ich und hole tief Luft, doch kaum fahre ich fort, klingelt die Türglocke, und ich drehe mich um.

»Morgen, Kids«, raunt Ian, und als ich wieder zu Dee sehe, geht sie an mir vorbei in den Laden. Sie schaut mich gar nicht mehr an.

Chance verpasst.

So ein Mist.

Hat Dee mich vielleicht gar nicht gehört?

Sie mag dich, versuche ich mir wieder ins Gedächtnis zu rufen, doch Zweifel sind lauter als alle Fakten der Welt.

Ich knabbere an meiner Unterlippe, balle die Hände zu Fäusten und verlasse ebenfalls das Lager. Ohne Dee ist es viel zu leer.

»Morgen«, begrüße ich Ian, mindestens genauso brummig wie er, und wir öffnen den Laden. Mal sehen, wie viel heute los sein wird. Im Lager müssen Dee und ich noch ein paar neue Waren einsortieren, und ich frage mich jede Sekunde, wann der perfekte Moment ist, sie auf ein nächstes Date anzusprechen, allerdings kommt er nicht. Entweder wir schweigen und lauschen der Musik, oder wir reden über so banale Dinge, dass ein Themenwechsel viel zu seltsam wäre.

Dee schafft wieder diese Distanz zwischen uns, die mir seltsam erscheint. Normalerweise reden wir viel mehr, wenn wir aufräumen. Heute ist sie auffällig still, und als sich beim Auspacken einer Kiste zufällig unsere Oberarme streifen, zieht sie ihren schnell zu sich.

Alle Signale sagen mir, dass etwas nicht stimmt. Mit uns.

Und das tut verdammt weh.

Da ich ratlos bin, bleibe ich still.

So lasse ich den Tag verstreichen. Ganz unauffällig und ohne weitere Vorkommnisse. Nur kurz blitzt der Gedanke auf, vielleicht irgendwie einen Realitätssprung zu provozieren, doch eigentlich will ich dieses Leben nicht verlassen. Nicht einmal für einen Ausflug.

Und dann steht am Abend plötzlich meine Mutter im Laden. Sie wirkt etwas verloren, so wie sie sich an ihre Handtasche klammert. Ich stehe am anderen Ende des Raums, sortiere ein paar A-Z-Schilder in den Regalen neu ein, damit die Kund*innen die Ware sofort finden. Als ich den Blick hebe, sehen wir uns an. Mum versucht sich an einem Lächeln, das ich erwidere, aber hauptsächlich bin ich verwirrt.

Was macht sie hier?

Sie schluckt, dann traut sie sich, weiter in das Geschäft zu gehen und sich umzusehen. Ich halte nach Ian Ausschau, erinnere mich, dass er etwas aus dem Lager holen wollte. Dee ist bereits vor ein paar Minuten gegangen, weil sie darum gebeten hat, früher Feierabend zu bekommen. Ihre Verabschiedung war wortkarg und lässt ein Loch im Bauch zurück. Ich will gerade zu Mum gehen, da kommt Ian zurück und wischt sich die Hände an der olivfarbenen Hose ab.

»Wie kann ich helfen?«, fragt er, und als er das Kinn hebt, fällt sein Blick auf meine Mum. Sofort bleibt er stehen.

Ich spüre, dass die Luft elektrisch geladen ist.

Wie lange haben sich die beiden schon nicht mehr gegenübergestanden?

»Hey«, sagt sie leise. Langsam hebt sie die Hand und winkt, wie bei einem Abschied am Bahnhof.

»Hey«, antwortet Ian, und ich höre das Fragezeichen am Ende der Begrüßung. Er ist genauso perplex wie ich. Mum hat mich noch nie bei der Arbeit besucht. »Alles okay?«

Er macht einen Schritt nach vorne, bleibt dann aber wieder stehen. Alles bleibt stehen. Als würde das Leben einfrieren.

Das ist der Moment, denke ich und mache mich seelisch darauf gefasst, aus dem Leben gerissen und in ein anderes katapultiert zu werden. Mir wird bewusst, dass ein Song von The Who läuft, und das plötzliche Kribbeln unter der Haut wird unerträglich.

Aber da ist kein weißes Licht, keine Sterne, die um mich herum tanzen.

Ich muss hier nicht weg. Ich will hier nicht weg. Und die Zeit läuft plötzlich wieder normal.

Mum zieht ratlos die Schultern hoch, dann sieht sie zu mir, danach wieder zu ihm.

Soll ich die beiden allein lassen?

Irgendwie fühle ich mich nicht wohl dabei, hier rumzustehen.

Mum setzt einen Fuß vor den anderen, ganz vorsichtig, und fährt sich verlegen durch das schwarze Haar. Sie kommt auf mich zu und schenkt Ian nur ein Lächeln, als sie an ihm vorbeigeht.

»Ich wollte dich heute mal persönlich abholen, damit du nicht mit dem Bus fahren musst«, sagt Mum schließlich. *Lahme Ausrede*, denke ich mir.

»Warum hast du mir nicht Bescheid gesagt?«, frage ich sie und lege die CDs in meiner Hand beiseite.

»Ich wollte dich überraschen.« Ihr Blick wird wärmer, und auch, wenn ich merke, dass mehr hinter der Aussage steckt, lächele ich zurück.

»Das ist dir gelungen, ich dachte schon, es ist was passiert.«

»Ne, keine Sorge«, winkt Mum ab. »Überraschung!« Sie hebt einen Arm und macht eine seltsame Geste, als würde sie aus einer Torte springen.

»Äh, ja«, entgegne ich zögernd. »Ich muss aber noch arbeiten.« Ich greife in die Ablage und halte ihr ein Plastikstück entgegen, auf dem ein *W* gedruckt ist, um die CDs zu sortieren.

»Kein Thema, lass es einfach liegen. Du kannst ruhig gehen«, mischt sich Ian ein, und dann treffen sich wieder die Blicke von Mum und ihm. Kurz beobachte ich die beiden. Der Kontakt fällt ihnen nicht leicht, aber es ist nicht meine Aufgabe, zwischen ihnen zu vermitteln.

»Okay, ich hole meine Sachen«, sage ich und verschwinde im Lager, auch um den beiden die Chance zu geben, miteinander zu sprechen.

So ganz komme ich aber nicht drum herum, der Konversation zu lauschen.

»Tut mir leid, ich wollte schon viel eher vorbeikommen«, entschuldigt sich Mum mit einem Seufzen. »Nicht erst ... na ja, drei Jahre später.«

»Schon okay.« Ian antwortet in seiner üblichen Gelassenheit.

»Nein, das ist *nicht* okay.«

Ich will mich wirklich darauf konzentrieren, meine Sachen zusammenzusuchen, doch immer wieder halte ich kurz inne.

»Ich hab dich nie gefragt, wie es dir geht«, sagt Mum. Stocksteif stehe ich im Lager, halte den Riemen meines Rucksacks fest und kann kaum atmen, weil ich kein Geräusch von mir geben will. Dabei wissen die beiden, dass ich nebenan bin.

»Na ja, wir hatten außerhalb ja auch nicht viel miteinander zu tun.« Außerhalb von was? Und kurz hüllt mich die Stille ein, ehe sich Mum räuspert.

»Er hätte das so nicht gewollt.«

Er.

Dad.

Ich schlucke und schultere den Rucksack, doch als ich mich zur Tür drehe, halte ich wieder inne.

»Was hätte Rob denn gewollt?«, fragt Ian, und ich stelle mir die gleiche Frage.

Ich erinnere mich an ihn. Nicht an den Dad, den ich in Italien kennengelernt habe. Nicht an den Mann, der mit

Amy und mir im Park Witze reißt. Sie alle waren Versionen von ihm. Kleine Bruchstücke.

Aber die Erinnerung an *meinen* Dad fühlt sich anders an.

»Ich möchte es wiedergutmachen. Es tut mir so leid, und ich schäme mich, dich nach alldem einfach fallengelassen zu haben«, höre ich Mum sagen. »Es ist lieb, dass du Bonnie diesen Arbeitsplatz gegeben hast. Das ist nicht selbstverständlich. Ich will endlich eine bessere Freundin sein. Komm doch mal zum Essen. Bitte. Was meinst du?«

Ich kann jetzt echt nicht in dieses Gespräch reinplatzen!

Ian gibt ein kaum verständliches Murmeln von sich. Dann herrscht Stille.

Soll ich jetzt weiter hier warten oder den Mut fassen und durch die Tür gehen?

Normalerweise würden zig Wenns und Abers durch meinen Kopf rauschen, doch nach einem Wimpernschlag weiß ich bereits die Antwort.

Ich trete in den Shop, und was ich vor mir sehe, lässt mir den Atem erneut stocken.

Mum steht bei Ian am Tresen. Sie schauen sich an, dann umarmen sie sich. Eine simple Geste, doch die Dankbarkeit und Wärme darin kann ich bis zu mir spüren.

Als Ian mich bemerkt, löst er sich sofort von meiner Mutter und täuscht einen dramatischen Hustenanfall vor.

Mum rollt mit den Augen, und wir müssen beide lächeln.

»Lass uns gehen«, sagt sie an mich gewandt.

»Bis morgen«, rufe ich noch, bevor wir beide den Laden verlassen. Als ich kurz über die Schulter zurückschaue, sehe ich, wie Ian ein altes Taschentuch aus der Hose zieht.

Wir vermissen ihn alle.

Und das ist okay.

Kapitel 39

Dass Dee mir am nächsten Tag viel zu offensichtlich aus dem Weg geht, macht mir ziemlich zu schaffen. Über ein *Hallo* und *bis morgen* kommen wir kaum hinaus. Wenn ich sie nach ihrer letzten Pen-and-Paper-Runde frage, antwortet sie mir nur knapp. Ich habe sogar einen Witz gelernt, um die Stimmung zu lockern, doch der hat nicht gezündet. Dee verlässt das Lager, wenn ich es betrete, und ich kann mir keinen Reim darauf machen, warum sie mich ignoriert.

Eigentlich lief doch alles gut.

Wir haben uns sogar geküsst. Berührt.

Müde und emotional erschöpft schlafe ich im Bus auf dem Weg nach Hause fast ein. Ein Song von Ice Nine Kills ist meine Rettung, er startet ganz plötzlich über meine Kopfhörer, als meine Haltestelle Logie Green Road angekündigt wird.

Zuhause schaue ich in den Kühlschrank, aber ich verspüre keinen Appetit, obwohl ich um diese Uhrzeit eigentlich immer einen Bärenhunger habe.

Ratlos stehe ich in der Küche, schaue mich um und höre dabei deutlich das Ticken der Uhr über dem Türrahmen. Jede Sekunde, die verstreicht, wirkt so, als lache die Zeit mich dafür aus, dass ich nichts unternehme.

Ich will nicht länger Trübsal blasen, sondern lösungsorientiert denken.

Entschlossen greife ich in die Hosentasche, ziehe mein Handy heraus und schreibe eine Nachricht an Amy.

> **Ich:** Beste Freundin gesucht für dringendes Gespräch!

Amy schreibt nicht zurück, sondern ruft direkt an.

»Hey«, sagt sie langgezogen, und ich erkenne ihre Muss-ich-mir-Sorgen-machen?-Stimme.

»Was würdest du tun, wenn dich eine supertolle Person küsst, mit dir Zeit verbringt und dir sagt, dass sie dich mag, dich dann aber plötzlich ignoriert?«

»Sie geht dir aus dem Weg?«, fragt Amy empört. Ich kann hören, wie sie sich vom Bett erhebt und durch ihr Zimmer tigert.

»Na ja«, beginne ich zögernd und merke, wie ich mir auf die Innenseite der Wange beiße. Ein Zeichen, all die Worte auszuspucken und das Ganze nicht in mich hineinzufressen. »Am Strand war da dieser kurze Moment, und auch als wir auf dem Hügel standen. Aber du meintest ja, ich soll mir da keine Sorgen machen. Jetzt ist sie aber wieder so abweisend, egal, was ich mache.«

»Das passt nicht so zu dem, was ihr zuvor erlebt habt.«

»Und seitdem ist da so eine Mauer zwischen uns.« Ich nicke, auch wenn Amy es nicht sehen kann.

»Hm«, macht sie am anderen Ende der Leitung. Wären wir in einem Cartoon, dann würden jetzt Grillen zirpen. »Hast du sie mal gefragt, was los ist?«

Wenn das nur so leicht wäre …

»Ich bin bisher nicht dazu gekommen, und wenn wir gesprochen haben, wechselte sie schnell das Thema ... oder gleich den Raum«, gebe ich zurück und lasse mich auf mein Bett plumpsen. Die Matratze quietscht.

Natürlich ist es einfacher, wenn ich direkt auf Dee zugehe. Wenn ich einfach frage, ob ich ihr helfen kann. Aber was, wenn sie meine Hilfe gar nicht will?

Was wäre, wenn ...

»Ich sollte sie morgen darauf ansprechen, oder?« Die Frage steht nur einen Atemzug lang im Raum, bis Amy antwortet.

»Halte ich für sinnvoll, ja.« Ich kann fast hören, wie sie die Augenbraue hebt. »Vielleicht hat sie echt nur schlechte Laune.«

»Und wenn es an mir liegt?«, spreche ich das aus, wovor ich mich fürchte.

»Bonnie«, sagt Amy tadelnd. »Das liegt bestimmt nicht an dir. Hast du Angst, dass sie dir einen Korb gibt?«

»Ja«, hauche ich ins Telefon.

»Du wirst es nur wissen, wenn du sie fragst.«

»Aber ...« Meine weiteren Worte bleiben unausgesprochen.

Verdammt nochmal kein Aber!

»Wenn sie fies zu dir ist, dann schickst du mir ein Notsignal, und ich komme und trete ihr in den Hintern, okay?«

Die Sorgenfalte auf meiner Stirn verschwindet und wird von einem Lachen abgelöst.

»Du hast jemanden verdient, der dich gut behandelt.«

»Danke«, presse ich hervor. Bisher war Dee immer nett zu mir. Mehr als das. Sie hat mir Komplimente gemacht, mir ein gutes Gefühl gegeben ... Was hat dafür gesorgt, dass all das in so knapper Zeit zu einem Chaos geworden ist? Was habe ich falsch gemacht?

»Du hast nichts falsch gemacht«, sagt Amy und beweist damit mal wieder, wie gut sie mich kennt.

»Danke, dass du immer für mich da bist«, sage ich.

Am nächsten Tag, mein letzter Arbeitstag in den Ferien, bringt mich die Nervosität auch nach dem ersten Kaffee zum Verzweifeln. Ich raufe mich zusammen und sage mir immer wieder, dass ich das schaffe. Es hilft auch ein bisschen, auf dem Weg zum Laden mit Amy zu schreiben.

Mein Fels in der Brandung.

Schon als Dee zu mir ins Lager tritt, spüre ich, wie wichtig es für mich war, gestern Abend meinen Wunsch nach Klärung zu festigen. Ich begreife, dass es so nicht weitergeht. Dass ich nicht auch noch diesem Crush hinterherhängen kann, ohne zu wissen, ob je etwas aus uns wird. Crush ... Dee ist für mich aber so viel mehr!

Im Laden läuft eine Platte, ausnahmsweise kenne ich die Band nicht. Irgendetwas mit viel Metal und unerträglichem Geschreie. Ian ist im Laden beschäftigt. Dee und ich haben ein bisschen Zeit für uns, und das muss ich nutzen.

»Hey«, begrüße ich sie und sehe auf. Sie ist auch gerade erst gekommen.

Ich versuche, ihr lächelnd entgegenzutreten und gleichzeitig mit meiner bestimmten Haltung zu zeigen, dass ich mich nicht abwimmeln lasse.

»Hey«, antwortet sie matt. Wie jeden Morgen stellt sie ihren Rucksack in die Ecke.

»Können wir kurz reden?«

Ich mag diese Formulierung eigentlich nicht, denn die Worte machen mich immer skeptisch, weil ich nicht weiß, worum es geht, aber ich will ehrlich und direkt sein.

Genauso, wie ich möchte, dass jemand in der Situation mit mir reden würde.

Dee nickt, und ich sehe ihr an, dass sie müde ist. Kurz werfe ich einen Blick über ihre Schulter in den Laden. Noch ist keine Kundschaft da, und Ian ist an der Kasse beschäftigt. Seinem Fluchen nach zu urteilen, spinnt die Technik mal wieder. Dann schließe ich die Tür zum Lager, hole unhörbar Luft durch den Mund und schaue Dee an. In ihren Augen liegt eine Traurigkeit. Ein bisschen wie damals, als wir über ihre Umzüge sprachen.

»In letzter Zeit ist irgendetwas anders«, fange ich an.

Zwischen uns, liegt mir auf den Lippen, aber ich möchte nicht von einem Uns reden, wenn ich gar nicht weiß, ob Dee auch ein Uns möchte. »Ich wollte dich fragen, ob alles okay ist?« Ich spiele mit dem Nagel meines Zeigefingers an der Haut um meinen Daumennagel, und als ich das realisiere, schiebe ich die Hände in die Taschen meiner Latzhose. »Geht es dir gut?«, frage ich dann.

Sie schaut mich an, und ich wage es nicht, den Blick von ihr zu lassen, weil ich Angst habe, etwas zu verpassen. Sie ist stumm. Steht einfach nur da und schiebt die Hände in die Seiten ihrer Lederjacke.

Da sind wir nun.

Wir beide in diesem Lager, das wir in den letzten Wochen richtig gut aufgeräumt haben. Sogar die rote Gitarre haben wir an die Wand gehängt, damit der Raum hübscher aussieht. Von Spinnweben ist nichts mehr zu sehen. Wir haben alle Kisten ausgeräumt und entsorgt. Manche

Regale stehen komplett leer, andere haben wir dekoriert. Ian kann sich wirklich nicht beklagen.

Gerade glaube ich, dass wir hier für immer schweigend stehen werden, da öffnet Dee leicht die Lippen.

»Es tut mir leid«, sagt sie nach einer viel zu langen Pause.

Ich warte darauf, dass ihre Züge weicher werden oder sie mir dieses wunderschöne Lächeln zeigt, das ich so an ihr mag, doch nichts davon passiert. Dee nimmt die Arme aus den Seitentaschen. Sie hat die Hände zu Fäusten geballt und senkt den Blick.

»Das hier funktioniert so nicht«, antwortet sie resigniert.

Mein Herz bleibt stehen, mein Atem ist fort. Meint sie … uns?

»Ich mag dich, Bonnie, aber nach den Sommerferien …« Der Satz bleibt in der Luft hängen, und ich kann mir den Rest denken.

Ich bin so perplex, dass ich nur dastehen kann. Wie ein Spielzeug, das man erst aufziehen muss, damit es sich bewegt.

Sie will mich nicht.

Die Worte hallen wie ein fürchterliches Echo in meinem Kopf.

Mir wird klar, dass ich atmen muss, weil ich sonst ersticke, doch die Luft, die ich durch die Nase ziehe, macht das Gefühl in meinem Bauch nicht besser. In meinem Hals bildet sich ein riesiger Kloß und wird mit jeder Sekunde größer.

All die Gesichter der Menschen, in die ich mich verliebt habe, tauchen vor meinem geistigen Auge auf. Die

Playlists, die ich für sie erstellt habe, um an sie zu denken. Songs, von denen ich glaubte, dass sie unser Leben erzählen könnten.

Was haben all diese Crushes noch gemeinsam?

Ich habe ihnen nie gesagt, dass ich sie mag.

Nur aus der Ferne geschwärmt.

Und ich dachte, das mit Dee ist anders. Ich habe sie nach einem Date gefragt. Sie geküsst. Mich getraut.

Die Gesichter verschwimmen, doch anstatt Dee nun wieder klar zu sehen, sind es Tränen in meinen Augen, die die Sicht beschwerlich machen.

»Ich …«

Als ich bemerke, dass sie einen Schritt nach vorne macht, trete ich zur Seite, um ihr den Weg zur Tür nicht länger zu versperren.

Da habe ich meine Antwort.

Ich wollte sie so unbedingt.

Aber das hier … das habe ich mir ganz anders vorgestellt. Dee sollte doch sagen, dass alles nur ein Missverständnis ist, mich küssen und mir mit Trommelwirbel in die Arme fallen!

Wunschvorstellung. So wie immer.

Das hier ist kein Film. Keine andere Realität. Dieses Mal höre ich, wie der Jenga-Turm endgültig zusammenbricht.

Der Windhauch neben mir signalisiert, dass Dee an mir vorbeigegangen ist.

Das war's.

Das ist also unser Ende.

Kapitel 40

Ich drehe mich um, sehe über die Schulter ihren Hinterkopf. Erst jetzt fällt mir der Wirbel auf, der ihre Haare immer in einem ganz bestimmten Winkel fallen lässt.

Ich denke darüber nach, wie ich nun weitermachen soll. Mich bei Ian entschuldigen, ihm sagen, mir wäre nicht gut, und nach Hause gehen? Amy aus dem Lager anrufen und sie vollheulen?

Und dann schaut Dee plötzlich über die Schulter zu mir zurück. Es ist nur ein winziger Moment, bevor sie den Kopf erneut nach vorne dreht. Betrübte Augen, die Lider gesenkt. Der Kajal unter ihren Augen ist leicht verlaufen.

Was will sie mir damit sagen?

Der Augenblick ist schnell vorbei, ich bin allein.

Tja, da hast du's. Richtig schön verkackt, Bonnie.

Die Traurigkeit in meinem Herzen schnürt sich zu einem wütenden kleinen Ball zusammen. Der Kloß im Hals wandert tiefer, als läge er nun in meinem Magen. Meine Kiefermuskeln verkrampfen sich, und die Zähne pressen aufeinander. Da ist dieser Stich in meiner Brust, gegen den ich mich einfach nicht wehren kann. Als ich einen Atemzug nehme, fühlt es sich an, als würde ich meine Lunge mit heißer Glut füllen.

Bin ich wütend? Enttäuscht? Verletzt? Vielleicht alles zusammen.

Ich wende mich von der Tür ab, drehe dem Laden und damit auch Dee den Rücken zu, und schließe sie. Mit zittrigen Händen hole ich mein Handy hervor, und die Welt um mich herum verschwimmt in tiefem Rot.

Alle Nachrichten ignorierend, suche ich direkt die App, in der ich meine Musik und die vielen Playlists gespeichert habe. Mir wird angezeigt, welche Lieder ich zuletzt gehört habe und wer meine Top-Künstler*innen der letzten Tage sind. Normalerweise schaue ich mir die Vorschläge in der Musik-App an, doch gerade habe ich nur eine Sache im Sinn.

Ich klicke auf einen Button und gelange zu meinen Playlists. Ich muss nicht scrollen, die Musikansammlung für Dee ist ganz oben. Klar, das ist die letzte Playlist, die ich erstellt habe. *Kickstart my heart.*

Auf dem Playlist-Cover grinsen mich Vergangenheits-Dee und Vergangenheits-Bonnie an, die gemeinsam auf einer Decke liegen. Im Hintergrund das Meer. Ich habe das Bild direkt am gleichen Abend eingestellt. Es ist das einzige Foto, das ich von uns beiden habe. Wir sehen fröhlich aus, lachen breit. An Dees Mundwinkel ist noch ganz leicht ein Pommessalzfleck zu erkennen, was mir erst jetzt auffällt. Und es tut weh, zu merken, wie süß sie dabei aussieht. Aber damit ist jetzt Schluss.

Die Verärgerung bahnt sich ihren Weg, und ich kann mich nicht mehr kontrollieren. Die Wut in mir nimmt Überhand. Ich drücke den Button.

Wollen Sie die Playlist Kickstart my Heart *wirklich löschen?*

Kapitel 41

Das Läuten der Schulglocke ist so laut und schrill, dass ich zusammenzucke. War das Geräusch schon immer so ätzend? Eigentlich lustig, wenn ich bedenke, wie viele unterschiedliche Emotionen dieses Läuten auslösen kann. Wenn sich der Unterricht wie Kaugummi zieht, klingt der Gong erlösend. Bin ich zu spät dran, dann glaube ich, dass mich die Schulglocke auslacht. Aber jetzt löst sie neben dem Zucken vor allem Unmut aus. Ich habe einfach keinen Bock, ins Klassenzimmer zu gehen. Während sich meine Mitschüler*innen auf dem Weg zum Unterricht erzählen, wohin sie in den Urlaub gefahren sind oder ihre neuen Frisuren präsentieren, sortiere ich meinen Spind. Ich schaue kurz auf, als ich Amys Stimme höre, und sehe, wie sie einer Menschentraube durch den Flur folgt, aber ich höre nicht richtig zu. Gesprächsfetzen dringen an mein Ohr, irgendein Mitschüler hat in den Sommerferien einen Promi getroffen. Anstatt Amy im Vorbeigehen anzusehen, schaue ich in meinen Spind und schiebe Bücher von der einen Seite auf die andere. So schaffe ich etwas mehr Platz. Ich möchte mir eine leere Süßigkeitenverpackung in die Hosentasche stecken und halte inne, als ich einen kleinen Teufel auf dem Papier sehe. Ich zerknülle die klebrige Verpackung, weil mich das Bild an Dees Pen-and-Paper-Charakter erinnert. Es sind die Kleinigkeiten, die winzige

Löcher in mein Herz reißen. *Wie bei einer Strumpfhose*, denke ich. Und ehe ich mich's versehe, ist das Loch so groß, dass ich die Strumpfhose wegschmeißen muss. Aber mein Herz kann ich eben nicht ersetzen.

Um mich herum wird es richtig laut und wuselig, weil gleich der Unterricht beginnt.

Als ich den Müll in meine Hosentasche stecke und anschließend den Spind etwas zu energisch schließe, taucht Amy vor mir auf. Sie schaut mich ernst an. Ich habe nicht mitbekommen, dass sie sich von der Gruppe entfernt hat.

»Du hast schon mitbekommen, dass Finley im Frankreich-Urlaub David Tennant getroffen hat?«, fragt sie mich. Sie hat ein Buch unter dem Arm geklemmt, ich kann nur einen Teil des Titels lesen. Irgendetwas über Donner. Donnerglöckchen? Kurz wundere ich mich über den Hasen und den Schnee auf dem Cover, denke dann aber an Simon, als ich den Sticker aus der Schulbibliothek erspähe.

»Hallo?« Sie wedelt mit der freien Hand vor meinem Gesicht, und ich begreife, dass sie auf meine Antwort wartet.

»Nein, sorry, ich habe nicht zugehört«, entschuldige ich mich beschämt. »Das war unhöflich«, füge ich an und sehe zu Boden, weil ich ihren bohrenden Blick nicht ertrage.

»Bonnie ...« Amys Stimme ist auf einmal sanft und so liebevoll, dass ich am liebsten hier und jetzt losheulen will. Aber wenn ich auf eins keinen Bock habe, dann auf Gemurmel über das Mädchen, das am ersten Tag nach den Ferien weinend im Flur steht.

Sie macht einen Schritt auf mich zu, um die Distanz zwischen uns zu verringern.

»Das ist alles echt scheiße gelaufen, ich weiß. Aber ich

habe dir versprochen, ihr in den Hintern zu treten – und das mach ich auch, sobald ich sie sehe.«

Noch am gleichen Abend, als das alles passiert ist, habe ich Amy davon erzählt. Wir haben Pizza zum Park bestellt, die wir auf den Schaukeln gegessen haben, und sind ins Haus gestürmt, nachdem der Regen eingesetzt hatte.

»Du musst niemandem in den Hintern treten«, entgegne ich matt und sehe kurz in Amys Gesicht.

»Ich muss nicht, aber ich *will*«, antwortet sie und lächelt. Meine Traurigkeit hat sich eine Weile ziemlich übel angefühlt und entwickelte sich zu einer stumpfen Mir-ist-alles-scheißegal-Haltung. Und die kann ich gar nicht leiden, aber etwas dagegen zu unternehmen, ist anstrengender, als die Laune hinzunehmen. Mein Blick wandert an ihr vorbei, aber nirgendwo sehe ich Dee zwischen den anderen.

»Ich bin die ganze Zeit an deiner Seite, ok?«, verkündet Amy, und als ich meinen Kopf zu ihr drehe, strahlt sie mich an. »Und wenn du möchtest, dann schubse ich sie einfach mal ein bisschen *aus Versehen* im Gang.«

Aber ich schüttele den Kopf. Ich will nicht, dass Amy irgendwelche Rachepläne für mich schmiedet. Eigentlich möchte ich nur vergessen.

»Komm, wir gehen zu Mathe.«

Als wäre das besser.

Sie weist mit dem Kinn in die Richtung unseres Klassenraums, und damit ich auch wirklich ein Bein vor das andere setze, legt Amy eine Hand an meine Schulter. Sanft schiebt sie mich voran, und ich lasse mich von ihr führen.

In der Pause draußen zu sitzen, ist nicht mehr möglich. Das Wetter hat sich quasi meiner Laune angepasst. In letzter Zeit regnet es so viel, dass Amy ständig *Twilight*-Scherze macht. »Wir sollten Edinburgh in Forks umtaufen«, sagt sie mit einem Blick aus dem Cafeteriafenster. Wir nehmen an einem freien Tisch Platz, und Amy präsentiert mir einen runden roten Apfel.

»Bella?«, sagt sie und zieht dabei die Augenbrauen zusammen, um mysteriös und gefährlich zu wirken. Sie macht Edward Cullen nach, was mich normalerweise zum Lachen bringen würde. Der Apfel liegt in ihren Händen, die sie zu einer Schale formt.

Ich schaue auf das Obst, dann in Amys Gesicht, und nehme schließlich den Apfel. Allerdings beiße ich nicht hinein, sondern platziere ihn einfach auf meinem Tablett.

»Danke, Edward«, antworte ich trocken. »Bitte hör auf, mich im Schlaf zu beobachten. Okay, Creep?«

Amy entfährt ein Seufzen, weil ihre Aufheiterungsversuche scheitern.

»Wenn ich dich nicht einmal mehr mit miesen *Twilight*-Jokes kriege, weiß ich auch nicht weiter.«

Sie wendet sich ihrem Essen zu, während ich nur mit der Gabel in meinen matschigen Nudeln herumstochere. Ich habe einfach keinen Appetit und jetzt auch noch Schuldgefühle, weil ich Amy gegenüber so unfair bin.

»Sorry«, murmele ich, aber Amy presst die Lippen aufeinander, und ich lasse den Blick schweifen. Die Cafeteria erinnert mich immer an einen Bienenstock. Um mich herum herrscht geschäftiges Treiben, niemand kann richtig stillsitzen. An einem Tisch sitzen Leute aus meiner Klasse, die sich gegenseitig etwas auf ihren Handys zeigen. Im Gang scheppert ein Essenstablett zu Boden, und einige Schüler*innen drehen sich zu der Lärmquelle um. Jemand klatscht und johlt.

Ich erwische mich erneut dabei, in der Menge nach Dee Ausschau zu halten. Kurz meine ich, sie entdeckt zu haben, merke dann aber schnell, dass es jemand ganz anderes ist. Die Person trägt nur zufällig auch eine Lederjacke über der Schuluniform.

»Ist dir aufgefallen, dass sie nicht da ist?«, frage ich in Amys Richtung und nehme endlich einen Bissen vom Mittagessen.

»Hm?«, macht sie und saugt dabei eine lange Nudel ein. Das schmatzende Geräusch geht in den lauten Klängen der Cafeteria unter.

»Schon gut, nichts weiter.« Ich winke ab. Wir haben heute schon genug über Dee geredet. Doch je mehr ich es vermeiden will, an sie zu denken, desto präsenter ist sie in meinem Kopf.

Amy und ich sitzen schweigend im Bus nebeneinander. Ich habe ihr gesagt, dass ich Musik hören will, aber auch dem Song von Bad Omens höre ich nicht richtig zu. Immerhin ist es keine Musik, die Erinnerungen weckt.

Als unsere Haltestelle kommt, sehe ich, wie sich Amys Lippen bewegen, doch über die lauten Bässe und Drums kann ich sie nicht hören. Erst als wir aussteigen und Amy den Regenschirm über uns spannt, schiebe ich die Kopfhörer runter. Die Musik läuft weiter.

»Was hast du gesagt?«, frage ich sie, während der Regen auf den Schirm tropft.

»Ruf mich an, wenn du mich brauchst, okay?«

»Okay.« Ich nicke matt. »Bis dann.« Ich will gerade losgehen und meine Haustür anvisieren, da nimmt mich Amy in den Arm. Ihre Wärme überwältigt mich. Wir stehen da, im stürmischen Regen.

»Pass auf dich auf«, flüstert sie mir zu, doch dieses Versprechen kann ich ihr nicht geben, und so winde ich mich aus der Umarmung.

Mein Schlüssel knackt im Schloss, und als ich die Tür aufschiebe, höre ich Geräusche aus der Küche.

Nanu, ist Mum schon zuhause?

»Hallo?«, rufe ich durch den Flur und lege meinen Rucksack und auch die Jeansjacke ab, die an den Stellen nass ist, die der Regenschirm nicht abdecken konnte. Ich mache die Musik aus, und mir steigt ein köstlicher Geruch in die Nase.

»Mum?«

Als ich im Türrahmen zur Küche stehe, begreife ich, woher der Duft kommt. Mum steht am Herd und kocht. Sie sieht ein wenig überfordert aus, und die Küche gleicht einem Schlachtfeld.

»Oh, hi, Sweetheart!«, begrüßt sie mich, schaut aber nur ganz kurz in meine Richtung, damit die Paprika nicht in der Pfanne anbrennt.

»Du bist schon da?«, frage ich und stelle fest, dass ich mir das auch hätte sparen können. »Was kochst du?«

»Na, Abendessen«, meint sie ganz selbstsicher. Vielleicht sollte ich aufhören, überflüssige Fragen zu stellen.

»Okay, klärst du mich bitte auf?« Mum kocht so gut wie nie.

Mittlerweile stehe ich neben ihr, suche ihren Blick. Mum dreht den Herd ein bisschen runter und reicht mir den Kochlöffel.

»Sorry«, erwidert sie. »Ian kommt doch heute Abend

zum Essen.« Sie sieht mich mit einem Blick an, der sagt: *Hast du das etwa vergessen?*

In letzter Zeit bin ich ziemlich durcheinander, aber ein Abendessen mit ihm hätte ich doch auf dem Schirm gehabt.

Oder?

Offenbar gucke ich Mum wie ein Auto an.

»Bitte sag nicht, ich habe dir das nicht gesagt!« Sie beißt sich auf die Unterlippe, und als ich immer noch fragend schaue, stöhnt sie auf. »Tut mir leid, Bonnie. Ich kann das Ganze auch absagen, wenn es dich stört.«

Aber stört es mich?

Keine Ahnung.

»Ne, lass mal«, gebe ich zurück. Ich habe keine Lust, dass sich Mum wegen mir verbiegt. »Passt schon, ich hatte nur einen anstrengenden Tag.« Ich rühre in der Pfanne, während Mum auf einem Brettchen Frühlingszwiebeln schneidet.

Für einen Moment herrscht Stille.

»Weißt du, in den letzten Jahren war ich nicht ganz fair zu Ian.«

Jetzt schaue ich doch hoch, aber nun ist Mums Kopf gesenkt. Wir reden so selten über das Vergangene.

»Inwiefern?«, traue ich mich zu fragen und versuche mir nicht anmerken zu lassen, dass ich ihr Gespräch im Laden mithören konnte.

»Na ja … Ich hab mich nur auf uns konzentriert.« Sie seufzt schwer, und das Messer gleitet durch das Gemüse. »Dabei habe ich vergessen, dass nicht nur wir leiden, sondern auch die Leute um uns herum. Aber ich konnte Ian nie anrufen, weil … Die Erinnerungen an deinen Vater taten einfach zu weh.«

Dass Mum so ehrlich zu mir ist, lässt mich innehalten. Ich sehe ihr an, wie sie mit ihren Gefühlen ringt.

»Das ist okay«, gebe ich zurück und lasse den Kochlöffel in die Pfanne sinken.

»Ist es das?«, fragt sie schnaubend. Eine Träne rollt ihr über die Wange.

»Jede Person trauert auf ihre Weise«, sage ich und denke an den Nachmittag mit Ian und Dee in der Stadt.

»Meine weise Tochter«, schluchzt sie, und wir müssen lachen. Mum schnieft und reibt sich mit dem Handrücken über die laufende Nase. »Das sind natürlich nur die Frühlingszwiebeln.« Mum schnappt sich ein Küchentuch und wischt die Tränen fort.

»Klar«, antworte ich lächelnd.

Eine halbe Stunde später klingelt es an der Tür. Ich sitze bereits am gedeckten Tresen, nippe an meinem Glas Cola und achte auf das Curry, während ich die Nachrichten auf meinem Handy überfliege. Als Mum durch den Flur eilt, schaue ich auf. Sie öffnet die Tür, und ich atme durch. Wie anstrengend wird es wohl heute Abend, eine Maske aufzusetzen? So zu tun, als sei alles in bester Ordnung, während Ian an unserem Tisch sitzt.

»Schön, dass du da bist«, höre ich Mum im Flur.

»Hey«, antwortet Ian mit einem für ihn typischen Brummen, und mein Mundwinkel zuckt. Vielleicht irre ich mich ja auch und brauche die Maske gar nicht. Es kann auch ein schöner Abend werden.

Abwarten.

Nach einem kurzen Gewusel kommt Mum in die Küche, Ian hinterher. Irgendwie sieht er anders aus. Es sind nicht die Blumen, die er in der Hand hat, die das Bild so komisch machen. Er hat sich schick angezogen, das ist es. Ich habe noch nie gesehen, dass er das graue Haar zu einem Zopf gebunden hat. Er sieht ein bisschen wie ein Animateur in einer Wild West Show aus. Ein Jeanshemd und braune spitze Stiefel komplettieren das Outfit.

»Die sind für euch«, sagt er. Offensichtlich weiß er gar nicht so recht, wo er hinschauen soll. Er drückt meiner Mutter weiß-rosafarbene Dahlien in die Hand.

»Danke«, sagt sie mit einem Lächeln.

Als sich unsere Blicke treffen, lege ich mein Handy zur Seite und stehe auf. Ich gehe zum Herd, stelle ihn aus und komme zum Tisch zurück. Mum sucht eine Vase, Ian steht unbeholfen neben einem Barhocker.

»Hey, Chef«, begrüße ich Ian, versuche mich an einem Lächeln, was ganz gut klappt, und ignoriere das Augenrollen meines Gegenübers.

»Tag.« Moment ... Lächelt er etwa auch? Es ist nur eine kleine Regung, doch der ungewohnte Anblick lässt mich ehrlich grinsen.

»Nimm ruhig Platz«, wirft meine Mutter ein, und ich glaube, Ian ist froh, mich nicht mehr ansehen zu müssen. »Was willst du trinken?«

Ein paar Minuten später sitzen wir drei am Tisch auf den Barhockern. Mum hat ein paar Kerzen angemacht, was bei dem Mistwetter für eine schöne Stimmung sorgt. Es ist gemütlich, aber nicht zu schick. Das würde auch gar nicht zu uns passen. Im Hintergrund läuft ein Best-of-Rock-Album mit vielen Hits aus den vergangenen Jahren.

Zunächst fällt es uns schwer, ins Gespräch zu finden. Mum plaudert über das Wetter, die Kanzlei und versucht mich zu involvieren. Ian ist ruhig, sagt kaum etwas, aber anders kenne ich ihn gar nicht.

»Und was haben deine Mitschüler*innen so im Urlaub gemacht?«, fragt sie.

»Irgendwer hat David Tennant getroffen«, speise ich Mum ab. Ich will nicht von meinem Schulalltag erzählen, denn das reißt nur Wunden auf.

»David Tennant?«, mischt sich Ian plötzlich ein. Mum und ich schauen ihn an. »Den mag ich.« Mit seiner trockenen Art sorgt er für einen Lacher. »Übrigens. Schmeckt gut«, fügt er an. »Schön, dass es dir schmeckt«, antwortet Mum. Als ich zu ihr rüberschaue, sieht sie stolz aus. »Haben wir zusammen gekocht.« Sie zwinkert in meine Richtung, und wir widmen uns wieder dem Essen.

»Hm«, macht Ian, was einen unsicheren Blick bei Mum auslöst. Der Mann brummt doch ständig vor sich hin. Manchmal habe ich sogar überlegt, die Geräusche mit dem Handy aufzunehmen, um eine Ians-miese-Laune-Compilation zu erstellen. In Kombination mit den Kassengeräuschen wäre das bestimmt witzig.

»Wie läuft denn der Laden nach den Ferien?«, sucht Mum ein neues Thema, über das wir reden können. Ian schiebt sich etwas Gemüse auf die Gabel, führt sie zum Mund und kaut in aller Seelenruhe zu Ende. Der Mann lässt sich nicht hetzen.

»Ganz gut. Bonnie hat den Laden ordentlich aufgeräumt. Sieht jetzt alles ein bisschen ansehnlicher aus.« Er nickt mir zu, und ich nicke geschäftsmäßig zurück. »Deine Tochter hat mich auf eine Idee gebracht«, meint Ian plötzlich, und jetzt bin ich es, die verwirrt dreinschaut.

Ich habe … was?

»Ach, ist das so?«, fragt Mum. Sie guckt mich grinsend an, dann wandert ihr Blick wieder zu Ian.

»Na ja, es kommen immer weniger junge Leute in den Laden«, beginnt Ian. Es fällt ihm sichtlich schwer, uns direkt anzuschauen. Stattdessen guckt er auf seinen Teller, schiebt mit der Gabel Gemüse von der einen auf die andere Seite, wie ich heute in der Mensa. »Ich hab gedacht, ich mache einmal im Monat einen Rock-Treff oder so«, sagt er dann geradeheraus und streckt den Rücken durch. Das lässt ihn selbstbewusster wirken. »Für Jugendliche, die Gleichgesinnte suchen.«

Okay?!

Das schockt mich regelrecht.

Ich soll Ian auf diese Idee gebracht haben?

»Vielleicht ist es auch totaler Quatsch und–«, wirft er ein, als niemand von uns etwas sagt.

»Nein, das ist großartig«, unterbricht ihn meine Mutter und schaut auffordernd in meine Richtung.

»Äh, ja, klar!«, sage ich etwas zu enthusiastisch und bemerke den Fehler, als Ian den Kopf senkt. Ich räuspere mich, lege mein Besteck zur Seite, damit ich die volle Aufmerksamkeit am Tisch bekomme. Eigentlich mag ich das überhaupt nicht, aber ich muss Ian unbedingt sagen, was ich von seinem Vorschlag halte.

»Also mal abgesehen davon, dass ich nicht damit gerechnet habe und gerade total verwirrt bin … Das ist echt ein super Vorschlag, wirklich«, beginne ich. Ich spiele unter dem Tisch nervös mit meinen Fingern. »Also, ich habe mir immer mehr Leute gewünscht, mit denen man über Musik reden kann. Klar, ich habe Amy und …« Die Erinnerungen an Dee kommen hoch, aber ich schlucke sie runter. »Die meisten, die meine Musik hören, machen das halt eher für sich zuhause. Es wäre cool, einen Treffpunkt zu haben, um sich miteinander austauschen zu können.«

Ian schweigt. Ich schaue Mum an, die mir mit ihrem Blick verrät, dass ich weiterreden soll.

»Ich habe mich in deinem Laden schon immer wohlgefühlt«, fahre ich fort, und endlich guckt Ian hoch. In seinen Augen sehe ich einen seltenen Glanz. »Ich mag es, dass du so ein großes Angebot hast, und jetzt, wo der Shop ordentlich aufgeräumt ist, ist das doch die beste Möglichkeit, um neue Kund*innen zu gewinnen.« Und auf einmal bin ich Feuer und Flamme. »Ich könnte dir helfen. Flyer in der Schule aushängen oder so.«

Unter dem Tisch fühle ich, wie Mum nach meiner Hand greift und sie drückt. Sie ist stolz auf mich, und das tut verdammt gut.

»Das würdest du machen?«

Er schaut mich mit großen Augen an.

»Klar«, antworte ich und merke, dass ich die Maske heute Abend wirklich nicht aufsetzen muss.

»Worauf wartet ihr noch?«, wirft Mum hinterher, und dann klatscht sie triumphierend in die Hände. »Besiegelt den Deal!«

»Wenn du magst, kannst du morgen vorbeikommen, und dann sprechen wir mal darüber?«, schlägt Ian vor.

»Das passt, ich habe die ersten beiden Stunden frei, dann kann ich vor der Schule reinschneien.«

Einig nicken wir uns zu, und Ians freudiges Gesicht macht mich ganz glücklich.

»Oh, eine Sache noch«, fügt er hinzu. »Deine Freundin hat da noch was für dich im Laden hinterlassen.«

Kapitel 42

Ich kann weder Ian noch meiner Mutter weiter zuhören, denn meine Gedanken drehen sich nur noch um diesen einen Satz.

Deine Freundin hat da noch was für dich im Laden hinterlassen.

Für einen winzigen Moment hoffe ich, er meint Amy, aber das ergibt gar keinen Sinn. Warum sollte sie bei Ian etwas für mich liegen lassen, wenn sie es mir jederzeit vorbeibringen kann?

Mir ist klar, dass er von Dee sprechen muss. Dee, von der ich seit dem letzten Arbeitstag im Plattenladen nichts mehr gehört habe. Als hätte sie der Erdboden verschluckt. Eigentlich merkwürdig, dass ich ihr in der Schule nicht begegnet bin.

Ich schwelge in Gedanken und grübele darüber nach, was Dee für mich hinterlegt haben könnte. Es klingt so, als hätte sie irgendetwas absichtlich dort platziert und nicht einfach vergessen. Sonst hätte Ian den Satz anders formuliert. Am Tischgespräch beteilige ich mich nicht mehr richtig, und kaum haben wir aufgegessen, entschuldige ich mich. Ich räume meinen Teller in die Spüle, verabschiede mich von Ian und lasse ihn wissen, dass ich mich auf den Besuch morgen freue, bevor ich in mein Zimmer verschwinde. Ich muss jetzt für mich sein. Gedanken sortieren. Außerdem kann ich Ian und Mum so eine Chance geben, in Ruhe zu sprechen. Da fühle ich mich sowieso fehl am Platz.

Ich schreibe Amy eine Nachricht, aber auch sie kann sich keinen Reim darauf machen. Immerhin bietet sie mir Ablenkung, und wir schauen mit der Party-Watch-Funktion eine Folge *That 90's Show* auf unseren Laptops. Es hilft ein bisschen, mit ihr zu schreiben, während die Serie läuft. Wir quatschen über die Charaktere, insbesondere Red und seine Sprüche, stellen uns vor, wie die Serie weitergeht, und als mir die Augen beinahe zufallen, verabschiede ich mich. Im Bad mache ich mich bettfertig und höre von unten Ians und Mums Lachen. Ich glaube, das tut beiden ganz gut. Mum trifft sich so selten mit anderen Erwachsenen, und Ian wirkt auf mich auch nicht gerade wie die Partykanone. Vielleicht verabreden sie sich ja nun häufiger.

Natürlich kann ich kaum schlafen. Ewig wälze ich mich von einer Seite zur anderen. Das Kissen ist zu unbequem, mir ist zu warm und dann wieder zu kalt, die Decke zu schwer, und meinen Kopf kann ich auch nicht ausschalten. Irgendwann schaffe ich es jedoch wegzudämmern, und mein letzter Gedanke gilt den wenigen Stunden Schlaf, die vor mir liegen.

Ich träume nach langer Zeit wieder von den Türen, die im Weltall schweben. Drei davon stehen offen, wie beim letzten Mal. Da sind noch viele andere Türen, aber ich schaue nicht genauer hin. *So viele Möglichkeiten*, denke ich. Ich wäge lange ab, bevor ich mich fortbewege und vorwärtslaufe wie durch Wasser. Vor der Tür, die mich nach Italien geführt hat, bleibe ich stehen, atme tief den Duft des Meeres ein und treffe eine Entscheidung. Meine Hand umfasst den Knauf, und die Tür lässt sich ganz einfach schließen. Geräuschlos fällt sie ins Schloss. Ich gehe einen Schritt zurück, schaue auf den grünen Türrahmen und vernehme das leichte weiße Strahlen, das aus den Schlitzen scheint. Mein Blick fällt auf die nächste Tür, durch die ich in Ambers Leben gestolpert bin. Ich gehe darauf zu und bemerke aus dem Augenwinkel, wie die geschlossene Tür hinter mir im Nichts verschwindet. Kurz halte ich inne, dann setze ich den Weg zu Ambers Haustür fort. Obwohl mich eine Art Wehmut packt, schließe ich auch diese Tür, die vor mir im All verblasst. Eine letzte Tür will ich noch besuchen. Das Lachen von Dad, Ian und Amy dringt an mein Ohr, und auch wenn es mir nicht leichtfällt, greife ich zum Knauf. Ihre Gesichter verschwinden, genau wie die geschlossene Tür, und mich überkommt ein Prickeln.

Ich drehe mich um und blicke in die Sterne. Erst jetzt sehe ich mir die anderen Türen genauer an. Es sind so viele, dass ich sie unmöglich alle zählen kann. Mir fällt auf, dass jede einen Spalt breit offensteht. Chancen, die ich vielleicht ergreifen könnte. Ich schlucke, dann lächele ich und schließe die Augen. Als mich Schwärze umgibt, wache ich auf.

Ich schalte den Wecker aus, stehe auf und mache mich für den Tag bereit. Dabei sehe ich durch den Flur, dass Mums Schlafzimmertür leicht offensteht, und ich werfe einen Blick hinein. Sie liegt im Bett, schnarcht vor sich hin, und ich glaube, dass sie lächelt. Sie hat sich heute freigenommen. Finde ich gut, sie arbeitet sowieso viel zu viel und braucht eine Pause.

Leider kann ich mich nicht von meinen Pflichten befreien. Mit dem Thermobecher in der einen und dem Handy in der anderen Hand steige ich in den Bus. Amy hat in den ersten beiden Stunden schon Unterricht, und ich fahre ohne sie Richtung Stadt. Auf den Kopfhörern läuft eine 90er-Rock Playlist, weil ich noch ein bisschen die Schwingungen aus der gestrigen Serie mitnehmen will. Kaum sitze ich, fängt es an zu regnen. Ich beobachte die seichten Tropfen, die gegen das Fenster prasseln. Zum Glück ist es nur ein leichtes Unwetter, und als ich aussteige, sehe ich schon wieder die Sonne am Himmel auftauchen. Das mildert meine Aufregung zwar nicht, aber immerhin bessert es meine Laune.

Als ich die Straße zum Laden langgehe, gebe ich mir Mühe, ruhig zu atmen und nicht zu viel in die Sache hineinzuinterpretieren. Vermutlich hat sie einfach etwas im Shop vergessen. Aber warum sagt Ian dann, es wäre für mich?

Der Plattenladen ist in Sicht, also schalte ich die Bluetooth-Kopfhörer aus und drücke auf dem Handydisplay den Stopp-Knopf. Da fällt mir auf, dass das Neonsymbol anders aussieht. Sonst hat das *R* immer ein bisschen geflackert, jetzt ist der Defekt repariert.

Ich stoße die Tür auf, das Glöckchen klingelt. Es ist seltsam, den Plattenladen schon vor 8 Uhr zu betreten. Ian ist extra vor Ladenöffnung vorbeigekommen, wie wir es besprochen haben.

»Na, hattet ihr einen guten Abend?«, frage ich neckend, als ich ihn am Tresen stehen sehe. Er schaut auf sein Handy, tippt etwas und legt es dann weg. Als er hochguckt, sehe ich die Augenringe, aber sonst sieht er relativ fit aus. Sogar ein bisschen freundlicher als sonst. Vielleicht kommt mir das auch nur so vor.

»Ich muss wohl häufiger zum Abendessen kommen,

wenn ihr beide so gut kocht«, begrüßt er mich und legt dabei den Kopf leicht schief.

»Ich glaube, Mum hat nichts dagegen.« Ich auch nicht.

»Komm, ich zeig dir im Lager meinen neuen Meeting-Tisch, und wir besprechen alles«, sagt Ian, und ich folge ihm. Fast habe ich vergessen, dass ich nicht nur wegen Dees mysteriöser Botschaft hier bin.

Zum Glück habe ich gerade den letzten Schluck von meinem Kaffee getrunken, sonst hätte ich ihn vor Überraschung wieder ausgespuckt. Das Lager ist noch genauso aufgeräumt, wie Dee und ich es hinterlassen haben, aber jetzt steht in einer Ecke noch ein kleiner Tisch. Zwei Stühle in Schwarz sind daran geschoben. Ian hat sogar zwei Gläser auf den Tisch gestellt und eine Flasche Wasser.

»Alter Falter«, entfährt es mir, ohne dass ich darüber nachdenke.

»Na, bist du stolz auf mich?« Er verschränkt die Arme vor der Brust, grinst breit, und ich kann gar nicht anders, als ihm auf die Schulter zu klopfen.

»Dass du mal einen Platz zum Chillen in der Pause aufbaust … hätte ich nicht gedacht.«

»Ich auch nicht«, antwortet er, und wir müssen beide lachen. »Komm, setz dich.« Mein Rucksack wandert auf den Boden. Ich komme seiner Aufforderung nach, lasse mir von ihm ein Wasser einschenken, das ich direkt hinunterstürze.

»Also, ich habe mir etwas überlegt«, beginnt er in einem geschäftsmäßigen Ton. Ian hat die Hände auf dem Tisch gefaltet, und er ringt nach Worten. Ist er etwa verlegen, oder was bedeutet diese leichte Wangenröte in seinem Gesicht?

»Ich weiß nicht, ob du nach den Ferien noch weiter

hier arbeiten willst und ob das mit der Schule überhaupt klappt, aber ich würde mich sehr freuen, wenn du ab und zu im Laden aushilfst. Ich brauche jemanden, der mir hier und da einen Arschtritt gibt oder mir sagt, wann ich aufräumen muss.«

Er möchte meine Hilfe. Ganz *ehrlich*. Damit habe ich nicht gerechnet.

»Außerdem«, fährt er fort, zögert dann aber. Ich lege die Stirn in Falten. Was ist da noch, was ihm so schwerfällt, zu äußern? »Außerdem hast du einen guten Musikgeschmack, und es ist nicht verkehrt, wenn du mir Tipps gibst, was man noch so an Alben einkaufen kann.« Er schaut nicht mich, sondern seine Daumen an, die er spielerisch gegeneinanderdrückt. Das Kompliment geht runter wie Öl.

»Und wenn du hier arbeitest, wäre es auch leichter mit den Events und so«, fügt er an und schafft es endlich, meinen Blick zu erwidern.

»Klar«, schießt es direkt aus mir heraus, ich kann mein breites Grinsen jetzt nicht mehr verbergen. So sehr freue ich mich darüber, dass mich Ian weiterhin dabeihaben will. So in echt. Worte sind immer schnell gesagt und dann vergessen. Aber dieser Blick verrät es mir, er fragt mich nicht nur aus einer Laune heraus.

»Ich dachte, wir machen einmal im Monat so eine Art Ausverkauf. Da hängen wir dann Luftballons an die Tür oder so was, damit echt jeder Vollhorst sieht, dass bei uns was los ist.« Er löst seine Hände und macht eine wegwerfende Geste. Ich mag es, wie viel Mühe er sich gibt. »Dann krieg ich auch den Müll verkauft, der sonst nicht weggeht.«

»Auf jeden Fall«, stimme ich zu. »Und damit gewinnst

du nicht nur neue Kund*innen, du kannst auch die Touris anlocken. Kleine Konzerte veranstalten oder so.« Ich beuge mich vor und stoße ihn mit dem Ellenbogen an.

»Und der Jugendtreff ... Hast du wirklich Lust, dafür einen Flyer zu machen?«, fragt er mich, und plötzlich ist da wieder dieser ernste Blick. In seinen Augen erkenne ich ein kleines bisschen Angst, die ich nur zu gut kenne. Die Angst, zurückgewiesen zu werden. Mit alldem allein zu sein.

»Au ja, ich kann auch meine Freundin Amy fragen, ob sie noch ein paar gute Ideen hat. Und ich kann etwas zeichnen.« Das wäre doch eine gute Möglichkeit, um meine Kunstwerke zu verbessern. Ians Mundwinkel heben sich.

»Das klingt viel zu gut, um wahr zu sein.«

Als er mich nach einer Weile fragt, wann ich vorbeikommen kann, um einen neuen Vertrag zu unterschreiben, machen wir ein Datum aus. Ian verspricht mir, nicht das letzte Mal zum Abendessen vorbeigekommen zu sein. Wir schmieden Pläne, wie man den Musik-Treff am besten organisiert, überlegen, welcher Tag und welche Uhrzeit ideal wären, und als ich auf meine Uhr schaue, merke ich, dass ich echt dringend zur Schule muss. Gerade verabschiede ich mich und will los, da hält mich Ian auf.

»Du hast noch das hier vergessen.«

Und auf einmal kommen die Erinnerungen hoch. Vor dem Treffen war ich so angespannt, nur weil Dee hier irgendetwas für mich liegengelassen hat. Aber das Gespräch mit Ian hat mich die Aufregung komplett vergessen lassen.

Ich drehe mich um, lasse die Türklinke los und gehe zum Tresen. Ian hält mir etwas Viereckiges entgegen, das in Papier eingepackt ist.

»Danke«, sage ich und versuche mir nicht anmerken zu lassen, wie nervös ich bin.

»Alles okay?«, fragt Ian, als ich die CD in meinen Händen anschaue und bemerke, wie meine Finger zittern.

»Wird schon«, gebe ich zurück, gucke hoch, und unsere Blicke treffen sich.

»Pass auf dich auf, Kid!«, ruft er mir nach, als ich mich umdrehe und den Laden verlasse.

Ich reiße das Papier ab, und die Sonne scheint so hell auf die reflektierende CD in meinen Händen, dass ich mit der anderen Hand meine Augen abschirme. Dann kann ich den Titel auf der Vorderseite erkennen.

Bonnies Mixtape, steht in geschwungenen Lettern auf der CD. Sieht selbstgeschrieben aus. Ich halte an, auch wenn ich bereits spät dran bin. Dee hat diese CD bei Ian abgegeben. Für mich.

Ich drehe die CD in meinen Händen, doch es ist nur eine transparente Hülle ohne Covermotiv.

Dann öffne ich die Hülle und sehe auf die selbstgebrannte CD. Tja, ärgerlich, dass ich keinen Discman bei mir habe. Kurz überlege ich, einfach nach Hause zu fahren und die Schule zu schwänzen, aber das kann und will ich nicht bringen. Welche Möglichkeiten habe ich noch, schnellstmöglich die CD zu hören? Ich könnte während der Pause in den Musikraum huschen. Ob ich dann unbeobachtet bin, weiß ich allerdings nicht. Eigentlich will ich allein sein, wenn ich mir anhöre, was auf dieser CD ist.

Und das finde ich nur heraus, wenn ich schnellstmöglich diesen verdammten Schultag hinter mich bringe.

Kapitel 43

Das ist der längste Schultag meines Lebens.

Ich kann im Unterricht kaum stillsitzen, bemerke immer wieder, wie ich nervös mit dem Stuhl kippele oder an meiner Nagelhaut kaue. Amy merkt mir meine Anspannung natürlich direkt an, und in der Pause zeige ich ihr die CD.

»Was meinst du, was das bedeutet?«, frage ich, während sie die CD von allen Seiten betrachtet. Wir sitzen auf einer Bank auf dem Schulhof. Die Sonne scheint ausnahmsweise an diesem Spätsommertag im August.

»Bin ich jetzt Hellseherin, oder was?«, wettert Amy.
»Keine Ahnung, aber ich bin genauso neugierig wie du.«
»Das glaube ich kaum«, gebe ich zurück und nehme ihr die CD aus der Hand.

»Vielleicht ist es eine Entschuldigung«, meint Amy schulterzuckend. Sie beugt sich zur Seite, um eine Butterbrotdose aus ihrem Rucksack zu fischen.

»Oder sie hat diese CD schon vor einigen Wochen zusammengestellt und einfach im Laden vergessen. Dann hat Ian sie gefunden und seine Schlüsse gezogen«, überlege ich mit einer großen Portion Pessimismus. »Aber woher sollte Ian wissen, dass sie von Dee ist?«

Amy beißt in ihr Pausenbrot, und wir grübeln weiter.

»Bring die letzten beiden Stunden hinter dich, dann

kannst du nach Hause flitzen und die CD abspielen«, sagt sie mit halbvollem Mund, was mich nicht stört. Meine Gedanken sind sowieso ganz woanders.

»Ich halte das keine Sekunde mehr aus«, seufze ich dramatisch.

»Musst du aber.«

Wieso hat Amy immer recht?

Auch wenn ich gerade zwei Stunden Leichtathletik hinter mir habe, sprinte ich aus dem Bus und muss aufpassen, nicht hinzufallen. Amy ruft mir beim Aussteigen zu, ich solle ihr schreiben, wenn ich das Geheimnis gelüftet habe.

»Mach ich«, brülle ich zurück.

Dieser Nervenkitzel zerreißt mich. Mit zittrigen Händen öffne ich die Tür, nehme zwei Treppenstufen gleichzeitig und stolpere in mein Zimmer, wo ich sofort die CD in die Anlage schiebe.

»Warum hast du es denn so eilig?«, höre ich Mum aus dem Badezimmer rufen.

Mist, sie ist ja heute zuhause!

»Ne neue CD, kann jetzt nicht!«

Ich kann ihr später noch davon erzählen, wenn ich möchte. Jetzt mache ich erst einmal die Tür zu und greife nach meinen Kopfhörern, die ich mit der Anlage verbinde.

Das hier ist nur für mich bestimmt.

Die Schallplattenkiste, die ich eigentlich sortieren wollte, schiebe ich beiseite, und ich setze mich auf den Boden. Kaum drücke ich *Play,* schrecke ich auf, als viel zu laut die Klänge von *Kiss the Go-Goat* mein Trommelfell beschallen. Ich drehe den Sound an den Kopfhörerknöpfen runter und atme.

Ich mag das Lied immer noch, auch wenn die Erinnerungen daran weh tun. Den Song haben wir zusammen gesungen. Ich schalte zum nächsten Song. Joan Jett. Ein Schmunzeln stiehlt sich auf meine Lippen. Und als ich auch den Song skippe, um zu hören, was mich noch erwartet, erstarre ich. Da sind unbekannte Klänge einer Akustikgitarre. Die Melodie ist ruhig, aber wunderschön.

Und dann ist da auf einmal Dees Stimme.

And take me away
So easy to leave
And much harder to stay

Ich versuche herauszufinden, ob ich dieses Lied schon einmal gehört habe, aber selbst als ich mein Handy hervorhole und die Zeilen eingebe, kann ich online nichts finden. Das kann nur eins bedeuten: Dee hat dieses Lied geschrieben. Gesungen. Gespielt.

Etwa für mich?

Ich schließe die Augen, lausche den Klängen. Mein Körper entspannt sich ein bisschen, auch wenn die Fingerspitzen kribbeln, als würde ich eine Flamme berühren.

Ihre Stimme setzt wieder ein, so rau und tief, aber auch die hohen Töne trifft Dee perfekt.

Nothing more to say
Keep it all for me
And colour the grey

Als ich Amy anrufe und ihr von der CD erzähle, überschlägt sich meine Stimme.

»Okay, wie seltsam klinge ich, wenn ich dir sage, dass Dee diesen Song vielleicht für mich geschrieben hat?«

Die Pause, die Amy macht, ist mir viel zu lang.

»Eigentlich voll plausibel«, antwortet sie. Erleichtert atme ich auf. »Also, das hört sich total danach an, als hätte sie die CD aufgenommen und Ian gegeben. Aber warum bringt sie dir die CD nicht einfach in der Schule mit?«

»Was mach ich jetzt?«

»Hm«, erwidert Amy. »Vielleicht solltest du mal in der Schule nachfragen, ob sie krankgeschrieben ist.«

»Kommt das nicht komisch rüber?«, frage ich unsicher.

»Weiß nicht. Du könntest ihr natürlich auch einfach mal schreiben.«

»Und wenn sie nicht antwortet?«

»Und wenn doch?«

Ich höre ihren Song wieder und wieder. So lange, bis ich den Mut habe, mein Handy in die Hand zu nehmen und den Chat mit Dee zu öffnen.

> **Ich:** Hey.

Mehr tippe ich nicht. Nur ein Hey, um ihr zu sagen, dass ich noch da bin. Dass ich sie nicht vergessen habe.

Es dauert einen Moment, dann sehe ich, wie sie etwas tippt. Entweder ist ihre Nachricht ellenlang, oder Dee löscht immer wieder die Zeilen und beginnt von vorne. Kommt mir bekannt vor.

Als ihre Nachricht aufploppt, setze ich mich auf dem Bett auf.

> **Dee:** Hey.

War es das? Nur ein Hey? *Aber besser als gar keine Antwort*, denke ich.

Moment, da tippt sie wieder.

> **Dee:** Können wir uns sehen?

> **Ich:** Wann und wo?

> **Dee:** Kannst du um 20 Uhr an der Bank bei Ians Laden sein?

> **Ich:** Bis später.

Dee will mich sehen. Weiß sie, dass ich die CD gehört habe?

Schnell schreibe ich Amy, die mir ein GIF schickt, auf dem Yoda aus *Star Wars* einen Freudentanz macht. Ich reagiere mit einem Herz.

»Bin nochmal kurz in der Stadt«, sage ich zu Mum, der ich in der Küche einen schnellen Kuss auf die Wange drücke. »Treffe mich mit Dee.« Ich grinse, sie zieht die Augenbraue hoch.

»Dann viel Spaß, und pass auf dich auf.«

»Mach ich«, antworte ich und bin schon aus der Tür verschwunden. Mit Mum habe ich seit dem Date kaum noch über Dee geredet. Klar, sie hat meine miese Laune zu Genüge mitbekommen, aber nicht nachgefragt, woran es liegt. Dafür bin ich ein wenig dankbar, denn ich weiß nicht, ob ich überhaupt mit Mum darüber reden wollte.

Der Abendverkehr mit dem Bus nervt, aber mir geht einfach nicht aus dem Kopf, dass ich Dee gleich treffen werde. Ich habe so viele Fragen. Und ich will unbedingt hören, was sie zu sagen hat.

Ich bin fünf Minuten zu früh am Treffpunkt, aber sie sitzt schon auf der Bank. Sie trägt die Lederjacke, ihr Augen-Make-up ist noch dunkler als sonst. Dee schaut auf, als sie mich sieht, steckt ihr Handy in die Seitentasche und lächelt matt.

Ist das ein gutes Zeichen?

Ich komme auf sie zu, mache dann aber Halt, weil ich nicht weiß, wie ich sie begrüßen soll.

»Hey«, sagt sie.

»Hey«, antworte ich.

Und dann ist da dieser kurze Moment der Stille. Ich beiße mir auf die Unterlippe, versuche in ihrem Gesicht zu lesen, um herauszufinden, was sie mir sagen will. Dee sieht müde aus. Als hätten ihr die vergangenen Tage Energie geraubt.

»Es …«, beginnt sie, hebt den Kopf, und unsere Blicke treffen sich. »Es tut mir so leid. Ich war grässlich zu dir.« Sie seufzt, weiß offensichtlich nicht so richtig, wie sie anfangen soll, und nimmt auf der Bank Platz. »Magst du dich setzen?«, fragt sie und rutscht ein Stück zur Seite.

Ich setze mich wortlos neben sie, und allein ihr Geruch sorgt dafür, dass ich mich am liebsten direkt an sie kuscheln würde. Aber ich bleibe stark!

»Ich hätte dir schon viel früher etwas sagen sollen.« Dee schluckt, und immer wieder weicht sie meinem Blick aus. »Ich ziehe um.«

Sie lässt die Worte wie eine Bombe fallen, und schlagartig wird mir so vieles klar.

Warum sie Distanz geschaffen hat.

Warum sie ausgewichen ist, wenn wir uns zu nahe kamen.

Sie wusste bereits, dass sie nicht mehr lange in Edinburgh bleiben würde.

»Wohin?«, frage ich hastig. Ich merke, wie sich meine Finger fester um die Holzbank klammern.

Ich warte darauf, dass sie mir sagt, dass sie nach Amerika geht oder vielleicht sogar nach Australien. Weit weg. Aber mit dem einen Wort, das sie sagt, rechne ich nicht.

»Glasgow.«

Wir schauen uns an. Ich blinzele.

»Dee, das ist doch nur eine Autostunde von hier entfernt«, sage ich irritierter als zuvor, und Dee seufzt.

»Aber Glasgow ist nicht Edinburgh.«

In ihren Augen liegt so viel Traurigkeit, dass ich mein Herz brechen höre. Es ist wie aus Porzellan und bekommt mit jeder Sekunde mehr Risse. »Es ist nicht bei *dir*.«

Bäms, da zerspringt mein Porzellanherz auf dem Boden.

»Ich ...« Ich kann keinen geraden Satz herausbringen.

»Ich mag dich so sehr, Bonnie ... Aber ich wusste schon vor den Ferien, dass meine Eltern mit mir nach Glasgow ziehen. Die Koffer sind gepackt, wir fahren morgen los. Ich wollte dir nochmal Tschüss sagen. Weißt du?«

Und dann lächelt sie traurig.

»Moment ... was?«

Die ganzen Worte kommen gar nicht richtig bei mir an. Ich muss das erst einmal alles verdauen.

Dee zieht nach Glasgow. Morgen.

Darum war sie heute auch nicht in der Schule.

Kurz erinnere ich mich an unseren Zusammenprall im Flur.

»Du hast es also schon vor den Ferien gewusst«, wiederhole ich.

»Japp, darum war ich manchmal nicht im Unterricht, es gab einiges im Sekretariat zu klären.« Die Dinge ergeben endlich mehr Sinn. »Ich kann nichts daran ändern. Ich habe versucht, meine Eltern zu überreden, darum haben wir ausgemacht, dass ich wenigstens während der Ferien noch hierbleiben darf. Ein letzter Sommer in Edinburgh, sozusagen. Dad hat den Vertrag verlängert, und seine Dernière ist heut Abend. Ich verpasse schon die ersten Schultage deshalb.«

»Das ist ja mal scheiße«, werfe ich ein. »Glasgow ... das ist ... Aber Dee, da kann ich doch mit dem Zug hin.«

Okay, ich habe tausend Fragen und Sätze im Kopf, aber genau das kommt jetzt aus meinem Mund?

»Du würdest mich besuchen? Nach der Nummer, die ich abgezogen habe?« Etwas in Dees Gesicht verändert sich.

»Also, ich finde, die CD war schon eine gute Entschuldigung. Ein Anfang. Wieso ... dachtest du, ich würde dich nicht besuchen kommen?«

»Also, ehrlich gesagt ... Keine Ahnung.« Auf einmal lacht sie auf. Sie fängt sich wieder, wird ernster. »Na ja, es ist eben nicht Edinburgh, und wir sind noch so jung. Ich wusste nicht, was du davon hältst, und sowieso wollte ich es dir viel eher sagen. Schon bevor wir uns geküsst haben. Aber irgendwie war alles so schön, und ich hatte Angst, es kaputtzumachen. Das war total egoistisch von mir.« Dee hatte Angst, dass *sie* etwas kaputtmachen könnte.

»Und ich hatte Angst, dass *ich* das zwischen uns ruiniere«, gestehe ich und lächele vorsichtig. »Dabei fand ich es auch schön mit dir. *Finde* es schön mit dir.«

Kurz lächeln wir beide verlegen.

»Es fällt mir schwer, meine Mauern herunterzufahren. Ich finde nicht oft Leute, die ich mag, weißt du? Und wenn sie in mein Leben purzeln, muss ich sie meist schnell loslassen. Wieder und wieder.« Ich erinnere mich an unsere Gespräche. »Ich wollte dich nicht verletzen.«

»Tja, das hast du aber«, sage ich ehrlich.

»Ich weiß. Und verdammt, ich hätte einfach mit dir reden sollen. Hätte ich gewusst …«

»Dee?«, frage ich sie und suche ihren Blick.

Ihre Augen funkeln. Mein Herz lodert.

»Eine 49-minütige Zugfahrt kann mich nicht davon abhalten, an dich zu denken.«

Dees Anspannung lässt nach. Ich kann sehen, wie sich ihre Muskeln lockern und ihr Lächeln von Sekunde zu Sekunde breiter wird. »Wir haben noch einiges zu klären, oder?«

Dee nickt und seufzt.

»Das haben wir. Danke, dass du mir zugehört hast. Dass du hergekommen bist.«

»Na ja, wenn man einfach so eine mysteriöse CD hinterlässt, dann macht das eben neugierig.«

»Hat dir der Song gefallen?«, fragt sie und wird verlegen.

»Er ist wunderschön.«

Sie schaut kurz auf ihre Füße, die von der Bank baumeln, und sieht dann wieder zu mir.

»Bonnie? Wie wäre es, wenn wir da weitermachen, wo wir am Meer aufgehört haben?«

Und dann küssen wir uns.

Epilog

2 Monate später

> **Amy:** Kannst du meine Eltern bitte adoptieren?

Als ich ihre Nachricht lese, muss ich lachen. Jedoch nicht wegen des Inhalts. Sie hat ein GIF angehängt, in dem Syril ernst von einer Seite zur anderen schaut, als würde er einen teuflischen geheimen Plan austüfteln.

> **Ich:** Warum sollte ich?

> **Amy:** Sie haben die 3+ im Mathe-Test an den Kühlschrank gepinnt.

> **Ich:** Sie sind halt stolz auf dich.

> **Amy:** Eine Taschengelderhöhung wäre mir lieber.

Ich schicke Amy ein lachendes Emoji zurück, mache die Musik auf dem Handy lauter und schaue aus dem Zugfenster. Die Umgebung rauscht an mir vorbei. Bäume, die ihre roten und gelben Blätter verlieren. Ein Sonnenstrahl kitzelt an meiner Nase, und sofort muss ich niesen. Ich schaffe es gerade noch rechtzeitig, das Gesicht in meinem Ellenbogen zu versenken.

Das Lied wechselt, und ich höre Joan Jett singen. Der Song zaubert mir direkt ein Lächeln auf die Lippen. Ich hole mein Handy heraus, entsperre das Display und scrolle durch die Playlists.

My heart skips a beat.

Allein wenn ich den Titel lese, kribbelt es in meinem Bauch. Manchmal denke ich an die Sommerferien. An die Reisen, die ich unternommen habe. Mein kleines Geheimnis, auf das ich mir bis heute keinen Reim machen kann.

Aber das ist auch nicht wichtig.

All das hat mich hierhin geführt, das habe ich nun verstanden, und dafür bin ich dankbar.

Ich scrolle ganz nach unten und sehe, dass der gemeinsamen Playlist ein paar neue Songs hinzugefügt wurden. Jeden einzelnen höre ich mir an und vertreibe mir damit die Wartezeit, bis der Zug anhält und ich aussteige.

Ich folge dem Strom aus Menschen. Die frische Luft begrüßt mich, wirbelt mein blondes Haar auf. Mit einer Handbewegung fische ich mir die Strähne aus dem Gesicht und kann so verhindern, zu stolpern.

»Hey!« Eine bekannte Stimme lässt mich aufblicken. Dee steht direkt am Gleisaufgang, winkt mir zu und grinst so breit, dass meine Wangen vor Freude zu glühen beginnen.

Ich winke zurück, und mein Gang wird schneller. Meine Finger umfassen den Riemen meines Rucksacks, damit es einfacher ist, die Schritte zu beschleunigen.

Ich kann es kaum erwarten, sie endlich wiederzusehen.

Fast reiße ich Dee von den Füßen, als ich ihr in die Arme falle.

»Vorsicht«, ruft sie gerade noch so und versucht, ihr Gleichgewicht wiederzufinden.

Und dann küssen wir uns.

Verdammt, ihre Lippen habe ich auch vermisst.

Es fällt uns beiden total schwer, uns voneinander zu lösen, aber die Aussicht auf ein ganzes gemeinsames Wochenende stimmt mich glücklich.

»Ich soll dich von Mum und Ian grüßen«, sage ich, während wir uns noch in den Armen liegen und einander anschauen. Sie trägt einen blauen Eyeliner, der zu ihren Augen passt.

»Danke, richte ihnen auch liebe Grüße aus.«

»Werde ich. Mum will unbedingt, dass du vorbeikommst, damit sie dich mal kennenlernen kann.«

»Wird gemacht.« Dee grinst, und ich greife nach ihrer warmen Hand.

»In zwei Wochen ist der Musiktreff im Laden«, lasse ich sie wissen. Wir setzen uns in Bewegung, lassen den Bahnhof hinter uns. »Hast du Zeit, vorbeizukommen?« Ich sehe sie mit einem Seitenblick an.

»Ich hoffe doch«, antwortet Dee. »Oder sagen wir es mal so: Ich setze alles in Bewegung, damit das klappt!«

Ich kann nicht anders, ich muss mich vor lauter Glück an ihren Arm klammern. Mit einem stolpernden Schritt weichen wir der Bordsteinkante aus und verlassen das Gelände.

»Hattest du eine gute Zugfahrt?«, fragt sie. Wir laufen

durch die Stadt. Ich kenne den Weg. Ich bin ihn schon ein paar Mal mit Dee gegangen.

»Das Übliche«, gebe ich mit einem Seufzen zurück. »Ein Kind, das laut gebrüllt hat, und ein schnarchender Opi.« Sie grinst, als sie merkt, wie ich die Augen verdrehe. »Lass uns lieber über etwas Schönes reden.«

»Und zwar?«

Andere Menschen rauschen an uns vorbei. Alle sind im Feierabend-Modus und wollen schnellstmöglich in die nächste Kneipe oder zum Zug.

»Zum Beispiel über deinen Gig nachher.«

Dee drückt fest meine Hand. Ich merke, dass sie ein bisschen nervös ist. Es ist schließlich ihr erster Auftritt.

»Ich bin doch nur der Act vor der Hauptshow.«

»Hör auf dich so kleinzureden! Du bist großartig! Und für mich bist du der Hauptact, wenn du da oben mit deiner Gitarre stehst.« Entschlossen nicke ich.

»Das mit dem Kleinreden habe ich mir vermutlich von meiner Freundin abgeschaut«, entgegnet sie, und wir lachen.

»Ich arbeite daran.« Wir laufen an einem Supermarkt vorbei, aber ich habe nur Augen für Dee. »Ich bin dein Groupie und stehe heute Abend in der ersten Reihe.« Wir weichen einem Mann mit einer braunen Aktentasche aus, der auf unsere Straßenseite wechselt.

»Sag mir nicht, du hast ein peinliches Schild gebastelt.« Dee wird ganz blass.

»Was meinst du, wieso mein Rucksack so groß ist?« Ich deute mit der freien Hand hinter mich. Dort, wo mein Rucksack ist, in dem sich natürlich kein Fan-Schild für

Dee befindet, weil ich weiß, dass ihr das unangenehm wäre.

Sie schüttelt den Kopf und tut so, als hätte sie meinen letzten Satz einfach überhört. Die Stille zwischen uns hält kaum ein paar Sekunden an.

»Wie wäre es, wenn du mich beim letzten Song begleitest?«

Ihr Blick ist intensiv. Fragend.

»Ich soll mit auf die Bühne?«, sage ich und bemerke, wie hoch meine Stimme auf einmal geworden ist.

»Na ja, ich wollte als letzten Song *Sirenen* spielen.« Das Lied, das sie für mich geschrieben hat. Unseren Song. Sie zieht die Schultern hoch. »Und es wäre doch cool, wenn du den Refrain mit mir zusammen singst.«

Das muss ich kurz verdauen. Ich hatte nicht geplant, selbst auf der Bühne zu stehen. Die Überforderung kommt nicht in Wellen, sondern schlagartig.

»Bist du sicher?«, frage ich sie nervös.

»So was von. Ich finde es gut, dass du dich beim Gesangsunterricht angemeldet hast, und deine Stimme ist toll.«

Gesangsunterricht. Das Zeichnen der Flyer. Kleine Elemente all der Bonnies, die ich kennenlernen durfte.

Dees Blick erzählt ganze Romane. Dass sie mich gerne auf der Bühne bei sich hätte. Dass sie mich gern hat.

Und ich habe sie auch gern.

»Okay«, entgegne ich mit langgezogenen Vokalen. Dann atme ich tief durch die Nase ein. Dee und ich biegen in eine Seitenstraße ab, in der weniger los ist. Fest drücke ich ihre Hand und spüre, wie ihr Daumen über meinen

Handrücken fährt. Eine angenehme Gänsehaut breitet sich auf meinen Armen unter der Kleidung aus.
»Okay. Ich mach's.«

Ende

My heart skips a Beat

Bonnies & Dees Playlist

SIRENEN – WE ARE H
Kickstart my Heart – Mötley Crüe
For your Love – Måneskin
Think too much – Andrew Polec
Heroes – David Bowie
She – VØR
Rainbow in the Dark – Dio
Whispers – Orla Gartland
Stoned at the Nail Salon – Lorde
Circle with me – Spiritbox
Death by Rock and Roll – The Pretty Reckless
Landslide – Fleetwood Mac
Peel Out – Meat Loaf
The time has come today – Joan Jett
The Walk – Imogen Heap

Über WE ARE H

WE ARE H ist eine international auftretende Band aus Leverkusen und Köln. Die Post-Hardcore-Band verwendet überwiegend deutschsprachige Texte.

Die Drei-Mann-Combo wurde im Februar 2015 in Leverkusen gegründet und veröffentlichte im Juli 2017 ihre erste EP: *Through heights and depths I told you behold the stars will follow*. Für die Songs *Heights* und *I told you* wurden Musikvideos produziert. Es folgten zahlreiche Konzerte und die erste Tour durch Deutschland und Großbritannien.

Im Februar 2023 erschien das Debut-Album *Diskonstrukt*. Vorab sind die Songs *Konstante* und *Anthroporrhaistes* als Singles mit eigenen Musikvideos veröffentlicht worden. Beinahe alle Texte in diesem Album sind auf Deutsch, getragen von melancholischer, gleichzeitig vor allem kraftvoller Musik.

Im Frühjahr 2024 erschien die Single *Sirenen*, die zu dem Titelsong von *Could it be Love?* wurde.

Bei den Konzerten von WE ARE H erwarten die Fans atmosphärische Klangteppiche, deftige Hardcore-Ausbrüche und eine energiegeladene, niedertrampelnde und erhebende Bühnenshow – ein Erlebnis, bei dem man unbedingt live dabei sein muss.

www.weareh.com

Danksagung

Busen!

Okay, habe ich noch eure Aufmerksamkeit?

Jetzt wird's ein bisschen kitschig, aber Bonnies Hang zur Dramatik kommt ja nicht von ungefähr.

Could it be Love? wäre nichts ohne dich, Gerlinde, und dein gutes Gespür. Ich danke der gesamten Agentur Silke Weniger für das Vertrauen.

Mit ONE hat diese Geschichte den idealen Verlag gefunden. Ich sag es euch, hättet ihr mir vor Jahren bei den Veranstaltungen von Bastei Lübbe erzählt, dass ich in diesem Haus Autorin sein werde, ich hätte es nicht geglaubt. Katharina, Linde – ich sehe uns im Restaurant nebenan sitzen und grinsen, weil wir alle so aufgeregt sind. Ihr wisst gar nicht, wie viel mir das bedeutet, so coole Leute wie euch im Team zu haben. Silvana, dein Lektorat war ... ja, echt irgendwie krass, weil du mir so viele neue Perspektiven eröffnet hast. Kann ich die Kombo Katharina-Silvana bitte bei jedem Manuskript haben?

Danke an Andrea, die bereits fleißig Veranstaltungen für das Buch plant, und an Anna und ihr gutes Händchen fürs Marketing.

ONE, I LOVE YOU (Kreisch!)

Diesen Roman habe ich an den seltsamsten Orten geschrieben. Okay, auch in meinem Büro, während mein Kater Olaf über die Tastatur gerannt ist. Er wollte mitschreiben, aber ich musste seine »jsds« und »osdsd!« leider rauslöschen. Außerdem hat Olaf brav dabei zugeschaut, wie ich die spicy Szene zwischen Amy und Bonnie geschrieben habe (die ich dann kürzen musste, weil sie *zu* hot war, haha!). Das war verdammt seltsam. Aber vor allem habe ich das Buch in der HNO-Uni-Klinik, in allerlei Zügen, in London in meiner liebsten Wohnung bei Lola und Vee (danke für eure Liebe und Aufnahme!) und auf meiner Terrasse sowie im Co-Working-Stream auf *Twitch* verfasst. Danke an alle, die mich auf diesem Weg begleitet haben.

Ich danke meinen Testleser*innen Caro, Jenny, Sanne und Tanya dafür, dass ihr in der kurzen Zeit alles gegeben habt. Das macht mich immer noch sprachlos!

Ohne meine Freund*innen, die mir beim Brainstormen für den Titel geholfen oder mich angefeuert haben, säße ich vermutlich noch an Kapitel 5. Danke an Alex, Ans, Berkes (hey, es ist Fantasy!), Chrissy, Franzi, Jan, Jessi, Magda, Meike, Yavanna.

Meine Familie, die mich feiert wie einen Star, wenn ein neues Buch erscheint: Mama, Popsi, Ruben und Regina!

Heffa, ich hoffe, der Roman ist dir sapphic genug. Ansonsten musst du auf den nächsten warten.

Kathrin, der Roman ist in einer Zeit entstanden, in der wir so viel ANDOR-Liebe miteinander geteilt haben. Danke, dass du mich mit Syril-Fotos und -GIFs versorgst.

Zippi, auf der Zugfahrt zur Buchmesse warst du meine Jukebox: Danke für das Ideenbrainstorming und deine Gesangseinlage zu Bon Jovi. Danke, dass ich *Himmeldonnerglöckchen* einbauen durfte. Bitte kauft das grandiose Kinderbuch von Jasmin Zipperling und lest anderen vor, so wie Amy ihrem jüngeren Bruder! Ich denke, er wird deine Bücher lieben, Zippi.

Ich danke den Menschen aus dem *Mischief*, die mich ermutigt haben, im Discord anfeuerten und mir sagten: »Lea, mach Lektorat und nicht Videoschnitt.«

Dann geht noch ein rieeesiges Dankeschön an WE ARE H raus! Fabi, Jonas und Ken, was wir da zusammen in einer »ja lass mal machen«-Stimmung geschafft haben, ist einfach wow. Ihr seid sofort dabei gewesen, habt so lange an *Sirenen* gearbeitet, und ich freue mich so sehr darauf, dass die Welt den Song nun auch hören kann. Sissy und auch Rouven – ey, ich kann euch nicht genug danken, für alles, was ihr beitragt.

Danke an alle aus meiner Community #familiarium und meine Patreons, die mich so wunderbar unterstützen, denn ohne euch könnte ich es mir gar nicht leisten, Bücher zu schreiben. Vor allem den Einhörnern Marie und Revo gilt ein besonderer Dank.

Wenn ihr Bock habt, mit mir und anderen über Bücher zu quatschen, kommt gern in meinen Discord-Channel: https://discord.gg/JHzt8Z975U. Und wisst ihr, was ich richtig klasse fände? Wenn ihr mir auf Social Media schreibt, wie euch das Buch gefallen hat. Taggt mich gern, wenn ihr Beiträge über Bonnie und ihre Geschichte teilt. Ihr findet mich auf Instagram, TikTok, YouTube und Co. unter @liberiarium

Random Side Note: Ich habe auf Seite 300-irgendwas erst gemerkt, wieso ich Bonnie ihren Namen gegeben habe: Danke an das *Bonnie & Clyde*-Musical, das mich offensichtlich unterbewusst geprägt hat.

And now, I'd like to switch back to English so my friends from the UK can read this. Big thanks to Katie and my BAT-family, who aren't tired to keep on asking for a translation of this book. Katie, I still think about us leaving *Wrap N Rolla* and how I tried to explain colored book edges.

This book is for the whole *Bat out of Hell* Crew from the UK tour team. Since I first saw all of you in Düsseldorf, you've brought so much rock'n'roll and love back into my life. Your dedication on stage and our conversations afterwards helped me realize how much I missed being passionate as a creative. Let's go: Sharon Sexton and Rob Fowler who inspired Bonnie's parents in this story as well as Glenn Adamson, Kellie Gnauck and Martha Kirby (I wish I had seen you as Raven!): thank you for making the cover reveal so special for me and for asking about the progress of the book! Jay Anderson, Alex Bowen, Georgia Bradshaw, Amara Campbell, James Chisholm, Eirik Dahlen, Alexandra Doar, Luke Hall, Matteo Johnson, James Lowrie, Rory Maguire, Catherine Saunders, Luke Street, Katie Tonkinson, Craig Watson, Beth Woodcock, Danny Whelan, Jayme-Lee Zanoncelli (the character Zahara in this book is dedicated to you) and the whole team! You really made a difference.

Andrew Polec, thank you for being so excited about your song being on my book playlist!

Also a big shoutout to the crew of *We will Rock you* London Coliseum summer 2023: All the Queen quotes are for you!

Und abschließend danke ich *dir*. Du hältst nicht nur ein Buch in den Händen, sondern meinen Traum.

Inhaltsinformation

(Achtung: Spoiler!)

Could it be Love? enthält Elemente, die unter Umständen triggern können.
Explizit beschrieben werden Skin-Picking, Gedankenkreise, Versagensängste, Tod und Verlust eines Familienmitglieds und das damit verbundene Trauma.

Erwähnt werden Alkoholmissbrauch und Unfall im Straßenverkehr.